ローマ帽子の謎

クイーン

評判の新作劇〈ピストル騒動〉がかかるローマ劇場の客席で，弁護士のフィールド氏が毒殺された。上演中の大胆不敵な犯行は手がかりが少なく，とりわけ捜査陣の頭を悩ませたのは，現場から被害者のシルクハットが忽然と消えていたことである——この雲をつかむような難事件に，ニューヨーク市警察きっての腕ききリチャード・クイーン警視と，その息子で推理小説作家のエラリー・クイーン氏が挑戦する！　本書は本格ミステリの偉大なる巨匠クイーンのデビュー作にして，“読者への挑戦状”の趣向も愉しい〈国名シリーズ〉の栄えある第一作である。

登場人物

モンティ・フィールド……弁護士
ジェイムズ・ピール……〈ピストル騒動〉主演男優
スティーヴン・バリー……同出演男優
イヴ・エリス……同主演女優
ヒルダ・オレンジ
ルシール・ホートン……同出演女優
ルイス・パンザー……ローマ劇場支配人
マッジ・オコンネル……案内嬢
ジェス・リンチ……オレンジエードの売り子
ハリー・ニールスン……広報係
フィリップス夫人……衣装係
ウィリアム・プザック……観客。簿記係
シュタットガード博士……観客。医師
ジョン・カザネッリ（〈牧師のジョニー〉）……観客。小悪党
ベンジャミン・モーガン……観客。弁護士

フランシス・アイヴズ＝ポープ……………観客。バリーの婚約者
スタンフォード・アイヴズ＝ポープ……フランシスの兄
フランクリン・アイヴズ＝ポープ……フランシスの父
アンジェラ・ラッソー夫人……………フィールドの愛人
チャールズ・マイクルズ………………フィールドの従者
オスカー・ルイン……………………フィールドのオフィスの所長
ドイル………………………………警官
トマス・ヴェリー……………………部長刑事
ヘッス、ピゴット、フリント、リッター、
ヘイグストローム、ジョンソン……刑事
サミュエル・プラウティ博士…………首席検死官補
サディウス・ジョーンズ博士…………毒物学者
ヘンリ・サンプスン…………………地方検事
ティモシー・クローニン……………地方検事補
アーサー・ストーツ…………………クローニンの部下
リチャード・クイーン………………警視
エラリー・クイーン…………………警視の息子。推理小説作家
ジューナ……………………………クイーン家の召使

ローマ帽子の謎

エラリー・クイーン
中　村　有　希　訳

創元推理文庫

THE ROMAN HAT MYSTERY

by

Ellery Queen

1929

目次

はじめに　一一
登場人物目録　一〇
第一部
1　では、読者が、とある劇場の観客と、死体に紹介されること　二九
2　では、ひとりのクイーンが働き、もうひとりのクイーンが見物すること　四〇
3　では、〈牧師〉が災難にあうこと　六三
4　では、大勢が呼ばれて、ふたりが選ばれること　八五
5　では、クイーン警視が法律に関する問答をすること　九六
6　では、地方検事が伝記を語ること　一二六
7　では、クイーン父子が問題を検討すること　一四〇
第二部
8　では、クイーン父子がフィールド氏の親しい友と会うこと　一五九
9　では、謎のマイクルズ氏が登場すること　一八三
10　では、フィールド氏のシルクハットの重要さがわかり始めること　一九三
11　では、過去が影を落とすこと　二一一

12　では、クイーン父子が社交界にのりこむこと　二三九
13　クイーン対クイーン　二五〇

第三部

14　では、帽子の重みが増すこと　二七九
15　では、告発がなされること　三〇〇
16　では、クイーン父子が劇場に行くこと　三一六
17　では、さらに帽子の数が増すこと　三三三
18　手詰まり　三六一
幕間　では、謹んで読者の注意をうながさせていただくこと　三七五

第四部

19　では、クイーン警視がさらなる法律に関する問答をすること　三七九
20　では、マイクルズ氏が手紙を書くこと　三九三
21　では、クイーン警視が逮捕をして――　三九九
22　――そして、説明すること　四〇四

エラリー・クイーン登場　有栖川有栖　四四四

ローマ帽子の謎

ニューヨーク市首席毒物学者アレグザンダー・ゲットラー教授へ
本書の執筆にあたり、親身なる便宜をはかってくれたことに
感謝の意を表して

はじめに

簡単でいいから、ひとつ、このモンティ・フィールド殺害事件の物語に序文を寄せてもらえないか、そう版元と作者から声をかけられた。最初に断っておくと、私は作家でも犯罪学者でもない。そんな私が、犯罪の手口や推理小説といったものに対して、権威ある意見を述べられるはずもない。にもかかわらず、この驚くべき物語を紹介する大役をまかされるだけの、まっとうな理由が私にはあるのだ……おそらくは過去十年間でもっとも摩訶不思議な犯罪をもとにした、この物語を。私がいなければ、『ローマ帽子の謎』が小説を愛する読者諸氏のもとに届くことはなかった。本書が日の目を見るに至った経緯については、ひとえにこの私に責任がある。とはいえ、私と事件との小さなつながりは、その一点のみなのだが。

過ぎる冬、私はニューヨークの埃を払い落とし、ヨーロッパに旅立った。大陸の片田舎をあちらこちら、ぶらりぶらりとさまよううちに（青春を追い求めるすべてのコンラッド（イギリスの作家。一八五七―一九二四。若い頃世界を放浪した）たちと同じく、退屈に突き動かされて、足の向くまま気の向くままの放浪の旅だ）――八月になったある日、私はイタリアの小さな山村にいた。そこに至る道程、村の正確な場所、あるいは村の名といった事柄は、この際、問題ではない。村は村だ。〝約束は約束、たとえ株式仲買人と交わした約束であろうとも〟と言うではないか。連なる険しい山々のごつごつした稜線のくぼみに、かわいらしくちょこんと止まる、おもちゃのようなその村にはたしか、もう二年も会っていない旧友がふたり隠棲しているはずだと、おぼろげに覚えていた。このふたりは、ニューヨークの猛烈に騒々しい街角を離れ、イタリアの光まばゆい片田舎で、のんきな静けさに抱かれて悠々自適に暮らすことを選んだのである――この友人たちがどんなに後悔しているだろう、と想像すると、私はもう好奇心で矢も盾もたまらなくなり、彼らの静謐な暮らしに闖入《ちんにゅう》することにした。

出迎えに現れたリチャード・クイーン老は、眼光いよいよ鋭く、髪はいっそう白くなっていたものの、息子のエラリーともども、実に温かく、真心をこめて歓待してくれた。かつて、私たちは単なる友人以上に親しい間柄だった。加えて、ワインの香気に満ちたイタリアの空気には、埃で窒息しそうなマンハッタンの記憶を静めるというより、興奮と共に呼び覚ます効果があったのかもしれない。ともかく父子は私と会って、心から嬉しそうだった。エラリー・クイーン夫人は――いまやエラリーは、非の打ちどころのないほどすばらしい女性の夫であり、信じられないほどリチャード老に生き写しな息子を見て驚いている父親なのだ――その女王《クイーン》という名にふさわしい、実に優雅な佳人だった。ジューナまでもが、もはや私の知るいたずら小僧ではなくなり、懐旧の念あふれるおとなの顔で歓迎してくれた。

滞在中、エラリーは必死に、私にニューヨークを忘れさせ、風光明媚なこの土地の天上の美しさを堪能させようとしていたが、私は彼らの小さな山荘を訪れて何日もたたないうちに、実によからぬ考えにとりつかれ、かわいそうなエラリーを死ぬほど悩ませ始めた。さしたる美点を持ちあわせない私だが、ことねばり強さに関しては、ちょっとした有名人なのである。そんなわけで、私が村を発つまでには、ついにエラリーは条件つきながらも、折れることになった。彼は私を書斎に連れこむと、ドアに鍵をかけ、古いスチール製の書類用引き出しと格闘し始めた。さんざん時間をかけて捜したのちに、ようやく目当ての品を取り出したものの、ひょっとすると彼は捜している間じゅう、実はずっと手に持っていたのではないだろうか。それは手書きの文字の褪せた原稿で、いかにもエラリーらしく、法律家の使う青い用紙を表紙にして綴じてあった。

口論は苛烈を極めた。私はこの手稿を自分のトランクに入れて、彼の愛してやまないイタリアの岸辺をとっとと離れたかったのだが、エラリーは、この覚え書きの束は引き出しの奥深くに秘匿しておくべきだと言い張って、一歩も引かない。リチャード老は、ドイツの雑誌に寄稿する〝アメリカの犯罪と捜査方法〟に関する論文を書いていたが、ついに手を休め、どっこらしょと腰をあげて、問題を解決しに現れた。クイーン夫人は、夫がまるで職人のもののようなこぶしを振りあげて、問題にけりをつけようとしたのを見て、その腕をつかまえた。ジューナはジューナでおろおろと、どうにか仲裁しようと口をはさんでくる。エラリー・ジュニアさえも、ぽちゃぽちゃした手を口の中から引き抜き、うがいの音に似た赤ちゃん語で意見している。

そんなすったもんだのあげく、ついに『ローマ帽子の謎』は私の手荷物の中に納まり、共にアメリカに帰国することになった。しかし、まったくの無条件でというわけにはいかなかった――エラリーには少しばかり変わったところがあるのだ。彼は私に、己が大切と思うこの世のものすべてにかけて、友人たちも物語の重要な登場人物もすべて仮名にすること、さらに彼らの本名は未来永劫、絶対に一般読者にもらさないことをおごそかに誓わせ、誓約を守れないのなら交渉は決裂だ、と宣言した。

　というわけで、〝リチャード・クイーン〟も〝エラリー・クイーン〟も、当然ながらこのふたりの紳士たちの本名ではない。これらの名を選んだのはエラリー自身であり、急いでつけ加えておくと、仮名には読者が文字を並び替えるなどして、本名の手がかりを探り出そうとしても徒労に終わるような綴《つづ》りが、あえて選ばれている。

『ローマ帽子の謎』は、ニューヨーク市警察の保管文書に実際に記録が残る、現実にあった事件を下地に書かれたものだ。この事件にもエラリーと彼の父親はいつもどおり、二人三脚で取り組んでいる。当時のエラリーは、推理小説作家としてすでにかなりの名声を博していた。

〝事実は小説より奇なり〟という金言を信奉する彼は、自分の小説に使える素材を拾うために、興味深い事件を捜査する折は記録を取っておくのが習慣だった。この〝帽子事件〟に、すっかり心奪われた彼は、珍しく徹底的に委細もらさず記録を取っておき、のちにひまを見つけて小説の形式にまとめあげ、出版する心づもりでいた。けれども、それからまもなく、別の捜査に没頭することになり、以後、計画を実現させる機会がなかなか訪れなかった。そして、最後の事件をうまく解決に導いて成功をおさめると、エラリーの父である警視は長年の野望をかなえるべく、ついに警察を引退し、家財一式まとめてイタリアに移住することになった。エラリー自身は、この事件*で意中の女性と出会い、文字どおり〝でかいこと〟をしたくてたまらない衝動に駆られていた。イタリアは牧歌的な理想郷に思えた。彼は父親の祝福を受けて結婚すると、家族とジューナと共にヨーロッパの新居に向けて旅立った。例の手稿は、私に救い出されるまで、完全に忘れ去られていた。

さて、このどうしようもなく不出来な序文をしめくくる前に、ひとつだけ、これは忘れずに申しあげておきたい。

常々思っているのだが、いまやリチャードとエラリー・クイーンと呼ぶことにしたこの父子を強く結びつけている風変わりな愛情について、第三者に説明するのは実に難しい。というのもこのふたりときたら、決して中身が単純ではないのだ。小粋に歳を重ねた中年男のリチャード・クイーンは、市警察で三十二年間勤務したのちに、警視の階級章を授かったわけだが、それは単なる勤勉さの結果というよりは、一連の犯罪捜査においてすばらしい手腕を発揮し続けた勲功によるものだ。たとえば、いまや昔話となっているバーナビー・ロス殺人事件**における捜査の輝かしいはなれわざによって、〝リチャード・クイーン警視はこの偉業によって名声を確立し、タマカ・ヒエロ、〈フランス人〉ブリヨン、クリス・オリヴァー、ルノー、ジェイム

＊　〝ものまね殺人事件〟。この事件をもとにした物語はまだ出版されていない。J・J・マック

＊＊　この件において、エラリー・クイーンは父親の非公式な協力者としてのデビューを飾った。

ズ・レディック・ジュニアといった、犯罪捜査の伝説の達人たちと肩を並べるまでになった〟と語り草になったものである。*

リチャード老は新聞の賛辞には照れてしまうたちだったから、この手放しの誉め言葉も、自分から冗談の種にして笑い飛ばしていた。が、エラリーによれば、老人は間違いなく、この記事の切り抜きを長年こっそり大切にしまっているらしい。真偽はともあれ——私としては、想像力のたくましい記者たちがいくら彼を伝説に仕立てあげようとしても、リチャード・クイーンのことはひとりの人間くさい人間として見つめていたい——実は彼が刑事としておさめた成功の多くが、息子の知恵に大いに頼るものだったことを、いくら強調してもしすぎることはない。

ただし、このことはおおやけにはあまり知られていない。父子の業績にまつわる思い出の品々の一部は、友人たちの手でうやうやしく大切に保存されている。ふたりがアメリカ時代に居を構えていた西八十七丁目の独身者用の小さな住まいは、ふたりの現役時代に集められた風変わりな品々の、いわば私設博物館のようなものになっていた。チローの手による、父子を描いたすばらしい肖像画は、とある大富豪の画廊を飾っている。リチャードお気に入りの嗅ぎ煙草入れは、競売で競り落としたフィレンツェ風の渋い彫金細工がほどこされた骨董品だったが、濡れ衣を晴らしてやった愛らしい老婦人が口をきわめて誉めちぎるものだから、彼もとうとう根負けして譲り渡してしまった。エラリー自慢の犯罪に関する書物の膨大なコレクションは、おそらく世界一充実していたはずだが、一家でイタリアに移住するにあたって、泣く泣くすべてを処分した。そしてもちろん、クイーン父子によって解決された、いまなお未発表の事件記録の数々は、穿鑿《せんさく》好きな人々の眼を逃れて、ニューヨーク市警察署の文書館に保管されている。けれども、ふたりの内面に関しては——父と子の精神的な深い絆については——いまこの機会が与えられるまで、ほんの数名の——光栄なことに私も含めた——親しい人々の間で知られるのみで、世間には秘密にされたままだ。老人はおそらく、この半世紀の間に刑事課に勤めていた人間の中ではもっとも有名な人物であり、警察署長の椅子をほんの少し、形ばかり温めただけで去っていった代々の紳士たちよりも、よほど畏怖の念を持って、一般市民からの尊敬を集めていただろう——何度でも繰り返すが、そんな名声のほとんどは息子の天才的な頭脳の助けによるものなのだ。

純然たるねばり強さが求められる、可能性がそこかしこに散乱している事件においては、リチャード・クイーンは並ぶもののない腕ききの捜査官だった。水晶のように澄みきった、どんな些細なものも逃さない洞察力、複雑な動機や手口の詳細を正確に覚えている記憶力、どうにも突破口が開けそうになければ瞬時に視点を切り替える冷静な判断力。めちゃめちゃにいじられ、壊された百の事実を、順番もつながりもばらばらに崩してでたらめに渡しても、きっと警視なら、あっという間に正しく並び替えてしまうだろう。彼は絶望的にこんがらがった手がかりの混沌の中を、真実の匂いだけを嗅ぎ分けて追うことのできる警察犬なのだ。

けれども直観力、想像力という生まれながらの才能に恵まれていたのは、小説家であるエラ

＊　シカゴ・プレス。一九一×年一月十六日版。

リー・クイーンである。このふたりはまるで、異常なほどに卓越した才能を持ちながら、ひとりずつでは力を発揮できないのに、互いに協力しあえばすさまじい働きを見せる双子のようだった。むろん、リチャード・クイーンは、華々しい成功をもたらしてくれた息子との絆を、疎ましく思うはずもなく――心の狭い輩ならいざ知らず――むしろ、友人たちには真相を、できるだけありのままに伝えようと腐心していた。同じ時代に生まれてしまった犯罪者たちにとっては疫病神に等しい名を持つ細身で白髪の老人は、彼の言うところの〝懺悔〟を、親馬鹿丸出しとしか思えない無邪気さで語っていたものだ。

もうひとことだけ、つけ加えさせていただきたい。ふたりのクイーンが追い求めたすべての事件の中でもこの、すぐに明らかになる理由から、エラリーが『ローマ帽子の謎』と名づけた事件は、王冠を授けられるにふさわしいものだ。犯罪学の好事家や、探偵小説の熱心な読者なら、物語が解きほぐされるうちに、エラリーがなぜモンティ・フィールド殺しを研究に値する事件とみなしたか、理解してくれるだろう。平凡な殺人者の考える動機や行動パターンなら、一般的な捜査のプロであればたいてい見破ることができる。しかし、フィールド殺しの犯人の場合はそうはいかなかった。クイーン父子が対峙したのは、直感の鋭い、人を出し抜くことにかけては天下一品の名人だった。実際、事件が解決してほどなくリチャードは、この計画犯罪は人類の頭脳が考えうるかぎりにおいて、ほぼ完璧に近い犯罪だった、と述懐したものだ。しかしながら、多くの〝完全犯罪〟と同様に、小さな不運とエラリーの鋭い推理が重なった末、ついにたったひとつの手がかりが狩人たるクイーン父子の前にもたらされ、計画者は破滅へ導かれることとなったのである。

J・J・マック

ニューヨークにて
一九二九年三月一日

登場人物目録

以下はモンティ・フィールド殺害事件の物語に登場したすべての人物のリストであり、読者諸氏の便宜をはかるべく、つけ加えたものである。謎めかすことはせず、できるだけわかりやすい説明を心がけた。推理小説をじっくりと考えながら読み進む過程においては、好むと好まざるとにかかわらず、忘れがちなものである――のちに事件解決の重要な鍵をになうまでは、たいして重要な役どころに思えない、大勢の脇役たちの存在を。というわけで、この物語の巡礼の旅を続ける間は、本リストを頻繁《ひんぱん》に参照していただくよう、強くおすすめする。読むだけで推理をしない人たちの負け惜しみ――「アンフェアだ！」というお決まりの叫びをあげないでいただくためにも。

E・Q

モンティ・フィールド　とても重要な登場人物である――被害者
ウィリアム・プザック　事務員。死体の発見者
ドイル　頭の切れる警官
ルイス・パンザー　ブロードウェイの劇場支配人

ジェイムズ・ピール　〈ピストル騒動〉における色男《ドンファン》だ
イヴ・エリス　曇りなき女の友情だ
スティーヴン・バリー　若き花形役者の不安はもっともだ
ルシール・ホートン　いわゆる〝街の女〟だ――劇中で
ヒルダ・オレンジ　才能あるイギリス人の性格女優だ
トマス・ヴェリー部長刑事　犯罪捜査のベテラン
ヘッス、ピゴット、フリント、ジョンソン、ヘイグストローム、リッター　殺人課の紳士たち
サミュエル・プラウティ博士　首席検死官補
マッジ・オコンネル　死の通路を担当する案内嬢
シュタットガード博士　観客の中には絶対にひとりは医者がいるのだ
ジェス・リンチ　お人よしのオレンジエード売りの青年
ジョン・カザネッリ　またの名を〈牧師のジョニー〉もちろん〈ピストル騒動〉にはプロとして職業的な興味を持っている
ベンジャミン・モーガン　どう説明すればいいだろう？
フランシス・アイヴズ＝ポープ　社交界の華、登場
スタンフォード・アイヴズ＝ポープ　街じゅうの高級クラブで有名な遊び人
ハリー・ニールスン　うまい広告宣伝に喜びを見出す男
ヘンリ・サンプスン　実に貴重なことに、聡明な地方検事

チャールズ・マイクルズ　ハエ――いや、蜘蛛か？
アンジェラ・ラッソー夫人　上品なご婦人
ティモシー・クローニン　法のもとの熱心な探索者
アーサー・ストーツ　法のもとの熱心な探索者その二
オスカー・ルイン　死者のオフィスの〝三途の川の渡し守《カローン》〟
フランクリン・アイヴズ＝ポープ　富が幸福を意味するなら――
フランクリン・アイヴズ＝ポープ夫人　心配性の母親
フィリップス夫人　有能な中年の天使
サディウス・ジョーンズ博士　ニューヨーク市の毒物学者
エドマンド・クルー　刑事課所属の建築の専門家
ジューナ　新人類のすばらしい何でも屋

問題は――
誰がモンティ・フィールドを殺したのか？
そして、このような謎解きを背負う、頭脳明晰な紳士たちは――

リチャード・クイーン氏
エラリー・クイーン氏

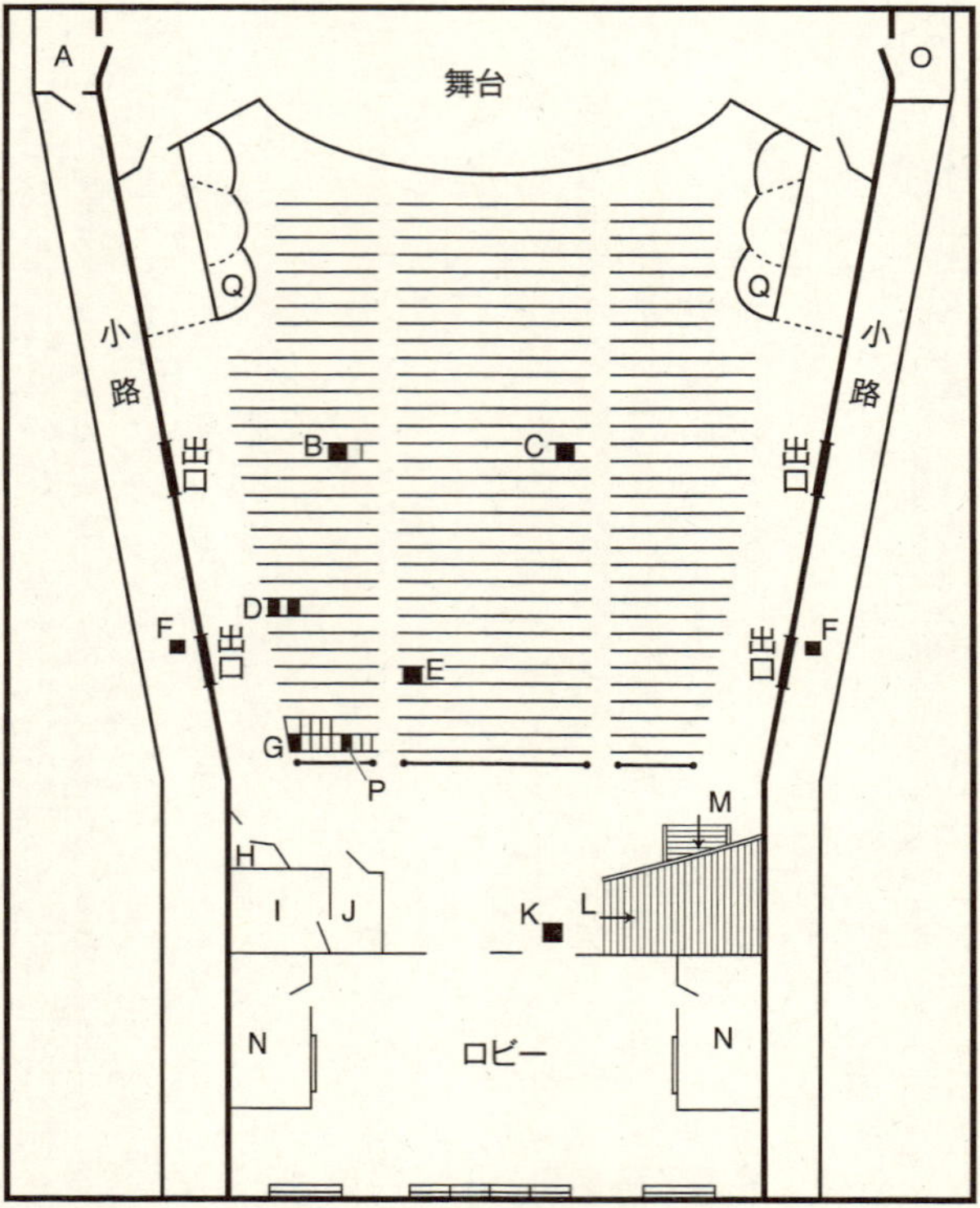

〈ローマ劇場〉見取り図（エラリー・クイーン画）

A　楽屋
B　フランシス・アイヴズ＝ポープの席
C　ベンジャミン・モーガンの席
D　〈牧師のジョニー〉ジョン・カザネッリとマッジ・オコンネルがいた席
E　シュタットガード博士の席
F　オレンジエード売りのスタンド（幕間のみ販売）
G　死体発見現場。黒い四角がモンティ・フィールドの席。その前列四つと右三つ分は空席
H　ハリー・ニールスンのオフィス
I　ルイス・パンザー支配人のオフィス
J　支配人オフィスの待合室
K　もぎりのボックス
L　二階席に上がる階段
M　ラウンジにおりる階段
N　切符売り場
O　衣装部屋
P　ウィリアム・プザックの席
Q　オーケストラピット

第一部

警察官たるもの、アホウドリの教えに、しばしば従わなければならない――この愚かな鳥は、浜辺にたむろする人間たちの手や棒による破滅が待ち受けているのを重々承知で、不名誉な死をも覚悟のうえで、果敢に砂浜へ卵を産みにいくのである……警察官もまた然り。すべてのニッポン人は、警察官が回答の卵を無事に孵《かえ》すまで、見守るべきなのである。

タマカ・ヒエロ著『千の言の葉』

1　では、読者が、とある劇場の観客と、死体に紹介されること

一九二×年の演劇シーズンは、不安と狼狽をはらんだ幕開けとなった。なんと、あのユージーン・オニールが、演劇界に関わる知識人《インテリゲンチャ》たちの財政を確保すべく、新たな芝居を書きおろさなかったのである。一方、俗人《ロウブロウ》たちは、せっかく芝居から芝居に渡り歩いても、たいして感銘を受けないことに嫌気がさしたのか、お堅い劇場を見捨てて、気軽に愉しめる映画の殿堂へと去ってしまった。

そんなわけで、九月二十四日の月曜の夕刻に、ブロードウェイの劇場地区を照らす電飾の、眼もくらむほどまばゆい光に霧雨の紗《しゃ》がかかり始めると、三十七丁目からコロンブス広場に至るまでの劇場支配人や演出家は、恨めしげに空を見上げたものである。あちらこちらの劇場では、上からのお達しで芝居が打ち切られ、解雇通知が飛びかう。劇場の経営陣は経営陣で、どうかこの苦境を照覧《しょうらん》あれかしと、神と気象台に祈りを捧げる。芝居好きさえ、街をおおいつくす雨にくじけて、ラジオやブリッジのテーブルの前から離れようとしない。誰もいない街に、むこうみずにも繰り出した者の眼に映るブロードウェイは、実に荒涼としていた。

けれども、西四十七丁目の歓楽街、通称〝ホワイトウェイ〟に立つローマ劇場に面した歩道は、まるでシーズン真っ最中の上天気の日であるかのように、観客でごった返していた。演目

の〈ピストル騒動〉の文字が、劇場の陽気なひさしの上で華やかに光り輝いている。切符売りは〝当日券〟の窓口に笑いさざめいて押し寄せる群衆を、てきぱきとさばいていく。威厳に満ちた黄褐色と青の制服に身を包み、年季のはいった落ち着きが目をひくドアマンは、シルクハットや毛皮で着飾った夜会服姿の客たちを、一階の舞台前の特等席にうやうやしく、満足げな表情で案内している。まるで、こんな悪天候など〈ピストル騒動〉の公演にたずさわる者には、痛くも痒くもない、といわんばかりに。

ブロードウェイでも新しいこの劇場にはいってからは、誰も皆いそいそと自分の席をめざしつつ、何やら不安げにそわそわし始めたが、これは今夜の演目がかなり荒っぽいことで、つとに知られているからだ。やがて、客席の最後のひとりまでが、プログラムをめくるのをやめた。いちばん最後に駆けこんできた客も、隣の席の人の足につまずきながら、どうにかこうにか席につく。照明が少しずつ落とされ、緞帳《どんちょう》があがる。静寂の中、ピストルが鋭く響き、男が悲鳴をあげて……芝居が始まった。

〈ピストル騒動〉はシーズン初の、暗黒街の日常に響く音を取り入れた芝居である。オートマチック、マシンガン、ナイトクラブへの警察の手入れ、ギャングの〝血の復讐《ヴェンデッタ》〟における阿鼻《あび》叫喚《きょうかん》――暗黒社会についてのロマンチックな空想や妄想の産物が、これでもかと大盤振る舞いに詰めこまれた、スピード感あふれる三幕ものだ。かなり大げさに脚色された世相の反映は――多少どぎつく、悪趣味とはいえ、観劇ファンに大喜びで受け入れられた。当然、雨が降ろうが槍が降ろうが、劇場は連日超満員となった。今夜の入りも、まさにその人気を証明していた。

芝居は流れるように進んだ。観客は第一幕の、まるで雷雲の中にいるかのように騒音轟くクライマックスにすっかり心を奪われている。雨があがっていたので、最初の十分間の幕間は、皆、空気を吸いに、劇場の外の小路に出てきた。第二幕が始まると、舞台上の爆音はボリュームがさらに一段あがった。芝居は大きな見せ場にはいり、フットライトの向こうでは銃声の応酬が途切れなく続いている。客席のうしろの方でちょっとしたざわめきが起きたことを、誰ひとり気にかけもしなかったが、この騒音と暗闇では無理もない。おかしな出来事に気づいた者は誰もおらず、芝居はあいかわらず騒々しく続けられた。けれども、少しずつ、そのざわめきは大きくなった。ついには、客席左手の後方にいる観客が数名、坐ったまま身体をよじり、怒りを含んだ小声で自分たちの権利を主張し始めた。抗議は伝染した。あっという間に、何十組という眼が、一階客席のざわつくあたりに向けられる。

突然、耳をつんざく悲鳴が、場内の空気を切り裂いた。舞台上のめまぐるしい展開に興奮し、我を忘れて見入っていた観客は、悲鳴が聞こえたとたん、うんと首を伸ばして振り向き、おやまあ、今度はどんな新しい趣向かしらん、と、わくわくしながら熱心に眼を凝らしている。

不意に、場内の照明がぱっとついて、きょとんとした顔、怯えた顔、すでに何事かを敏感に察知した顔が浮かびあがった。客席左端にある出口のうち、うしろ側の扉の前で、巨軀の警察官が、おどおどとびくついた男の腕をつかんで立っている。質問しようとする一同を、大きな手のひと振りで黙らせると、警官は大声で怒鳴った。「全員、そのまま！　その場を動かないで！　席を立たないでください、全員！」

皆、どっと笑った。

が、すぐにその顔から、笑みが消えていった。役者たちが妙に戸惑っていることに、気づき始めたのだ。彼らはフットライトの向こう側で、それぞれの台詞を続けているが、困惑したような視線をちらちらと一階客席に向けてくる。それを見た客たちは、悲劇の匂いを嗅ぎとり、ぞっとして、慌てて腰を浮かせた。警官の雷鳴のような声がまたもや轟きわたる。「席を立つなと言ったでしょう！　ほら、動くな！」

やっと、観客はこれが芝居ではなく現実の出来事だと気づいた。女たちが悲鳴をあげて、連れの男にすがりつく。二階席の、真下の様子がまったく見えない客たちが、なんだなんだと騒ぎだす。

警官は、隣でもじもじと両手をこすりあわせている、外国人らしいずんぐりした男を猛然と振り返った。

「いますぐ、劇場の出入り口を全部封鎖してください、パンザーさん」警官は唸った。「すべてのドアに座席の案内係を見張りにつけて、出入りしようとする人間がいたら止めるように指示を。劇場の外にも人をやって、まわりの道も見張らせてください、署から応援が来るまで。ほら、パンザーさん、早く、暴動になる前に！」

たったいま警官に怒鳴られた警告を無視してどういうことか問い質そうと、席を飛び出してくる大勢の客の間をすり抜けて、浅黒い肌の小柄な男は大急ぎで去っていく。

警官は左側の最後列の端で仁王立ちになると、座席の間の床に頭から崩れ落ちたように、不自然な格好でちぢこまって倒れている夜会服姿の男の身体を、自らの巨体で隠した。そして、きっと顔をあげ、隣ですくんでいる男の腕をがっちりつかんだまま、一階席のいちばんうしろのあたりを素早く一瞥《いちべつ》した。

「おい、ニールスン！」警官は叫んだ。

白っぽい、淡い色の髪の男が、正面入り口そばの小部屋から慌てて出てくると、人の波をかきわけて警官のそばにやってきた。床の上の動かない身体に鋭い視線を向ける。

「何があった、ドイル？」

「この人に訊いた方がいい」警官は深刻な口調で答え、つかんでいる男の腕をぐいと引いた。

「そこで男が死んでいるが、こちらの――」言いながら、すっかりちぢこまっている小男に、獰猛《どうもう》そうな視線を向けた。「プザック、う、ウィリアム・プザック、です」小男はやっとのことで答えた。「――プザックさんは」ドイルは続けた。「その男が、殺《や》られたとつぶやくのを聞いたそうだ」

ニールスンは呆然と死体を見下ろした。

警官はくちびるを噛んだ。「まったく、最高だよな、ハリー」吐き捨てるように言う。「この場に警官はおれひとり、なのに面倒を見なきゃならん、わめきちらす馬鹿どもは、わんさかいるときた……ちょっと、頼んでいいか」

「なんでも言ってくれ……くそ、とんでもないことになった！」

ドイルはその怒りを、ことの成り行きやいかにと三列前で座席の上に立って、覗きこんでくる野次馬の男にぶつけた。「おい、あんた!」ドイルは吼えた。「椅子からおりろ! そこも――下がれ、全員だ、全員! さっさと席に戻れ、さもないと、そこのうるさい奴ら、全員しょっぴくぞ!」

そして、ニールスンを振り返った。「オフィスに戻って、殺人があったと本部に連絡してくれ、ハリー」小声で指示する。「ごっそり連れてくるように要請しろ――できるだけ大勢。現場が劇場だってことも言うんだ――そうすれば、向こうで適当に判断する。そしてこれを、ハリー――外に出たら、この呼び子を吹いて吹いて吹きまくれ。いますぐ応援が必要なんだ、おれは」

ニールスンが人ごみをかきわけて戻っていくと、その背中に向かって、ドイルは怒鳴った。「できればクイーンのご老体に来てもらうように頼んでくれ、ハリー!」

白っぽい髪の男はオフィスの中に消えた。それからほどなく、劇場前の歩道から、呼び子の甲高い音が響いてきた。

浅黒い肌の劇場支配人はドイルに、出入り口すべてと劇場を囲む小路に見張りを置くように指示されて中座していたが、再び、群衆にもみくちゃにされながら戻ってきた。礼装のシャツは皺だらけで、困惑したように額の汗をぬぐい続けている。さらに進もうと客を押しのけた彼を、ひとりの女が止めた。そして、金切り声で問い質し始めた。

「どうして、そこの警官は、わたくしたちを閉じこめてるんですの、パンザーさん? わたくしには、出ていく権利がありましてよ！　ここで何か事故があったとしても、それがなんですの——わたくしには関係のないことですわ——そちらの問題でしょう——その男にやめさせてくださいましな、なんの罪もない人間に、こんな無体をするなんて！」

小男は口ごもるように答えながら、どうにか逃げ出そうとしていた。「いえ、奥様、申し訳ありません。あの警官は必要な仕事をしているんです。男性がひとり、殺されまして——ゆゆしき事態というわけで。ですから……劇場支配人として、私はあのかたの命令に従わなければなりませんので……どうかお静かに——ご辛抱ください……」

彼女の腕からようやく抜け出すと、さらに抗議される前に、さっさと離れた。

ドイルは座席の上に立って、両腕をぶんぶん振りまわし、怒鳴り続けている。「そのまま坐って、静粛にしてろ、静粛に！　市長だろうが誰だろうがかまわん、そこの——ああ、そこのあんた、片眼鏡《モノクル》の——坐ってろ、でなきゃ、おれがこの手で椅子に押しこむぞ！　どういう事態かわからんのか？　いいから黙れ、静かにしろ！」彼は床に飛び降り、悪態をつきながら、制帽の縁から流れ落ちる汗を拭いた。

混乱と興奮で、一階席は巨大なやかんよろしく沸騰し、二階席の手すりには、騒ぎの原因を知ろうとして首を伸ばす人々がむらがったが、結局、誰にも何もわからずじまいで、客たちは舞台上のすべてが突然、止まったことにも、まったく気づいていなかった。フットライト越しの現実のドラマの前ではまったく意味を失った台詞を、役者たちは一応、つっかえながら棒読みしていた。やがて、ゆっくりと緞帳がおりて、今夜の催しに終わりが告げられた。役者たちはがやがや喋りながら、そそくさと舞台の階段に向かった。客たちと同様に、すっかりめんくらった様子で、騒ぎの中心をちらちらと盗み見ている。

けばけばしい衣装に身を包んだ豊満な老婦人は——〝パブの女主人〟マーフィ夫人を演じる、海外から招待した名女優で——ヒルダ・オレンジといった。〝街をさまよう娘〟こと、ナネッテ役のほっそりと優美な姿は——この芝居の主演女優、イヴ・エリスだ。〈ピストル騒動〉の長身でがっしりした主役はジェイムズ・ピールで、粗いツイードのスーツに帽子で盛装している。夜会服姿が粋な、〝ギャング〟に身を落とした設定の上流階級の青年を演じる若手は——スティーヴン・バリー。〝街の女〟の役作りが、不作の今シーズンにあれこれ批評をする材料のなかった批評家たちから、ありとあらゆる形容詞のシャワーを浴びせられることとなった、ルシール・ホートン。ヴァンダイクひげの老人が着ている非の打ちどころのない夜会服は、〈ピストル騒動〉の役者全員の衣装を担当するムシュー・ルブランの、天才的なセンスと才能によるものだ。一方、ずんぐりした悪役は、狂乱の客席を眺めるうちに、舞台上のしかめ面が解けて、人のよさそうな素の表情に戻ってしまっている。実際、役者たちは、かつらや白粉や口紅やほかにもいろいろ塗りたくったまま——何人かは慌ててタオルを使って化粧を拭いとっていたが——一団となって、おりてくる緞帳の下をくぐり、一階客席への階段をぞろぞろおりると、押し合いへし合いしながら、騒ぎの現場に向かって、通路を突き進んでいった。

正面入り口で、またも騒ぎが起きると、客たちはドイルが必死に止めるのを無視して、もっとよく見ようと、またもや立ち上がった。制服警官の一団が、警棒を構えたまま、場内になだれこんでくる。その先頭を切ってはいってきた、背の高い私服の男に敬礼すると、ドイルは腹の底から安堵のため息をついた。

「何があった、ドイル？」新しく来た男は、まわりを取り囲む大混乱の修羅場に顔をしかめた。一緒にはいってきた応援の制服警官たちは、一階の野次馬たちを、座席よりもさらにうしろに追いやり始めた。立っていた客たちは、もとの自分の席に戻ろうとした。が、つかまって、最後列のうしろで憤慨している集団の中につっこまれた。

「この男が殺されたようです、部長」ドイルは言った。

「ほほう」私服の男は、床の上で動かない身体を平然と見下ろした――足元に倒れている男は、黒い袖で顔を隠すようにして、両脚を前列の座席の下でぶざまに広げている。

「死因は――銃か？」忙しく視線をさまよわせながら、新しく来た男が訊ねる。

「いえ、部長――違うようです」警官は答えた。「客席から医者を呼び出して、診てもらいました――おそらく、毒だろうと」

部長刑事は唸った。「そちらさんは？」鋭く言うと、ドイルの傍《かたわ》らでぶるぶる震えているプザックを指差した。

「死体の発見者です」ドイルが答えた。「発見以来、この場を動いていません」

「よし」部長刑事は振り返ると、一メートルほど離れた場所に固まっているひと握りの一団に向かって問いかけた。「ここの支配人は？」

パンザーが進み出た。

「ヴェリー部長刑事だ、本部の」私服の男はぶっきらぼうに言った。「で、おたくは、この大騒ぎしている阿呆どもを黙らせようとか、全然、何もしなかったのか？」

「できるだけのことはいたしました、部長刑事様」支配人は両手をよじって、蚊の鳴くような声で答えた。「でも、このおまわりさんがお客様がたを怒鳴りつけたりしたものですから――」詫びるようにドイルを振り向く。「――皆様、どうもそれが気に入らなかったようで。もうどうすれば、何もなかったようにおとなしく坐っていてくださいと説得できるか、皆目わかりませんので」

「なら、こっちでなんとかする」ヴェリーはぴしりと言った。そして、そばにいた制服警官のひとりに早口で指示を出した。「それで――」彼はまたドイルに向きなおった。「――ドアはどうなってる、出入り口は？　そっちは手配したのか？」

「もちろんです、部長」警官は笑顔になった。「そこのパンザーさんに頼んで、ドア全部に案内係を張りつかせました。どっちにしろ、もともとそこが連中の持ち場だったんですが、とりあえず念のために」

「よくやった。出ようとした者はいないな？」

「それは私が請けあえると存じますが、部長刑事様」パンザーがおずおずと口をはさんだ。「この芝居では、すべての出入り口に案内係を配置しておく必要がございます、その、雰囲気のために。これは暗黒街を舞台にしておりまして、撃ち合いや悲鳴やなにやかにやがずっと続いているのですが、扉の前に見張りが立っていると、謎めいた雰囲気が増しますので。もしよろしければ、お調べいたしますが……」

「それはこっちで確認する」ヴェリーはにべもなく言った。「ドイル、誰を呼んだ?」

「クイーン警視です」ドイルは答えた。「広報のニールスンに頼んで、本部に電話をかけてもらいました」

ヴェリーは、無表情な顔にちらりと笑みを浮かべた。「何から何まで行き届いてるじゃないか。で、死体は? そこの人が発見してから、誰か触った者はいるか?」

ドイルにがっちりつかまえられ、すくみあがったままの男は半泣きで支離滅裂に喋りだした。

「ぼ――ぼくはあ、刑事さん、見つけた、だけですよう、その人を――神に誓って、ぼく――」

「はい、はい」ヴェリーはそっけなく言った。「もう少し待っててくれませんかね。何を慌ててるんです? それで、ドイル?」

「自分がここに来てからは、誰も指一本、触れていませんよ」ドイルはかすかに誇らしげな口調で答えた。「もちろん、シュタットガード先生は別ですが。客席から呼び出して、死亡の確認をしてもらいました。この医者のほかに、近づいた人間はいません」

「よく働いたじゃないか、ドイル。この埋め合わせは必ずするぞ」そう言って、ヴェリーが振り返ると、パンザーはびくっとあとずさった。「支配人、すぐに舞台に走ってって、あんたから発表した方がいいだろう。全員、クイーン警視が帰っていいと言うまで、ここにかんづめだ、と――わかったかね? 逆らうだけ無駄だと言え――ごねればごねるだけ、帰る時間が遅くなるだけだとな。それから、自分たちの席にじっとしているように、少しでも怪しい行動を取れば、それだけ不利になる、ということもはっきり言うんだ」

「はい。かしこまりました。ああ、神様、なんてことだ！」ひと声呻いて、パンザーは舞台に向かって通路を突き進んでいく。

と同時に、客席のうしろの大扉を押し開けて、ひと握りの集団が、場内の絨毯に足を踏み入れてきた。

2　では、ひとりのクイーンが働き、もうひとりのクイーンが見物すること

リチャード・クイーン警視は、その外見も物腰も、特に目をひく人物ではない。小柄でしなびた、むしろ見るからに温厚そうな老紳士である。前かがみに歩く、その思慮深そうな雰囲気が、豊かな白髪や口ひげ、うっすらと紗《しゃ》のかかった灰色の瞳、ほっそりした手と、不思議なほどよく合っている。

小刻みな足取りで、きびきびと絨毯を突っ切って登場したクイーン警視は、見守る誰の眼にも、お世辞にも印象的とはいえなかった。けれども、その柔和な威厳ある様子があまりに超然としているからか、はたまた、皺の深い老顔を照らす微笑があまりに無邪気で好々爺然《こうこうやぜん》としているからか、警視が進むにつれて、客席のざわめきがじわじわと広がっていく。

部下たちの態度が、さっとあらたまった。ドイルは左の出口近くの片隅に引っこむ。ヴェリ

ー部長刑事は死体の上にそびえるように立っていたが――皮肉っぽく、冷淡で、周囲のヒステリーにも無頓着だった彼さえも――注目の的という役割から解放されて、わずかにほっと力を抜いたように見える。通路で見張りに立つ制服警官たちが、生き返ったように敬礼する。不安でいっぱいの、腹をたててぶつぶつ文句を言い続ける客たちさえ、わけもなく安堵を覚えて、再び座席に腰をおろしていく。

クイーン警視は前に出ると、ヴェリーと握手をした。

「気の毒にな、トマス。ちょうど家に帰る途中だったんだって?」小声でねぎらうと、今度はドイルに父親のような笑顔を向けた。そして、憐れむような表情で、床の上の男を見下ろす。「トマス。出入り口は全部封鎖してあるか?」ヴェリーが応じてうなずく。

老人は振り向き、興味深そうに、現場に視線をさまよわせた。何事か低い声で質問すると、そのたびにヴェリーがうなずいている。やがて、警視はドイルに指で合図した。「ドイル、このあたりに坐っていた客はみんな、どこに行った?」そして死んだ男の隣の三席と、前列の四つの席を指し示す。

警官は困惑した顔になった。「そのへんは誰も坐ってませんでしたが……」

クイーン警視はしばらく無言で立っていたが、再び指を振ってドイルをもとの位置に下がらせると、小声でヴェリーに話しかけた。「この大入り満員の中でか……いまの証言は覚えておけ」ヴェリーは重々しく眉をあげた。「しかし、どうにも参ったな」警視は穏やかに続けた。「さしあたって、わしの眼に映るのは死んだ男がひとりと、大汗をかいて大騒ぎしとる大人数だけときた。ヘッスとピゴットに少し、交通整理させるか」

ヴェリーは、警視が連れてきた私服刑事ふたりに鋭く指示を出した。命令を受けて、ふたりは客席の間の通路を後方に向かってのそのそと進んでいき、やがて野次馬たちは自分たちが少しずつ押しのけられていることに気づいた。制服警官たちもふたりの刑事に加勢する。役者の一団は客席のうしろに移動するように命じられた。中央の客席のうしろの空いたスペースにロープで作った、狭い仕切りの中に、五十人ばかりが押しこまれる。落ち着き払った刑事たちが彼らの間を歩きまわり、切符を出させて、ひとり、またひとりと、それぞれの座席に戻らせる。ものの五分とたたないうちに、立っている客はひとりもいなくなった。役者たちはとりあえず、ロープの仕切りの中にそのまま待機しているように言い渡された。

左端の通路で、クイーン警視はトップコートのポケットに手を入れ、彫刻のほどこされた茶色の嗅ぎ煙草入れをそっと取り出すと、傍目にもわかるほど、それは嬉しそうに、ひとつまみ取り出した。

「ああ、だいぶよくなったよ、トマス」警視は咽喉の奥で笑った。「すまんが、わしはやかましいのは、どうにもこうにも……その床に転がっとる気の毒な御仁《ごじん》は誰かね――わかるか？」

ヴェリーはかぶりを振った。「あたしもまだ死体に触ってないんですよ、警視」彼は答えた。「こっちもほんの二、三分前に着いたばかりで。四十七丁目を巡回していた警官が、ドイルの呼び子が吹かれたと、分署から報告をよこしました。ドイルがよくやってくれました、警視……分署の署長補佐からも、ドイルの仕事ぶりは評価されてます」

「ああ」警視はうなずいた。「うん、そうか、ドイルだったな。こっちに来てくれ、ドイル」

警官は進み出て、敬礼した。

「まずは」小柄な白髪の男は、うしろの座席にらくらくと寄りかかりながら続けた。「いったい、何が起きたんだね？」

「自分の知るかぎりですが」ドイルは報告を始めた。「第二幕が終わるほんの少し前に、この男性が――」そう言って指差したプザックは、すみっこでちぢこまるように立っていた。「――駆け寄ってきて、いちばんうしろで立ち見していた自分に〝人が殺されました、おまわりさん！……人が殺されました！〟と言ったのであります。赤ん坊のように同じことを繰り返しているものですから、てっきり聞こし召しているのかと思いました。それでも急いでここに来て――その時の場内は真っ暗で、舞台の上は銃声と悲鳴ばかりでした――床にこの男が倒れているのを見ました。身体を動かさないように、脈を取ってみましたが、何も感じませんでした。本当に死んでるのかどうか確かめるために医者を呼び出してもらうと、シュタットガードという医者が応じてくれまして……」

クイーン警視は素早く身を起こすと、おうむのように首を曲げた。「よし。お手柄だ、ドイル。シュタットガード先生とやらには、あとで質問しよう。それから何があった？」

「それから」警官は続けた。「この通路の案内嬢を支配人オフィスにやって、パンザーを呼んでこさせました。ルイス・パンザーです――その、そこにいるのが、ここの支配人で……」

クイーン警視は、一メートルほどうしろで立ったままニールスンと喋っているパンザーを確認し、うなずいた。「あれがパンザーだな。よし、よし……エラリー！　伝言を聞いてくれたか」

警視は、申し訳なさそうにあとずさるパンザーを押しのけ、脱兎のごとく飛び出すと、いつのまにか正面入り口からはいりこんで、のんびりと現場を見回している長身の青年の肩を叩いた。そのまま、青年の腕に自分の腕を通す。

「邪魔したかね？　今夜はどこの本屋をうろついとったんだ？　いや、エラリー、来てくれて本当に嬉しいよ！」

そしてポケットに手をつっこみ、再び嗅ぎ煙草入れを取り出すと、深々と吸いこみ——うんと吸いこんで、くしゃみをして——息子の顔を見上げた。

「正直に言えば」エラリー・クイーンは休みなく視線を動かしながら答えた。「ぼくの方は、素直に同じ言葉を返せませんよ。愛書家の至上の天国から引きずりおろされたんですから。あの本屋相手に粘りに粘って、本当なら値段なんかつけられないファルコナーの初版本を、ようやく売ってもらえそうになって、よし、これはお父さんに金を貸してもらおうじゃないか、と、はりきって本部に電話をかけたら——いま、ぼくはここにいるというわけだ。ああ、ファルコナー——まあ、いいです。明日でも大丈夫でしょう。たぶん」

警視は咽喉の奥で笑った。「骨董品屋で嗅ぎ煙草入れを選んどったというなら、おまえの気持ちもわかるだろうがな。本なんぞ——まあ、とにかく来てくれ。今夜はひと仕事になりそうだ」

左側に固まっている数人に向かって歩いていく間、老人の手は息子のコートの袖をしっかりつかんでいた。エラリー・クイーンの頭は、父親の頭よりも二十センチほど高くそびえていた。肩は角張り、歩くと身体が気持ちよく揺れる。グレーのオックスフォードのスーツに身を包み、細いステッキを手にしている。鼻梁には、これほど運動家らしい体格の男にしては、やけに不にあいなものがのっている――縁なしの鼻眼鏡《パンスネ》。けれども首から上の風貌はむしろ、面長な顔の繊細な輪郭といい、聡明そうな光を放つ瞳といい、肉体派というより、頭脳派のそれに思えた。

ふたりは死体を囲む人の輪にはいった。エラリーはヴェリーに丁重に迎えられた。彼は座席の上にかがみこみ、死んだ男を熱心に見つめてから、しりぞいた。

「続けて、ドイル」警視が鋭く言う。「きみは死体を見た、第一発見者を押さえた、支配人を呼んだ、と……それから？」

「パンザーに指示して、すべてのドアを封鎖させ、出入りする者がいないように見張らせました」ドイルは答えた。「客席は大騒ぎでしたが、特に変わったことはありません」

「上出来だ、上出来！」警視は嗅ぎ煙草入れをいじりながら言った。「よくやった。さて――そちらの紳士だが」

警視が、すみっこで震えている小男に向かって手を振ると、小男はおどおどと進み出て、くちびるをなめながら、助けを求めるようにあたりを見回し、無言で立ちつくした。

「お名前は？」警視は優しい口調で訊ねた。

「プザック――ウィリアム・プザックです」男は答えた。「簿記係をやってます。あのう、ぼくはただ――」

「一度にひとつずつ、お願いしますよ、プザックさん。あなたはどこに坐っていたんです？」

プザックは勢いよく、最後列の端から六番目の席を指差した。怯えた様子の若い娘が五番目の席から、こちらを見ている。

「なるほど」警視は言った。「あの若いご婦人は、あなたのお連れさんかな？」

「はい――はい、刑事さん。婚約者です。エスター――エスター・ジャブロウさんで……」

一歩うしろで、刑事のひとりが手帳に記録を書きつけている。エラリーは父親のうしろに立って、出入り口をひとつひとつ眺めている。やがて、トップコートのポケットから小さな本を取り出すと、遊び紙に見取り図を書き始めた。

警視がしげしげと娘を観察すると、彼女はさっと眼を伏せた。「それじゃ、プザックさん、何があったのかを話してもらおうか」

「ぼく――ぼくは何も、悪いことはしてないんですよう、刑事さん」

クイーン警視は彼の腕を軽く叩いた。「誰もあなたを責めてませんよ、プザックさん。ただ、何があったのか、あなたの視点からの話が聞きたいんだ。ゆっくり考えてくれてかまいません――話しやすいように、話してくれれば……」

プザックは意外そうに警視を見た。そして、くちびるを湿らすと、話しだした。「ぼくは、ええと、その、そこの席に坐ってました、ええと――ジャブロウさんと一緒に――とてもおもしろい芝居で、夢中で見てました。二幕目なんかもう、手に汗握るっていうか——舞台でばんばん撃ちあったり、怒鳴ったり、ものすごくて——それで、ぼくは立ちあがって通路に出ようとしました。この通路です——ええと、この通路」彼はおずおずと、自分のいま立っている絨毯を指差した。クイーン警視はうなずいた。あくまで柔和な表情で。

「押しのけなきゃ、出られなかったんですけど——その、ジャブロウさんを。でも通路までの席には、ほかにひとりしか坐ってなかったので。それで、こっち側の通路を選んだんです。ぼくは、そのう——」詫びるように言いよどむ。「——芝居のいちばん盛りあがってるところで席を立つんだから、なるべくほかの人たちに迷惑をかけないようにしようって……」

「実にいい心がけですな、プザックさん」警視は微笑んだ。

「はあ、どうも。それで、座席の列の間を、横にずっと歩いてきました、手探りで、その、真っ暗でしたから、そしたら——この人のところにたどりついたんですが」彼は身震いすると、早口に続けた。「なんだか変な格好で坐ってるなと思いました。その、この人が膝を前の席にくっつけてるから、ぼくが通り抜けられないんです。それで〝すみません〟って声をかけて、通らせてもらおうとしたんですけど、一センチも膝を動かしてくれなくて。それで、もうどうしていいかわからなくて——その、ぼくはあまり、気が強い方じゃないもんですから、おとなしく引き返そうとしたんですが、そしたらいきなり、その人が床にずり落ちてくるのを感じて——まだ、身体がくっつくくらいそばにいたから、わかったんですよ。そりゃもう、ぞっとして——だってねえ、誰だって、ぞっとするじゃないですか、そんなの……」

「それはそれは」同情するように、警視が答える。「さぞ驚いたでしょう。それから？」

「それから……その、どうしよう、どうしようって慌ててたら、この人が座席からずるずるっと滑り落ちて、頭からぼくの脚にぶつかってきて。どうしていいか、わからなくなっちゃったんです。助けを呼ぶこともできませんでした――とにかくもう、その時はそんなこと思いつかなくて――それで、ぼくはまあ普通に、この人の上にかがみこんで、酔っ払ってるのかな、病気なのかな、どうしたんだろ、と思いながら、椅子の上に引っぱりあげようとしました。そのあとどうするとか、全然、考えてなかったんですが……」

「わかりますよ、プザックさん。続けて」

「そしたら――あとは、さっきこのおまわりさんに話したとおりです。頭を支えてあげたら、この人の手が必死にすがるように這いあがってきて、ぼくの手をつかんで、そして、何か呻く声が聞こえてきました。すごく弱々しくて、よく聞きとれませんでしたが――とにかく、その、恐ろしい声だったんですよう。うまく言葉では説明できないんですけど……」

「大丈夫、わかりますよ」警視は言った。「それから？」

「それから、その人が喋りだしました。喋る、というより――咽喉を詰まらせたような、ごろごろいう音でしたが。最初のふたことみことは、よく聞きとれませんでしたけど、それでも単なる病気とか酒とかじゃないと気がついたので、かがんで耳を澄ましてみました。そしたら、あえぎながら言ってたんです。〝人殺し……殺された……〟とか、そんなようなことを」

「〝人殺し〟と。そう言った？」警視はプザックを鋭く見据えた。「なるほど。そりゃあショックだったでしょうな、プザックさん」不意に、声が厳しくなる。「この男が〝人殺し〟と言ったのは、間違いないね？」

「そう聞こえました、刑事さん。ぼく、耳はいいんですよ」プザックはゆずらなかった。

「そうですか」クイーン警視はまた愛想のよい笑顔になった。「いやいや、もちろん、確かめておきたかっただけです。それから、あなたはどうしましたか？」

「それから、この人がちょっと身もだえして、急に、ぼくの腕の中でぐったりしちゃったんですよ。死んだのかと思って、もう怖くて、そのあとは自分でもよく覚えてないんですが――気がついたら、客席のうしろに行って、おまわりさんにいまのことを全部、話してました――ええと、あの人に」知らん顔で突っ立ったまま軽く身体を揺らしているドイルを指差す。

「それで全部ですか？」

「はい。はい、刑事さん。ぼくが知ってるのはそれだけです」プザックはほっとしたようにため息をついた。

クイーン警視が彼のコートの胸倉をつかみ、吼えた。「いや、全部じゃないな、プザック。そもそも、おまえさんがなぜ途中で席を立ったのか、その理由を言うのを忘れとる！」警視は小男の両眼を射抜くように睨んだ。

プザックは空咳をし、ちょっとの間、もじもじして、言葉を探しているようだったが、不意に前かがみになると、仰天している警視の耳元で、何やらこそこそと耳打ちした。

「ああ！」クイーン警視のくちびるの端がわずかにきゅっとあがって見えたが、警視はあくまで重々しく言った。「なるほど、わかりました、プザックさん。ご協力に感謝します。もう結構です――席に戻って、のちほど、ほかのかたがたと一緒にお帰りください」そして、お引きとりを、というように手を振った。プザックは床の上の死体をいやそうにちらりと見ると、最後列のうしろをぐるっと回って、連れの娘の隣に戻った。娘はすぐに、小声だが興奮した口調で質問攻めにし始めた。

ちらりと微笑を口元に浮かべて、警視がヴェリー部長刑事を振り返った時、エラリーがかすかに苛立ったように身動きして、何か言おうと口を開けかけたが、考えなおしたらしく、そっとうしろに下がって、皆の視界から姿を消した。

「それじゃ、トマス」警視はため息をついた。「その御仁をちょいと拝見しようじゃないか」

言うなり素早く、最後列とその前の列の間に膝をつき、死体の上にかがみこんだ。頭上できらめき輝く照明があるにもかかわらず、床近くはほの暗い。ヴェリーが懐中電灯を取り出し、警視におおいかぶさるように立ったまま、まばゆい光線を死体に当て、ごそごそと這いまわる手の動きに合わせて、光の照らす位置をずらしていく。やがてクイーン警視は、非の打ちどころのないシャツの前をただ一ヵ所だけ醜く汚す褐色の染みを、無言で指差した。

「血ですか?」ヴェリーが太い声を出す。

警視は用心深く、シャツの匂いを嗅いだ。「ウィスキー以上に害のあるもんじゃないな」

そう答えると、警視は死体に素早く両手を走らせ、心臓の上に手をのせたり、カラーをゆるめた首筋に触れたりしている。やがて、ヴェリーを見上げた。

「どうやら毒殺だと思うがね、トマス。シュタットガード先生とやらを連れてきてくれるか？　プラウティが来る前に、その先生から専門家としての意見を聞いておきたい」

ヴェリーが鋭く命令を下すとたちどころに、夜会服に身を包んだ浅黒い肌の、黒い口ひげをうっすら生やした中肉中背の男が、刑事に先導されて現れた。

「こちらです、警視」ヴェリーが声をかける。

「ああ、わかった」クイーン警視は調べていた手を止めて顔をあげた。「どうも、はじめまして、先生。この死体が発見された直後に、先生が調べられたと聞きましたのでね。わしには特にこれといって死因らしい死因が見えんのですが――先生のご意見は？」

「なにぶん、大雑把《おおざっぱ》にしか調べられませんでしたので」シュタットガード医師は慎重に答えながら、サテンの襟を、ついてもいない染みを落とすかのように、指先でこすっている。「この暗がりと状況ですから、最初は、死因に不審な点があるとは見分けられませんでした。顔面の筋肉が収縮していることから、単なる心臓発作だと思ったのですが、もっとよく観察してみると、顔色が青いことに気がつきました――この光の中だと、よくわかるでしょう？　それと、口からアルコールの匂いがすることを考えあわせると、なんらかのアルコール性の中毒と思われます。とりあえず、私に保証できるのは――このかたは、銃で撃たれたり、刺されたりして亡くなったのではない、ということです。それに関しては最初に確認しました。首も調べましたよ――カラーがゆるめてあるでしょう――絞殺でないことを確かめるために」

「ははあ」警視は口元をほころばせた。「ありがとうございました、先生。ああ、ところで」

シュタットガード医師が口の中でもごもごとつぶやきながら向きを変えるのと同時に、警視は言い添えた。「メチルアルコール中毒が死因ということはありますかね？」

シュタットガード博士は間髪いれずに答えた。「ありえません。もっと強力で、即効性の何かです」

「実際に使われた毒が何か、特定できませんか？」

浅黒い肌の医師はためらった。やがて、硬い口調で答えた。「申し訳ありません、警視。これ以上、正確な分析を求められても困ります。この状況では……」医師は、ごにょごにょと言葉をにごして、あとずさっていく。

クイーン警視は小さく笑い、またかがみこんでいやな仕事に戻った。

死んだ男が床に四肢を投げ出して引っくり返っているのは、気持ちのよい光景ではなかった。警視は固く握りしめられたこぶしをそっと持ちあげ、ひきつった顔を鋭く見つめた。次に、座席の下を観察した。何もない。が、椅子の背には、裏地が黒い絹のマントが、無造作にかかっている。警視は両手を男の服の間につっこんだり出したりしながら、夜会服とマントのポケットの中身を全部あけていった。胸の内ポケットからは手紙を二通と紙片を数枚取り出し、ベストとズボンのポケットすべてから発掘した物はふたつの山に分けた――紙や書簡の山と、小銭や鍵やこまごました品の山に。尻ポケットのひとつには、〝M・F〟というイニシャル入りの銀の携帯用の酒瓶《フラスク》が見つかった。警視はそのフラスクの首を注意深くつまむと、ぴかぴかの表面に指紋がついていないか、ためつすがめつした。やがて首を横に振り、きれいなハンカチに丁寧にくるんで、脇に置いた。

〝左LL32〟と記された青い切符の半券は、警視が自分のベストのポケットにしまいこんだ。

ひとつひとつの品物を調べる前に、警視はベストとコートの裏地に両手を這わせ、ズボンの上から両脚を素早く探った。それから、夜会服の長い後ろ裾のポケットに指を入れたとたんに、警視は低く歓声をあげた。「なんとなんと、トマス——おたから発見だぞ！」そう言いながらラインストーンがきらめく、女持ちの小さなイブニングバッグを引っぱり出した。

それを両手で何度も引っくり返しながら、警視は考えこんでいたが、やがて、ぱちんと留め金を開けると、中を一瞥《いちべつ》したのち、ありとあらゆるこまごました、女ものの道具を取り出し始めた。バッグの中の小さなポケットには、口紅の隣に小さな名刺入れがはいっていた。ややあって、警視は中身を全部もとに戻し、自分のポケットにバッグを入れた。

警視は床に積んだ紙の束を取りあげると、素早くざっと見ていった。そして、最後の一枚を見た時、眉を寄せた——それは住所氏名がすでに印刷された便箋だった。

「モンティ・フィールドって名前を聞いたことがあるかね、トマス？」警視は顔をあげた。

ヴェリーが口をきゅっと歪める。「ありますよ。ニューヨークでも最悪の、悪徳弁護士のひとりで」

警視の顔つきがいかめしくなる。「そうか、トマス、こちらはモンティ・フィールド氏——の、抜け殻だ」ヴェリーが唸った。

「ま、ごく普通の警察組織には荷が重いでしょうね」エラリーの声が、父親の肩越しに聞こえてきた。「モンティ・フィールド氏のような社会のばい菌を始末してくれる紳士を、容赦なく追いつめるのは」

警視は身を起こし、丁寧に膝の埃を払い落として、嗅ぎ煙草をひとつまみ吸うと、おもむろに言った。「エラリー、おまえは警察官になれんぞ。まさかフィールドと知り合いだとは思わなかった」

「こちらの紳士と、特に親しい間柄だったわけじゃありませんよ」エラリーは答えた。「でもパンテオン・クラブで会った時に、まわりの人間からあれこれ聞いた話を思い出すと、誰かが彼をこの世から消し去ったとしても、まったく不思議じゃないですね」

「フィールドの欠点については、もっとふさわしい時間に話しあうことにしよう」警視は重々しく言った。「わしはこの男のことはかなり知っとるんだ、何ひとつ、いい話はないがな」

警視がくるりと背を向けてその場を離れようとしたその時、エラリーは死体と座席を興味深そうに眺めながら、ゆっくりとひとことひとこと、伸ばすように言った。「ここから、何かを動かしましたか、お父さん——何か、ひとつでも?」

クイーン警視は頭だけ振り返った。「その、すばらしく鋭い質問の意図はなんだね?」

「つまり」エラリーは気取った口調で答えた。「ぼくの見間違いでなければ、彼のシルクハットは座席の下にも、すぐそこの床にも、とにかくこのあたりのどこにもないようですが」

「ああ、おまえも気づいたか、エラリー」警視は難しい顔になった。「最初に死体を調べようと、かがみこんで真っ先にそれが見えた——というより、見えなかった」喋るうちに、好々爺然とした温厚さが消えていくようだった。眉間に皺が寄り、灰色の口ひげがぴりぴりと震えている。警視は肩をすくめた。「服のどこを捜してもクロークのチケットがない……フリント！」

がたいのいい若い私服刑事が、素早く進み出た。

「フリント、ひとつその若々しい筋肉を働かせてもらいたい。四つんばいになって、シルクハットを捜してもらえるかね。このへんにあるはずなんだ」フリントは陽気に言うと、指示された区域の座席をひとつひとつ丁寧に調べ始めた。

「了解です、警視」

「ヴェリー」クイーン警視はてきぱきと続けた。「リッターとヘッスと――いや、そのふたりだけでいい――呼んできてくれるか？」ヴェリーは歩き去った。

「ヘイグストローム！」警視はそばに立っている別の刑事に向かって怒鳴った。

「はい、警視」

「そのへんの物をまとめて――」フィールドのポケットから取り出して床に積んでおいた、ふたつの小さな山を指差した。「――ひとつ残らず、わしの鞄の中に、間違いなくしまっておけ」

ヘイグストロームが死体のそばにひざまずくと、エラリーはそっとその上にかがみこみながらおもむろに、コートの前をくつろげた。そして、ついさっき見取り図を書いていた本の遊び紙に、何やらメモを書きつけた。それがすむと、ぽんと本を叩いてひとりつぶやいた。「これだってシュテンドハウゼの私家版なのに！」

ヴェリーがリッターとヘッスを従えて戻ってきた。警視が鋭く言う。「リッター、この男のアパートメントに行け。名前はモンティ・フィールド、職業は弁護士、住所は西七十五丁目一一三番地だ。納得するまで調べあげろ。誰かが訪ねてきたら、つかまえとけ」

リッターは帽子に触れながら、ぼそりと答えた。「了解です、警視」そして、くるりと背を向けた。

「よし、次はヘッス、おまえさんだが」続けて警視は、もうひとりの刑事に言った。「チェンバーズ街五十一番地にある、ガイシャのオフィスに飛んでって、そこで指示を待て。できれば中にはいっていろ。だめなら、ドアの前でひと晩、車で張っとれ」

「了解、警視」ヘッスも消えた。

クイーン警視は振り返って、エラリーが広い肩をすぼめるようにかがみこんで、死体をしきりに調べているのを見つけて、咽喉の奥で笑った。

「自分の父親を信じられないかね、うん、エラリー?」警視は揶揄《やゆ》するように言った。「何をこそこそやっとる?」

エラリーはにこりとして立ちあがった。「ただの好奇心ですよ」彼は言った。「この不気味な死体には、実に興味深い点がいくつもある。たとえば、この男の帽子のサイズを誰か、はかりましたか?」そう言うと、さっきコートのポケットに入れていた本からほどいた紐をかかげ、父親が調べられるように差し出した。

受けとった警視は渋面《じゅうめん》を作り、劇場の後方に立っている警察官をひとり呼んだ。警視が小声で何やら命じて、紐を手から手に受け渡すと、警官は出ていった。

「警視」

クイーン警視は顔をあげた。ヘイグストロームが、身体が触れるほどそばに来て、眼を輝かせて立っている。

「そこの紙の束を拾ってたら、フィールドの座席の下にこんな物が押しこまれているのを見つけました。壁際に」

そして、ちょうどジンジャーエールがはいっているような深緑色の瓶をかかげてみせた。けばけばしいラベルにはこうあった。〝ペーリーズ・エクストラ・ドライ・ジンジャーエール〟瓶は、なかば空だった。

「ふん、ヘイグストローム、まだ何か袖の中に隠しとるな。さっさと出せ!」警視がぴしりと言う。

「はい、警視! この瓶をガイシャの座席の下で見つけた時、おそらくこの男の物だろうと思いました。今日は昼の部《マチネ》はありませんでしたし、掃除係は二十四時間ごとに、場内をすっかりきれいにしています。この男か、そいつと関わり合いのある人間が、今夜ここでそれを飲むか何かして、そこに置かないかぎり、あるはずがないんです。それで思いました。〝これは手がかりかもしれない〟と。そんなわけで、劇場のこの区画を担当している飲み物売りの坊やを探し出して、ジンジャーエールを一本、売ってほしいと言いました。すると――」ヘイグストロームは満面の笑みを浮かべた。「――この劇場ではジンジャーエールを売ってないって言うじゃないですか!」

「頭を使ったな、ヘイグストローム」警視は満足げだった。「その小僧をつかまえて、連れてこい」

ヘイグストロームが立ち去ると、夜会服のいくらか着崩れた、ずんぐりした小男が、警官にがっちりと腕をつかまれて、猛然と歩いてきた。警視はため息をついた。

「きみがこの事件の責任者かね？」小男は、大汗をかいている一六〇センチそこその肉体を、できるかぎり大きく見せようとしていた。

「さようです」クイーン警視は重々しく答えた。

「では、言わせていただくが」そこで、闖入者《ちんにゅうしゃ》は激昂した。「――おい、きみ、腕を放せと言ってるのが聞こえんのか？――ともかく、言わせていただくが……」

「その紳士の腕を放してさしあげろ」警視はいっそう重々しく言った。

「……今夜の、この何もかもが、ひどい横暴だよ、横暴！　私も妻も娘も、芝居が中断してからもう一時間近くずっと坐らせられて。おたくの部下だろう、あの警官たちは、立ちあがることすら許しちゃくれん。ああ、横暴だよ、きみ！　そっちの気まぐれで、観客全員をいつまでも拘束しておけると思ってるのかね？　私はきみをさっきからずっと見ていた――見てなかったと思うかね。みんなが坐ったまま、辛いのをずっと我慢してるのに、きみはぶらぶらしてるだけだ。警告しておくぞ――これは警告だからな！――家族をいますぐに帰してくれなければ、私のとても親しい友人のサンプスン地方検事に相談して、きみを訴えてやる！」

クイーン警視は、ずんぐりした小男の紫色になった顔を、うんざりしたように見つめた。やがてため息をつくと、ぴしりと言った。「いいですか、一時間やそこら引き止められたなんて小さなことで文句を言うために、あなたがそうして席を立ったいまこの瞬間も、殺人をおかした犯人がこの観客席のどこかにいると思いませんかね――ひょっとしたら、あなたの奥さんやお嬢さんの隣の席にでも？　犯人だって、あなたと同じくらい、この場を離れたくてしかたがないはずだ。あなたの親しい友人の地方検事に抗議をしたいなら、どうぞ、劇場を出たあとに、勝手にされるがよろしい。それまでは席に戻って、私がいいと言うまでおとなしくしていてもらいましょう……わかってもらえましたかね」

小男の、思惑がはずれてうろたえるさまをおもしろがっていたまわりの見物人たちから、くすくすと笑う声が聞こえてきた。小男は逃げるように去っていき、そのうしろから、さっきの警官が無表情についていく。警視は口の中で「馬鹿者め！」とつぶやくと、ヴェリーを振り返った。

「パンザーを連れて切符売り場に行って、この座席番号のチケットがあるかどうか見てこい」

警視は最後列とそのひとつ前の列の上にかがみこむと、左LL30、左LL28、左LL26、左KK32、左KK30、左KK28、左KK26、と古い封筒の裏に書きなぐった。警視がそのメモを手渡すと、ヴェリーは去っていった。

エラリーは最後列のうしろの壁にもたれて、父親を、観客を眺め、そして、場内の構造を再確認していたが、おもむろに警視に耳打ちした。「ぼくはいま、〈ピストル騒動〉のように派手な、しかも人気のある芝居で、殺された男のすぐ近くの席が舞台の間じゅうずっと空いていたという、実に不自然きわまりない事実について考えていたんですよ」

「いつ、それを不思議に思い始めたんだね？」そう言うとクイーン警視は、エラリーがぼんやりと床をステッキで叩いているのを横目に、ひと声吼えた。「ピゴット！」

呼ばれた刑事が進み出た。

「この通路を担当しとった案内嬢と、劇場の外のドアマンをつかまえて——小路に陣取っている中年男だ——連れてこい」

ピゴットが立ち去ると、髪がぼさぼさになった青年が、ハンカチで顔を拭きながら、クイーン警視のそばに現れた。

「どうだった、フリント？」クイーン警視はすぐさま訊いた。

「この床を雑巾がけするつもりで、気合を入れて捜したんですが、警視。この区域のどこかに帽子があるとすれば、えらくうまい具合に隠されてますよ」

「なるほどな、フリント。ちょっと待機しててくれ」

刑事はのそのそ歩いていった。エラリーがゆっくりと言う。「あなたの若きディオゲネス君がシルクハットを見つけてくるなんて、まさか本気で信じてたわけじゃないですよね、お父さん」

警視は唸った。そして、通路を歩いていきながら、ひとり、またひとりと、頭の上にかがみこんで、それぞれに小声で質問を始めた。通路の端からふたり目までの客に質問を繰り返し、列から列に移っていく警視の姿を、顔という顔が追っていく。やがて、彼が無表情でエラリーの方に戻ってくると、さっき紐を渡して外に行かせた警官が敬礼で迎えた。

「サイズはいくつだった？」警視が訊いた。

「帽子屋の店員は、きっちり七と八分の一インチだと言っています」制服警官は答えた。クイーン警視はうなずき、警官を追いやった。

そこにヴェリーがずんずん近づいてきた。うしろから心配顔のパンザーがついてくる。エラリーはぐっと身を乗り出して、ヴェリーの言葉を一言一句聞きもらすまいとばかりに耳を澄ました。クイーン警視は緊張しつつも、ひどく興味津々な表情を浮かべている。

「それで、トマス」警視は言った。「切符売り場で何か見つけてきたかね？」

「一応は」ヴェリーは淡々と報告した。「さっきいただいた七つの座席番号の切符は、どこにも残ってませんでした。窓口で売られたようですが、正確な日付はわかりません」

「切符は代理店に回されたのかもしれないよ、ヴェリー」エラリーが口をはさんだ。

「そいつも確かめましたよ、クイーンさん」ヴェリーは答えた。「どこの代理店にも渡っちゃいません。正確な記録が証拠として残ってます」

クイーン警視は灰色の眼をきらめかせ、微動だにせず立っていた。そして、言った。「つまり言い換えればだ、諸君、初日から連日大入り満員のこの芝居で、七枚の切符がひとまとめに買われて――犯人にとって都合のいいことに、買った連中は芝居を見にくることをうっかり忘れた、というわけだ！」

3　では、〈牧師〉が災難にあうこと

少しずつ、事態がはっきりとのみこめてきた四人は、しばらく無言で顔を見合わせていた。パンザーはそわそわと足を動かし、落ち着かない様子で空咳をする。ヴェリーは、じっと集中して何やら考えている。エラリーはうしろに下がり、父親の灰色と青のネクタイを、まるで魅せられたように見つめている。

クイーン警視は立ったまま、ひげをしきりに噛んでいた。が、不意に肩を揺すると、ヴェリーに向きなおった。

「トマス、ひとつ、いやな仕事をくれてやろう」警視は言った。「警官を五、六人かそれ以上指揮して、この場にいる全員の個人情報を手に入れるんだ。客席のひとりひとりから住所氏名を聞き出せ。厄介で時間のかかる仕事なのはわかっとるが、どうしても必要だ。そういえばトマス、さっき偵察に行ってきた時に、二階席担当の案内係に、ひとりでも質問したか？」

「まさに情報を持ってる男をつかまえましたよ」ヴェリーが答えた。「一階席と二階席をつなぐ階段の下に立って、二階席の切符を持っている客を上階に誘導する係です。ミラーって名前の坊やで」

「たいへんまじめな青年でございます」パンザーが揉み手をしながら、口をはさむ。

「ミラーは、第二幕の幕があがった瞬間からずっと、一階から二階にあがった者も二階から一階におりてきた者もいないと、なんなら宣誓して証言してもいいと言ってます」

「となると、だいぶおまえさんの仕事が減るな、トマス」熱心に耳を傾けていた警視は言った。「部下を一階の客席と特等席にだけやれ。忘れるな――この場の全員の住所氏名を控えさせろ――ひとり残らずだ。それから、トマス――」

「はい、警視」ヴェリーが振り返る。

「ついでに、ひとりひとりが腰かけとる座席の、切符の半券を出させろ。半券をなくした者は、名前の横にそう書いておけ。もし――まあ、ないとは思うが――自分の座席番号と違う半券を持っとる者がいれば、それも書いておけ。いまわしが言ったことを全部、やらせられるか？」

「もちろんです！」ヴェリーはがらがら声で言うと、大股に立ち去った。

警視は灰色の口ひげをなでつけ、嗅ぎ煙草をひとつまみすると、深々と息を吸いこんだ。

「エラリー」彼は言った。「何か悩んどるな。さあ、吐け！」

「え？」エラリーは、はっとしたように目をぱちくりさせた。鼻眼鏡をはずしながら、ゆっくりと言った。「我が敬愛するお父さん、ぼくは思い始めたんですが――やれやれ！　物静かな愛書家にとって、この世には平和というものがないんですかね」ひどく考えこむ眼をしたまま、死んだ男の座席の腕に腰かけた。不意に、彼は微笑した。「大昔の肉屋の話があるでしょう。肉屋の親方がいちばん大事な包丁を四十人の見習いたちに探させて、上へ下への大騒ぎをしている間じゅう、包丁はずっと親方本人が口にくわえていた、っていう。同じ轍《てつ》を踏まないでくださいよ、お父さん」

「最近のおまえはずいぶん物知りだな、エラリーや」警視はおもしろくなさそうにぴしりと言った。「フリント！」

くだんの刑事が進み出た。

「フリント」クイーン警視は言った。「今夜は愉しい仕事をひとつ、やってもらったわけだが、もうひとつ頼みたい。きみの背中はもうちょっと曲げていられそうか？　きみはたしか、外回りの警官時代に、警察の運動会で重量挙げに出とっただろう」

「はい、警視」フリントは満面の笑顔になった。「まだまだ曲げていられると思います」

「そうか、では」警視は続けて、ポケットに両手をつっこんだ。「これがきみの仕事だ。班の全員を集めて――しまったな、もう一班、余計に連れてくるんだった！――この敷地内を、劇場の中も外も一寸刻みに捜してほしいんだ、相当、骨が折れるだろうが。捜す物は切符の半券だ、いいかね？　捜索が終わったら、切符の半券に似た物はひとつ残らず、わしの手元に集まっとらにゃならん。客席の床を特に重点的に捜せ。だが、壁際や、二階席にあがる階段や、ロビーや、劇場の前の歩道や、両脇の小路や、男子トイレや、女子トイレや――いやいやいや！女子トイレはいかん。そこだけは、いちばん近い分署から婦人警官を呼んで調べさせろ。わかったか？」

陽気にうなずいて、フリントは離れていった。

「さて、それじゃ」クイーン警視は両手をこすりあわせた。「パンザーさん、ちょっとだけこっちに来てもらえますかな？　ああ、どうも。今夜はあなたもわしも、とてつもなく面倒くさいことになりましたが、まあ、しかたがありません。どうやらお客さんたちが暴動を起こす一歩手前でしてね。すみませんが、ちょっと舞台にあがって、あと少しで帰れるから、もうちょっとだけ辛抱してくれとかなんとか、そんなことを言ってもらえませんか。いや、ありがとう！」

パンザーが、あちこちから伸びてくる手にコートをつかまれそうになりながら、中央の通路を大急ぎで歩いていくのを見送った警視の眼は、すぐそこに立っているヘイグストローム刑事の姿をとらえた。その隣では、小柄で痩せっぽちの、二十歳になるやならずやという青年が、せわしなく顎を動かしてガムを嚙み、これから受ける試練のことを考えて、ひどくびくびくしているのが見える。黒と金色の、やけにけばけばしい制服とは不釣合いな、ぴしっと糊のきいたシャツ、正装用のウィングカラーに蝶ネクタイ。その金髪の頭には、ベルボーイがかぶるような小さな帽子がちょこんとのっている。警視が、こちらに来るようにという身振りをしてみせると、青年は気弱そうに空咳をした。

「この劇場ではジンジャーエールを売ってないと言った例の売り子です」ヘイグストロームは簡潔に言うと、この子です、というように青年の腕を取った。

「そうなのかね、ええと、きみ」クイーン警視は優しく声をかけた。「それはどうしてかな？」

青年はすっかり震えあがっていた。眼はきょろきょろと、ドイルの大きな顔をうかがっている。警官は、はげますように青年の肩を叩くと、警視に向かって言った。「この子は少し怖がってるんです、警視——根はいい子なんですよ。自分は、この子がほんの小さい子供だったころから知っています。自分の管轄で育った子で——警視に答えるんだよ、ジェシー……」

「うう、ぼ——ぼく、よく知らないんです」青年は口ごもりながら答えて、足をもぞもぞさせている。「ぼくたちが休憩の間に売ることができるのは、オレンジエードだけって決まってて。契約してるから——」そして、某大手飲料メーカーの名をあげた。「——そこの会社の飲み物だけを売って、ほかの会社の商品を入れなければ、仕入れの時に、うんと割引いてもらえるんです。だから——」

「なるほど」警視は言った。「それで、飲み物は幕間にだけ販売するのかな?」

「はい、刑事さん」青年は前よりも落ち着いた口調で答えた。「幕がおりたらすぐに、劇場の両脇の小路に出る扉が開くんですけど、ぼくたちは——その、ぼくともうひとりが、両方の扉の前の小路に飲み物のスタンドを出してて、お客さんにすぐ渡せるように、紙コップに飲み物を入れて準備してます」

「ということは、ふたりいるのか」

「いえ、全部で三人です。すいません、忘れてました——もうひとりは地下の、メインラウンジで売ってます」

「ふううううむ」警視は大きな優しい眼を、ひたと青年に向けた。「それじゃあ、きみ、ローマ劇場ではオレンジエードしか売っていないとすれば、このジンジャーエールの瓶がどうしてここに現れたか、説明できるかね?」

警視の手がさっとおろされたかと思うと、ヘイグストロームの見つけてきた深緑色の瓶がこれ見よがしに差し出された。青年は青くなり、くちびるを嚙み始めた。逃げ道を探すかのように、眼がきょときょとと、右に左にさまよいだす。汚れた太い指を、首とカラーの間に入れて、また空咳をした。

「ええと――えっと……」青年はうまく喋れないようだった。

クイーン警視は瓶を置くと、筋肉質のほっそりした身体を座席の腕にもたせかけた。そして、わざとらしく腕を組んでみせた。

「きみ、名前は？」警視は詰問した。

青年の顔は青白かったのが、いまやパン生地のような色に変わっていた。ちらりと様子をうかがったヘイグストローム刑事は、大げさな動作でポケットから手帳と鉛筆を取り出し、いかめしい顔で待っている。

青年はくちびるを湿した。「リンチ――ジェス・リンチです」かすれる声で答える。

「それで、幕間にきみが店を出すのはどこだ、リンチ？」警視は恐ろしげな声を出した。

「ぼく――ぼく、すぐそこですけど、左側の小路に」青年は口ごもった。

「ああ！」警視は思いきり眉間に皺を寄せ、獰猛《どうもう》そうな表情を作った。「つまり、今夜、きみは左側の小路で飲み物を売っていたのか、リンチ」

「は、は、はい、刑事さん」

「それじゃ、このジンジャーエールの瓶のことも何か知っとるな？」

青年はこそこそとあたりを見回し、観客たちをなだめようとしているルイス・パンザーの、ずんぐりした小柄な身体を見つけると、身を乗り出して囁いた。「はい、刑事さん——その瓶のことは知ってます。ぼく——ぼくは、言いたくなかったんです、パンザーさんは決まりを守らない人間にものすごく厳しいから、規則を破ったってばれたら、ぼく、クビになっちゃうんです。パンザーさんには言わないでもらえますか？」

警視は驚いた顔になったが、やがて微笑んだ。「話してごらん。何か気に病んどるんだろう——話して楽になった方がいいぞ」そして、身体の力を抜き、指を振って合図すると、ヘイグストロームは無表情で歩み去った。

「ええとですね、その」ジェス・リンチは意気ごんで話しだした。「ぼくは規則どおりに、第一幕が終わる五分くらい前に、小路にスタンドを用意しました。第一幕が終わって、こっち側の通路のドアを案内の女の子が開けたので、外の空気を吸いに出てきたお客さんたちに、気のきいた売り文句で呼びかけました。そうする決まりなんです。大勢のお客さんが買ってくれて、ものすごく忙しくて、まわりのことは全然気にしてませんでした。しばらくして、ちょっとひと息つけるようになった時、男の人がひとり近づいてきて、こう言いました。〝きみきみ、ジンジャーエールを一本くれたまえ〟。顔をあげると、夜会服を着た、なんか、いやみっぽい金持ちそうな男がいて、ちょっと酔っ払ってるみたいでした。ひとりで笑ってて、すごく浮かれてて。ぼくは〝この男がなんのためにジンジャーエールを欲しがってるか、わかるぞ！〟って思ってました。そしたらやっぱり、尻ポケットを叩いてウィンクしましたよ。でも——」

「ちょっと待った、きみ」クイーン警視がさえぎる。「きみは死体を見たことがあるかな」

「え――え、それはない、です、けど、でも、一回くらいなら、我慢できる、と思います」青年はおどおどと答えた。

「そうか！　きみにジンジャーエールを頼んだのは、この男かね」警視は青年の腕を取って、死体を見下ろさせた。

ジェス・リンチは魅入られたように見つめていた。そして、首を大きく縦に振った。

「はい、刑事さん。この紳士です」

「間違いないか、ジェス？」青年はうなずいた。「ところで、きみに声をかけてきた時の服装かな、これは？」

「はい」

「何かなくなっとる物はあるかね、ジェス？」すると、隅の暗がりにとけこむように立っていたエラリーも、ほんの少し身を乗り出した。

青年はきょとんとした顔で警視を見ると、再び死体に視線を戻し、何度も何度も警視の顔と死体を見比べていた。まるまる一分間、青年が黙っている間、クイーン父子はじっと待った。不意に、青年は顔を輝かせて叫んだ。「ああ――思い出しました、刑事さん！　帽子をかぶってた――ぴっかぴかのシルクハットです――ぼくに話しかけてきた時には！」

警視は嬉しそうだった。「続けて、ジェス――おお、プラウティ！　来るのに、えらく時間がかかったな。何かやっていたのか」

黒鞄を手にさげたひょろ長い男が、大股で絨毯を突っ切ってくる。地区の火災条例にまったくおかまいなしに、悪徳そのものに見える葉巻をふかしながら、せかせかした様子だった。

「ここに何か出たそうだな、警視」黒鞄を置き、エラリーとクイーン警視と握手をする。「実は引っ越したばかりでね、うちに電話がまだないんだ。今日はえらく忙しい一日だったから、どっちにしろ、とっくに寝てたんだが。ぼくがつかまらないんで、連中、新居に使いをよこした。できるだけ急いで来たんだぞ、これでも。で、ガイシャはどこだ」

警視が床の死体を指し示すと、彼は通路に膝をついた。検死官補が仕事をする間、警官がひとり呼ばれて、懐中電灯で手元を照らしている。

クイーン警視はジェス・リンチの腕を取って、片隅に移動した。「彼がジンジャーエールをきみに注文してから、何が起きたんだね、ジェス?」

検死の様子をじっと見ていた青年は、唾を飲みこんで続きを話し始めた。「ええと、ぼくはもちろん、ジンジャーエールは置いてません、オレンジエードだけですって答えましたよ。そしたら、ぼくの方にちょっと顔を寄せてきたんですけど、息が酒くさくて。それで、すごくいばった感じで〝もし、一本手に入れてきてくれたら、五十セントあげよう! だけど、いいか、いますぐにだ!〟で――あの、わかるでしょう――最近は、あんまりチップってもらえないから……とにかく、いまは手を離せないけど、第二幕が始まったらすぐに脱け出して、ジンジャーエールを買ってきてあげてもいい、って答えました。そしたら、離れていって――座席番号をぼくに教えてから――そのまま劇場の中にはいっていくのが見えました。幕間が終わって、案内嬢が劇場の入り口を次々に閉め始めると、ぼくは道ばたにスタンドを置いたまま、通りのむかいにあるリビーズってアイスクリームパーラーに行きました。それで――」

「きみのスタンドは普段、道に出しっぱなしなのかな、ジェス？」

「いえ。いつもは案内嬢がドアを閉める前に、スタンドを中に入れて、階段下のラウンジに運びます。でも、ジンジャーエールがすぐに欲しいって注文だったから、先に買ってきた方が時間の節約になると思って。そのあと、道に戻って、スタンドを持って、正面の入り口から中にはいっていけばいいやって。誰にも何も言われなかったし……えっと、とにかく、ぼくはスタンドを道に残したまま、リビーの店に走っていきました。パーリーのジンジャーエールを一本買って、こっそりあのお客さんの席に持っていったら、一ドルもらえました。すごくいい人だって思いました、最初は五十セントって言ってたから」

「なかなかわかりやすかったぞ、ジェス」警視は誉めた。「それじゃ、もうひとつふたつ訊こう。その客はこの席に坐っとったかね――持ってこいと言われたのは、この席か？」

「ああ、はい、警視さん。左のLL32って言われて、ちゃんとその席に届けました」

「なるほど」警視はしばらく黙っていたが、やがてさりげなく言った。「その客に連れがいたかどうかわかるかな、ジェス？」

「わかりますよ」青年は陽気に答えた。「このはじっこの席にひとりでぽつんと坐ってました。この芝居は初日からずっと満席だったのに、このまわりだけ空席がいっぱいあったから変だなって思って、とにかくそれで気がついたんです」

「いいぞ、ジェス。きみはいい刑事になれる……いくつくらい空席があったか、さすがに覚えていないかな？」

「ええと、暗かったし、あまり注意してなかったから。でも、たぶん五、六席だと思うんですけど——あの人と同じ列と、その前の列と合わせて」

「ちょっといいか、ジェス君」振り返った青年は、エラリーの低い、どこか冷ややかにも聞こえる声の響きに、心底から怯えて、くちびるをなめた。「ジンジャーエールを渡した時に、そのぴかぴかのシルクハットのことで、もう少し詳しく何か見てないか」エラリーはよくみがかれた靴の爪先を、ステッキでぴたぴた叩きながら言った。

「ああ、はい——はい、見ました！」青年は口ごもりながら答えた。「瓶を渡す時には、帽子を膝にのせてましたけど、ぼくが出ていこうとした時には、椅子の下につっこんでました」

「もうひとつ、訊いてもいいかね、ジェス」警視の温かい声の響きに、青年はほっと安心したようにため息をついた。「おまえさんがジンジャーエールをその男に届けた時は、二幕目が始まってからどのくらいたった頃合か、わかるかな」

ジェス・リンチは、うーんと考えこんでいたが、きっぱりと言った。「だいたい十分後です。芝居は時間どおりに進めていかなきゃならないんですけど、ちょうどぼくがジンジャーエールを持って中にはいった時、舞台では女の子がギャングのアジトに連れこまれて、悪者にひどい目にあわされてるシーンでしたから」

「すばらしい観察眼だ、若きヘルメス君！」つぶやいて、エラリーは不意に、にこりとした。

その微笑みを見たとたん、オレンジエード売りの青年の心から、怯えがすべて吹き飛んでしまった。青年もまた、にっこりした。エラリーが指をくいくいと曲げて、身を乗り出す。「教えてくれないか、ジェス。どうして通りを渡って、ジンジャーエールを一本買って、劇場に戻ってくるだけで十分もかかった？　十分というのは、ずいぶん長い時間じゃないか」

青年は真っ赤になって、エラリーから警視に、救いを求めるような眼を向けた。「それは、あのう――ぼくは、ほんのちょっとだけ、ガールフレンドと立ち話を……」

「ガールフレンドだって？」警視の声に、わずかに好奇心がまじる。

「はい。エリナー・リビーって子で――その子の父さんが、アイスクリームパーラーをやってるんです。エリナーが――ジンジャーエールを買いにいった時に、しばらく店に一緒にいてほしいって言ったんです。でも、劇場に届けなきゃならないんだって言ったら、すぐに戻ってきてって言われて。で、そうしました。しばらく店にいたんですが、小路にスタンドを出しっぱなしにしてきたのを思い出して……」

「小路にスタンドを？」エラリーの声が熱を帯びた。「そうだったな、ジェス――小路にスタンド。まさか、きみがすばらしく幸運な気まぐれを起こして、その小路に戻ったってことはないだろうね？」

「戻りましたよ、そりゃ！」青年は驚いた顔になった。「ぼく――じゃなくて、ぼくとエリナーのふたりで」

「エリナーときみが、そうか、ジェス君」エラリーは柔らかい声で続けた。「きみたちふたりは、どのくらいそこにいた？」

エラリーの質問を聞いた警視の眼が、きらりと光った。そして、いいぞ、というような言葉をつぶやくと、熱心に青年の言葉を待った。

「ええと、ぼくはすぐにスタンドを片づけたかったんですけど、エリナーとぼくは――そこの小路でしばらく話してて――そしたらエリナーが、次の幕間まで、ここで待ってればいいじゃないって言って……ぼくも、その方がいいと思いました。十時五分に第二幕が終わるから、そのちょっと前に走ってオレンジエードの追加を取ってくれれば、二回目の幕間にはいって、ドアが開く前に飲み物の準備をしておけるし。それで、ぼくたちずっとそこにいたんです……別に、悪いことじゃないんです。ぼく、悪いことするつもりじゃなかったんです」

エラリーは背筋を伸ばし、青年をひたと見つめた。「ジェス、ここからは慎重に、よく考えて答えてくれたまえよ。きみときみの大事なエリナーは、正確には何時にその小路に戻った？」

「それは……」ジェスは頭をかいた。「お客さんにジンジャーエールを渡したのは九時二十五分でした。それから、エリナーのところに行って、二、三分喋って、そのあと戻ったんだから、たぶん、九時三十五分くらい――正確にはわかんないですけど――そのあたりに、オレンジエードのスタンドに戻ってきたと思います」

「たいへん結構だ。次にきみがその場所を離れたのは、正確に何時だ？」

「十時きっかりです。ぼくが、もうそろそろオレンジエードの追加を取りにいった方がいいかなって言ったら、エリナーが腕時計を見たんで覚えてます」

「劇場の中で何が起きているのか、聞こえなかったのかい?」

「全然。たぶんお喋りに夢中になってたからだと思うんですけど……ぼくたちが、劇場の脇の小路から出ようとしたら、ジョニー・チェイスって案内係が、なんだか見張ってるみたいに立っていたんで、それで初めて知ったんですよ。中で事故が起きたから、パンザーさんに左の小路側の出口を見張るように言われたんだって教えてもらいました」

「なるほど……」エラリーは興奮したように鼻眼鏡をはずすと、大げさな身振りで、それを青年の鼻先に、ひょいとかざした。「慎重に答えてくれよ、ジェス。きみとエリナーがいる間に、その小路を出入りした人間はいないか?」

青年は即座に、力をこめて答えた。「いいえ。ひとりも」

「そうか、ご苦労さん」警視は青年の背中をぽんと叩き、笑って見送った。そして、素早くあたりを見回すと、舞台の上でパンザーがまったく効果のなかった演説をし終えたのを見て、せかせかと指を曲げて呼び寄せた。

「パンザーさん」単刀直入に警視は訊いた。「この芝居の時間割について少し教えてもらいたい……二幕目はいつ始まる?」

「第二幕は九時十五分きっかりに始まって、十時五分ちょうどに終わります」パンザーは即座に答えた。

「今夜の舞台は、その予定に従って進んだのかね?」

「もちろんです。正確でなければなりませんので、キューやライトやもろもろのタイミングを合わせるために」支配人は答えた。

警視は口の中で計算していた。「ということは、あの坊やは九時二十五分に、生きているフィールドに会っとるわけだ」警視はさらに考えた。「死体が発見されたのは……」

そして、大きく振り返ると、ドイルを呼んだ。警官は走ってきた。

「ドイル」警視は訊ねた。「ドイル、あのプザックって男が、きみに殺人を知らせに来たのは正確に何時だった？」

警官は頭をかいた。「すみません、はっきりは覚えていません、警視。自分に言えるのは、二幕目がほとんど終わるところだったたってことだけです」

「それじゃ正確とは言えん」クイーン警視は苛立って言った。「役者たちはどこだ」

「いちばんうしろのまんなかへんに、ひとまとめにしておきました」ドイルは答えた。「どうしていいやら、わからなかったもので」

「ひとり、ここに連れてこい！」警視は言い放った。

ドイルは走り去った。クイーン警視は次に、一メートルほど離れた場所で、男と女を両脇に従えて立っているピゴットを手招きした。

「ドアマンを連れてきたのか、ピゴット？」ピゴットがうなずくと、ぶるぶる震える手に帽子を握りしめ、たるんだ身体を押しこんだ制服がはじけそうに大柄で太った年嵩《としかさ》の男が、足をもつれさせながら進み出た。

「この劇場の外に立っていた――いつもあそこにおるドアマンなのかな、きみは？」警視は訊いた。

「はあ、さようで、刑事さん」ドアマンは帽子を手の中でもみくちゃにしていた。

「よろしい。では、よく考えてくれ。誰かひとりでも――誰でもいい――二幕目の間に、正面入り口から劇場を出ていった者はおるかね？」警視は小型のグレーハウンドのように、ぐっと身を乗り出している。

男はすぐに答えず、しばらく考えていた。やがてゆっくりと、しかし、確信のある口ぶりで言った。「いいえ、誰も出ていっちゃいませんです。誰もって、その、オレンジエード売りのほかには」

「きみはずっと持ち場を離れなかったのか？」警視は吼えた。

「はあ」

「それじゃ、次の質問だ。二幕目の間にはいってきた人間を覚えとるかね」

「ええと……ジェシー・リンチが、その、オレンジエード売りの子が、始まってすぐに」

「ほかには？」

老いた男が必死に思い出そうとする間、沈黙が落ちた。しばらくして、男は途方にくれた様子で、困り果てたまなざしを、顔から顔にさまよわせた。そして、小さな声で言った。「覚えてませんです」

警視は苛立ちもあらわに、彼を見据えた。老いた男はびくびくしながらも、彼なりに誠実に答えようとしていた。物覚えがよくないとクビにされるのを恐れているらしく、大汗をかきながら、ちらちらとパンザーを見ている。

「申し訳ありません」ドアマンは繰り返した。「本当に、本当に申し訳ありませんです。きっと誰か、はいってきたんでしょうが、わしゃあ、若いころみたいに、よく物を覚えてられませんので。どうしても――どうやっても、思い出せそうにないんで」

エラリーの冷静な声が、老いた男のもごもごした言葉をさえぎった。

「あなたはここでドアマンとして、どのくらい長く勤めていますか？」

老いた男の困惑した眼が、新たな質問者に向けられる。「九年か十年ってとこです。最初っからずっと、ドアマンやってたわけじゃないんで。歳を食って、ほかにやれる仕事がなくて、そんで――」

「そうですか」エラリーは優しく言った。そして、一瞬、躊躇《ちゅうちょ》したものの、やはりどうしても訊かないわけにはいかない、と決意したらしい。「あなたほど長くドアマンを勤めたベテランでも、これが一幕目のことなら忘れても無理はありません。しかし、二幕目の途中で人がはいってくるなんて、めったにないことだ。もし、時間をかけてうんと考えてみたら、はいか、いいえか、はっきり答えられませんか」

苦渋に満ちた答えが返ってくる。「ほん――ほんとに、覚えてませんので。誰も来なかったってお答えしても、もしかすると、嘘ついたことになるかもしれませんで。ほんとに、お答えできませんのです、どうにもこうにも」

「わかりました」警視は老いた男の肩に手をのせた。「いいんですよ。無理を言いましたな。

それじゃ、もう結構です」ドアマンは老いた足取りで、痛々しくせかせかと逃げていった。

そこにドイルがどすどすと警視たちに近づいて、うしろから、粗目のツイードを着た長身のハンサムな男が、顔じゅうを汗で流れた舞台メイクの縞模様にしたまま、ついてきた。

「ピールさんをお連れしました、警視。この芝居の主役です」ドイルが報告する。

クイーン警視は俳優に笑顔を向け、手を差し出した。「お近づきになれて光栄ですよ、ピールさん。もしかすると、少しばかりあなたに助けていただけるのではと思いましてね」

「私にできることなら喜んで」ピールは豊かなバリトンで答えた。そして、死体におおいかぶさるように仕事をしている検死官補の背中をちらりと見やり、ぞっとしたように目をそらした。

「この不幸な出来事で騒ぎが起きた時、あなたは舞台の上におられましたな？」警視は訊ねた。

「ああ、はい。実際には、キャスト全員がですね。何をお知りになりたいんです？」

「客席で何か異状が起きたことに気づいた時間がいつなのか、正確にわかりますか」

「わかりますよ。第二幕の終わる、だいたい十分前です。ここは芝居のクライマックスで、私は拳銃を発砲することになっています。この点について、リハーサルで何度も話しあったことがあるものですから、それで、はっきりした時間を覚えているんです」

警視はうなずいた。「どうもありがとうございます、ピールさん。それこそが知りたかったことです……ついでに、こんな形で皆さんをあんな狭苦しいところに押しこめておいたことを、わしからお詫びいたします。どうにもやることがいっぱいで、そちらまで手が回らなかったものですから。あなたも、ほかの役者さんたちも全員、楽屋に戻って結構です。もちろん、こちらから許可を出す前に、劇場を出ようとはなさらないように願います」

「大丈夫、ちゃんとわかっていますよ、警視さん。お役にたてて何よりでした」ピールはお辞儀をすると、客席のうしろに引き返していった。

警視はいちばん手近な座席に寄りかかると、考えにふけり始めた。その傍《かたわ》らでエラリーは、ぼんやりと眼鏡をみがいている。父親は注意を引くように手を動かした。

「どう思うね、エラリー？」クイーン警視は声をひそめて言った。

「初歩的なことだよ、ワトソン君」エラリーはぼそぼそと答えた。「我らが尊敬すべき被害者殿は、最後に生きている姿を九時二十五分に目撃されていて、およそ九時五十五分に死亡を確認されている。問題：このふたつの時刻の間に何が起きたのか？――馬鹿馬鹿しいほど単純な問いだと思いますが」

「ほう、そうかね」クイーン警視はつぶやいた。「ピゴット！」

「はい、警視」

「そちらは案内嬢か？　よし、話を聞こう」

ピゴットは、隣に立つ若い女の腕を放した。やたらと顔を塗りたくった勝気そうな娘は、まっすぐな白い歯をむき出しに、不自然な微笑を張りつかせている。気取った足取りで進み出ると、女は警視を真正面から昂然と見返した。

「きみが、この通路をいつも担当しとる案内嬢かな、ミス――？」警視はきびきびと訊ねた。

「オコンネルですわ、マッジ・オコンネル。はい、そうですけど！」

警視は娘の腕をそっと取った。「かわいそうだが、その鼻っ柱の強いところを見せて、勇気を出してもらいたい」警視は言った。「ちょっとこっちに来て」LLの列で立ち止まると、娘の顔は死人のように蒼白になった。「すまんな、先生。ちょっと邪魔していいかね?」

プラウティ博士は心ここにあらずといった様子で、仏頂面をあげた。「いや、かまわんよ。こっちはもうほとんど終わった」博士は立ちあがると、脇にどいて葉巻を嚙んでいる。

クイーン警視は、死体の上に身を乗り出す娘の顔をじっと観察していた。娘は、はっと息をのんだ。

「今夜、この男を席に案内した覚えはあるかな。オコンネルさん?」

娘はためらった。「そんな気もいたします。でも、今夜もいつもどおり忙しくて、二百人はご案内申しあげましたから。しかとはお答えしかねます」

「このへんの、いま誰も坐っとらん席は――」警視は七つの空席を示した。「第一幕と第二幕の間も、ずっと空席だったのかな?」

「そうですわね……この通路を行ったり来たりする間、そこが空いていることには気づきましたけれど……はい、警視さん。そちらのお席には今夜、どなたもいらっしゃらなかったと思いますわ」

「二幕目の間に、この通路を誰かが、どっちの方向に向かってでもいい、歩いているのを見たかね? よく考えて。正確に、頼みますよ」

娘はまたためらったのち、警視の無表情な顔を傍若無人《ぼうじゃくぶじん》に見返した。「いいえ――通路を歩いていた人はひとりもいません」そこまで言って、慌ててつけたした。「今度のことは、わたしにはほとんどお話しできませんわ。全然、何が起きたか知らないんです。わたしは仕事をちゃんと、まじめにしてま――」

「うん、うん、わかっとる、心配せんでよろしい。それじゃ――お客さんを席に案内する時以外、いつも、きみはどこにおるのかな？」

娘は通路のいちばん端を指差した。

「二幕目の間も、ずっとそこにおったのかね、オコンネルさん？」警視は優しく訊いた。

娘はくちびるをなめて、答えた。「ええと――はい、はいそうです。でも本当に、普段と違うものなんて何も見ていませんから」

「そうですか」クイーン警視は穏やかに答えた。「質問はそれだけです」娘は軽やかな素早い足取りで去っていった。

警視たちの背後で何やら動く気配がした。クイーン警視が振り返ると、プラウティ博士がちょうど立ちあがって、鞄を閉めているところだった。悲しげな旋律を口笛で吹いている。

「やあ、先生――終わったんだな。で、結論は」クイーン警視は訊いた。

「ごく簡単な話だ、警視。この男はおよそ二時間前に死亡した。死因は、最初ぼくも戸惑ったんだが、まあ、まず間違いなく毒殺だろうね。死体の特徴から、おそらくアルコール性の何かによる中毒を起こしたと見える――その青白い顔色に気づいただろ。この男の口を嗅いでみたか？　これまで、ぼくがありがたくかがせてもらった口臭の中でも、一二を争う酒くささだ。

お大尽《だいじん》のような飲みかたをしたんだな。しかし、これはいわゆる普通のアルコール中毒とは違う——こんなにあっという間に死んだりはしない。いまのところ、ぼくに言えるのはそれだけだ」検死官補は言葉を切って、コートのボタンを留め始めた。

クイーン警視は自分のポケットから、ハンカチでくるんだフィールドの携帯用酒瓶《フラスク》を抜きとると、プラウティ博士に手渡した。「ホトケさんのフラスクだ。こいつの中身を分析してくれ。きみがいじくる前に、まず鑑識のジミーに指紋を調べさせてほしい。ああ——ちょっと待った」警視は眼をすがめてあたりを見回し、隅の絨毯の上に置かれた半分空のジンジャーエールの瓶を取りあげた。「このジンジャーエールも分析してくれ、頼んだよ」

検死官補はフラスクと瓶を自分の鞄にしまいこむと、頭に帽子をのせた。

「じゃあ、失礼するよ、警視」億劫そうに言った。「解剖のあと、報告書に全部まとめる。とにかく、そっちに捜査のとっかかりを渡さないとな。そういや、死体運搬車が外に着いてるはずだ——こっちに来る時に電話をかけといたんでね。じゃ、また」あくびをして、検死官補は疲れたように去っていった。

プラウティ博士が消えるとすぐに、白衣を着た係員がふたり、担架を持って絨毯の上を早足で突っ切ってくる。クイーン警視の合図で、ふたりは動かない身体を持ちあげ、担架の上におろすと毛布でおおい、急いで運び出した。扉付近にたむろしている刑事も警官も、ぞっとする重荷が運び出されるのを見送って、ほっと緊張を解いた——これで、今夜の仕事はほぼ終わったも同然だ。観客たちは——そわそわと身体を動かし、囁きあい、腰を浮かせ、咳をし、ぶつぶつ言っていたが――死体が特になんの儀式もなしに、あっさり運び出されるのを、身体をひねって、またも興味津々で見守っている。

クイーン警視が疲れたため息をつきながら、エラリーに向きなおったちょうどその時、劇場の右の壁際でぞっとするような大騒ぎが起きた。我先にと人々が飛びあがるように席を立ち、眼を凝らす。警官たちは静粛にと怒鳴っている。クイーン警視は近くにいた制服警官に向かって早口に指示している。エラリーは一歩脇にどいて、眼を輝かせている。騒ぎは波打つように、すぐ近くまで広がってきた。じたばた暴れる誰かの身体を両側からはさむように、ふたりの警官が現れた。警官たちはうんと力を入れて男を立たせ、客席の左端まで早足で引きずってくる。

小柄でネズミを思わせる男だった。安物の、ぱっとしないくすんだ色の吊るしの服を着ている。頭には田舎の牧師がかぶるような帽子をのせていた。その口は醜く蠢き、毒に満ちた呪詛の言葉を垂れ流している。けれども、警視にじっと見つめられているのに気づいたとたん、もがくのをやめて、ぐんにゃりとおとなしくなった。

「この男が、あっちの小路に通じるドアから、こっそり脱け出そうとしてました、警視」制服警官のひとりが荒い息を吐きながら、捕虜の身体を乱暴に揺さぶった。

警視は咽喉の奥で笑い、ポケットから褐色の嗅ぎ煙草入れを取り出して、ひとつまみ深々と吸いこみ、いつものように気持ちよくくしゃみをすると、ふたりの警官にはさまれて無言でちぢこまっている男を見下ろし、にんまりと大きな笑顔になった。

「これはこれは、〈牧師〉じゃないか」警視は陽気に言った。「こりゃまた、実にいいところに現れたもんだな！」

4

では、大勢が呼ばれて、ふたりが選ばれること

ぐずぐず泣きごとを言う男には虫唾《むしず》が走る、という、妙な弱点を持つ者がいる。〈牧師〉と呼ばれたみじめな男を、威圧するように無言で囲む者のうち、エラリーだけは、この囚われ人の姿に、なんともいえない胸のむかつきを覚えていた。

クイーン警視の言葉にひそむ鞭に打たれたように、〈牧師〉はびくっと身体を強張らせたが、ほんの一瞬、警視の眼をじっと見つめて、またもや、自分を捕らえる屈強な腕から逃れようとあがき始めた。身体をくねらせ、唾を吐き、罵るうちに、男はまた静かになった。息切れしたらしい。悪あがきでのたうちまわる男の憤怒にも似た興奮が伝染したのか、さらにもうひとりの警官が乱闘《メレ》に参戦し、囚われ人を床に押しつけた。すると男は急に、針で突かれた風船のように、ぺしょんとしぼんでしまった。警官が乱暴に立たせると、うつむいたまま身を硬くして、帽子を握りしめている。

エラリーは、ついとそっぽを向いた。

「いいかげんにしろ、〈牧師〉」癇癪《かんしゃく》を起こした子供がやっとおとなしくなった、と言いたげな口調で、警視は続けた。「そんなまねをしても、わしには通用せんとわかっとるだろうが。

この前、河沿いの〈オールドスリップ〉で同じことをした時にどうなった？」

「質問されたら答えろ！」制服警官が、男の脇腹を小突いて、ドスのきいた声を出す。

「何も知らねえんだから、答えようなんかねえですよ」〈牧師〉はぶつぶつ言いながら、そわそわと体重を右に左に移している。

「きみには驚かされるな、〈牧師〉」クイーン警視は猫なで声で言った。「何か知っているかなんて、訊いとらんぞ」

「無実の人間を捕まえる権利はねえぞ！」〈牧師〉は憤慨して怒鳴った。「おれはここのみんなと同じくらい、善良な人間ですぜ。ここにだって、ちゃんと切符を買って入《へえ》ったんだ、本物のおあしを払ってよ！　どういう了見《りょうけん》でえ――帰《けえ》らせてくれねえってのは！」

「きみは切符を買ったわけか」警視は踵に体重をかけて、身体を揺すっている。「そうか、そうか！　それじゃ、そいつの半券を出して、ひとつクイーン父さんに見せてくれないかね」

〈牧師〉の手が自然に、チョッキの下ポケットに伸び、驚くほど器用な動きでその中を探る。ゆっくりと指を引き出した彼の顔は呆然としていた。そして、ひどく驚いた様子で、ほかのポケットをあちこち確かめだしたので、警視は思わず顔をほころばせた。

「くそっ！」〈牧師〉は唸った。「なんて運が悪《わり》いんだ。いっつも必ず半券はとっとくのに、今夜にかぎってどっかにやっちまった。ごめんよ、おやっさん！」

「ああ、かまわんよ、全然」クイーン警視の表情が冷たく、険しくなる。「いいかげんにせんか、カザネッリ！　貴様、今夜、この劇場で何をしとった？　どうして、急にずらかろうとした？　答えろ！」

〈牧師〉はきょろきょろとあたりを見回した。両腕はふたりの制服警官にがっちり押さえられ、強面《こわもて》の男たちにすっかり取り囲まれている。逃亡する、という考えはあまり賢いものではなさそうだ。すると、彼の表情がまた一段階、変化した。聖職者を思わせる無垢そのものの顔つきに。小さな眼には霞がかかり、まるで暴君そのものの異教の審問官に迫害されるキリスト教の殉教者のように見える。〈牧師〉はよく、こんな芝居でうまうまと乗りきってきたのだ。

「警視さんよ」彼は言った。「こんなふうに、いたぶる権利なんかねえって知ってるんでしょう、え？　誰にでも弁護士を呼ぶ権利ってのがあるはずでしょうが？　え、あるでしょうよ！」

そして、もうこれ以上は何も言うことはない、というように黙った。

警視はしげしげと彼を見た。「最後にフィールドと会ったのはいつだ？」

「フィールド？　まさか――モンティ・フィールド？　そんな奴、聞いたこともねえですよ、旦那」〈牧師〉は妙に震える声で答えた。「おれに何をおっかぶせようってんで」

「何も、〈牧師〉、なんにもだ。いま答える気がなければ、しばらく待ってやってもいいぞ。時間がたてば、何か話す気になるかもしれんからな……忘れるなよ〈牧師〉、あのボノモ絹工場強盗ってちっちゃい事件は、まだまだこれから調べるところだってことをな」そして、警官のひとりを振り返った。「こちらの友人を支配人オフィスの待合室に案内して、しばらくお相手してさしあげろ」

エラリーは〈牧師〉が劇場のうしろの方に連行されていくのを見送りながら、物思いにひたっていたが、父親の言葉に我に返った。「〈牧師〉はあまり賢くないな。あんなふうに口をすべらせるとは——！」

「小さな恵みひとつひとつに感謝することですね」エラリーは微笑んだ。「ひとつの過ちは、二十の過ちを生む」

警視はにやりとして振り向くと、ちょうど書類の束を手にやってきたヴェリーを迎えた。

「よしよし、トマス、戻ったな」警視はご機嫌の様子で、くすくす笑った。「で、何を見つけた、トマス？」

「それがですね、警視」部長刑事は書類の端をばさつかせながら答える。「よくわからんのです。こいつはリストの半分ですが——あとの半分はまだ作ってる途中で。でも、何かおもしろいものが見つかると思いまして」

彼はクイーン警視に、いくつもの名前や住所を走り書きした紙の束を手渡した。警視がヴェリー部長に命じて聞きとらせた、観客たちの住所氏名のリストだった。

クイーン警視も、その肩越しにエラリーも、名前をひとつひとつ確かめながら慎重にリストを調べていった。その中ほどに到達した時、警視はぴたっと動きを止めた。眼をすがめ、問題の名前をじっと見つめて、戸惑ったような顔でヴェリーを見上げた。

「モーガン」記憶を探るように警視は口を開いた。「ベンジャミン・モーガン。妙に聞き覚えのある名前だな、トマス。どうだね？」

ヴェリーは氷のような笑顔を見せた。「お訊ねになると思ってましたよ、警視。ベンジャミン・モーガンってのは弁護士で、モンティ・フィールドのパートナーでした、二年前までは！」

クイーン警視はうなずいた。男三人はそれぞれじっと眼を見交わす。やがて、老人は肩をすくめて、簡潔に言った。「モーガン氏について、もう少し調べんとな」

そして、ため息をつきながらリストに視線を戻した。再び、じっくりとひとつひとつ名前を見ては、ときどき考えこんだ顔をあげて首を横に振ると、また続けて読み始める。クイーン警視の記憶力がエラリーよりもずっと優れているという評判をよく知っているヴェリー部長は、敬意に満ちたまなざしで上司を見つめている。

ついに、警視はリストを部長刑事に戻した。「ここにはもうないな、トマス。わしの見落としたものにきみが気づいていなければ、の話だが。気づいたか？」警視の声は重々しかった。

ヴェリーは言葉もなく老人を見返したが、かぶりを振って、歩き去ろうとした。

「ちょっと待った、トマス」クイーン警視が呼び止めた。「リストの続きを完成させる前に、モーガンにパンザーのオフィスに行くよう伝えてくれるか？　怖がらせないようにな。ああ、それと、オフィスに行く前に切符の半券を必ず持っていかせてくれ」ヴェリーが去った。

警視の指示どおりに、刑事たちの指揮で列ごとに仕事をわりふられる警官を見ていたパンザーは、ここでクイーン警視に手招きされた。ずんぐりした小柄な男は慌てて走ってくる。

「パンザーさん」警視が声をかけた。「ここじゃ何時から掃除を始めますか？」

「ああ、掃除係たちでしたらもうずっと、仕事が始められるのをここで待っておりますよ。たいていの劇場は早朝に掃除をすませますが、私はいつも、夜の部が終わるとすぐにスタッフを呼んで、きれいにさせるのです。何か考えがおありで？」

警視が訊いた時にはしかめ面だったエラリーの顔が、支配人の返答に明るくなる。彼は満足したように、鼻眼鏡をみがき始めた。

「お願いしたいんですがね、パンザーさん」クイーン警視は淡々と続けた。「今夜、客が全員帰ったら、掃除係たちに隅から隅まで一寸刻みに調べさせてほしいんです。見つけたものはひとつ残らずとっといてもらう――どんなにつまらなそうな物でもです――特に切符の半券を。その掃除屋は信用できますか？」

「それは、もちろんでございます、警視様。もうこの劇場が建てられたころからずっと、ここに勤めておるのですから。見逃すことはないと保証いたします。それで、見つけた物はどうすればよろしいんでございましょうか」

「布か何かできっちりくるんで、明日の朝までに、警察本部のわし宛にして、信頼のおける使いの人間に届けさせてほしい」警視は一度、言葉を切った。「念を押しておきますが、パンザーさん、これはとても大切な役目なんだ、あなたが考えるよりもずっと。わかりましたか？」

「もちろんです、もちろんです！」パンザーはせかせかと去っていく。

灰色の髪の刑事が早足で絨毯を突っ切ってくると、左の通路にはいってきて、クイーン警視の前で帽子に触れて礼をした。その手には、いまさっきヴェリーが持ってきたのとそっくりな紙の束が握られている。

「ヴェリー部長から、この名簿をお届けするように申しつかりました。これで残りの客の住所氏名は全部だそうです、警視」

クイーン警視は急に活気づいて、刑事の手から書類を受けとった。エラリーも身を乗り出す。痩せた指が一枚一枚、紙の表面を上から下になぞっていくのに合わせて、老人の視線は、ゆっくりとおりていく。最後の一枚のもうそろそろおしまい、というあたりで、不意に老人はにやりとし、やったぞ、という顔でエラリーを見てから、最後まで読み終えた。そして、振り向いて息子に何やら耳打ちする。エラリーの顔に一条の光が射し、彼もまたうなずいた。

警視は待っていた刑事を振り返った。

「こっちに、ジョンソン」クイーン警視は刑事がよく見えるように、いま読んでいた紙を差し出した。「まずヴェリーを見つけて、すぐに報告に来るよう伝えてくれ。そのあと、この女を捕まえて――」警視は名前と座席番号を指でなぞった。「――支配人のオフィスにご同行願うんだ。先客にモーガンって男がいる。こっちから指示するまで、ふたりを見張っていろ。もし、このふたりが何か話しだしたら、耳の穴をかっぽじってよく聞いとけ――このふたりがどんな話をするか知りたい。女は丁重に扱え」

「了解です。部長からも警視に伝言ですが」ジョンソンは続けた。「観客の一部を隔離してます――切符の半券を持ってなかった客です。彼らをどうすればいいか、ご指示をあおぎたいと」

「名前はリストに記録してあるのか、ジョンソン?」クイーン警視は二番目の束をヴェリーに渡すようにと、ジョンソンに返した。

「はい、警視」

「それなら、その連中だけの名前を別に書きとったリストを作って、ほかの客と一緒にしてかまわん、と伝えろ。わしが直接、連中に会う必要も話す必要もない」

ジョンソンは敬礼して、立ち去った。

クイーン警視は振り向いて、小声でエラリーと話し始めたが、息子は息子で何やら屈託があるようだ。そこに再びパンザーが現れ、会話は中断された。

「警視様？」支配人が上品に咳払いをする。

「ああ、パンザーさん！」警視は勢いよく振り向いた。「掃除係には、すっかり伝えてくれましたか」

「はい、警視様。ほかに何か、私でお役にたてることはございますか……？　それと不躾《ぶしつけ》ながら、お訊ねしてもよろしいでしょうか。お客様がたは、あとどのくらい、ここにいなければならないのでしょう？　それはもう大勢のかたがたから、非常に強い調子で口々に訊ねられまして。私どもはこの件でトラブルを起こしたくないのでございます」浅黒い顔が汗で光っている。

「ああ、それは心配しなくてもいい、パンザーさん」警視は気軽な口調で答えた。「もうたいして長く待つ必要はない。実のところ、あと数分で解放するように、部下に指示するつもりでした。ただ、この場を離れる前にもうひとつ、皆さんが文句を言いそうな手続きを踏む必要がありますが」警視は苦笑いを浮かべた。

「と言いますと？」

「身体検査ですよ。お客さんには間違いなく抵抗されるだろうし、法に訴えると脅されたり、身の危険をほのめかされたりするだろうが心配しなくてもいい。今夜、ここで行われたことはすべて、わしが責任を負いますし、あなたがトラブルに巻きこまれないように、そこはしっかり手配します……ところで、うちの部下を手伝って、女性を身体検査してくれるかたが必要ですな。婦警がひとり来ていますが、いま、客席で忙しくしていますのでね。誰か信頼できる女性はおりませんか——できれば中年の婦人がいい——感謝されない仕事を進んでやってくれるうえ、口の堅い女性は？」

支配人はしばらく考えていた。「心当たりがございます。ここの衣装係のフィリップスさんという女性で。もう長年ここで問題なく勤めておりますし、そのような仕事でも、きっと警察のかたと同じくらい相手の身になって考えて、こなせましょう」

「まさにうってつけだ」クイーン警視はきびきびと言った。「すぐにその人を呼んで、正面の出口に配置してください。彼女にはヴェリー部長刑事が必要なことを教えてくれるはずだ」

ちょうどやってきたヴェリーは、その最後の言葉を聞くのに間にあった。パンザーはボックス席に向かって、大急ぎで歩いていった。

「モーガンは行ったか？」クイーン警視は訊いた。

「はい、警視」

「そうか、なら、あともうひとつで、おまえさんの今夜の仕事はしまいだ、トマス。一階席とボックス席の客が帰るのを監督しろ。ひとりひとり、上から下まで身体検査をして、帰らせるんだ。正面のドア以外から外に出すな、左右の出口を封鎖しとる連中には、正面出口のドアに進むように客を誘導しろと言え」ヴェリーはうなずいた。「それじゃ、身体検査についてだが。ピゴット！」呼ばれた刑事が走ってきた。「ピゴット、せがれとヴェリー部長刑事に付き添って、正面出口でひとりひとり身体検査するのを手伝え。女性客には婦人警官を呼んである。包みはひとつひとつ開けて、中身をあらためろ。ポケットもひとつ残らずだ、怪しげな物を見逃すな。半券は全部集めろ。それから、特に余分な帽子に気をつけろ。捜しとるのはシルクハットだ。それ以外でも余計に帽子を持っとる者がいたら捕まえろ、だが、丁重にな。それじゃ、みんな、仕事にかかれ！」

柱にゆったりもたれていたエラリーは、背筋を伸ばすと、ピゴットのあとをついていった。さらにそのあとを追うヴェリーの背中に、クイーン警視は声をかけた。「一階の客が全員はけるまで、二階の客をおろすな。騒がせんように、上に誰か行かせろ」

最後の大事な指示を与え終わると、警視はすぐ近くで見張りに立っていたドイルを振り返り、穏やかに言った。「下のクロークに行ってくれ、ドイル。客が荷物を受けとるのを、目を皿のようにして見とるんだ。客が誰もいなくなったら、隅から隅まで調べろ。棚に何か残っていれば持ってこい」

クイーン警視は、殺害現場の真上に大理石の歩哨《ほしよう》よろしく、ぬっとそびえ立つ柱に寄りかかった。空《くう》を見つめ、両手を上着の襟にかけてぼんやり立っていると、フリントが広い肩をそびやかし、興奮で瞳をきらめかせながら、急ぎ足で近づいてきた。クイーン警視は値踏みするような眼でじっと見つめた。

「何か見つけたのか、フリント？」嗅ぎ煙草入れをもてあそびながら声をかける。

刑事は無言で、切符の半券を差し出した。青い色のそれには、〝左ＬＬ30〟と記されている。

「これはこれは！」警視は声をあげた。「いったいどこで見つけたんだ？」

「正面入り口のすぐ手前です」フリントは答えた。「劇場にはいる時に、持ち主が落としたんでしょう」

クイーン警視は答えなかった。舞い降りた鷹のように、その指はベストのポケットに飛びこんだかと思うと、死んだ男が持っていた青い半券を取り出した。そして無言で見比べた――どちらも同じ色で、同じスタンプがはいっており、片方に左ＬＬ32、もう一方にＬＬ30と書かれた文字だけが異なる。

警視は眼をすがめると、なんの変哲もないボール紙をじっくり見つめた。前かがみになって、警視はゆっくりと二枚の切符の裏と裏を合わせて重ねた。が、灰色の瞳に戸惑った光をちらりと浮かべ、今度は表同士にして重ね合わせた。満足がいかなかったのか、今度は表と裏にして重ねる。

三とおりのどの方法を試しても、切符を半分にちぎった端の形は一致しなかった！

5　では、クイーン警視が法律に関する問答をすること

クイーン警視は帽子を目深にかぶりなおし、一階席の奥の床をおおう、真っ赤な広い絨毯の上をまっすぐに歩きだした。その間、手は片時も離せない嗅ぎ煙草入れを求めて、ポケットの奥を探っている。どうやらひどく思い悩んでいるようだ。二枚の青い半券をきつく握りしめ、自分の考えにまったく満足がいかないというようにしかめ面をしている。

〈支配人室〉という札のかかった、緑の水玉模様のドアを開けようとして、警視は一度振り返り、背後の様子を確かめる。観客たちは淡々と行動していた。あたりは、かしましい話し声に満ちている。警官や刑事が客席の列の間を歩きまわり、指示を出し、質問に答え、座席から人々を追い出し、外に続く大扉の前で身体検査を受けさせるべく列に並ばせている。ふと気づいてみれば、客たちはこれから直面しなければならない苦行に対して、ほとんど文句を言っていない。身体検査などという屈辱に抗議する気力もないほど疲れているらしい。半分怒り、半分おもしろがっているご婦人たちの長い列が一方に延び、黒い服を着た人のよさそうな女性が手早く、ひとりひとりの身体を調べている。クイーン警視は、扉を封鎖している刑事たちに視線を走らせた。ピゴットは熟練の早業で、男たちの衣服を要領よく調べている。その隣でヴェリー部長刑事が、調べられているさまざまな人たちの反応を観察し、ときどきは彼みずからが

調べている。エラリーは少し離れたところで、ゆったりしたコートのポケットに両手をつっこみ、紙巻煙草《シガレット》をくわえたまま、買い逃した初版本より大事なことはない、といった風情で立っている。

クイーン警視はため息をつき、支配人のオフィスにはいった。

オフィスの待合室はこぢんまりとしていたが、ブロンズとオーク材からなる趣味のよい造りだった。壁際に並ぶ椅子のひとつでは、革張りのクッションに埋もれるように、〈牧師〉ことジョニーが平然と、紙巻煙草をすぱすぱ吸っている。椅子のそばには警官がひとり立って、がっしりと大きな手を〈牧師〉の肩にのせていた。

「ついてこい、〈牧師〉」クイーン警視は足も止めずに、淡々と声をかけた。小柄な小悪党はのっそり立ちあがると、吸殻を器用に真鍮の痰壺の中に弾き飛ばして、警視のあとをだらしなく歩いていき、その背後に警官もぴったりついていく。

クイーン警視はオフィスに続くドアを開け、戸口に立ったまま、素早く見回した。それから一歩、脇にどいて、小悪党と制服警官を先にはいらせた。ドアがばたんと大きな音をたてて、三人の背後で閉まる。

ルイス・パンザーはオフィスの調度品に並々ならぬこだわりを持っているようだった。彫刻をほどこした机の上では、透明な緑のランプシェードが煌々と光っている。椅子に灰皿スタンド、精巧な細工の枝がついた柱形のコートかけ、絹張りの長椅子——そんな物が実によく考えられて、室内に配されている。たいていの劇場支配人とは異なり、パンザーはスターや支配人自身や演出家やエンジェル《スポンサー》たちの写真を仰々しく飾っていなかった。繊細な版画が数枚と、大きなタペストリと、コンスタブルの油彩画が一枚、壁にかかっている。

けれどもこの時のクイーン警視の鋭い視線は、パンザー氏の私室の芸術的センスに向けられてはいなかった。目の前の六人の人間に集中していた。ジョンソン刑事の隣には、理知的な眼をした、腹の出始めた中年男が困惑したように眉を寄せて坐っている。その隣の椅子には、シンプルなイブニングドレスと外套に身を包んだ、はっとするほど美しい娘がいる。娘が見上げている夜会服姿のハンサムな青年は、帽子を片手に立ったまま、娘の上に身をかがめて小声で熱心に何か話している。その隣ではふたりの婦人が、どちらも身を乗り出して耳を澄ましていた。

恰幅のいい男だけはよそよそしく皆からひとり離れていた。クイーン警視がはいっていくと、男はすぐさま立ちあがり、どういうことだ、と顔つきで語りかけてきた。話していた一団はぴたりと黙りこみ、神妙な顔をクイーン警視に向けてくる。

〈牧師のジョニー〉は遠慮深く咳をすると、見張りに付き添われながら敷物の上をそろそろと横歩きをして、隅におさまった。同じ室内に集められたほかの人々のりっぱさに、すっかり気後れしてしまったらしい。両足をこすりあわせ、警視のいる方向に、助けを求める眼を向けてくる。

クイーン警視は机に歩み寄ると、皆に向きなおった。警視が手をひと振りすると、ジョンソン刑事がさっとその傍《かたわ》らに立つ。

「三人おまけがいるが、あれはなんだ、ジョンソン？」皆には聞こえないように、声をひそめて警視は訊いた。

「あの中年の男がモーガンで」ジョンソンは囁き返した。「そのそばに坐ってるべっぴんは、警視が捕まえるようにおっしゃった女です。一階の客席に捜しにいったら、あの若いのと、女性ふたりが一緒にいまして。四人はずいぶん親しいようです。警視からの言葉を伝えると、あの若い女は不安そうでした。それでも立ちあがると、将校のように堂々とついてきましたよ――ただ、あの三人まで、一緒にくっついてきちまいまして。どうしようか迷ったんですが、もしかすると警視が、あの三人と会いたいとおっしゃるかも……」

クイーン警視はうなずいた。「何かおもしろいことを話したか？」同じくらい小声で訊ねた。

「からっきしです、警視。中年男は、四人とも知らないみたいですよ。そして、あの人たちは、どうして彼女が呼び出されたのか、ずっと不思議がってます」

警視は手を振ってジョンソンを隅に追いやると、待っている一団に声をかけた。

「おふたりを呼んだのは」警視は愛想よく言った。「少しお話をうかがいたかったからです。お連れのかたがたも、一緒に待ってくれてかまいません。ただ、まずこの紳士との用を片づける間、すみませんが、隣の待合室にいてください」警視が小悪党に向かって、くいっと首を振ると、悪党は怒って身を強張らせた。

興奮したように喋りながら、男ふたりと女三人は部屋を出ていき、ジョンソンがその背後でドアを閉めた。

クイーン警視は〈牧師のジョニー〉を振り返った。

「ドブネズミを連れてこい！」警視はぴしりと警官に命じた。そして、パンザーの椅子に腰をおろし、両手の指先を合わせた。小悪党はぐいっと立たされると、絨毯の上をまっすぐ歩かされ、机の真正面に突き出された。

「さて、〈牧師〉よ」クイーン警視は脅すように言った。「ここでつかまえたが百年目だ。ちっと話をしようじゃないか、邪魔ははいらんよ。嬉しいだろう？」

〈牧師〉は無言のまま、猜疑心に満ちた眼をうるませている。

「何も言うつもりはないか、うん、ジョニー？　いつまでもだんまりが通用すると思うなよ」

「さっきも言ったじゃねえですか――おれは何も知らねえし、おれの弁護士に会うまでは何も言うつもりはねえって」

「おまえさんの弁護士だって？　ほう、〈牧師〉よ、いったい誰だ？」

〈牧師〉はくちびるを噛んで黙りこんだ。クイーン警視はジョンソンを振り返った。

「ジョンソン、バビロン強盗事件を担当したのはきみじゃなかったか？」警視は訊いた。

「そうです、警視」刑事は答えた。

「あれは」クイーン警視は優しく、小悪党に説明した。「おまえさんが一年くらった事件だ。覚えとるかね、〈牧師〉よ？」

沈黙は変わらない。

「時にジョンソン」警視は椅子の背にぐっともたれた。「ちょっと思い出させてほしいんだが。

あの事件で、ここにいるわしらの友人を弁護したのは、誰だったかな?」

「フィールドです。あっ――」ジョンソンは絶句して、〈牧師〉を凝視した。

「そのとおりだ。いまは、うちの死体置き場の冷たい台の上でおねんねしとる紳士だ。え、〈牧師〉よ、どういうことだ? へたな芝居はよせ! モンティ・フィールドを知らないとかぬかしたな。フィールドを知っとるかと訊かれて、フルネームで答えたのは誰だ。さっさと本当のことを吐け、いますぐに!」

　小悪党は警官によろりともたれかかり、隠しきれない絶望を瞳に浮かべた。そしてくちびるをなめた。「参《めえ》りやしたよ、旦那、けど――今度のこたぁ、何も知らねえんだ、ほんとに。フィールドの旦那とは、ひと月も会ってねえんだから。そんな――まさか、おれの首に縄を巻きつけようって腹じゃねえでしょう?」

　そう言いながら、苦しそうな眼でクイーン警視を見つめる。警官が男をしゃんと立たせた。

「〈牧師〉よ、まあ落ち着け」クイーン警視は言った。「なんでまた、いきなり結論に飛びつく。わしはただ、ちょっとした情報を集めようとしとるだけだ。もちろん、おまえさんが殺人を自白したいんなら、部下を呼んで、おまえさんからすっかり話を聞き出して、調書を取って、家に帰って寝る。そうするか?」

「よしてくれ!」小悪党は叫んで、突然、腕を振りあげた。警官が素早くつかまえて、腕をひねって、背中に押しつける。「どっから、そんな話が出てきたんだ。自白なんかしねえ。何も知らねえ。今夜、フィールドと会っちゃいねえどころか、ここに来てたことも知らなかったってのに！　吐けって……おれは、ものすごく力のある友達がいるんだ——おっかぶせようたって、そうはいかねえ！」

「それは残念だ、ジョニー」警視はため息をついて、嗅ぎ煙草をつまんだ。「よし、わかった。おまえはモンティ・フィールドを殺していない。なら、今夜は何時にここに来たんだ、それと、切符の半券はどうした？」

〈牧師〉は帽子を両手でこねくりまわした。「さっきまでは何も言わねえつもりでした、おれをはめようとしてると思ったんで。ここにいつ、どんなふうに来たのかなら説明できます。たしか八時半ころに、無料の券ではいったんで。こいつが証拠の半券でさ」彼は注意深くコートのポケットを探り、はさみを入れられた青い半券を取り出した。それを手渡されたクイーン警視は、一瞥《いちべつ》しただけで、ポケットにしまった。

「で、この無料の券を」警視は訊ねた。「どこで手に入れたんだ、ジョニー？」

「そいつは——その、女がくれたんで」小悪党はそわそわしながら答えた。

「ああ——事件の陰に女あり、だ」クイーン警視は愉快そうに言った。「で、おまえさんをとりこにしたキルケー嬢の名前はなんと言うんだね、ジョニー？（キルケーはホメロスの『オデュッセイア』に登場する魔女）」

「誰ですって——なんでぇ、そりゃ——いや、警視さん、あいつをまずいことに巻きこまねえでくれ」〈牧師のジョニー〉は怒鳴った。「堅気《かたぎ》の娘なんだ、なんにも知らねえんだよ。ほんとに、嘘じゃねえ——」

「女の名前は？」クイーン警視はぴしりと言った。

「マッジ・オコンネル」ジョニーは情けない声で答えた。「ここの案内嬢でさ」

クイーン警視の瞳がきらりと光った。ジョンソンとの間で素早く視線が交わされる。刑事は部屋を出ていた。

「そうか」警視はゆったりと椅子の背にもたれかかった。「我らが古なじみの〈牧師のジョニー〉君はモンティ・フィールドのことは何ひとつ知らなかったと。ほう、ほう、ほう！　おまえさんのガールフレンドがどこまで裏づけてくれるか、訊いてみようじゃないか」そう言いながら、警視は小悪党が手に持っている帽子をじっと見つめていた。着ているくすんだ色のスーツに合う、安物の黒いフェルトの中折れ帽だ。「なあ、〈牧師〉よ」不意に、警視は言った。「おまえさんの帽子を見せてくれんか」

彼は小悪党がしぶしぶ差し出す手から帽子を受けとると、調べ始めた。内側の革バンドを下げて、鋭い眼で観察し、ついにそれを返した。

「そうだ、忘れていたよ、〈牧師〉」そして、警視は警官に言った。「きみ、カザネッリ氏の身体検査を頼む」

〈牧師〉はひどくいやそうにぶすっとしていたが、逆らわずにおとなしくしていた。「銃はありません」警官は短く言うと、検査を続けた。手を尻ポケットに入れ、ふくらんだ財布を取り出した。「ご覧になりますか、警視？」

クイーン警視が受けとり、手早く金を数えてから、警官に手渡すと、財布はまた尻ポケットに戻った。

「百二十二ドルの現ナマか、ジョニー」老人はつぶやいた。「札《さつ》からボノモ絹工場の匂いがするな。まあ、いい！」笑って、制服警官に言った。「フラスクはなかったか？」警官はかぶりを振った。「ベストやシャツの下には？」再び、否定的な答え。そのあとクイーン警視は身体検査がすむまで黙っていた。〈牧師のジョニー〉は少しだけ、ほっと緊張を解いた。

「やれやれ、ジョニー、今夜のおまえさんはずいぶん運がよかったなあ――どうぞ！」ノックの音にクイーン警視は応じた。ドアが開くと、今夜、警視が質問したばかりの、案内嬢の制服を着たほっそりした娘が現れた。ジョンソン刑事がそのあとからはいってくると、ドアを閉めた。

マッジ・オコンネルは敷物の上に立つと、床を観察して物思いにふける恋人を、愕然とした眼で見つめた。そして、ちらりとクイーン警視を見た。と思うと、不意にその口元を強張らせ、小悪党に向かって、ぴしゃりと言った。「ふうん。やっぱり捕まったんじゃない、この馬鹿！だから、こそこそ逃げ出すなって言ったのにさ！」そして、蔑むように〈牧師〉にくるりと背を向けて、パフで白粉を乱暴にはたき始めた。

「なんで、さっきは話してくれなかったのかな、お嬢さん」クイーン警視は穏やかに言った。

「友達のジョン・カザネッリ君に無料の券を渡したことを」

「何もかも話したわけじゃありませんもの、ミスター・おまわりさん」小生意気に答えた。

「なんで話さなきゃなりませんの？　ジョニーは今度のことに何も関係ありませんよ」

「まあ、その話はおいとこう」警視は嗅ぎ煙草入れをもてあそんでいた。「きみに言いたいのはだな、マッジ、さっき話した時よりも、きみの記憶が少しは戻ったのか、ということだ」

「どういう意味です？」彼女はつっかかってきた。

「こういう意味だよ。きみはさっきわしに、舞台が始まる直前に持ち場についていたと――大勢の客を座席に案内したから――あの死んだ男、モンティ・フィールドを席に案内したかどうか、覚えとらんと――そして、舞台の間じゅう、左の通路の端にずっと立っていたと。舞台の間じゅう、とな、マッジ。本当かね？」

「当たり前でしょ、警視さん。わたしがそうしてなかったなんて、誰が言ってるの？」娘は激してきたが、クイーン警視がそのせわしなく動く指をじっと見つめると、とたんに指はおとなしくなった。

「ああ、もう喋っちまえ、マッジ」意外にも〈牧師〉がぴしゃりと言った。「これ以上、ややこしくすんな。どうせいつかばれんだ、おれたちが一緒にいたって。ばれたら、そいつをたてに責められる。おまえはこのおっさんを知らねえんだよ。吐いちまえ、マッジ！」

「ほほう！」警視は小悪党と娘を上機嫌で見比べた。「〈牧師〉よ、その歳でやっと分別がつくようになったか。きみたちが一緒にいた、と聞こえたが。いつ、どんな理由で、どのくらいの時間、一緒にいた？」

マッジ・オコンネルの顔は赤くなり、青くなり、また赤くなった。毒々しい憤怒に満ちた視線で恋人を突き刺すと、クイーン警視に向きなおった。

「ええ、全部、ぶちまけた方がよさそうね」吐き捨てるように言った。「この薄ら馬鹿が臆病風に吹かれたんなら。わたしの知ってることはこれだけよ、警視さん――だけどもし、あのチビの馬鹿支配人にばらしたら、ひどいんだから！」クイーン警視は両眉をあげたが、特にさえぎろうとはしなかった。「ええ、ジョニーのために無料の券をもらってあげたわ」つっかかるように言う。「だって――ジョニーはああいう、派手などんぱちが好きなのよ、それに、この人は今夜、休みだったし。だから、無料の券を取ってあげたの。これはペアチケットだから――この無料券は全部ペアなのよ――ジョニーの隣の席はずっと空いてたわ。通路に面した左端の席で――このお喋りの腰抜けのために、わたし、やっと手に入れてあげたのよ！　一幕目の間はずっと忙しくて、この人のそばには全然いられませんでした。でも、最初の幕間のあと、二幕目が始まったらずいぶんひまになって、彼の隣に坐るチャンスができたから。ええ、認めるわ――二幕目はほとんど最初から最後までずっとこの人の隣に坐ってました！　なによ、悪い？――わたしだって、ちょっとくらい休む権利あるでしょ」

「なるほど」警視は眉間に皺を寄せた。「最初からそう言ってくれれば、こっちの手間も時間もかけずにすんだんだぞ、お嬢さん。二幕目の間は一度も席を立たなかったのかね？」

「それは、二、三回、立ったけど」娘は用心深く答える。「でも、別に何も問題は起きなかったし、支配人もいなかったから、席に戻ったわ」

「歩きまわってる時に、あのフィールドに気づいたか？」

「ううん――いいえ」

「フィールドの隣に誰かが坐っていたかどうか、わかるか？」

「いいえ。あの人があそこにいたかどうかも知りません。わたし――あっちの方を見てなかったみたいだから」

「ということは」クイーン警視はそっけなく続けた。「きみは二幕目の間に、あの最後列の端から二番目の席に、客を案内したという記憶はないんだな？」

「はい、警視さん……ええと、あんなことしちゃいけなかったんでしょうけど、でも、ひと晩じゅう、何も問題があるように見えなかったから」ひとつ質問されるごとに、彼女はどんどん不安そうになっていった。こっそり〈牧師〉を見ていたが、彼の方はかたくなに床を見つめている。

「たいへん参考になったよ、お嬢さん」クイーン警視は突然立ちあがった。「もう結構だ」

彼女がきびすを返して出ていこうとすると、小悪党はいかにも純真そうなまなざしを投げかけ、敷物の上を滑るようにあとを追おうとした。クイーン警視は警官に合図を送った。〈牧師〉はあっという間にもとの姿勢でもとの位置に戻されていた。

「まあ、そう急《せ》くな、ジョニー」クイーン警視は冷ややかに言った。「オコンネル！」娘は、平然としたそぶりを見せつつ、振り向いた。「いまのところは、パンザーさんには何も言わないことにする。だが、忠告しておくが、おまえさんはもっと自分の立場をわきまえて、目上の者と話す時には口のききかたに気をつけることだ。さあ、もう出ていけ、それからまたおまえさんの話に穴があるとわかれば、今度こそひどいことになるぞ！」

彼女はけらけら笑いだすと、よろめく足で部屋を飛び出していった。

クイーン警視は、さっと警官を振り返った。「ワッパをかけろ」小悪党にぐいと指を突きつけ、ぴしりと言った。「そのまましょっぴけ！」

警官は敬礼した。鋼鉄がきらりと光り、かちりと鈍い音がして、〈牧師〉は呆けたように手首の手錠を見つめていた。口を開くより先に、彼は部屋から追い立てられていった。

クイーン警視は汚いものを振り払うように手を動かすと、革張りの椅子にどっかと腰をおろし、嗅ぎ煙草をつまんでから、まったく違う口調でジョンソンに声をかけた。「すまんがジョンソン、モーガンさんを呼んでくれんか」

＊

ベンジャミン・モーガンは、クイーン警視の臨時の聖域に、力強い足取りではいってきたが、顔は戸惑いに満ちた不安を隠しきれていなかった。それでも陽気に、温かなバリトンの声を響かせた。「はい、警視さん、参りましたよ」そして、まるできつい一日を終えてクラブでほっとひと息つくように、どっかりと満足げな顔で椅子に腰をおろしてみせた。クイーン警視は騙されなかった。じっと鋭い眼で見据えてやると、太鼓腹の白髪の男はもじもじと身をよじった。

「クイーンと申します、モーガンさん」警視は愛想よく言った。「リチャード・クイーン警視です」

「だと思いました」モーガンは身を起こして握手しようと手を差し出した。「私のことはご存知ですよね、警視。何年か前に刑事裁判であなたの目の前に何度か立ったことがありますから。

あれはたしか――覚えてますか？――私は殺人罪で起訴されたメアリ・ドリトルの弁護をして……」

「ああ、そうでしたな！」警視は心からの声をあげた。「あなたの顔をどこで見たのかと考えとったんですよ。たしかあなたは無罪を勝ちとられた。なかなかの手腕でしたな、モーガンさん――たいへんすばらしかった。そうか、あなただったか！　そうか、そうか！」

モーガンは笑った。「たしかにあれはいい仕事でしたね」彼は認めた。「でも、もう、昔話ですよ、警視さん。ご存知でしょうが、私は――もう刑事事件からは手を引いたものですから」

「ほお？」クイーン警視は嗅ぎ煙草をつまんだ。「それは知りませんでした。何か――」警視はくしゃみをした。「――まずいことでもあったわけですか？」同情をこめて訊ねる。

モーガンは黙りこんだ。やがて脚を組み、口を開いた。「かなりまずいことが。煙草を吸ってもかまいませんか？」突然、訊いてきた。クイーン警視がかまわないと答えると、彼は太い葉巻に火をつけ、くるくると渦巻く煙を、吸いこまれるような眼で見つめていた。

どちらも長い間、口を開かなかった。モーガンは自分がじっくりと観察されているのを感じたらしく、何度も脚を組みなおしては、クイーン警視の眼を避けている。老いた男は胸に頭を垂らして、何やら考えているように見えた。

沈黙はやがて火花を散らし始め、ひどくいたたまれないものになった。室内は、片隅の床に置かれた大時計がこちこちと鳴る音のほか、静まり返っている。劇場のどこかで突然、わあっと話し声があがった。怒っているのか、抗議しているのか、声はどんどん甲高く響いてくる。

やがてそれさえも、ふっと聞こえなくなった。

「ええと、警視さん……」モーガンは咳払いをした。葉巻からあがる分厚い煙の渦に包まれた彼の声はかすれ、緊張している。「これはいったいなんなんです——お上品な拷問ですか?」

クイーン警視は驚いた顔をあげた。「ええ? いや、すみません、モーガンさん。ちょっとぼーっとしとりました。何か失礼なことを言いましたか? いやいや! わしも耄碌《もうろく》した」彼は立ちあがって、背中で手を組むと、部屋の中をぐるりと回った。モーガンの眼がそれを追う。「モーガンさん——」警視は得意技の、唐突な会話の飛躍で不意をついた。「——どうして、話をするために残ってもらったか、わかっていますか?」

「いえ——わかっているとはいえませんね、警視さん。いや、もちろん、今夜ここで起きた事故と関係があるに違いありませんが。それが私とどんな関係があるのか、正直申しあげて、さっぱりわかりません」彼はすぱすぱと乱暴に葉巻を吸っている。

「まあ、モーガンさん、すぐにわかると思いますがね」クイーン警視は机にもたれかかった。「今夜、ここで殺された男は——ああ、保証します、絶対に事故じゃない——モンティ・フィールドという名の男です」

この通告は実にあっさりしたものだったが、モーガンにもたらした効果は絶大だった。椅子から飛びあがりかけ、かっと目を開き、両手を震わせ、ぜいぜいと荒い息を切らしている。葉巻が床に落ちた。クイーン警視はむっつりした眼で彼を見た。

「モンティ——フィールド!」モーガンの叫び声は、恐ろしいほどの激情をはらんでいる。彼は警視の顔をじっと見つめた。それから、全身の力が抜けたように、椅子の中にがっくりと崩れ落ちた。

「葉巻を拾ってください、モーガンさん」クイーン警視は言った。「ここを貸してくれたパンザーさんのご厚意を、あだで返すまねはしたくない」弁護士は何も考えていない様子で、機械仕掛けのような動きでかがみ、葉巻を拾いあげた。

「いや、まったくな」クイーン警視は胸の内でひとりつぶやいた。「おまえさんが世界で指折りの名優なのか、本当に死ぬほどのショックを受けたのか、どっちかわからん!」警視はしゃんと背筋を伸ばした。「とりあえず、いいですか、モーガンさん――しゃきっとしなさい、しゃきっと。フィールドが死んで、あなたにどんな影響があるんです?」

「だけど――だって、そんな! モンティ・フィールドって……なんだ、そりゃ!」そして、彼は大きく頭をそらすと、笑いだした――その異様な興奮ぶりに、クイーン警視はさっと身を起こした。発作はいつまでも続き、モーガンの身体はヒステリーで前にうしろに揺れている。彼は弁護士の頰をひっぱたき、コートの襟をつかんで、ぐっと立ちあがらせた。

「いいかげんにしろ、モーガン!」クイーン警視は怒鳴った。その乱暴な物言いはてきめんに効いた。モーガンはぴたりと笑うのをやめ、きょとんとした表情でクイーン警視を見つめ、やがて、どさりと椅子に腰をおろした――まだ震えてはいるが、正気を取り戻していた。

「すみ――すみません、警視さん」彼はぼそぼそ言いながら、ハンカチで顔を拭いた。「いや、まったく――驚いたものですから」

「ああ、言われなくてもわかる」クイーン警視はそっけなく言った。「足の下で地面が割れても、そんなに驚けないだろう。さて、モーガン、いったいどういうことかな？」

弁護士はまだ顔から吹き出る汗をぬぐい続けていた。木の葉のように震えながら、頬を真っ赤にしている。決心がつかないのか、くちびるを嚙んでいる。

「わかりましたよ、警視」とうとう彼は言った。「何を知りたいんです？」

「ああ、それでいい」クイーン警視は満足そうだった。「まずは、モンティ・フィールドと最後に会ったのはいつです」

弁護士は不安そうに咳払いをした。「それは——その、もう何年も会ってませんが」彼は低い声で答えた。「私たちがパートナーだったことはご存知ですよね——ふたりで法律事務所を構えていて、なかなか繁盛していました。しかし、あることが起きて別れたんです。それで——それ以来、一度も会ってません」

「ちなみに、何年ほど前の話です？」

「二年と少し前です」

「なるほど」クイーン警視はぐっと前に身を乗り出した。「ぜひ知りたいですな、どうしてパートナーを解消することになったのか」

弁護士は敷物に視線を落とし、葉巻を指先でひねりまわした。「私は——その、あなたもフィールドの評判はお聞き及びでしょう。職業的な倫理観において、私たちは意見が合わず、ちょっとした口論の末、ついに袂を分かつこととなったのです」

「円満に？」

「まあ――ある意味では、はい」

クイーン警視は指で机を鍵盤のように叩いている。モーガンはもぞもぞと身体を動かした。明らかに、まだ驚き覚めやらぬという体だ。

「今夜は何時にこの劇場に来ましたか、モーガンさん？」警視は訊ねた。

モーガンはその質問に驚いたようだった。「そりゃ――八時十五分ころですが」

「切符の半券を見せてくれますか」クイーン警視は言った。

弁護士はあちこちのポケットをまさぐってから、それを手渡した。クイーン警視は半券を受けとると、もう片方の手で自分のポケットにしまっておいた三枚の半券を取り出し、両手を机の高さに並べてみた。そしてすぐに顔をあげ、眼から完全に表情を消し、四枚のボール紙をポケットに戻した。

「ふむ、中央のM2の席か。ずいぶんいい席だな」警視は言った。「どうして今夜〈ピストル騒動〉を見ようと？」

「いや、だって、なんだかおもしろそうな芝居じゃないですか、警視さん」モーガンは恥ずかしそうだった。「まあ、自分からわざわざ来たかどうかはわかりませんが――私は特に芝居を見る趣味はないので――ただ、ローマ劇場が親切に、今夜の公演の招待券を送ってくれたものですから」

「本当ですか？」クイーン警視は素直に驚きの声をあげた。「それはまた親切なことだ。いつ、

「その切符を受けとりましたか？」

「はあ、土曜の朝に手紙に同封されて届きましたよ、警視さん、うちのオフィスに」

「ほう、手紙も？　ひょっとして、いまお手元に？」

「たしか――絶対――ある――はずですが」モーガンはあちこちのポケットをまさぐりながら、切れ切れに唸った。「あった！　これです」

彼は白い小さな長方形の手漉《てす》きボンド紙を警視に差し出した。クイーン警視は慎重に光に透かしてみた。タイプライターで打たれた文字の合間に、透かし模様がはっきりと見える。彼は口をすぼませると、机の吸い取り紙の上にその紙を置いた。モーガンの見守る中、警視はパンザーの机のいちばん上の引き出しを開け、中をかきまわし、ようやく一枚のメモを探し当てた。大きな白い正方形の紙の上部には、この劇場の飾り立てた紋章が刷ってある。クイーン警視は二枚の紙片を並べて、しばらく考えてからため息をつき、たったいまモーガンに渡されたばかりの便箋を取りあげた。そして、ゆっくりと読み始めた。


ローマ劇場より、支配人以下一同はベンジャミン・モーガン様を、謹んでご招待いたします。九月二十四日、月曜日の夜の部にご来臨いただければ幸いでございます。モーガン様におかれましては、ニューヨーク法曹界の重鎮として、当舞台に関する社会的、法律的なご意見をぜひとも賜りたく存じます。もちろん、これはなんら義務を課すものではございません。そして当劇場は、この招待を受けていただいたことに対し、モーガン様にはいかなる責務も生じないことをお約束するものでございます。

ローマ劇場
S

署名の〝S〟の文字は、かろうじてそう読めなくもないが、やはりのたくったインクの跡にしか見えない。

クイーン警視は口元をほころばせて、顔をあげた。「ずいぶん親切なことですな、モーガンさん。ところで——」警視はまだ微笑を浮かべたまま、片隅の椅子で黙って取り調べを見守っていたジョンソン刑事に合図をした。

「パンザーさんを、支配人を呼んできてくれ、ジョンソン」警視は言った。「それとあの広報も——ビールスンだかピールスンだかいう男だ——そのへんにいたら、一緒に連れてこい」

ジョンソンが出ていくと、警視は弁護士に向きなおった。

「ちょっとその手袋を見せてもらえますか、モーガンさん」警視はごく軽い口ぶりで言った。

きょとんとした顔で、モーガンが手袋をクイーン警視の目の前の机の上に落とすと、警視は興味津々な顔で手に取った。白い絹の——夜会服にふさわしい手袋だった。警視はそれを調べるのにとても忙しいふりをしていた。裏返したり、一本の指の先についた染みをじっくりと調べたり、モーガンに冗談を言いながら、自分の手にはめてみさえした。調べ終わると、警視はまじめくさった顔で、弁護士に手袋を返した。

「それと――おや、モーガンさん――またずいぶん洒落たシルクハットですな。少々、見せていただいてもかまいませんか?」

あいかわらず無言のまま、弁護士は帽子を机に置いた。クイーン警視はひょいと無造作に取りあげると、〈ニューヨークの歩道〉の口笛を一本調子で吹いた。帽子は最高級の品でぴかぴかに輝いていた。裏張りは、ちらちらと淡く光る白絹で、メーカー名の〈ジェイムズ・チョーンシイ社〉の金文字が印刷されている。さらに〝B・M〟という頭文字が、同じようにバンドに押されていた。

クイーン警視はそれを自分の頭にのせて、にやりとした。サイズはぴったりだ。すぐに脱ぐと、モーガンに返した。

「どうもありがとうございました、モーガンさん」彼は言いながら、ポケットから取り出したメモ帳に何やら書きつけた。

その時、ドアが開いて、ジョンソン刑事とパンザーとハリー・ニールスンがはいってきた。パンザーはためらいがちに進み出て、ニールスンは肘掛け椅子に腰をおろす。

「どういったご用件でございましょうか、警視様?」パンザーは、自分の椅子に白髪のお偉方が貴族然としてどっかり坐っている事実を、雄々しく無視しながらも、震える声を出した。

「パンザーさん」警視はゆっくりと言った。「この劇場では何種類の便箋を使いますか?」

支配人の眼が見開かれる。「一種類だけでございます。その、警視様の目の前の、机にある便箋です」

「ふうううむ」クイーン警視はパンザーに、モーガンから受けとった紙を手渡した。「この紙をよく調べてほしいんですがね、パンザーさん。あなたの知るかぎりで、ローマ劇場にはこれと同じものがありますか？」

支配人は、まったく覚えがないという顔でそれを凝視した。「いや、ないと思いますが。いえ、ありません、絶対に。なんです、これは？」手紙の最初の数行に視線を走らせたとたん、彼は叫んだ。「ニールスン！」広報係を振り返る。「なんだ、これは——新手《あらて》の宣伝か？」そして、ニールスンの面前で紙を振りまわす。

ニールスンは雇い主の手からそれをひったくると、素早く読んだ。「いやあ、参った！」彼は小声で言った。「こいつは無着陸飛行記録なみの偉業だ！　宣伝広告の歴史を塗り替えるぞ！」何度も読み返し、顔に称賛の色を浮かべている。やがて、四組の眼に非難するように見つめられていることに気づいて、彼はパンザーにそれを返した。「このすばらしい思いつきにぼくは加わってないって認めるのが、ほんとにしゃくですよ」ニールスンはのろのろと言った。「畜生め、なんでぼくが思いつかなかったのかなあ」そして、隅に引っこむと、胸の前で腕を組んだ。

支配人は困惑した顔でクイーン警視を振り返る。「これはまったく不思議としかいいようがございません、警視様。私の知るかぎり、ローマ劇場でこの便箋を使ったことは一度もございませんし、誓って申しあげますが。このような宣伝を私が許可したことはまったくございません。そして、ニールスンがこの件に加担していないと申しますならば——」彼は肩をすくめた。

クイーン警視は慎重にその手紙をポケットにしまった。「知りたかったのはそれだけです、おふたりとも。お手数をかけました」そして、目顔でふたりを外に出した。

彼は弁護士を値踏みするような眼で見た。弁護士の顔は首から髪の生え際まで火のように真っ赤に染まっていた。警視は手をあげると、軽く音をたてて机を叩いた。

「いまのをどう思いますか、モーガンさん?」警視は単純に訊いた。

モーガンはさっと立ちあがった。「私を罠にかけるんだな!」怒鳴って、クイーン警視の顔の前に震えるこぶしを突き出す。「私は何も知らないんだ――あなたと同じくらいにな、失礼を承知で言わせてもらうが! それと、さっきの手袋だの帽子だのを調べて、私を怖がらせようったって――ああ、まだ私の下着を調べていませんぞ、警視!」そこで息が切れて、黙りこんだ彼の顔は紫色だった。

「おやおや、親愛なるモーガンさん」警視は穏やかに言った。「どうしてそう取り乱しているのかな? 他人が見たら、まるでわしがあなたをモンティ・フィールド殺しの犯人扱いしとるように思うじゃないか。まず坐って、落ち着きなさい。わしはただ、単純な質問をしただけだ」

モーガンは椅子に崩れ落ちた。震える手で額をおおうと、つぶやいた。「すみません、警視さん。つい、かっとなって。しかし、こうわけのわからないことが、次から次へと――」そして、口の中でもごもご言いながら黙りこんでしまった。

クイーン警視は坐ったまま、難しい顔で弁護士を見つめた。モーガンはハンカチと葉巻を両手に、あたふたしている。ジョンソン刑事はとがめるように咳をして、天井を見上げた。またもや、壁の向こうからわあっという声が響いてきて、すぐに途中で掻き消える。

クイーン警視の声が静寂を鋭く切り裂いた。「これでおしまいだ、モーガン。帰っていい」

弁護士は不器用に立ちあがると、何か言おうとするかのように口を開きかけたが、きゅっと口を結んで、乱暴に帽子を頭にのせると、出口に向かって歩きだした。警視の合図で、ジョンソン刑事が何食わぬ顔でさっと前に出てドアを開けてやる。そして、ふたりは姿を消した。

ひとり、部屋に残されたクイーン警視は、すぐに熱心に自分の調べ物に没頭した。四枚の半券と、モーガンから受けとった手紙と、死んだ男のポケットで発見したラインストーンのまばゆい女もののイブニングバッグを、ポケットから取り出す。この最後の証拠品を、警視は今晩二度目にあけて、その中身を目の前の机に広げた。〝フランシス・アイヴズ＝ポープ〟という名の刷られた名刺が数枚、清潔なレースのハンカチーフが二枚、口紅、白粉と頬紅のはいった化粧ポーチ、二十ドル札が数枚と小銭のはいった小さな財布、そして家の鍵。クイーン警視はそれらの品々を指先でつつきながら、しばらく考えていたが、それらをまたバッグの中に戻すと、ポケットの中に再び、バッグと半券と手紙をしまって立ちあがり、ゆっくりと室内を見回した。部屋を突っ切って、枝つきの木に似たコートかけに歩み寄り、そこに唯一かかっていた山高帽子を取りあげて、中身をじっくりと調べる。頭文字は〝L・P〟とあるが、彼はむしろ〝6インチ3/4〟というサイズに、興味を引かれたようだった。

警視は帽子をもとの位置に戻すと、ドアを開けた。

待合室に坐っている四人は、安心した顔になり、椅子を蹴って飛びあがるように立った。クイーン警視は両手をコートのポケットに入れたまま、戸口でにこやかに微笑んでいた。

「どうもたいへんお待たせしました」警視は声をかけた。「皆さん、オフィスへどうぞ」

そして礼儀正しく脇にどいて、一同を通した――女三人と青年ひとりを。興奮でそわそわしながら、四人はぞろぞろとオフィスにはいってくると、青年がかいがいしく椅子を並べ、女たちは腰をおろした。四組の眼が、戸口の老人を熱心に見つめる。彼は父親らしい慈愛のこもった笑顔のまま、ちらりと待合室に視線を走らせてから、ドアを閉め、堂々とした足取りで机に戻り、腰をおろして、嗅ぎ煙草入れの箱をまさぐった。

「さて！」警視は愉快そうに言った。「こんな時間までお引き止めして申し訳ありませんでした――捜査の一環でして……さて、まずは、どうしましょうかな。ふむ。うん……うん、うん。とにかく――よし！　まず、お互いに、自己紹介といきましょうかな」彼は、三人のうちでもっとも美しい娘に、穏やかな視線を向けた。「お初にお目にかかりますが、たぶんお嬢さんはフランシス・アイヴズ＝ポープさんですな。合っていますか？」

娘の眉がはねあがった。「はい、そのとおりですわ」音楽を思わせるふんわりと豊かな声で答える。「でも、どうしてわたくしの名をご存知なのか、まったくわからないのですけれど」

そして微笑んだ。すばらしく魅力的な、愛らしさと大いなる女性らしさに満ちあふれ、見る者は皆、惹きつけられずにいられない笑顔だった。まさにいま、人生の花の季節を謳歌《おうか》する、ぴちぴちした身体の美しい娘は、大きな栗色の瞳と、クリームのようになめらかな肌を持ち、健康な魅力のオーラを放っていて、警視さえも、心が洗われるような気がした。

彼はにっこりと笑いかけた。「それはですね、アイヴズ＝ホープさん」警視は咽喉の奥で笑った。「一般のかたにはたしかに謎でしょうな。わしが警察官であるという事実もまた、不気味に思われるでしょう。が、種明かしすれば、実に簡単なことです。あなたはカメラマンにとって無視することのできない被写体だ――実は、今朝の新聞の社交欄で、あなたの写真を拝見したんですよ」

娘は不安そうな声をたてて笑った。「ああ、そういうことでしたの！　わたくし、怖くなりかけていましたわ。それで、わたくしにどんな御用でしょう、警視様？」

「仕事です――わしの用件はいつだって仕事ですよ」警視は悲しげに答えた。「わしが誰かに興味を持っても、この職についとるかぎり、必ず仕事が邪魔を……とりあえず、質問を始める前に、お連れのかたを紹介していただけますか」

クイーン警視にちらりと眼を向けられると、三人は困ったように空咳を始めた。フランシスが愛らしく答える。「まあ、失礼いたしました、警視様――ですわね？　こちらはミス・ヒルダ・オレンジとミス・イヴ・エリス、わたくしのとても親しいお友達ですの。そしてこちらはスティーヴン・バリーさん。わたくしの婚約者です」

クイーン警視は一同を驚いた眼で見回した。「わしの勘違いでなければ――皆さんは〈ピストル騒動〉の出演者では？」

一同が揃って首を縦に振る。

クイーン警視はフランシスに向きなおった。「意地悪をしたくはないんですがね、アイヴズ＝ポープさん、しかし説明してくださらんか……どうしてお友達と一緒に来たんです？」そして、開けっぴろげな笑顔を見せた。「失礼な言いかたに聞こえるでしょうが、ただ、わしは部下にあなたを——あなたひとりを、お呼びするように指示したんですが……」

三人の役者は身体を強張らせて立ちあがった。フランシスは懇願するような顔を、自分の連れから警視に向けた。

「わたくし——本当にごめんなさい、警視様」吐息のような声をもらす。「わたくしは——警察のかたに質問されるなんて初めてですの。なんだか不安でたまらなくて、それで——それでわたくしが、フィアンセとこちらのふたりの親友に同席してほしいと頼んだんです。警視様のご希望にそむくことになるとは、気がつきませんでしたの……」

「なるほど、わかりました」クイーン警視は笑顔で答えた。「よく理解できますよ。ですが——」彼は断固たる意思を身振りで示した。

スティーヴン・バリーが、かばうように彼女の椅子の上におおいかぶさった。「きみが望むなら、ぼくがそばにいるよ」彼は挑むような眼で警視を睨んだ。

「でも、スティーヴン——」フランシスは途方にくれたように叫んだ。クイーン警視の表情は頑固そのものだった。「あなた——みんなも、行ってくださいな。でも、すぐ外で待っていて、お願い。きっと、すぐにすむから、そうですわね、警視様？」不安でいっぱいの眼で、彼女は訊ねる。

クイーン警視はうなずいた。「そう長くは」彼の態度ははっきりと変化していた。隠していた牙をむき出しにし始めたかのようだ。室内の客人たちも、警視の変化を感じとり、同じように敵意をまとい始める。

ヒルダ・オレンジは、四十がらみのぼってりと肉付きのよい女で、若いころは、りんとした美貌を誇ったであろうが、いまはオフィスの冷たい光に、無残に化粧をはぎとられた顔を警視に向け、フランシスを身体でかばいつつ、睨みつけている。

「わたしたち、外で待ってるから」彼女は憤然として言った。「それでもし、気が遠くなるとかしたら、ちょっと声を出してくれればいいからね、すぐに、どうなるかわかるわよ」そして、部屋を飛び出していった。イヴ・エリスはフランシスの手を軽く叩いた。「心配ないわ、フランシス」柔らかな澄んだ声。「わたしたちがついているわ」そして、バリーの腕を取り、ヒルダ・オレンジを追っていった。バリーは怒りと心配のないまぜになった顔で振り返り、すさまじい目つきでクイーン警視を射抜くと、うしろ手にドアを乱暴に閉めた。

クイーン警視はすぐに立ちあがった。きびきびとした動作からは、人間らしい温かみが消えていた。彼は両手を机の上につくと、フランシスの眼を真正面から覗きこんだ。「さて、フランシス・アイヴズ＝ポープさん」彼はやけにはっきり発音した。「用はこれだけです……」ポケットに手を入れると、舞台の奇術師のような早業で、ラインストーンに飾られたバッグを取り出してみせた。「バッグをお返ししたかった」

フランシスは腰を浮かし、眼を見開いて彼の顔から、ちらちら光るバッグに視線を移し、顔色を失った。「まあ、それは——これは、わたくしのイブニングバッグですわ！」彼女は口ごもった。

「そのとおりです、アイヴズ＝ポープさん」クイーン警視は言った。「これはこの劇場で発見されました――今夜」

「ああ、当たり前ですわね！」娘はすとんと椅子にへたりこむと、細かく震えるような笑い声をたてた。「まあ、わたくしったら！　いまのいままで、気がつかなかったなんて……」

「しかし、お嬢さん」小柄な警視はゆっくりと続けた。「あなたのバッグが見つかった事実よりも、発見された場所の方が重要なのですよ」そして一度、間をおいた。「今夜、ここで殺された男がいるのをご存知ですか？」

彼女は口をぽかんと開けて警視を見つめた。嵐のような恐怖がその瞳で渦巻き始める。「はい、そううかがいましたけれど」吐息のような声をもらした。

「そう、あなたのバッグはですね、お嬢さん」クイーン警視は容赦なかった。「その殺された男のポケットの中で発見されたのです！」

娘の瞳に恐怖の光が走った。やがて、咽喉をしめつけられるような悲鳴と共に、真っ青な顔をひきつらせ、椅子に腰かけたまま前に突っ伏した。

警視は顔に気遣わしげな同情をさっと浮かべ、慌てて飛び出した。ぐったりと動かない身体に手を伸ばしたとたんに、ドアが乱暴に開け放たれ、スティーヴン・バリーがコートの裾をひらめかせつつ、矢のように飛んできた。ヒルダ・オレンジと、イヴ・エリスと、ジョンソン刑事もまた、急いでついてくる。

「何をしやがった、この野郎！」俳優は怒鳴って、クイーン警視を乱暴に肩で押しのけた。彼はフランシスの身体を優しく腕に抱きとり、眼の上にくるくるとかかる黒髪の房をかきあげ、必死に耳元で囁き続ける。やがて娘は大きく息をつくと、混乱した眼で、自分の顔すれすれにある青年の真っ赤な顔を、ぼんやりと見つめた。「スティーヴ、わたくし――気が遠くなって」小声でつぶやくと、また彼の腕の中に倒れこんだ。

「誰か、水を」青年は怒鳴って、彼女の両手をこすって温め始めた。すぐさまコップが肩越しに、ジョンソン刑事から手渡される。バリーがフランシスの咽喉に、水をほんの少し流しこんでやると、彼女はむせて意識を取り戻した。ふたりの女優がバリーを押しのけ、男たちに出ていけと命じる。クイーン警視は、抗議する俳優と刑事のあとからおとなしく部屋を出ていった。

「まったくりっぱな刑事じゃないか、ええ！」バリーは警視に食ってかかった。「何をした――警察お得意のやりかたで、うまい具合に頭を殴ったのか？」

「落ち着きなさい、きみ」クイーン警視は穏やかに言った。「乱暴な言葉はやめたまえ。あの若いお嬢さんはショックを受けただけだ」

張りつめた沈黙の中、男たちが立って待っていると、ドアが開いて、ふたりの女優がフランシスを両側から支えるようにして出てきた。バリーが彼女のそばに飛んでいく。「大丈夫かい？」囁いて、手を取る。

「お願い――スティーヴ――わたくしを――家に」彼女はあえいで、青年の腕の中にぐったりともたれかかった。

クイーン警視は脇にどいて、一同を通した。彼らがゆっくりと正面出入り口に向かって歩いていき、外に出ようと並んでいる観客たちの短い列に加わるのを見つめるその瞳には、悲しげな色が浮かんでいた。

6 では、地方検事が伝記を語ること

リチャード・クイーン警視とは、不思議な人物だった。小柄だが筋肉質で、ふさふさの白髪と人生の年輪を刻む細かな皺を持ちあわせた彼は、望むならば、一流企業の重役にも、夜間警備員にもなりきることができた。しかるべき衣装に身を包めば、その目立たない容貌はたちまち、どんな変装にもふさわしくなじんでしまう。

そんな持ち前のなんにでも変貌する力は、見た目ばかりではなく物腰においても発揮された。実は、素顔の警視のひととなりを知る者はほとんどいない。仲間にも、敵にも、これまで司法の裁きに引き渡してきたみじめなつまらない連中たちにとっても、警視は謎の人であった。やたらと大げさに振る舞ってみせたり、優しくしたり、尊大にふんぞり返ってみたり、愛情あふれる父親のような慈悲を見せたり、猛犬のようにしつこく食らいついたり、その変わり身の早さは、まさに変幻自在の百面相だった。

けれどもそんな仮面の下に、いみじくも誰かが大げさな感傷をこめて言ったように、警視は

〝黄金の心〟を持っていた。真の彼の中身は無邪気で、聡明で、世間の残酷さに日々触れながら、これっぽっちも損なわれていない。たしかに、公務で顔を突きあわせる人々にとって、警視は会うたびに一度として同じ人物だったことはなかった。彼はくるくると次から次へひっきりなしに、新しい仮面をかぶり続けた。そうすることは、実に有意義だと警視は自負していた。人々は彼という人間を理解できず、次に何をするのかも、何を言い出すのかも、予想がつかないので、畏怖の念を覚えずにいられないのである。

しかし、パンザーのオフィスにひとり残って、ドアをぴったり閉めきり、とりあえず捜査はひと休み、という段になると、ようやく本当の警視自身がその顔の奥から輝いて現れた。いまこの瞬間、それは老いた顔であった——肉体的に老い、精神的に老いて賢人となった顔であった。いま、その心を占めているのは、彼自身が脅して気絶させてしまった娘のことだった。恐怖にひきつった顔を思い出すだけで、彼自身の顔も歪んだ。フランシス・アイヴズ＝ポープは、年配の男なら誰でも自分の娘にこうであってほしいと望まずにいられない資質を備えているようだ。そんな娘が、鞭のような言葉にすくみあがるのを見るのは心が痛む。婚約者が激昂し、彼女をかばって食ってかかってきた時のことを思い出すだけで顔が赤くなる。

わりに禁欲主義の警視ではあるが、たったひとつ手離せないささやかな贅沢を味わおうと、ため息をつきながら嗅ぎ煙草入れに手を伸ばして、気がねなくたっぷりと香気を吸いこみ……

断固たる調子でドアがノックされると、彼はまたカメレオンのように変貌した——いま、机の向こうに坐っているのは、知恵を、重苦しい考えをめぐらせている警視だった。実をいうと、エラリーが戻ってきてくれるように願っているのだった。

愛想のよい「どうぞ！」という声に対し、勢いよく開いたドアの向こうから現れたのは、重たいオーバーに身を包み、毛糸のマフラーを首にぐるぐる巻きにした痩せぎすの、眼のぱっちりした男だった。

「ヘンリ！」警視は叫んで、思わず立ちあがった。「何をしとる、こんなところで？　医者にベッドから出るなと言われただろう！」

ヘンリ・サンプスン地方検事はウィンクをすると、肘掛け椅子にどっかりと腰をおろした。「医者というのはだなあ」彼は嚙んで含めるように言った。「イライラでかえって悪化させやがる。で、捜査はどんな具合だ」

そこまで言って彼は呻くと、そろそろと咽喉をさすった。警視はまた腰をおろした。

「なあ、ヘンリ、いい歳をして」警視はぴしりと決めつけた。「きみほど手に負えん患者は見たことがない。何を考えとるんだ、気をつけんと肺炎になるぞ！」

「はは」地方検事はにやりとした。「保険はたっぷりかけてるからな、心配ない……おい、ぼくの質問に答えてないぞ」

「ああ、そうだな」クイーン警視は唸った。「おまえさんの質問か。捜査はどんな具合かって？　捜査はだな、親愛なるヘンリ君、完全にお手上げの状態だ。この答えで満足か？」

「もうちょっと詳しく言ってくれるとありがたいんだな」サンプスン検事は言った。「覚えてるかい、ぼくは病人で頭ががんがんしてるんだ」

「ヘンリ」クイーン警視はがばっと身を乗り出した。「うちの課が扱ったうちでも、いちばん厄介な事件の渦中にある、と言っておこう……おまえさんの頭ががんがんしてるって？　わしの頭の中がどんな具合か、教えてやりたいよ！」

サンプスン検事はしかめ面で見返した。「きみの言うとおりだとすると――まあ、そうなんだろうが――悪い時期に起きてくれたもんだ。もうじき選挙だってのに――無能な当局にまかせておいたばかりに、殺人事件が迷宮入りすると……」

「まあ、そういう見かたもあるだろうが」クイーン警視は低い声で言った。「今度の事件をわしは選挙がらみでは考えとらんかったよ、ヘンリ。とにかく、男がひとり殺された――そして、誰がやらかしたのかさっぱり見当がつかん、と率直に認めよう」

「きみのありがたい叱責《しっせき》は謹んで受けとるよ、警視」サンプスンはさらに軽い口調で言った。「だけど、もしきみが、ついさっきぼくの聞いた話を聞けば――実は電話があってだな……」

「待ちたまえ、ワトソン君、とうちのエラリーなら言うところだな」クイーン警視は、持ち前の驚くべき速さで態度をころりと変えた。「何が起きたのか、わかる気がする。きみは家にいったんだ、たぶんベッドの中にな。すると、家の電話が鳴った。受話器の向こうの声は、文句を言い、抗議をし、わめきちらし、ほかにも、その人物が興奮するといつもやらかす大騒ぎをひととおり、やってみせた。その声はわめきちらしたはずだ。〝私は、ただの犯罪者のように警察に拘束されたことを、絶対に忘れないぞ！　あのクイーンとかいう無礼者を懲戒処分にしろ！　あの男は個人の自由を迫害した！〟とかなんとか、まあ、だいたいそんな内容のことを

「……」

「こいつは参った！」サンプスンは大笑いしていた。

「この抗議する声の持ち主である紳士は」警視は続けた。「背が低くて、ずんぐりして、金縁眼鏡をかけて、ぞっとするほど不愉快な女のような声で、たぶんマスコミ対策だろうが、それはそれは胸が熱くなるほど家族を――妻ひとり、娘ひとりだ――気遣っていて、何かと言えば、きみのことをいつも〝私のとても親しい友人のサンプスン地方検事〟と呼ぶ。違うかね？」

サンプスンは坐ったまま、じっと警視を見つめた。やがて、その顔にくしゃくしゃと笑い皺が現れた。

「いやはや驚いたよ、親愛なるホームズ！」彼はつぶやいた。「そこまでぼくの友人について詳しく知ってるなら、そいつの名前を言うことだって朝飯前なんだろうね」

「それは――えへん、だけど、その男なんだろう？」クイーン警視は顔を真っ赤にしていた。

「わしは――エラリー！　よかった、来てくれたか！」

エラリーが部屋にはいってきた。彼は、長いつきあいのよしみで、温かく出迎えたサンプスン検事と心のこもった握手をし、地方検事ともあろう人が自分の命を大切にしないことに、ふたことみこと意見してから机の上に、コーヒーの大きな容器と、嬉しいことに、どうやら贅沢な甘い菓子が詰まっているらしい紙袋を手早く並べた。

「さて、ご一同、大いなる捜索はすんで、一段落ついて、完全に終わった《カプート》わけで、汗を流した刑事さんたちはこれから愉しい夜食の会、というわけです」彼は笑って、父親の肩を愛情たっぷりに叩いた。

「おう、エラリー！」クイーン警視は喜びの声をあげた。「これは嬉しいプレゼントだよ！ ヘンリ、きみもこのささやかな祝いの席に加わってくれないかね？」彼は紙コップを三つ並べて、湯気のたつコーヒーで満たした。

「何を祝うのかさっぱりわからんが、喜んで参加させてもらうよ」サンプスンがそう言うと、三人は夢中になってご馳走に襲いかかった。

「何かあったか、エラリー？」老人は満足げにコーヒーを飲みながら訊ねた。

「神ならば食べることも飲むこともしません」エラリーはクリームたっぷりのふわふわ菓子を頬張りながら、もごもご言った。「ゆえに、ぼくは全知全能の神でないわけで、まずはお父さんがこの簡易拷問部屋で起きた事柄を教えてくれませんか……それでも、お父さんの知らないことをひとつだけなら、教えてあげられますよ。この洒落たおいしいケーキはリビーズ・アイスクリームパーラーで仕入れてきたんですが、ここのおやじさんのリビー氏は、ジンジャーエールに関するジェス・リンチの証言を裏づけました。お嬢さんのエリナー・リビーも、ふたりであの小路にいたという話を裏づけてくれましたよ」

クイーン警視は大きなハンカチで丁寧に口元を拭いた。「まあ、ジンジャーエールについてはプラウティに確かめてもらえばいいさ。わしの方は、何人か取り調べをすませて、もうやることがない、という状況だな」

「どうも」エラリーは淡々とコメントした。「実に詳しい完璧な報告です。で、検事には今夜のてんやわんやの大騒ぎについて話したんですか?」

「紳士諸君」サンプスンは紙コップを置きながら言った。「ぼくの知ってることを話そう。三十分ほど前に、〝ぼくのとても親しい友人〟のひとりが——少々、社会的に力のある人物なんだが——電話をかけてきて、今夜の芝居の最中に、わけのわからん状況で人がひとり殺された、と言うんだ。そこにリチャード・クイーン警視という男が、腰巾着のつむじ風を大勢ひきつれて、嵐のように劇場を襲ったかと思うと、観客を全員、二時間以上も監禁するという暴挙に出た——実に許しがたい、まったく不当な行為である。さらには、この警視は彼を犯罪者扱いし、劇場を出る時には、こともあろうに、横柄な警察官たちに彼自身と妻と娘の身体検査までさせた、と訴えた。

我が情報提供者は、それ以外は——あとは、口汚い冒瀆的な言葉ばかりで、なんだか見当違いなことをわめいていたがね。ほかにぼくが知ってることといえば、外で会ったヴェリーから聞いた、殺された男の名前だよ。そしてそれこそがだね、紳士諸君、この一連の物語でいちばん興味深い点だった」

「この事件に関しちゃ、きみはわしとほとんど同じくらい知っとるよ」クイーン警視は唸った。「むしろ、わしよりも詳しいかもしれん。フィールドの悪さについては、きみの方がずっとなじみがあるんだろうから……エラリー、身体検査の間、現場はどうなっとったかね?」

エラリーはゆったりと脚を組んだ。「予想はついておいででしょうが、身体検査の結果は何もなしです。不自然なものは見つかりませんでした。ひとつもです。うしろめたそうな人間もいなければ、白状しようという者もいない。言い換えれば、まったくの空振りってことですね」

「そうだろう、そうだろうとも」クイーン警視は言った。「この事件の裏には、とんでもなく賢い奴が隠れとるんだ。余分な帽子の気配ひとつ見つからなかったんだろうな、その分じゃ」

「それこそがですね、お父さん」エラリーは答えた。「ぼくがロビーに花を添えていた理由です。ええ──帽子はありませんでした」

「身体検査は全員すんだのか？」

「ぼくがおやつを買いに道を渡ろうとしたところに、ちょうど終わってましたよ」エラリーが答えた。「あとは、天井桟敷の怒り狂った客たちを順々に階下におろして、お帰り願うことくらいしか、仕事は残ってなかったですね。もう全員、外に出ています──天井桟敷の客も、従業員も、出演者も……役者ってのは不思議な生き物ですね。たとえ夜どおし、神を演じていても、一瞬で、一般の人と見てくれの変わらない平凡な存在に身を落とすばかりか、生身の身体の持つ業や苦しみまで背負いこむんですから。それはともかく、ヴェリーがこのオフィスから出てきた五人の身体検査をしましたよ。いや、すばらしい取り巻きを持ってますね、あの若いご婦人は。アイヴズ＝ポープ嬢とその連れのご一行と見ましたが……ま、お父さんが忘れてるかもしれないので、念のため、ということで」エラリーは笑った。

「つまり、手詰まりか」警視はつぶやいた。「よし、今度はわしの話だ、ヘンリ」そして彼は、この夜の出来事を細かく説明し、その間サンプスンは顔をしかめて、黙って坐っていた。

「というわけさ」この小さなオフィスの中で繰り広げられた一部始終を簡潔にざっと説明した

あと、クイーン警視は締めくくった。「それじゃ、ヘンリ。きみはモンティ・フィールドに関して、いろいろ教えてくれるだろうな。我々は、あの男がずる賢いろくでなしだということは知っとる――が、ほとんどそれだけだ」

「そんな表現じゃ、手ぬるいね」サンプスンは手厳しかった。「ぼくは奴の人生をほぼそらで語れるよ。どうやら、きみたちは今度の事件でてこずりそうだからな、彼の過去の出来事が少しでもヒントになるといいが。

ぼくの前任者の時代にフィールドは検察の監視下におかれた。株式のノミ行為がらみのスキャンダルに加担した詐欺の疑惑が持ちあがったんだ。当時から地方検事補だったクローニンは、とうとう奴のしっぽをつかめなかったよ。フィールドはうまく自分の足跡を隠しきっていた。我々につかむことのできたのは、組織から蹴り出される前に〝サツのイヌ〟が聞きかじった、事実だという確証のない伝聞情報ばかりだった。もちろん、クローニンは直接的にも間接的にも、奴を疑っていると匂わせたことはない。結局、事件はうやむやになって、あの執念の鬼のクローニンでさえ、何かつかんだと思うたびに毎度毎度、空振りで煮え湯を飲まされた。ああ、疑う余地もない――フィールドはずる賢い悪党さ。

ぼくが検察にはいった時、クローニンの熱い説得に押されて、フィールドの素姓について、徹底的に調べあげることになった。もちろん隠密裏にだ。そして、これがぼくらの見つけた事実さ。モンティ・フィールドはニューイングランドの名家の出だ――メイフラワー号で渡ってきたご先祖の名をひけらかしたりしない、本物の名家だ。幼少期は家庭教師の教育を受け、お上品な寄宿学校に進み、ぎりぎりでようやく卒業させてもらった末に、父親のがんばりでハーヴァード大学に入れられた。子供のころから、ワルだったようだ。犯罪をおかすわけじゃないが、とにかくやんちゃだったらしい。そのくせ、家名に対しての誇りは、ほんのひとかけらにしろ持ちあわせていたんだな。だから、破滅に際して、奴は本名をちぢめた。もともとの名はフィールディングだった――が、以来、彼はモンティ・フィールドとして生まれ変わった」

クイーン警視とエラリーはうなずいた。エラリーの瞳はじっと考えこんでいるようで、クイーン警視の眼はサンプスンをじっと見つめ続けている。

「フィールドは」サンプスンは再び口を開いた。「まったくの出来損ないというわけじゃない。あいつには脳味噌があった。ハーヴァードでは法律を学んで、すばらしい成績をおさめた。弁論術にかけては、どうやら天性の閃きに恵まれていたうえに、法律用語の深い知識にばっちり下支えされているときた。ところが、卒業してすぐに、一家の誉れである奴は、家族が当然愉しみにしていた法学者としてのキャリアが始まる前に、女の子とひどいスキャンダルを起こした。父親はすぐに奴を切り捨てた。勘当したのさ――完全にアウト――家名を汚したんだからな――わかるだろう……

しかし、この我らが友人は、悲嘆にくれて自暴自棄になったりはしなかった。ささやかな遺産の相続権を失ったことをむしろばねにして、外の世界に出て自分の手で財産を作ろうと一念発起したわけだ。実際にそうするまでの期間をどう過ごしていたのか、我々にはついに見つけられなかったが、次に彼の名が出てきたのは、コーエンという男のパートナーとしてだった。

こいつは法曹界でもいちばんたちの悪いペテン師だ。いやいや、ひどい組み合わせだよ！　連中は、暗黒社会でも顔のでかい悪党から顧客を選び抜くことで莫大な財産を築いた。とりあえず、いままでのぼくの話で、最高裁の判事よりも法の抜け道に詳しい鳥一羽を捕まえるのがどれだけ難しいかってことはわかったはずだよ。奴らは何もかもをすり抜けた——あのころは犯罪の黄金時代さ。コーエン&フィールド法律事務所が、親切にも弁護をしてくれるなら、悪党たちは大手を振って堂々と悪のかぎりを尽くせるってわけだ。

しかし、このコンビのうち、経験豊かで、法律の網という網を知りつくして、事務所の顧客たちと〝コンタクト〟を取り、料金を決める役割を受け持っていた——まともな英語も喋れないのに、すばらしい手腕で仕事をまとめていた——コーエン氏は、ある冬の夜にノースリバーの川っぷちで、悲しい最期を遂げた。頭を撃ち抜かれて発見されたんだが、その祝うべき出来事から十二年たったいまも、殺人犯の正体はわかっていない。というよりも——公式にはわかっていないことになってるんだ。我々は犯人の正体に関して、ある重大な疑惑を抱いている。仮に、今夜フィールド氏が亡くなったことで、コーエン殺しが未解決事件簿からはずされても、ぼくは驚かないね」

「あの男はそんな食わせ者だったんですか」エラリーはつぶやいた。「死んでからも不愉快な奴だ。あんな奴のために、初版本を買い逃したなんて」

「もう忘れろ、このどうしようもない本の虫めが」父親は叫んだ。「続けてくれ、ヘンリ」

「ここから」サンプスンは机の上から最後の菓子パンを取りあげて、むしゃむしゃとかじりながら言った。「フィールドの人生は輝き始める。パートナーの不幸な死のあと、まるで新たな人生の一ページをめくったようにね。奴は仕事を始めた――本物の弁護士としての仕事だ――もちろん、うまくやっていくだけの才能も頭もあった。それから何年も、彼はひとりで仕事をし続け、それにつれてかつて業界に広まった悪評が消えていくばかりか、法曹界の気難しい大物からさえも、ちょっとした敬意を払われるようになった。

このうわべはいい子にしていた期間は六年にわたった。それから、奴はベンジャミン・モーガンと出会ったんだ――モーガンはまったく経歴に瑕《きず》がなく、評判のよいまじめな男だが、大物弁護士と呼ばれるのに必要な、きらめく才能というものに欠けていた。フィールドはどんな手段を使ったものか、モーガンを共同経営者に引きこんだ。かくて、事態は怪しげな匂いを放ち始めた。

その時代に、ニューヨークの裏世界では実にいかがわしいことが横行していたのを、きみも覚えているはずだよ。我々は、盗品売買の故買屋《フェンス》や、悪党や、弁護士や、そしてあろうことか政治家も加わった、巨大犯罪組織に関するわずかな手がかりを得た。とんでもなく大きな強盗事件がいくつもうやむやになった。密造酒はニューヨーク郊外の特産品になった。あちこちで拳銃強盗殺人が起きるものだから、当局は常に神経をとがらせていなきゃならなかった。だけど、こんなことはきみもぼくと同じくらいよく知ってるはずだな。きみたち警察は何人か〝挙げた〟。しかし、結局、組織をつぶすことはできず、組織の幹部にたどりつくこともできなかった。ぼくは、我々の亡くなった友人、モンティ・フィールド氏が、裏ですべての糸を引いていた頭脳だったに違いないと考える理由を、いくつも知っている。

彼ほどの才能に恵まれた人間ならどんなにたやすいことか、わかるだろう。前の共同経営者だったコーエンの後ろ盾をもとに、奴は裏世界の大物たちとすっかり親しくなった。そして、用済みになると、奴の都合に合わせて、コーエンは始末された。それからフィールドは——ぼくがいま、ほとんど推測で言っていることを忘れないでくれよ、なんたって証拠らしい証拠はひとつもないんだ——フィールドは、実にまっとうな、りっぱな法律事務所という隠れ蓑の下で、蜘蛛の巣のように広がる巨大な犯罪組織を構築していった。もちろん、どんな方法でそんなことができたのかは、見当もつかない。いよいよ組織を動かす準備万端ととのうと、奴は業界でも尊敬に値する人物と評判のモーガンと手を組むことによって、みずからの法律家としての地位を安泰なものにした。ここ五年ほどの間に起きた大きな犯罪のほとんどを牛耳っていたのは奴だ……」

「モーガンはどこに関わってくるんです?」エラリーがのんびりと訊いた。

「いま話そうとしたところだよ。我々はあらゆる理由で確信しているが、モーガンはフィールドの裏世界での汚れ仕事にはまったくなんの関係もない。愚直そのものの真正直な男で、実際、依頼人に後ろ暗いところがあると見ると、しばしば弁護を断っていたんだ。のちのちモーガンが、裏で何が起きているのかに感づいてからは、ふたりの関係はおそらく相当緊迫しただろう。まあ、実際はどうだか知らんよ——モーガン本人に訊けば、いつでも知ることができるよな、きみたちは。ともかく、ふたりは別れた。解散のあとも、フィールドはいくつか野外活動にいそしんだわけだが、法廷で認められるだけの証拠をかけらも残すことはなかった」

「話の腰を折ってすまんが、ヘンリ」クイーン警視は考え考え言った。「そのふたりが別れた件に関して、もう少し情報をくれんか？　次にモーガンと話す時に切り札として使いたい」

「ああ、そうだな！」サンプスンは重々しく答えた。「思い出させてくれてよかったよ。いよいよ正式にパートナー解消となる直前に、あのふたりはもう少しで悲劇を引き起こしかねない大喧嘩をしたそうだ。ウェブスター・クラブで昼食をとっていた時に、激しい口論を始めたところを聞かれている。言い争いはどんどん激しくなって、ついには遠巻きにしていた連中が仲裁にはいらなければならなかったそうだ。モーガンは怒りで我を忘れて、フィールドを殺してやると脅していたらしい。フィールドの方は落ち着き払っていたようだが」

「それを見ていた連中の中に誰か、口論の原因がなんだったのか知っとる者はおるかね？」クイーン警視が訊いた。

「残念だが、いない。喧嘩はあっという間に終わった。のちにふたりはひっそりと共同経営者としての契約を解消し、それ以降、ふたりに関する噂が聞かれたことはない。今夜まで、ということだよ、もちろん」

地方検事が話し終えると、いかにも意味ありげな沈黙がその場を支配した。やがて、エラリーはシューベルトのアリアを何小節か口笛で吹き始め、クイーン警視はすさまじい勢いで、嗅ぎ煙草をたっぷりとつかみ出した。

「ぼくの勘では」エラリーはぼんやりと中空を見つめながら言った。「モーガン氏は、非常にまずい立場に立たされちまった気がしますねえ」

父親は唸った。サンプスンは真顔で言った。「まあ、それはきみたちの仕事だ、紳士諸君。ぼくはぼくの仕事をやるさ。フィールドがいなくなったいま、奴のファイルや記録を隅から隅まで調べてやる。何も出なかったとしても、奴が殺されたことでいずれはこのギャング団が完全に壊滅状態に陥ってくれることを願うよ。朝になったら、奴のオフィスに部下を行かせる」

「もう、うちの者が張っとるよ」クイーン警視は気の抜けた声で答えた。「それじゃ、おまえはモーガンがやったと思っとるんだな?」眼をきらりと光らせてエラリーに訊く。

「ぼくが一分前に言ったのはたしか」エラリーは冷静に答えた。「モーガン氏がまずい立場に置かれた、という意味の言葉でしたが。それ以上のことは何も言いませんでしたよ。たしかに、論理的に考えればモーガンはいちばん怪しいですけどね——ひとつの点を除いては」そう言い添えた。

「あの帽子か」クイーン警視は即座に答えた。

「違います」エラリーは言った。「もうひとつの帽子です」

7　では、クイーン父子が問題を検討すること

「まず、現在のぼくらの状況を確認しましょう」エラリーは間をおかずに続けた。「この問題

を、いちばんの基本に立ち返って考えてみるんです。

手はじめに、事実をざっくりまとめますよ。モンティ・フィールドなる、おそらくは巨大犯罪組織の親玉で、悪党どもを山ほど飼いならしていたに違いない、たいへんよからぬ輩《やから》が、ローマ劇場にて第二幕が終わる十分前、正確に言えば九時五十五分に殺害されました。発見したのは、同じ列の五つ離れた席に坐っていた、ウィリアム・プザックというあまり知的とはいえない簿記係です。この男は途中で席を立ち、被害者の前を無理に通り抜けようとした時に、〝人殺し！　殺された！〟とか、そんなようなことを言ったのを、聞きとっています。

警官がひとり呼ばれて、その男がたしかに死んでいるのを確認したあと、観客の中から医師を呼び出しました。医師は、被害者がなんらかのアルコール性の毒で死んだ、と断言します。のちに検死官補のプラウティ先生も、彼の言葉の後押しをしたものの、ひとつだけ不自然なことがある、とつけ加えました――単なるアルコール性の中毒で、そんなに早く死ぬはずがないと。とりあえず、死因に関する疑問はこの際おいておきましょう、どっちにしろ解剖をしなければ、はっきりしたことはわからないんですから。

大勢の観客を相手にしなければならなかった警官は援軍を呼びました。近所の分署から応援が、続いて警察本部からも刑事たちがやってきて、すぐに捜査を開始。ここで持ちあがるのが、第一の重大な疑問です。殺人者は実際に殺した時間と、事件が発覚した時刻の間に、犯行現場を離れることができたのか？　最初に現場に駆けつけたドイル警官は、すぐに支配人に命じて、すべての出入り口と左右の小路を見張らせましたよね。

ぼくが劇場に着いて、まず考えたのはその点だったので、ちょっと勝手に調べてみました。出入り口を全部回って、見張りのひとりひとり全員に質問をしてみたんです。結果、二幕目の間じゅう、客席のすべての扉の前に見張りがついていたとわかりました。例外がふたつだけありますが、これについてはすぐに説明します。とりあえず、あのオレンジエード売りの青年、ジェス・リンチの証言によって、被害者が第一幕と第二幕の間に生きていたことばかりでなく——この時にリンチは小路でフィールドと会って話をしています——第二幕が始まってから十分後に生きてぴんぴんしているところを見られている。これは青年がジンジャーエールを届けた時のことで、その時フィールドがどこにいたかと言えば、のちのち死体となって発見される席に坐っていました。劇場内では、一階と二階をつなぐ階段の下で、案内係が見張りに立っていましたが、第二幕の間にこの階段をのぼった者はもちろん、おりてきた人間もいない、と断言しました。つまり、殺人犯が二階にのぼった可能性はこれで除外できます。

ついさっき、ぼくが触れたふたつの例外というのは左側の扉ふたつです。ここを受け持つ案内嬢のマッジ・オコンネルが客席の恋人の隣に坐っていたせいで、実際には見張りがついていませんでしたから、逃げようと思えば、その扉から出ることができたかもしれない。しかし、この可能性さえもオコンネルの証言によって除外されました。実はお父さんが質問をしたあとに、追いかけていって、訊いたんですけどね」

「おまえは陰でこそこそとあの娘っ子と話したのか、この不良息子が」クイーン警視は吼えて、エラリーを睨みつけた。

「話しましたよ」エラリーはくすくす笑った。「それでひとつ、この段階の調査に関係のある重要な事実を見つけたと思います。オコンネルは、扉のそばを離れて〈牧師のジョニー〉の隣に坐る前に、扉の内側にある床のボタンを踏んで、扉の上下をがっちり固定して開かなくするロックのスイッチを入れたそうです。騒ぎが始まってすぐに、あの娘は〈牧師〉の隣の席から飛び出して、扉のロックを確認したところ、それは持ち場を離れた時のまま、きちんとロックされていて、ドイルが観客たちを静かにさせようと躍起になっている間に、オコンネルは元どおり、扉のロックを解除したそうです。あの娘が嘘をついているのでなければ——まあ、ぼくはそう思いませんけどね——これで、犯人はあの扉から外に出ていない、と証明されたわけです。死体が発見された時にはまだ、扉は内側からロックされていたんですから」

「なんだと！」クイーン警視は唸った。「あのこむすめが、わしにはそんなことはひとことも言わなかったぞ！　次に会う時は覚悟しろ！」

「頭を冷やしなさい、おまわりさん《ムシュー・ル・ガルディアン・ド・ラ・ペ》」エラリーはほがらかに笑った。「彼女がドアをロックしたことを言わなかったのは、お父さんが訊かなかったからですよ。もうすでに、実に居心地の悪い立場に立たされたと思っていたわけですからね、あの娘は。

　なんにしろ、彼女の証言によって、殺された男の座席近くの左扉ふたつは除外されると考えていいでしょう。まあ、この問題に関しては、さまざまな可能性がはいりこんでくることは認めますが——たとえば、マッジ・オコンネルが共犯者だったりとか。しかし、あくまで可能性ですよ、推論ですらない。そもそも、犯人が横の扉から脱け出すなんてことをして、誰かに見られる危険をおかすとは思えないんですけどね。それに、そんな不自然なやりかたで、しかも不自然な時間に脱け出したりすれば、二幕目の途中で出ていく人なんてめったにいないんだから、人目を引いてしょうがないはずです。加えて——犯人はオコンネル嬢の職務放棄を予見することは不可能でした——彼女が共犯者でないかぎりは。犯行が綿密に計画されていることから——あらゆる兆しからそう認めざるを得ないでしょう——犯人は、劇場内の左右の扉は逃走経路からはずしたでしょうね。

こうして丹念に考察した結果、調べるべき脱出口はただひとつしか残りません。すなわち、正面入り口です。そしてここでもまた、切符のもぎりと、扉の外にいたドアマンから、第二幕の間にあの建物から出た者は誰もいないという、たしかな証言を得ています。もちろん、あの無実のオレンジエード売りの青年以外はということですが。

すべての出入り口が見張られるかロックされているかした中で、あの小路は九時三十五分以降、リンチとエリナーとジョニー・チェイスと——案内係です——その後は警察によって見張られていました。というのが、ぼくの聞きこみと確認でわかった事実だとすればですね、おふたかた」エラリーは重々しい口調で言った。「殺人が発見されて以降、捜査が行われている間じゅうずっと犯人は劇場の中にいたという、避けられない結論に到達するのです！」

エラリーの高らかな宣言のあとは、沈黙が落ちた。「たまたまですが」彼は穏やかに続けた。「案内係たちと話した時に、第二幕が始まってから、座席を立った者がいるかどうか、思いついて訊いてみたんですが、席を替えた客がいたかどうか覚えていないそうです！」

クイーン警視はのっそりと、また嗅ぎ煙草をつかみ出した。「上出来だな――そして、実に論理的な考察だ――しかし、だからといって、別に驚くとか、解決につながるとか、そういう話は見つからなかったわけか。その犯人が捜査の間じゅう、ずっと中にいたとして――いったいどうすれば、わしらにそいつを逮捕できたというんだね？」

「エラリーは、できたとは言ってないぞ」サンプスンが微笑みながら口をはさんだ。「そうカリカリしなさんな。誰もきみの仕事ぶりに対して不手際や怠慢があったと報告するつもりはない。今夜、ぼくが聞いたかぎりじゃ、きみはやるべきことをきちんとやってる」

クイーン警視は唸った。「扉の問題をもっとつっこんで考えなかった自分に、いらついとるよ、わしは。しかし、犯人が犯行直後に劇場を出てしまっていたとしても、そいつがまだ劇場内にとどまっとる可能性を考えて、捜査しなきゃならなかった」

「だけど、お父さん――そりゃ、しょうがないですよ！」エラリーは真顔で言った。「お父さんはいっぺんにあれこれ対処しなきゃならなかったんだから、ただソクラテス気取りで突っ立っていればよかったぼくとは違って」

「捜査線上にあがっている面々についてはどう思う？」サンプスンが興味深そうに訊いた。

「なるほど、彼らについてですね？」エラリーは受けてたった。「たしかに、彼らの会話や行動からは、確実な結論をひとつも引き出すことはできません。まず、〈牧師のジョニー〉なる悪党ですが、奴は明らかに、自分自身の職業を実におもしろい角度から映し出した芝居を、愉しみに来ただけのようです。マッジ・オコンネルは、非常に怪しい人物ですが、ゲームのいまの段階においては、まだなんとも言えない。共犯者かもしれないし――まったくのシロかもしれないし――単に怠慢だっただけかもしれないし――どうとでも考えられる。そして、フィールドの発見者であるウィリアム・プザックがいます。血のめぐりがよくない男だってことに気がつきましたか？　それからベンジャミン・モーガン――ここで我々は蓋然性の王国における未開の地にぶち当たる。だいたい、今夜の彼の行動について、我々は何を知っていますか？　そもそも手紙や無料の招待券の話は微妙ですよ、あんな手紙は誰にだって書ける、モーガン本人にも。それに、公衆の面前でフィールドを脅したことも忘れちゃいけない。さらに、理由はわかりませんが、二年間、ふたりの不和が続いたことも。そして最後に、フランシス・アイヴズ＝ポープ嬢です。彼女の取り調べに同席できなくて、本当に残念だ。とりあえず、未解決のままの事実が残っていますね――しかも、ずいぶん興味深い事実じゃないですか――死者のポケットから、彼女のイブニングバッグが発見された、という事実が。これを説明できるならしていただきたいですね。

　まあ、これで我々の現状がわかったでしょう」エラリーは無念そうに続けた。「今夜のすてきな催しから引き出すことができたのは、多すぎる疑惑と、少なすぎる事実ってことです」

「いまのところ、おまえの推理は」クイーン警視はさらりと言った。「磐石《ばんじゃく》だな。しかし、おまえはあの怪しい空席の列のことを忘れとるぞ。それと、フィールドの半券と犯人が持っていたはずの半券の――つまり、フリントの見つけた、左LL30の半券のことだが――重ねてみると切れ目が一致しないこともな。つまり、この二枚の半券は、それぞれが違う時間に、もぎりの手に渡ったということだ！」

「さすがです」エラリーは言った。「しかし、それについては少しおいといて、先にフィールドのシルクハットの問題を取りあげます」

「シルクハットか――おまえは、どう思うんだ？」クイーン警視は興味津々で訊ねた。

「いいですか。まず、我々はこの帽子がなんらかの事故で紛失したわけではないと立証しましたね。殺された男は、第二幕が始まって十分後に、膝に帽子をのせているところを、ジェス・リンチに目撃されています。それが現在、消えているのなら、帽子がなくなった理由を説明する唯一の論理的な解釈は、殺人犯が持ち去ったということしか考えられない。さて――とりあえずいまは、その帽子がどこにあるかという問題については忘れます。すぐに引き出される結論は、帽子が持ち去られたのは、ふたつのうちいずれかの理由によるということです。第一の理由は、帽子そのものがなんらかの形で犯人を告発する可能性があり、現場に残しておけば、犯人の身元が特定される恐れのある場合です。いまのところ、どういう形で告発する可能性があったのか、それはまだ想像もつきませんが。第二の理由は、帽子の中に、犯人の欲しがる物がはいっていた場合です。こうおっしゃるかもしれませんね。なぜ、犯人はその謎の物体だけを取って、帽子を残していかなかったのか、と。もし、この仮説が正しいとすれば、犯人は品物を取り出すのに十分な時間がなかったか、あるいは、どのように取り出せばいいのかを知らなかったので、しかたなく帽子ごと持ち去り、あとで探そうと考えたのでしょう。ここまで、よろしいでしょうか？」

地方検事はゆっくりとうなずいた。警視はいくらか悩ましげな眼でじっと坐っている。

「ここでちょっと、この帽子にどんな品物がはいっていたのかを考察してみませんか」エラリーは再び口を開くと、恐ろしい勢いで眼鏡をみがき始めた。「帽子の大きさ、形、容積を考えれば、我々の探す場所はたいして広くはないはずです。シルクハットの中には、何が隠せるでしょう？　いま、ぼくの頭に浮かんだものをざっとあげてみると、何かの書類、宝石、札束、そのほか、とにかくそんな場所にあるとは簡単に見破られそうにない、小さくて価値ある品物です。しかし、問題の物体は、帽子の空洞部分にそのまま入れておくわけにはいかない。そんなことをすれば、帽子を脱ぐたびに転がり落ちてしまいます。ここから導き出されるのは、その品物がなんであれ、裏地の内側に隠されていたに違いないという結論です。そうなると、リストの範囲が一気に、ぐっとせばまる。すなわち、がっちりしたかさばる品物は除外されるのです。宝石なら隠せるでしょう。札や書類も隠せる。ここで、我々の知っているモンティ・フィールドの人となりを考えれば、宝石は除外してよさそうです。彼が何か価値ある物を持ち歩いていたとすれば、自分の職業に関する品でしょう。

もうひとつ、消えたシルクハットについてあれこれ分析する前に、考えなければならないポイントが残っている。そして、紳士諸君、これこそが、事件を解決するために必要な、もっとも肝心かなめの考察かもしれませんよ――殺人者は、シルクハットを持ち去る前にモンティ・フィールドを殺す必要があるという予備知識を、犯行前に持っていたかどうかを知ることが、我々にとって何よりも必要です。つまり言い換えれば、それがなんだったにしろ、犯人は帽子の重要性を前もって知っていたのだろうか？　そしてぼくは、事実によって論理的に証明できうるかぎりにおいて、それこそ、殺人者は前もって知らなかったことを、事実が論理的に証明していると主張します。

しっかり、ついてきてくださいよ……モンティ・フィールドのシルクハットが消えていて、そのかわりにほかのシルクハットが見つかっていないということは、犯人にとって、どうしても持ち去る必要があったと考えて、まず間違いありませんよね。そして、先にぼくが指摘したとおり、帽子を持ち去った可能性がもっとも高いのは、殺人者であることにも同意していただけますね。さて！　なぜ帽子が持ち去られたかという理由はひとまずおいといて、我々はここでふたつの可能性に直面します。ひとつは、犯人が前もって帽子を持ち去る必要があると知っていた場合。もうひとつは、知らなかった場合です。まずは、前者の可能性から徹底的に考えてみましょう。仮に犯人が前もって知っていたならば、殺された男の帽子が紛失しているというあからさまに怪しすぎる手がかりを残すよりは、フィールドの帽子のかわりに残す代替品の帽子を持ちこんだに違いないと考えるのが、まともな推理というものですね。かわりの帽子を持ちこむことに危険はないはずです。その重要性を前もって知っているんですから、フィールドの頭のサイズも、シルクハットの形も、それ以外の細部についても、あらかじめ調べておくことは、たいした手間ではなかったはずだ。なのに、かわりの帽子は残されていなかった。この事件ほど計画が綿密に練られていたのなら、かわりに用意された帽子が残されているのを期待するのが当然でしょう。それがなかったのなら、我々に出せる唯一の結論は、犯人はフィールドの帽子が重要だとは知らなかった、ということです。あらかじめ知っていたならば、用心のために別の帽子をあとに残しておくという知恵ぐらい働かせたに違いない。そうしておけば、フィールドの帽子に何か重要な意味が隠れていると警察に気づかれることは、絶対になかったのです。

もうひとつ、犯人は知らなかったという推理を、別の方向から後押しする手がかりもあります。仮に、どんな知られざる理由があったにしろ、かわりの帽子を残しておきたくなかったとすれば、帽子を切り裂いて目的の品を取り出そうとしたはずです。そのためには、ただ鋭利な刃物を持ちこみさえすればいい――たとえばポケットナイフを。たとえ切られていたにしろ、空の帽子は消えた帽子のように、のちのち処分に困る必要がない。あらかじめ帽子に何がはいっているのかを知っていれば、犯人はもちろんこの方法を好んだはずです。しかし、実際はそれすら実行していない。つまりこの事実こそが、犯人はローマ劇場に来るまで、帽子そのものか、もしくは、その中身を持ち去るかする必要があるとは知らなかったという推理を、強力に裏づける証拠と考えるものであります。Quad erat demonstrandum《クオド・エラト・デモンストランダム》（Q.E.D.《証明終了》）」

地方検事はくちびるをすぼめてエラリーを見つめていた。クイーン警視はぼんやりと、椅子に沈みこんでいる。その手は嗅ぎ煙草入れと鼻の間でゆらゆら揺れていた。

「それで、要点はなんだい、エラリー?」サンプスンが訊いた。「なぜ、犯人が帽子の重要性を前もって知っていたかどうかが、そんなに大事なんだ?」

エラリーは微笑した。「単にこういうことです。犯行は二幕目が始まってから行われた。ぼくは、この殺人犯が帽子の重要性を前もって知らなかったせいで、最初の幕間をどんな形であれ、殺人計画における大事な要素として組みこめなかったのだと、ぼく自身を納得させたかった……もちろん、フィールドの帽子は劇場のどこかから出てくるかもしれないし、そうなれば、いままでの推理は全部、無効になります。でも――ぼくは、見つかるとは思いませんね……」

「きみの分析は初歩的かもしれないが、実に論理的だと思うね」サンプスンは称賛するように言った。「きみは弁護士になるべきだったな」

「我がクイーン一族の頭脳にかなうものはないさ」老人は突然、咽喉の奥で笑いながら、顔をくしゃくしゃにほころばせた。「しかし、わしはこの帽子の謎を解いてくれそうな別の手がかりに取りかかることにする。おまえは気がついたか、エラリー、フィールドのコートに縫いとられていた仕立て屋の名に？」

「言わずもがなですよ」エラリーはにやりとした。コートのポケットに入れっぱなしにしている小型本のうちの一冊を取り出すと、それを開いて、遊び紙に書きつけたメモを指差した。

「ブラウン・ブラザーズです――なんとまあ」

「そのとおりだ。明日の朝、ヴェリーを聞きこみに行かせる」警視は言った。「フィールドの服が、特別あつらえだったことには、もちろん気づいとるな。あの夜会服は三百ドルはする、とにかく馬鹿高い代物だ。そしてブラウン兄弟ってのは、そういう目の玉の飛び出る値段をつける芸術家だ。しかし、フィールドがこの仕立て屋を使っていたことには、もうひとつ大事な点がある。死体が身につけていた衣類にはすべて、同じ仕立て屋のマークがはいっていた。これは、裕福な人間にとって、そう珍しいことじゃない。そしてブラウンの店は顧客の頭のてっぺんから爪先に至るまで、特注品をあつらえることで有名なんだ。ここから、もっとも考えられそうなのは——」

「——フィールドが帽子もそこで買ったってことか！」サンプスンは、閃いたというように叫んだ。

「まさにそのとおりだ、タキトゥス（ローマの歴史家）よ」クイーン警視はにやりとした。「ヴェリーの仕事は、その衣類の注文に関する確認と、もし可能なら、フィールドが今夜かぶっていた帽子とまったく同じ品物を押さえることだ。わしはぜひそいつを見たくてたまらん」

サンプスンは咳をしながら立ちあがった。「やっぱりもう一回、戻って寝た方がよさそうだ」彼は言った。「ぼくがここに来た理由は単に、きみが市長を逮捕していないかどうか確かめにきただけだからね。まったく、ぼくのお友達とやらが怒ってるのなんの！　くどくどくどくど、際限なくわめきちらして！」

クイーン警視はからかうような笑顔を見せた。「帰る前にな、ヘンリ、今回の事件におけるわしの立場をはっきり教えてくれるかね。たしかに今夜、わしはかなり強引な手段をとったが、必要な措置だったと、きみならわかってくれるだろう。それとも、きみの部下にこの事件をまかせるつもりかい？」

サンプスンはじろりと警視を睨んだ。「ぼくがきみの捜査の指揮のやりかたに満足してないなんて、どこからそんな考えがわいてきたんだ、柄でもない」地方検事は唸った。「ぼくはきみのやりかたにケチをつけたことはないし、今後もそうするつもりはない。この事件をきみが解決できないんなら、うちの人間の誰にもできるとは思えないしね。なあ、Qよ、このまま好きにやってくれ、なんなら、ニューヨークの人口の半分を勾留してもかまわん。ぼくは全面的にきみを支持する」

「ありがとう、ヘンリ」クイーン警視は言った。「ただ、確かめておきたかったんだよ。よし、せっかくのきみの厚意だ、とことんやってやろう!」

警視はのっそりとオフィスを突っ切り、待合室を通り抜けると、劇場に続くドアから頭を突き出して怒鳴った。「パンザーさん、ちょっとこっちに来てもらえませんか」

そして、ひとり苦い笑いを浮かべて戻ってきた警視のうしろからは、浅黒い顔の劇場支配人がぴったりくっついてきた。

「パンザーさん、サンプスン地方検事を紹介します」クイーン警視は言った。ふたりの男は握手をした。「さて、パンザーさん、もうひとつだけ残った仕事をやっていただけたら、家に帰って寝てもいいですよ。この劇場をネズミ一匹出入りできんように、閉め切っていただきたい!」

パンザーは真っ青になった。サンプスンは、まるでもう自分には関わりのないことというように肩をすくめている。エラリーは、そりゃそうするべきですよ、という顔でうなずいている。

「でも――でも、警視様、せっかく大入り満員続きなのに!」小柄な支配人は呻いた。「本当に必要なんでございますか?」

「本当に必要だからこそ」警視は澄まして答えた。「常に部下を二名、この敷地内の巡回にあたらせるつもりです」

パンザーは両手をよじって、訴えるようにこっそりサンプスンに視線を送った。が、地方検事は彼らに背を向けて立ったまま、知らんぷりで壁の版画を見ている。

「冗談ではございません、警視様！」パンザーは泣き声をあげた。「演出のゴードン・デイヴィスから、いったいなんと言われるか、ねちねちねちねちねち……ええ、もちろん――警視様がそうおっしゃるなら手配いたしますです」

「まあ、そう気を落としなさんな」クイーン警視はいくぶん愛想よくなぐさめた。「今回のことはずいぶん宣伝になっただろうから、公演を再開したあかつきには、それこそ劇場を建て増しせにゃならんことになるでしょう。どっちにしろ、劇場を閉めてもらうのはほんの数日のつもりです。外にいる部下に必要な指示を出しておく。今夜の分の仕事をすませたら、その部下に声をかけてから帰ってください。再開の時期については数日じゅうに連絡をしましょう」

パンザーは悲しげに頭を振ると、ひとりひとりと握手をしてから部屋を出ていった。サンプスンがクイーン警視にすかさず向きなおる。「いやはや、なあ、Q、またえらくはりきったじゃないか！　なんで劇場を封鎖するんだ？　もうすっかり捜索したんだろう？」

「しかしな、ヘンリ」クイーン警視はゆっくりと答えた。「あの帽子が見つかっとらん。劇場にいた人間はひとり残らず並ばせて、ひとりひとり身体検査をしたうえで劇場の外に出した――しかし、ふたつ以上の帽子を持った者はひとりもおらん。つまり、我々の捜している帽子はまだ中にある、ということを示しとらんか？　あるとすれば、わしは何者かに持ち去る機会を与えるつもりはない。とにかくやれることは、すべてやる」

サンプスンはうなずいた。三人揃ってオフィスを出て、がらんとした一階席に戻ったが、エラリーだけはまだ気をもんでいるらしく、眉間に皺を寄せている。観客席のあちこちで、座席の上にかがみこんでは床を調べる人影があった。数人の男が最前列のボックス席から出たりはいったりしている。ヴェリー部長刑事は正面入り口のそばに立ち、低い声で部下のピゴットとヘイグストロームと話をしていた。フリント刑事は捜索班を監督しつつ、自身は一階客席を越えて舞台に近いあたりをくまなく捜している。そこここで掃除係の女たちは疲れた様子で掃除機をかけていた。客席の後方の片隅で、肉付きのいい婦警が年配の女性と喋っている――パンザーがフィリップス夫人と呼んだ女性だ。

三人の男たちは正面入り口に向かって歩きだした。エラリーとサンプスンが人気のない観客席のうら寂しい光景を無言で眺めている間に、クイーン警視は声をひそめて、矢継ぎ早にヴェリーに指示を飛ばした。ようやく、警視は振り返った。「さて、今夜のところはこれでしまいだ。行こう」

歩道では大勢の警官が広い範囲にロープを張って立入禁止にしており、詰めかけた野次馬たちが息をのんで見つめている。

「午前二時だというのに、この夜歩きフクロウ族はブロードウェイをパトロールしてるんだな」サンプスンは唸った。彼は手をひと振りして道を開け、クイーン父子が〝相乗り〟を丁重に辞退すると、ひとりで自分の車に乗った。仕事熱心な記者たちが、立入禁止のラインを突破して、ふたりのクイーンを取り囲んだ。

「おやおや！　どうしたんだね、諸君」老警視は眉を寄せた。

「今夜の仕事の内幕を教えてもらえませんか、警視？」ひとりが意気ごんで訊いてくる。

「情報が欲しいんなら、ヴェリー部長刑事がみんな教えてくれるさ――中のな」一同が、ガラス扉の向こうに見える姿に向かって突進していくのを見て、警視はにやりとした。

エラリーとリチャード・クイーン警視は縁石に立ったまま、警官たちが人の塊を押し戻すのを黙ってみていた。老人は突然疲労の波に襲われたようだった。「さて、帰るか、途中まで歩いていこう」

第二部

……例をあげよう。かつてジャン・C――青年が、難事件をひと月に及んで全力で捜査したのちに、私に会いにきた。見るからに悄然としていた。そしてひとことも言わずに、公文書用紙を差し出してきた。一読して驚いた。辞表だった。

「どうした、ジャン！」私は叫んだ。「いったいどういう意味だ？」

「自分は失敗しました、ムシュー・ブリヨン」消え入りそうな声で彼は答えた。「ひと月分の仕事はまったくの無駄骨でした。全然、見当違いな道を調べていたんです。面目次第もありません」

「ジャン、我が友よ」私はおごそかに言い聞かせた。「きみの辞表の扱いはこうだ」そう言いながら、驚いている彼の目の前で、びりびりに引き裂いた。「行きたまえ」そううながした。「最初からやりなおすんだ。そしてこの金言を胸に刻んでおけ。〝正しい道を知るためには、まず間違った道を知らなければならない！〟」

オーギュスト・ブリヨン著『パリ市警視総監の回顧録』

8　では、クイーン父子がフィールド氏の親しい友と会うこと

西八十七丁目のクイーン家のアパートメントは、炉棚のパイプ立てから壁にきらめくサーベルに至るまで、まさに非の打ちどころのない男の城であった。ふたりが居を構えているのは、ヴィクトリア時代後期の名残で正面がブラウンストーン張りの、三世帯がはいれる高級アパートメントの最上階だ。そこを訪ねるには、分厚く絨毯のしきつめられた階段をのぼり、どこまでもまっすぐ続く陰気な廊下を通り抜けなければならない。こんな殺伐《さつばつ》とした場所に住めるのはミイラなみにひからびた魂の持ち主だけだ、と訪問者が確信しかけたあたりで、どっしりした楢材の扉が出現し、堂々たる銘を見せつけられる――すなわち、額縁の中に几帳面な文字で書かれた〈クイーン家〉の表札である。すると、扉の隙間からジューナがにっこり笑いかけ、別世界に導いてくれるのだ。

これまでに、何人ものそれなりの地位にある人々が、この気のめいる階段をみずから進んでのぼり、安息の地の聖域をめざした。何枚もの著名人の名刺が、はずむような足取りのジューナの手によって、控え《ホワイエ》の間を抜けて居間へと運ばれたものだ。

実のところ、この玄関ホールを改造した控えの間はエラリーの想像力のたまものである。あまりに小さく狭いために、壁はありえないほどに高くそそり立って見えた。ユーモラスないか

めしさを出している壁のひとつは、狩りを描いたタペストリに上から下までびっしりおおわれていた――この中世風の小部屋に、もっとも似合うしつらえだ。クイーン父子はふたりとも、この壁掛けを心から嫌っていたのだが、某公爵から賜った贈り物なので、捨てるわけにもいかないのである。かつて醜聞に巻きこまれかけた息子をリチャード・クイーン警視に救われ、詳細が決して世に出ないよう、はからってもらったことに、直情的な公爵はいたく感激したのだ。タペストリの下には、どっしりした黒塗りの木のテーブルがあり、羊皮紙のシェードのランプと、ブロンズ製のブックエンドではさんだ『千夜一夜物語』の三巻組の豪華本が置いてある。

ほかにあるのは、重厚な黒塗りの木の椅子が二脚と、小さな敷物だけだ。

この異様に圧迫感のある、陰気くさく、ほぼいつでも恐ろしげな場所を通り抜けたあとでは、まさかまさか、この先の大きな部屋に完全無欠の陽気な空間が広がっているとは、誰ひとりとして、夢にも思わない。わざわざ作られたこのコントラストは、エラリー個人の遊び心によるもので、もしエラリーがいなければ、老人は控えの間などとっくのむかしにばらばらにして、調度品は全部、地獄の辺土《リンボ》の暗黒に叩きこんでいただろう。

居間の三方の壁は、表面のけばだった革装の本の香気を放ち、何段も何段も、上に上にと天井まで伸びる書棚で埋まっている。四番目の壁は気取らない大きな暖炉が占領しており、炉棚は頑丈な楢材の梁が使われ、きらめく鉄細工が火床を仕切っている。炉棚の上には、知人たちの間で有名なサーベルが交叉するように壁にかけられているが、これはリチャード・クイーン警視がドイツ留学していた若かりし日に、ニュルンベルクのフェンシングの老師から贈られた記念品だ。ひろびろとした室内のそこかしこでランプがきらめき、ゆらめいている。いたるところに安楽椅子、肘掛け椅子、低い寝椅子、足乗せ台、明るい色の革張りクッションが散らばっている。ひとことで言うならここは、ふたりの知的で趣味のよい紳士が自分たちの住みかとして求めうる中で、もっとも居心地のよい部屋だった。とはいえ、雑多な物を寄せ集めているだけに、時がたつと、かえって居心地の悪い場所になってしまいそうだが、そんな結末を防いでいるのが、何でも屋であり、雑用係であり、使い走りであり、小姓であり、マスコットである、元気いっぱいのジューナの存在だった。

ジューナは、そのむかしエラリーが大学に行ってしまい、老人が孤独で寂しくてたまらなかった時期に、ここに引きとられた。この十九歳の少年は、ものごころつくころにはすでに親の顔を知らず、苗字の必要性など一度も考えたことのない身の上だった——細身で小柄の、繊細だがいつも陽気なこの少年は、喋る時にはやかましいほど喋りまくるが、必要な時にはわきまえて、ネズミのようにぴたりと口を閉じている——そして、まるでアラスカの原住民が自分たちのトーテムポールを崇め奉るように、リチャード老を心から尊敬していた。ジューナとエラリーの間にもまた、少年の心をこめた奉仕という形以外ではめったに表されないとはいえ、家族同然の情愛がひそやかに通っていた。少年は父子の寝室よりも奥まった小部屋で眠り、リチャード老がご満悦でひとり笑いながら言うには、「夜中に蚤の友達に歌を聞かせとる」らしい。

モンティ・フィールド殺しと、あれやこれやで盛りだくさんの夜から一夜明けて、ジューナが朝食のためのテーブルクロスを広げていると、電話のベルが鳴った。早朝の電話には慣れっこの少年が受話器を取りあげる。

「クイーン警視の召使のジューナでございます。どちら様でしょうか?」

「ああ、そうかね?」電話線の向こうでがらがら声が吠えた。「この悪ガキが、とっとと警視をお起こしして、電話をかわれ!」

「サー、どちら様かおうかがいするまでは、クイーン警視におつなぎするわけに参りません」

ヴェリー部長刑事の声をよく知っているジューナはにんまりして、舌を出すかわりにいたずらっぽく口の内側を舌でつっついた。

ほっそりした手がジューナの首根っこをがっしりつかみ、威勢よく振りまわして部屋の真ん中に放り出した。すっかり身支度を整えた警視は朝いちばんの嗅ぎ煙草の芳香に、愉しげに鼻をうごめかしながら、受話器に向かって話しかけた。「ジューナにかまうな、トマス。どうした? クイーンだ」

「ああ、警視ですか? こんなに朝早くからお邪魔するつもりはなかったんですが、リッターがモンティ・フィールドの家から電話をかけてきたんです。おもしろい報告があると」よく響く野太い声でヴェリーが答えた。

「ほうほう!」警視は咽喉の奥で笑った。「ひょっとしてリッター君が誰かを捕まえたのか? 誰だ、トマス?」

「当たりです、警視」ヴェリーの淡々とした声が響いた。「実にあられもない薄着姿のご婦人を捕まえたそうですが、これ以上、その女とふたりきりでいると、リッターがかみさんに離婚されるかもしれません。ご指示を願います、警視」

クイーン警視は腹の底から笑った。「もちろんだ、トマス。すぐに二、三人、目付役を送ってやれ。わしも羊が尾っぽをふた振りする間に現場に行く——つまり、エラリーをベッドから引きずり出せたらすぐにな」

受話器を置いた警視は満面の笑みを浮かべていた。「ジューナ!」彼は怒鳴った。小さなキッチンのドアの向こうからすぐに、少年の頭が突き出された。「大至急、たまごとコーヒーを持ってこい!」警視が息子の寝室に向かおうとした時、まだカラーをつけていないものの、間違いなく着替えている最中のエラリーが、寝ぼけまなこで居間に突っ立っているのに気づいた。

「ふん、起きとったか」警視はどっかと肘掛け椅子に腰をおろした。「わしはおまえをベッドから引きずり出さにゃならんと覚悟しとったぞ、ねぼすけめ!」

「安心してらっしゃい」エラリーは上の空で返した。「ぼくはたしかに目を覚ましていますし、二度寝はしませんから。ジューナがぼくの胃袋を満足させてくれたら、ぼくはすぐにお父さんの前から消えて、邪魔はしませんよ」彼はまた寝室にのそのそとはいっていくと、またすぐにカラーとネクタイを振りまわしながら現れた。

「おい! どこに行くつもりだ、おまえは」クイーン警視は驚いて立ちあがり、吼えた。

「ひいきの本屋に決まってるじゃないですか、警視殿」エラリーは真顔で答えた。「ぼくがあのファルコナーの初版本をむざむざと逃がすと思ってるんですか? まったく——まだあそこにあるかもしれないってのに」

「ファルコナーなんぞどうでもいい」父親は苦虫を嚙み潰した顔になった。「おまえもな、乗りかかった船なんだから最後まできっちりつきあえ。おい――ジューナ――あの小僧、どこに行った？」

ジューナがきびきびと、片手に盆を、片手に牛乳を入れたピッチャーを持って、うまくバランスを取りながら部屋にはいってきた。またたく間にテーブルの用意がととのい、コーヒーが泡立ち、トーストがこんがりと香ばしく焼ける。父子はひとことも言わずに朝食をむさぼり食った。

「さて」からっぽのカップを置きながら、エラリーが言った。「楽園の食事をすませたことですし、火事がどこで起きているのか聞きましょうか」

「帽子とコートを取ってこい、くだらん質問はしまいだ、親不孝者めが」クイーン警視はぶつくさ言った。三分後、ふたりは歩道で大声をあげてタクシーを呼び止めていた。

やがてタクシーは、威風堂々たるアパートメントの前で停まった。歩道には、くわえ煙草のピゴット刑事がのっそりと立っている。警視は目配せして、さっさとロビーにはいっていった。警視とエラリーが風のように四階にあがると、ヘイグストローム刑事が出迎えて、4－Dという部屋番号の扉を指し示した。

エラリーが表札に書かれた文字を読みとろうと前に乗り出し、何かおもしろそうなものを見つけたというように父を振り返ったその時、さっきからクイーン警視がじゃんじゃん鳴らし続けていた呼び鈴に応えて、リッターの真っ赤な顔が覗き窓の向こうに現れた。

「おはようございます、警視」刑事はぼそぼそ言いながら、ドアを開けて支えた。「来てくださってよかった」

クイーン警視とエラリーはつかつかと中にはいった。そして贅沢な調度品に囲まれた小さな玄関ホールにたたずんだ。ふたりの視線のまっすぐ先には居間があり、そのまた奥に、閉じたドアがある。ドアの端あたりに、ひだ飾りのある婦人ものの室内ばきとほっそりした足首が見えた。

警視は一度進み出たものの、気が変わったのか、素早く玄関のドアを開け、外の通路をぶらぶらと歩いているヘイグストロームを呼んだ。刑事は走ってきた。

「来い」クイーン警視は鋭く言った。「仕事をやる」

エラリーとふたりの私服刑事を従え、警視は大股で、居間にはいっていった。

気持ちやつれてはいるが、色香漂う美女が、さっと立ちあがった。厚塗りの化粧の上からも青ざめているとわかる。ひらひらした薄いネグリジェを着て、髪は寝乱れたままだ。美女はいらいらした様子で煙草を踏み消した。

「あんたが親玉ってわけ?」美女は凶暴にクイーン警視に向かって怒鳴った。警視は石のように無言で立ったまま、無表情で彼女をしげしげと見つめていた。「なら、うかがおうじゃないの。あんたんとこのドタ靴野郎をよこして、あたしをここにひと晩閉じこめたのは、どういう了見《りょうけん》なのさ?」

言うなり、女は老人に向かって飛びかかってきた。リッターがさっと間に割ってはいり、女の腕をつかむ。「おい」刑事は低い声で言った。「質問されるまで口を開くな」

女はリッターをきっと睨んだ。と思うと、雌虎さながらに暴れて、手を振りほどいて椅子に坐ると、眼を怒らせて、肩で息をしている。

警視は両手を腰に当て、嫌悪の念を隠そうともせずに、女を上から下までじろじろと見た。エラリーはちらっと女を見ただけで、室内をぶらぶらと歩き始め、壁掛けや浮世絵を眺めたり、ソファの脇のエンドテーブルから本を取りあげてみたり、部屋の暗がりに首をつっこんだりしている。

クイーン警視がヘイグストロームに合図した。「こちらのご婦人を隣の部屋にお連れして、しばらく見張っていろ」刑事は乱暴に女を立ちあがらせた。女は反抗するように頭をひと振りすると、隣室に向かって堂々と歩きだし、ヘイグストロームもあとに続いた。

「それじゃ、リッター」老人はため息をついて、安楽椅子にどすんと沈みこんだ。「何があったのか報告してくれ」

リッターはしゃちこばって答えた。その眼は血走っていた。「私は昨夜、警視のご指示にきっちり従いました。パトカーで来たんですが、見張りがいるかもしれないと思ったので、角に停めて、このアパートメントまで歩いてきました。あたりは静まり返っていました――明かりはまったく見えませんでした。私は中庭側から、アパートメントの裏窓を見上げて確かめたんです。そして、呼び鈴をちょっと鳴らして待ってみました。

答えはありませんでした」リッターの大きな顎に力がいっそうこもった。「また鳴らしてみました――もっと長く、大きく。今度は反応がありました。中で掛け金のがちゃつく音がして、さっきの女の甘ったるい声が聞こえたんです。〝あなたなの、ハニー？　鍵はどうしたの？〟はははあ、と思いました、フィールド氏の恋人か！　私は片足をドアの隙間に押しこんで、女に考える間も与えずにつかまえました。そしたら、いや、驚きました、警視。私は」リッターは決まり悪そうに気弱な笑いを浮かべた。「きちんと服を着た女性だとばかり思ってたんですが、実際につかんだのは、うすっぺらい絹の寝巻きだったんです。いやもう、恥ずかしいのなんの……」

「ああ、善良なる法の番人の役得かな！」エラリーはつぶやいて、小さな漆塗りの花瓶の上にかがみこんだ。

「ともかく――」刑事は続けた。「しっかりつかまえると、女はぎゃあぎゃあわめきました――そりゃもう、うるさいのなんの。この明かりのついていた居間に急《せ》きたてて、よく顔を見てみました。女は怯えて真っ青でしたが、ずいぶん肝が据わっていて、私に向かって、おまえは誰だの、夜中に女の部屋に押し入って何をするつもりだのと、わめきちらしました。私は警察バッジを見せました。そしたら、あの凶暴なシバの女王は――バッジを見たとたんに牡蠣《かき》のようにぴったり口を閉じて、何を訊いてもひとことも答えないんです！」

「なぜだろう？」老人の目は室内のしつらえを天井から床までさまよっている。

「さっぱりわかりません、警視」リッターは答えた。「最初は怯えていたはずなんですが、バッジを見たとたんに、ぴんしゃんと元気になったんです。それどころか、私がここにいればいるほど、威勢がよくなってきたんですが」

「フィールドのことは女に喋っていないな？」警視は鋭く小声で確認した。

リッターは抗議するような眼で上司を見た。「ひとことだってもらしちゃいませんよ、警視」彼は答えた。「とにかく、あの女には何を訊いても無駄だとわかってから——だって〝モンティが帰ってきたら覚悟しなさいよ、このクズ！〟しか言わないんですから——寝室を覗いてみました。誰も隠れていなかったので、女を寝室に押しこみ、ドアを開けたまま、明かりもつけたままにして、ひと晩、見張っていました。女はしばらくしてからベッドにはいって、眠ったようです。朝の七時ころに飛び出してきて、またわめきだしましたが。どうやら、フィールドがパクられたと思ったようで。新聞を見せろと言ってきかないんです。私は女に、何もするなと命じて、本部に電話をかけました。そのあとは何も起きていません」

「お父さん！」突然、部屋の隅からエラリーが大声で呼びかけてきた。「我らが弁護士先生がどんな本を読んでいるか知っていますか——想像もつきませんよ。『筆跡から性格を知る方法』なんて！」

警視は唸りながら立ちあがった。「いいかげんに、いまいましい本から離れんか。いいからこっちに来い」

そして、寝室のドアを勢いよく開けた。女はベッドの中で脚を組んで坐っていた。装飾過多でごてごてと悪趣味な、フランス風の時代がかったベッドは天蓋つきで、天井から床に届くずっしりしたダマスク織りのカーテンがかかっている。ヘイグストロームは無表情で窓辺に寄りかかっていた。

クイーン警視は、さっとあたりを見回した。そしてリッターを振り返った。「あのベッドは、きみが昨夜ここにはいった時に乱れとったか——誰か寝たように見えたか?」こっそり囁く。リッターはうなずいた。「そうか、なら、リッター」クイーン警視は慈愛のこもった口調になった。「帰って休め。きみには十分な権利がある。出ていくついでに、ピゴットを中によこしてくれんか」刑事はちょっと帽子に触れて出ていった。

クイーン警視は女に向きなおった。ベッドに歩み寄って、女の隣に腰をおろし、半分そむけた顔をしげしげと見る。女は反抗するように煙草に火をつけた。

「クイーン警視だ、よろしくな」老人は優しく名乗った。「警告しておこう、意固地になって黙っていても、嘘をついても、おまえさんがさらに困るだけだ。ああ、いや! もちろん、そんなことは言わなくてもわかっとるな」

女はさっと身体を離した。「何も答えないわよ、警視さん、あんたに質問するどんな権利があるのか教えてもらうまでは。あたしはなんにも悪いことしてないし、経歴だってきれいなんだから。あんたのパイプに詰めて吸えるくらいにね!」

この悪徳の草を引き合いに出した女の言葉につられて、大好きな悪癖を思い出したのか、警視は嗅ぎ煙草をつまんだ。「まあ、それもそうだな」愛想よく答える。「真夜中に、ひとり寂しく寝ていた女性が突然起こされて——そういえば、きみは寝ていたのかね——?」

「当たり前でしょ」ぴしゃりと答えて、そして、しまったというようにくちびるを噛む。

「――そして警官の訪問を受けた……怖くなったのも無理はないな」

「怖がってないわよっ！」女は甲高く叫んだ。

「そうかそうか」老人は逆らわずに調子を合わせる。「だけど、名前を教えてくれるくらいはいいだろう？」

「教える義理なんかないけど、別に教えたってかまわないしね」女は言い返した。「アンジェラ・ラッソー――ミセス・アンジェラ・ラッソーよ――あたしは、そのう、フィールドさんと婚約してるの」

「なるほど」クイーン警視は重々しく言った。「アンジェラ・ラッソー夫人、フィールド氏と婚約しとると。たいへんよろしい！　それで、昨夜はこの部屋で何をしとったんだね、アンジェラ・ラッソー夫人？」

「あんたに関係ないでしょ！」女はつんとした。「いいかげん、帰してよ――あたしは何も法に触れることしてないんだから。わけわかんないこと言って、いやがらせする権利なんかなくってよ、このじじい！」

部屋の片隅で窓の外を眺めていたエラリーは微笑を浮かべた。警視は身をかがめて、女の手を優しく取った。

「ラッソーさん」警視は言った。「わしを信じなさい――あなたが昨夜、ここで何をしとったのか、どうしてもわしらが知りたがる、れっきとした理由がちゃんとあるのだ。頼むから――話してごらん」

「あんたがモンティをどうしたのか教えてくれるまで、ひとことだって口をきくもんか！」女は手を振りほどいてわめいた。「あの人を捕まえたんなら、なんであたしを締めあげんのよ。あたしは何も知らないわよ」

「いま現在、フィールド氏はとても安全な場所におる」警視はそっけなく言って立ちあがった。「わしはあんたに何本も命綱を垂らしてやったんだがな、マダム。モンティ・フィールドは死んだ」

「モンティ――フィールド――は――」女のくちびるが機械的に動いた。彼女はがばっと立ちあがり、ネグリジェの上から豊満な身体を抱きしめ、クイーン警視の無表情な顔を食い入るように見つめた。

女は短くけらけらと笑うと、どすんとベッドに腰をおろした。「へえぇ――いいわ、好きなだけからかいなさいよ」女はせせら笑った。

「わしは人の死を冗談の種にする趣味はない」老人は小さな笑みを浮かべて答えた。「わしの言葉を信じた方がいい――モンティ・フィールドは死んだんだ」女は警視を見上げて、声もなくくちびるを動かしている。「問題はだな、ラッソーさん、彼が殺されたってことだ。たぶん、いまならわしの質問に答えてくれる気になったんじゃないかね。昨夜、九時五十五分ごろ、おまえさんはどこにおった？」顔を顔に寄せて、耳元で囁く。

ラッソー夫人はベッドの上でくたっと力が抜けたようになり、その大きな眼に恐怖を浮かべた。じっと警視を見つめたが、その容赦のない表情に、泣き声をあげて皺くちゃの枕に顔を押しつけた。クイーン警視はうしろに下がると、少し前に部屋にはいってきていたピゴットに、低い声で何やら話しかけた。高まる泣き声がぴたりと止まった。女は起きなおると、レースのハンカチーフで顔をぬぐい始めた。その眼は異様に輝いている。

「いいわ」女は静かに言った。「昨夜の九時五十五分ごろなら、ここにいました」

「証明できますか、ラッソーさん?」クイーン警視は嗅ぎ煙草入れをもてあそんでいる。

「証明なんかできないし、する必要もないわ」女はめんどくさそうに答えた。「でもアリバイを探してるんなら、下のドアマンが見てるはずよ、あたしがこの建物に九時半ごろにはいったとこを」

「それは簡単に確認できる」クイーン警視は認めた。「それじゃ——そもそもどうして、昨夜はここに来たのかね?」

「モンティと約束してたのよ」生気の抜けた声で答えた。「昨日の午後、モンティがうちに電話をかけてきて、夜にデートする約束をしたの。十時ごろまで仕事で帰れないから、この部屋で待っててって言われて。それで来たのよ——」女は一度、言葉を切ると、開きなおったように続けた。「——あたしはしょっちゅう、こんなふうにここに来てるの。ちょっと一緒に〝くつろいで〟、ひと晩過ごすのよ。婚約者だもの——わかるでしょ」

「ふうむ。いや、わかります、わかります」警視は気まずそうに咳払いをした。「それで、彼が時間どおりに帰ってこなかった時には——?」

「あの人が思ったよりも、仕事に時間がかかってるって思ったのよ。だからあたしは——なんか疲れちゃったから、少し寝て待ってたの」

「そうですか」クイーン警視は慌てて言った。「彼は行き先とか、どんな仕事をするとか、言っていましたか?」

「いいえ」

「それと、できれば教えていただけると非常にありがたいんですがね、ラッソーさん」警視は慎重に言った。「フィールド氏がどのくらい足繁く劇場に通っていたのかを」

女は興味をひかれたように警視を見た。少しずつ威勢を取り戻してきたらしい。「そんなに頻繁《ひんぱん》じゃなかったわ」ぴしりと答える。「どうして?」

警視は笑みを見せた。「そう、それが問題だ」そして身振りで合図すると、ヘイグストロームがポケットから手帳を取り出した。

「フィールド氏の個人的な友達の名前をあげてもらえるかな」警視は再び質問を始めた。「それと、もしご存知なら、仕事上のつきあいの人も、できれば」

ラッソー夫人は両手を頭のうしろで組んで、しなを作ってみせた。「正直言って」甘い声を出した。「あたしは全然知らないの。モンティとは半年前にヴィレッジの仮面舞踏会で知りあったのよ。婚約のことも、伏せてあったし。本当はね、あの人の友達にはひとりも会ったことない……あたし、思うんだけど」女は打ち明けた。「モンティにはあまり友達がいなかったんじゃないかしら。もちろん、あの人の仕事関係の知り合いのことは、全然知らないけど」

「フィールドの経済状態はどうだったかね、ラッソーさん?」

「そういうことは女なら誰でもお見通しよ！」はすっぱな態度を完全に取り戻して、彼女は言い返した。「モンティはものすごく金離れがよかったわ。とにかく現金に困るってことがなかった。あたしのためにひと晩で五百ドル使うなんてこと、ざらだったわ。モンティってそういう人なの――派手な遊び人よ。ああ、でもなんてこと！――かわいそうなダーリン」女は涙を拭いて、立て続けに洟《はな》をすする。

「しかし――銀行の口座の方は？」警視はなおも追及する。

ラッソー夫人は微笑んだ。次から次へといくらでも無尽蔵に、移り気な感情を披露する特技を持っているらしい。「あたしは穿鑿《せんさく》好きな女じゃないの」彼女は言った。「モンティがあたしを誠実に扱ってくれるかぎり、そんなことはあたしに全然関係ないもの。だいたい」彼女は言い添えた。「どうせ教えてくれっこないじゃない、わざわざ訊く必要ないでしょ」

「あなたはどこにいらっしゃいましたか、ラッソーさん」エラリーの淡々とした声が聞こえた。「昨夜、九時半になる前は？」

女は驚いて、新しい声の主を振り返った。互いに遠慮なく観察しあううちに、女の眼に熱っぽいものが浮かんできた。「あなたがどなたか存じませんけど、ミスタ、でもお知りになりたければ、セントラルパークの恋人たちにお訊きになったらいいわ。あたしは公園をちょっと散歩してたの――ひとり寂しく――七時半ごろから、ここに来るまで」

「そりゃ運がいい！」エラリーはつぶやいた。警視はさっさと戸口に向かうと、残る三人に向かって、くいと指を曲げた。「それじゃ、どうぞ着替えてください、ラッソーさん。いまのところは、とりあえずこのくらいで」女はきょとんとして、ぞろぞろと出ていく男たちを見ていた。クイーン警視は最後に寝室を出ると、父親らしい慈愛のこもったまなざしで女の顔をじっと見つめてから、ドアを閉めた。

居間の中で四人の男たちは手早く、しかし徹底的に捜索を始めた。警視の命令でヘイグストロームとピゴットは部屋の一角にある、彫刻をほどこされた机の引き出しを掘り返した。エラリーは筆跡で性格を鑑定できるという例の本を、興味深そうにぱらぱらとめくっている。クイーン警視は休みなく歩きまわり、次の間に近いクロゼットの中に頭をつっこんでいる。衣装がいくらでもはいりそうな、ひろびろとしたクロゼットで――トップコート、オーバーコート、ケープといった外套のたぐいが、ラックにどっさりかかっている。警視はそれらのポケットを次々に探った。こまごました品が――ハンカチ、鍵、古い手紙、財布――現れた。これらの物を警視は片隅に寄せた。上の方の棚には帽子がいくつかのっていた。

「エラリー――帽子だ」警視が唸るように言った。

エラリーは読んでいた本をポケットにつっこみながら、急いで部屋を突っ切った。父親は意味ありげに帽子を指差した。父子は一緒に手を伸ばして、調べ始めた。帽子は四つあった――色褪せたパナマ帽がひとつ、グレーと茶色のフェルトの中折れ帽がひとつずつ、山高帽がひとつ。すべてブラウン・ブラザーズの名がはいっている。

ふたりは手の中で帽子を引っくり返していった。すぐに、三つには裏地がないと気づいた――パナマ帽と中折れ帽には。四つ目の上等な山高帽を、クイーン警視は念入りに調べた。裏地の上から手を這わせ、汗革を引っくり返し、ついに頭を振った。

「正直に言うとな、エラリー」警視はのろのろと言った。「どうしてここの帽子の中に手がかりがあると思ったのか、自分でもわからん。そもそも、あのシルクハットをフィールドが昨夜かぶって出かけたんなら、こんなところにあるはずがない。見つけた手がかりから考えて、わしらが着いた時には、犯人はまだ劇場の中におったはずだ。そしてリッターはこの部屋に十一時前に来とる。つまり、帽子はこの部屋に持ちこまれたはずがない。だいたい、仮にそれが可能だったとして、犯人がそんな行動を取る理由がどこにある？　わしらがすぐにフィールドの部屋を捜索することなんぞ、最初からお見通しだったはずだ。どうもわしは正しい道からはずれとる気がする、エラリー。ここの帽子から得られるものは何もない」警視はうんざりしたように、山高帽を棚の上に放り投げた。

エラリーはにこりともせずに考えこんでいた。「おっしゃるとおりですね、お父さん。ここの帽子にはなんの意味もない。だけどぼくはものすごく気になる……それはそうと！」彼は背筋を伸ばすと、鼻眼鏡をはずした。「昨夜、帽子のほかにも、何かフィールドの持ち物がなくなったかもしれないという可能性について、考えてみましたか？」

「簡単に答えがわかりゃ苦労はせん」クイーン警視は渋い顔で言った。「もちろん考えたさ――ステッキだ。しかし、わしに何ができたと言うんだね。フィールドがステッキを持ってきていたという前提で考えるにしろ――犯人にとっちゃ、ステッキを持たずにはいっていって、フィールドのステッキを失敬するという単純な方法で持ち出せただろうに。どうやって、わしらにそいつを止めるなり、ステッキが誰のものか確かめるなりできた？　だから最初から考えるのもやめたよ。それに、もしローマ劇場の中にまだ残っているとすればな、エラリー、誰にも持ち出すことはできん――心配ない」

エラリーは咽喉の奥で笑った。「シェリーかワーズワースの詩を引用したい気分ですね」彼は言った。「お父さんの鋭い頭脳を讃えるべく。しかし、いまは〝一本やられた〟というよりも詩的な言葉を思いつかない。だって、ぼくはいまのいままで思いつかなかったんですから。問題はですね。クロゼットの中には杖のたぐいが一本もなかったという点です。フィールドのような男が、もし夜会服にぴったりな杖を持っていたとすれば、ほかの衣装に合うステッキも必ず持っていたはずですよ。そのステッキが一本もないという事実から――寝室のクロゼットからステッキが出てくれば話は別ですが、たぶん、それはないでしょうね、外出用の衣装は全部、こっちにあるようですから――昨夜、フィールドがステッキを持っていったであろうという可能性は排除できます。ゆえに《エルゴ》――ステッキについては忘れていいでしょう」

「なるほどな、エル」警視は力なく答えた。「わしはそこまで考えなかった。ともかく――みんなの成果を見にいくか」

ふたりは部屋を突っ切り、ヘイグストロームとピゴットが机をくまなく荒らしているところに向かった。天板には紙やノートがうずたかく積みあがっている。

「おもしろい物は見つかったか？」クイーン警視は訊いた。

「いまのところ、何もなさそうです、警視」ピゴットが答えた。「なんてことない物ばかりですね――手紙ですが、ほとんどがそこにいるラッソー夫人からので、そりゃもう熱々のばっかりです！――あとは請求書、領収書、そんなので。警視がご覧になっても、やはり何もないと思いますが」

クイーン警視はざっと紙の山に目を通した。「ああ、たいしたものはないな」そう認めた。「続けてくれ」刑事たちは紙の束を机の中に戻した。ピゴットとヘイグストロームは手早く室内を捜し始めた。家具を叩き、クッションの下を覗き、敷物を持ちあげ――手際よく徹底的に調べあげた。クイーン警視とエラリーが無言で見守っていると、寝室の扉が開いた。ラッソー夫人が、栗色の外出着にトーク帽という洒落た衣装に身を包んで現れた。戸口でたたずみ、彼女は眼を丸くして、呆然とあたりの様子を見回した。刑事ふたりは顔をあげもせずに、捜索を続けている。

「この人たちは何してるの、警視さん？」物憂げな口調で女は訊いた。「なんかいいものを捜してるの？」口調とは裏腹に、好奇心に満ちた眼で、食い入るように見守っている。

「ご婦人にしてはずいぶん着替えが早いですな、ラッソーさん」警視は感心した口ぶりで言った。「自宅に帰られますか？」

彼女はじろりと警視を睨んだ。「当たり前でしょ」そう言って、眼をそらす。

「どちらにお住まいで――」

彼女はグリニッジヴィレッジにあるマクドゥーガル街の住所を教えた。

「ありがとう」クイーン警視は丁重に言いながら、手帳に書きつけた。彼女は戸口に向かって歩きだした。「ああ、ラッソーさん！」彼女は振り向いた。「帰る前に――フィールド氏の食事時の習慣について、ちょっと教えてもらえませんか。彼は、つまり、あなたから見て、大酒飲みでしたか？」

彼女は陽気に笑った。「それだけ？　イエスでもあるしノーでもあるわ。モンティが夜中まで飲み続けて、まるで――牧師様のようにしらふだったのを見たことがあるし。それでいて、ほんのふた口、三口飲んだだけで、酔っ払ったこともあるし。そのときそのときよ――わかる？」彼女はまた笑った。

「ふむ、たいていの人間がそうだな」警視はつぶやいた。「あんたに友達の信頼を裏切れというわけじゃないんですがね、ラッソーさん――しかし、もしかすると、彼がどこから酒を手に入れていたのか、あんたは知っとるかな？」

とたんに女はぴたりと笑いやみ、顔にはまじりけのない蔑みの色が浮かんだ。「あたしをなんだと思ってるのよ？」彼女はきっとなった。「あたしは知らないし、知ってたって喋らない。まじめに一生懸命働いてる密造酒造りはたくさんいるのよ、あの人たちをぶちこもうとしてる連中よりも、ずっと頭も分別もあるんだから！」

「人間だということに変わりはありませんからな、ラッソーさん」クイーン警視はなだめるように言った。「まあ、いい」警視は優しく続けた。「そのうち、いまの情報がどうしても必要になったら協力してくれますね。どうです？」沈黙が落ちた。「いまのところはこれで結構です、ラッソーさん。街から出ないでください。いいですな？　じきに証言をお願いするかもしれない」

「ふうん――それじゃ」彼女は、ふんと頭を振った。そして、玄関ホールに出ていった。

「ラッソーさん！」クイーン警視が突然、鋭く叫んだ。彼女は手袋の手を玄関扉のノブにかけて振り向いたが、くちびるからは笑みが消えていた。「ベン・モーガンは、フィールドとパートナーを解消したあとに何をしていたか――知っていますか？」

一瞬のためらいののちに、彼女の答えが返ってきた。「それ、誰？」額に皺が寄っている。「いや、気にせんでください。さようなら」そして、くるりと背を向けた。ドアが音をたてて閉められる。一拍おいて、ヘイグストローム刑事がするりと玄関から出ていき、あとにはピゴット刑事とクイーン警視とエラリーだけが取り残された。

三人は、同時にひとつの考えに打たれたように、寝室に駆けこんだ。そこは、最後に出た時のままになっていた。ベッドは皺くちゃで、ラッソー夫人のナイトガウンもネグリジェも床に脱ぎ捨てられている。クイーン警視は寝室のクロゼットの扉を開いた。「ひゅう！」エラリーが声をあげた。「ここの主人は着るものにずいぶんうるさかったようですね。マルベリー街のボー・ブランメル（伊達男）ってわけか」一同はクロゼットをあさったが、何も収穫はなかった。エラリーはうんと首を曲げて、頭上の棚を見上げた。「帽子はない――杖もない。これで問題は片づいた！」満足げにつぶやいた。小さな台所に消えたピゴットは、ほどなく飲みかけの酒瓶の山ほどはいったケースをかかえて、よろよろと戻ってきた。

エラリーと父親はケースの上にかがみこんだ。警視が慎重にコルクを抜いて、中身の匂いを嗅ぎ、瓶をピゴットに手渡すと、彼もまた上司にうやうやしく従った。

「見た目も匂いも大丈夫みたいですが」刑事は言った。「でも、味見は遠慮したいですね——昨夜のことがあったあとじゃ」

「その用心は完全に正当なものだね」エラリーはくすくす笑った。「だけどもしバッカス神の魂を呼び起こす時になったら、この祈りの文句を思い出すといい。おお、酒よ、汝、知られたる名を持たぬなら、我、そなたを〝死〟と呼ばん」*

「その火酒を分析させよう」クイーン警視は不機嫌に言った。「スコッチとライのブレンドとある、ラベルは本物のようだ。しかし、一応、調べて……」不意にエラリーが父親の腕をつかんで、緊張したようにぐっと顔を寄せた。三人は身を硬くした。

かすかに何かひっかくような音が、玄関ホールの方から聞こえてくる。

「誰かが鍵を開けようとしとる」クイーン警視が囁いた。「行け、ピゴット——誰だろうが、はいってきたらすぐに捕らえろ！」

ピゴットは居間を走り抜けて玄関ホールに飛びこんだ。警視とエラリーは寝室に身を隠した。玄関の扉をかりかりとひっかくような音のほかは、しんと静まり返った。新たな客は、鍵を開けるのに苦労しているようだ。突然、シリンダー錠のがちゃんと回る音が聞こえて、一瞬の

＊　ここでエラリー・クイーンはおそらくシェイクスピアの台詞をもじっているのだろう。〝おお、汝、眼に見えぬ酒の精よ、なれ、知られたる名を持たぬなら、我、そなたを〈悪魔〉と呼ばん〟。

のちに、ドアが大きく開いた。と、ほぼ同時にばたんと閉まった。

くぐもった悲鳴、雄牛の咆哮に似たしゃがれ声、首をしめつけられたようなピゴットの罵声、慌しく足が床をこする音――エラリーと父親は大急ぎで居間を突っ切り、玄関ホールに向かった。

ピゴットはがたいのいい黒ずくめの男の腕の中でもがいていた。格闘の間にふっ飛ばされたのか、床の片隅にスーツケースが転がっている。新聞が音をたてて空中を飛び、寄せ木細工の床に落ちるのと同時に、エラリーは悪態をつく男につかみかかった。

訪問者をおとなしくさせるには、三人で力を合わせなければならなかった。ついに、荒々しく息をつきながら男は床に転がり、その胸をピゴットが両腕でがっちり押さえこんだ。

警視はその上にかがみこむと、真っ赤になって怒っている男の顔を興味深そうにしげしげと見つめ、そっと訊いた。「それで、あなたはどなたかな、ミスター?」

9　では、謎のマイクルズ氏が登場すること

闖入者《ちんにゅうしゃ》はよろよろと立ちあがった。男は縦にも横にも大柄で、険しい顔をしているが、眼は虚ろだ。外見にも物腰にも特徴はない。変わった点といえば、外見にも物腰にもあまりに特徴がなさすぎる、ということだろう。彼が何者で、どんな仕事をしているにせよ、彼は故意に、

個性というものを徹底的に消そうとしているようだった。

「なんなんです、あなたがた、暴力をふるうなんて」彼は低音の声を出した。が、その声さえ平坦で、色がなかった。

警視はピゴットに向きなおった。「どういうことだ?」わざと厳しいそぶりで詰問する。

「私はドアの裏に立って待ってました、警視」まだ息を切らしながら、ピゴットは答えた。「この山猫が一歩、足を踏み入れた瞬間、腕をつかみました。そのとたん、こいつがまるで、貨車いっぱいの虎を引っくり返したみたいな勢いで飛びかかってきたんです。目の前にがーっとつっこんできたので——ぶん殴ってやりました……そしたら、またドアから出ていこうとしたんです」

クイーン警視はいかめしい顔でうなずいた。新参者は穏やかに言った。「そいつは嘘ですよ。この人が飛びかかってきたから、抵抗しただけです」

「こらこら!」クイーン警視はつぶやいた。「ごまかしはきかん……」

いきなりドアが乱暴に開いて、ジョンソン刑事が戸口に立ちふさがった。彼は警視を片隅に引っぱっていった。「間にあった。ヴェリー部長が、もしかすると助けが必要になるかもしれないと私をこっちによこしたんです、警視……ちょうど、もうすぐここに着くというところで、その男を見つけました。何を探っているのかわかりませんでしたが、とにかくつけてきたんです」クイーン警視は勢いよくうなずいた。「来てくれて助かったよ——あとで頼む」囁き返すと、警視はほかの者たちに合図し、先頭切って居間にはいっていった。

「さて、きみ」警視は大きな侵入者にぶっきらぼうに言った。「茶番は終わりだ。きみは何者で、ここで何をしとる？」

「チャールズ・マイクルズと申します――サー。モンティ・フィールド様の従者でして」警視は眼をすがめた。男の全体的な物腰が、どことはっきり言えないが変化している。顔はあいもかわらず無表情で、態度はまったく変わっていない。にもかかわらず老人は変化を感じとっていた。素早くエラリーを振り返り、息子の眼がたたえる光を見て、自分の考えが正しいことをあらためて確信する。

「ほほう？」警視は淡々と訊ねた。「従者、か？　それで、朝のこんな時間に旅行鞄を持って、どこに行くつもりだね？」そう言いながら、さっきピゴットが玄関ホールから居間に運んできた、安物の黒いスーツケースに向かって、鋭く手を振った。不意に、エラリーが玄関ホールに向かって、ふらりと歩きだした。そして、かがんで何かを拾いあげた。

「はい？」マイクルズはその質問にぎょっとしたようだった。「それはわたくしのです」素直に答えた。「休暇をいただいたので、今朝、発つつもりなんですが、出発の前にここに来て、フィールド様から給料の小切手をいただく約束をしておりました」

老人の眼がきらりと光った。しっぽをつかまえたぞ！　マイクルズの表情も振る舞いもほぼそのままだったが、声音も口調も明らかに変化している。

「つまり、きみは今朝、フィールド氏からここで小切手を渡してもらう約束をしたと」警視は口の中でつぶやいた。「それはまた実におかしいな」

マイクルズの顔をほんの一瞬、驚きの色がかすめた。「どう――どういうことで、フィールド様はいったいどこに？」

「〝旦那様なら、冷たい、冷たい土の中にいなさるだよ〟」玄関ホールからエラリーのくすくす笑う声が聞こえてくる。居間に戻ってきた彼は、さっきマイクルズがピゴットとの乱闘時に放り出した新聞をひらひらさせていた。「いやいや、きみね、それはちょっと不注意すぎないかなあ。ほら、これはきみが持ってきた朝刊だ。ぼくが拾って、まず目についたのが、フィールド氏のちっちゃな事故に関してでかでかと書かれた、すてきな見出しだよ。見出しの文字だけでも、一面まるごと真っ黒じゃないか。それなのに――見逃したって言うのかい？」

マイクルズは無表情にエラリーと新聞を見返した。やがて眼を伏せ、小声で言った。「今朝は新聞を読むひまがなかったのです。フィールド様に何があったんですか？」

警視は鼻を鳴らした。「フィールドは殺されたんだ、マイクルズ、きみも承知のはずだ、もとからな」

「いえ、存じませんでした、本当です」従者はうやうやしく答える。

「嘘はやめろ！」クイーン警視は怒鳴った。「どうしてここに来たのか言わないと、鉄格子の中でたっぷり時間を取って話を聞くことになるぞ！」

マイクルズは辛抱強く老人を見つめた。「わたくしは正直に申しあげております。昨日、フィールド様はわたくしに、朝になったらこの部屋に小切手を受けとりにくるようにおっしゃいました。存じているのは、それだけです」

「ここで会うことになっていたのかね？」

「さようでございます」

「なら、どうして呼び鈴を鳴らすのを忘れた？　まるで、最初からここには誰もいないと知っていたみたいじゃないかね」クイーン警視は指摘した。

「呼び鈴？」従者は眼を見開いた。「わたくしはいつも自分の鍵を使います。できるだけフィールド様のお邪魔をしないようにつとめておりますので」

「フィールドはなんで、昨日、小切手をきみに渡さなかったんだ？」警視は吼えた。

「おそらく、小切手帳が手元になかったのでしょう」

クイーン警視のくちびるの端がきゅっとあがった。「きみには想像力というものがないのかね、マイクルズ。で、昨日、フィールドと最後に会ったのは何時だった？」

「七時ごろでございます」マイクルズは即座に答えた。「わたくしはこちらのアパートメントに住みこんでおりません。狭すぎますし、フィールド様は、その――他人に邪魔をされるのが、お好きではありませんから。わたくしは普段、朝早くここに参りまして、朝食を用意し、風呂の支度をし、着替えをととのえます。主人が出勤してから、わたくしは簡単に掃除をしまして、そのあとは夕食まで自由な時間をいただけます。昼間のうちに、外で食事をしてくるとフィールド様に言われないかぎり、わたくしは五時ごろにこの部屋に戻って、夕食の支度をしたり、夜の着替えを用意したりします。そのあと夜はずっと自由時間で……昨日、わたくしが着替えの用意をしている間に、フィールド様が小切手のことを話されたんです」

「たいした重労働じゃなさそうだな」エラリーがぼそぼそと言った。「着替えというと、どんなものを用意したんだい、マイクルズ？」

男はうやうやしくエラリーに向きなおった。「まず下着でございます、それから靴下、夜会服用の靴、糊のきいたシャツ、カフス、カラー、白いネクタイ、夜会服上下、マント、帽子――」

「ああ、そうだ――帽子だが」クイーン警視がさえぎった。「どんな帽子だね、マイクルズ？」

「いつものシルクハットでございます」マイクルズは答えた。「ひとつしかお持ちでありませんので。たいそう高価なお品でございますが」かばうように言い添える。「ブラウン・ブラザーズのものだったと存じます」

クイーン警視は椅子の腕を指でゆっくり叩いていた。「ちょっと訊くが、マイクルズ」警視は口を開いた。「昨夜、きみはここを出たあとに何をしとったのかね――七時以降は」

「家に帰りました。荷造りをしなければなりませんでしたし、疲れておりましたから。少し食事をしてからすぐに寝ました――ベッドにはいったのは九時半近くだったと存じます」マイクルズはやましいことなど何もないといった風情で答えた。

「きみはどこに住んどる？」マイクルズはブロンクスの東百四十六丁目のとある番地を告げた。

「なるほど……フィールドはこの部屋に、決まった客人を招いとったかね？」警視は続けた。

マイクルズは礼儀正しく眉を寄せて考えた。「それは難しいご質問です。フィールド様はいわゆる社交的なかたではございませんでした。わたくしは、夜はここにおりませんから、ここを失礼したあとにどなたがいらしたかはわかりかねます。ただ――」

「なんだね？」

「ご婦人がいらっしゃいまして……」マイクルズは気取って言葉を切った。「このような場で、お名前を申しあげたくはございませんが――」

「名前だ」クイーン警視はうんざりしたように言った。

「はあ、その――わたくしの口からはとても――ラッソー。アンジェラ・ラッソー夫人です」マイクルズは答えた。

「フィールド氏はラッソー夫人と知りあってどのくらいたつかね？」

「数ヵ月というところです。たしかグリニッジヴィレッジのどこかのパーティーで出会われたとか」

「なるほど。それで、婚約しとったんだろうな？」

マイクルズは困惑したようだった。「あれを婚約と呼ぶならそうでございましょうが、まあ、形ばかりは……」

沈黙が落ちた。「モンティ・フィールドのところで、きみはどのくらい前から働いとるのかね？」警視が質問した。

「来月でまる三年になります」

クイーン警視は新たな方面からの質問に切り替えた。フィールドがどのくらい劇場が好きだったか、経済状態はどうだったか、飲酒の習慣はどの程度だったのか。これらの質問に対するマイクルズの答えはラッソー夫人の証言と重なるが、新事実はひとつも明らかにならなかった。

「ついさっき、きみはフィールドのところで三年働いとると言ったな」クイーン警視が椅子に坐りなおしながら続けた。「勤め始めるきっかけは？」

マイクルズはすぐには答えなかった。「新聞の求人広告を見つけまして」

「なるほど……三年もフィールドのところに勤めたなら、マイクルズ、きみはベンジャミン・モーガンを知っとるだろう」

マイクルズはふっとくちびるに笑みを浮かべた。「もちろん、ベンジャミン・モーガン様のことは存じております」彼は温かい口調で言った。「とてもお人柄よい、すばらしい紳士でいらっしゃいます。フィールド様のパートナー、と申しますか、共同経営者でいらっしゃいまして。ですが、二年前に別れられてから、モーガン様をほとんどお見かけしておりません」

「別れる前は、きみはモーガン氏と頻繁《ひんぱん》に会っておったのか？」

「いいえ」がたいのいい従者は、残念そうな口調で答えた。「フィールド様はモーガン様とは——その——違うタイプでいらっしゃいまして、仕事以外ではそれほど親しくつきあっておいでではありませんでした。ええ、モーガン様をこの部屋で三度か四度、お見かけしたことはございますが、緊急の要件があった時だけです。それすら、わたくしはひと晩じゅう、ここにいるわけではございませんので、詳しいことは申しあげられません。……もちろん、わたくしの知るかぎりでは、共同経営を解消してからは一度も、ここにいらしていませんが」

クイーン警視はこれまでの会話で初めて微笑んだ。「率直に話してくれてありがとう、マイクルズ……それじゃ、わしはゴシップ好きのじいさんになるとしようか――あのふたりが別れた時に、悶着はなかったかね？」

「いえいえ、とんでもないことでございます！」マイクルズは打ち消した。「おふたりの間に口論など、一度も聞いたことはございません。事実、パートナーを解消してすぐに、フィールド様はわたくしにおっしゃいました、モーガン様とは友達づきあいをし続けると――とてもよいお友達だと」

マイクルズは、腕に触れられたのを感じて、きょとんとした顔で慇懃に振り向いた。するとエラリーと、顔を突きあわせることになった。「なんでございましょうか」彼はうやうやしく訊ねた。

「マイクルズ君」エラリーは厳しく言った。「ぼくはせっかくおさまったぼやの火種を、わざわざかきたてるのは好きじゃないんだが、だけど、どうしてきみは刑務所にはいっていたことを警視に言わなかった？」

まるで、むき出しの電線を踏みつけたかのように、マイクルズの身体は硬直し、動かなくなった。顔からは赤みが引いてしまっている。ぽかんと口を開けて、おどおどと自信を失くしたように、エラリーの笑っている眼を見返した。

「どうして――なんで――なんで、わかったんで？」従者の喋りかたから、穏やかな洗練された口調が薄れた。クイーン警視は息子を称賛するように見つめた。ピゴットとジョンソンが、震える男にじわりと近寄る。

エラリーは煙草に火をつけた。「全然、わかってなかったよ」陽気に言った。「たったいま、きみがその口で言ってくれるまでは。デルフィの神託を得るためにかまをかけるコツを学ぶとね、これがなかなか役にたつのさ、マイクルズ」

マイクルズの顔色は冷えきった灰のようになっていた。彼はがたがた震えながら、クイーン警視を振り返った。「あなた様が――お訊ねになりませんでしたから」そう弱々しく言った。が、またもその口調から感情が消え、しゃちこばったものになった。「それに、そのようなことは、警察のかたには申しあげにくいものでして……」

「どこの刑務所にいたんだね、マイクルズ?」警視は優しく訊いた。

「エルミラ軽犯罪刑務所です」マイクルズは小声で答えた。「初犯でした――生活に困って、飢えで、にっちもさっちもいかなくなって、金を盗んだんです……一年、つとめました」

クイーン警視は立ちあがった。「そうか、マイクルズ、もちろん、きみは現在、完全に自由な行動を取れないのは理解しとるな。家に帰るのはかまわんし、そうしたければ、次の職場を探してもかまわんが、いま現在の住まいから勝手に動かないことだ、それと、いつでもこちらからの呼び出しに応じられるように……いや、帰る前に、ちょっと待った」警視はすたすたと黒いスーツケースに歩み寄ると、大きく広げた。からまりあった服の塊――ダークスーツひと揃い、シャツ、ネクタイ、靴下が――きれいなものも汚れものも、さらされた。クイーン警視は素早く、旅行鞄の中をかきまわして、蓋を閉じると、片隅に立って悲しげな表情で辛抱強く待っているマイクルズに手渡した。

「ずいぶん少ししか服を持っていかないんだな、マイクルズ」クイーン警視は微笑した。「休暇が台無しになって気の毒だった。ま、人生、そんなものだ！」マイクルズはぼそぼそと辞去の言葉をつぶやくと、旅行鞄を取りあげて出ていった。その一瞬後に、ピゴットがするりと部屋から出ていく。

エラリーは勢いよく天井を見上げて、陽気に笑いだした。「またずいぶん礼儀正しい小悪党だったな！　そのくせ、しれっと嘘をついて、ねえ、お父さん……あいつはここに何しに来たと思いますか？」

「何かを取りにきたんだろう、もちろん」警視は考えこんだ。「それはつまり、ここには明らかに我々の見落とした重要なものがあるということだ……」

警視はいっそう深く考えにふけった。電話が鳴った。

「警視ですか？」ヴェリーのがらがら声が電話線の向こうから響いた。「本部にかけたんですがいらっしゃらないんで、まだフィールドの部屋だと思ったんです……ブラウン・ブラザーズでおもしろいネタを拾ってきました。フィールドの部屋に報告にいきますか？」

「いや」クイーン警視は返事をした。「もうここの用はすんだ。わしはこれからチェンバーズ通りのフィールドのオフィスに寄ったら、すぐに本部に戻る。その間に何か重大なことがあれば、わしはそっちにおるからな。きみはいまどこだ？」

「五番街です――ブラウン・ブラザーズの店を出たところで」

「なら、本部に戻ってわしの帰りを待て。それとトマス――制服をひとり、いますぐこっちによこせ」

クイーン警視は電話を切ると、ジョンソンを振り返った。
「警官が来るまで、ここにいてくれ——長くはかからんだろうぞ!」低い声で言った。「この部屋を交替で見張らせてくれ。それから本部に報告を頼む……来い、エラリー。今日は忙しくなるぞ！」

エラリーの抗議は無視された。父親は息子をせかして、建物の外の通りに慌しく連れ出した。エラリーの声は、タクシーの排気の咆哮にかき消された。

10

では、フィールド氏のシルクハットの重要さがわかり始めること

クイーン警視が息子と一緒に、曇りガラスのドアを開けたのは、午前十時きっかりだった。ガラスにはこう記されていた。

モンティ・フィールド
事務弁護士

ふたりが足を踏み入れた広い待合室は、いかにもフィールドのような服装センスの男が好み

そうな調度品に彩られていた。ひとっこひとりいないことをいぶかりつつ、クイーン警視は内側のドアを開け、ゆっくりとついてくるエラリーと共に、事務員たちのオフィスにはいった。いくつも机が並ぶ長い部屋は、新聞社の編集室にそっくりだが、書棚には分厚い法律書がぎっしり詰まっている。

室内はてんやわんやの大騒ぎだった。速記者たちがあちこちに固まって、ものすごい勢いでぺちゃくちゃ喋っている。男性事務員たちが大勢、片隅に固まって囁きあっている。そして部屋の中央にはヘッス刑事が仁王立ちになり、こめかみのあたりが白くなりつつある細身の陰気くさい男と、深刻そうに話しあっている。弁護士の死が、彼の職場になんらかの騒ぎをもたらしたのは、明らかだった。

クイーン父子がはいっていくと、事務員たちはぎょっとしたように顔を見合わせ、こそこそと自分の席に戻り始めた。気まずい沈黙が続く。ヘッスが急ぎ足で進み出てきた。眼が充血し、しょぼしょぼしている。

「おはよう、ヘッス」警視が出し抜けに口を開いた。「フィールドの部屋はどこだ?」

刑事はふたりを連れて部屋の中を通り抜け、大きく〝立入禁止〟と記されたドアに案内した。三人のはいった小さな部屋は、華美なほどに贅が凝らされている。

「ここの主人はまた、徹底的にこういう趣味だったんですねえ」エラリーはくすくす笑いながら、赤い革張りの肘掛け椅子にどっかと腰をおろした。

「さて、聞こう、ヘッス」警視はエラリーの流儀に従いつつ言った。

ヘッスは早口に話し始めた。「昨夜、ここに来てみると、ドアが閉まっていました。中の明かりはついていませんでした。うんと耳を澄ましましたが、物音ひとつしなかったので、誰も中にいないと判断して、廊下でひと晩明かしました。今朝八時四十五分に、オフィスの所長がさーっとはいってきたので、つかまえました。さっき警視がいらっしゃった時に、私が話していた、ひょろ長い男ですよ。名前はルイン――オスカー・ルインです」

「オフィスの所長だと？」老人は嗅ぎ煙草の香りを吸いこんだ。

「はい、警視。あいつは口がきけないか、口をしっかり閉じていることを知ってるかのどっちかですね」ヘッスが続けた。「もちろん、今朝の新聞はとっくに読んで、フィールド殺しのニュースに動転してはいます。でも、私のどの質問も気に入らないようで……何ひとつ答えようとしません。ひとつもです。昨夜はまっすぐ家に帰ったと言っていますが――フィールドはここを四時に出てから戻ってこなかったそうで――殺人については、新聞を読むまで知らなかったと。それで今朝はここで一緒に、警視がいらっしゃるのを待っていた次第です」

「ルインを呼んでこい」

ヘッスはひょろ長い所長をうしろに従えて、戻ってきた。オスカー・ルインはぱっと見、あまり人好きのしない男だった。きょときょとと黒い瞳をさまよわせ、異様なほどに痩せこけている。その鉤鼻と骨ばった体つきは猛禽を思わせた。警視は冷ややかに彼を見た。

「なるほど、きみがここの所長か」警視は声をかけた。「それで、今回の事件をどう思うね、ルイン？」

「恐ろしいことです——ただただ、恐ろしいことで」ルインは呻いた。「どうして、なんだって、そんなことになったのやら、想像もつきませんよ。昨日の夕方の四時に、あの人と話をしたってのに！」彼は本当に参っているようだった。

「きみが話をした時には、何か変わった様子とか、不安そうな気配とかあったかね？」

「全然ですよ」ルインは困惑したように答えた。「それどころか、びっくりするくらい機嫌がよかったんです。ジャイアンツのことで冗談を言ったり、夜になったらものすごく評判の芝居を見にいくとか言って——〈ピストル騒動〉を。それで今朝ですよ、新聞を見たら、そこで殺されたそうじゃないですか！」

「ほう、芝居のことを話しとったんだね？」警視は訊いた。「誰かと一緒に行くようなことは、言わなかったのかね？」

「いいえ」ルインはもじもじと足を動かした。

「ふむ」クイーン警視は言葉を切った。「ルイン、ここの所長として、きみはほかの従業員たちの誰よりもフィールドと近しかったと思うんだが。個人的に、彼をどの程度知っていた？」

「いや、全然ですよ、全然」ルインは急いで答えた。「フィールドさんは、下の人間が親しくなれるようなタイプじゃなかったんです。ときどき、ご自分のことを話したりはしてましたが、当たり障りのないことばかりですし、まじめな話というより、冗談口ばかりで。我々にとっては、いつもいろいろと配慮してくれる、気前のいい雇い主でした——でも、それだけで」

「彼が手がけとった仕事の規模は実際、どんなものだったのかね、ルイン？　そのくらいはもちろん知っとるだろう」

「仕事ですか？」ルインはきょとんとした。「はあ、それはもう、この業界で私が関わった、どの事務所にもひけを取らないですよ。フィールドさんのところでは二年そこそこしか働いてませんが、結構なお偉方や大物の顧客もいますし。顧客リストをお渡しすることもできますが……」

「ああ頼む、わしのところに郵送してくれ」クイーン警視は言った。「ということは、仕事に関しては、繁盛してうまくいっとったわけだな？　個人的な知り合いが訊ねてきたことはないかね――特に最近？」

「いえ。依頼人や顧客以外のかたが来たことは一度もないと思うんですが。もちろん、顧客の中にも仕事以外のつきあいがあるかたもいたでしょうけど……ああ、そうだ！　もちろん、あの人の執事だかなんだかが、ときどき来てましたよ――背が高くて筋肉もりもりの、マイクルズって人が」

「マイクルズ？　その名前は忘れちゃならんな」警視は考えこんだ。そして、ルインを見上げた。「ありがとう、ルイン、いまのところはこれで十分だ。今日じゅうに警察は引き揚げることになるだろう。それと――しばらくここを離れないでくれ。じきにサンプスン検事の部下が来るだろうから、きみがいてくれると助かるはずだ」ルインは重々しくうなずいて、下がった。

ドアが閉まると同時にクイーン警視は立ちあがった。「フィールド個人の洗面所はどこだ、ヘッス？」刑事は部屋の隅にあるドアを指差した。

クイーン警視がドアを開くと、エラリーがぴったりうしろについてきた。ふたりは、部屋の一角に仕切られた小部屋を覗きこんだ。中には洗面台、薬戸棚、小さな衣類入れがおさまっている。クイーン警視は真っ先に薬戸棚の中を見た。ヨードチンキがひと瓶、オキシドールがひと瓶、シェービングクリームのチューブが一本と、ひげ剃り道具がはいっている。「何もないですね」エラリーが言った。「クロゼットはどうです?」老人は興味津々といった様子でドアを引いた。普段着がひと揃い、ネクタイが半ダース、フェルトの中折れ帽がひとつはいっている。警視は帽子をオフィスに持ってきて調べ始めた。手渡されたエラリーは、ちらっと見ただけですぐにクロゼットの帽子かけに戻した。

「いまいましい帽子め!」警視が噴火した。その時、ノックの音がして、ヘッスがおとなしそうな青年を連れてはいってきた。

「クイーン警視でいらっしゃいますか?」新顔は丁重に言った。

「そうだ」警視はぴしゃりと言った。「そして、きみがブン屋なら、警察はモンティ・フィールド殺しの犯人を二十四時間以内に逮捕するだろうと書いておけ。わしにはいまのところ、それ以上、言えることはない」

青年は微笑した。「いいえ、警視、ぼくは新聞記者じゃありません。アーサー・ストーツです、サンプスン地方検事のところに新しくはいった者です。ぼくが別件で忙しくて、チーフが今朝までぼくに連絡を取れなかったもので——遅くなりました。フィールドは気の毒でしたねえ」にこやかに、コートと帽子を椅子に放り出す。

「そいつは見方次第だ」クイーン警視は唸った。「奴はトラブルメーカーだった。サンプスンの指示は具体的になんだ？」

「ええと、ぼくはフィールドに関してはそれほど詳しくなくて、実は、今朝、別件に縛りつけられてるティム・クローニンの代打なんですよ。たぶん午後に、ティムが解放されるから、それまでの間、とっかかりの道筋をつけておけと。ご存知でしょうけど、クローニンは二年前からフィールドを追っています。早く事件のファイルを調べたくてうずうずしてますよ」

「だろうな。クローニンの熱意がサンプスンから聞いたとおりなら――ここの記録やファイルに何か手がかりらしいものがあれば、必ず見つけ出すだろう。――ヘッス、ストーッさんを外にお連れして、ルインに引きあわせてさしあげろ――ああ、ルインというのはここの所長なんだ、ストーッ君。気をつけたまえよ――どうもルインは油断ならん。それとストーッ君――今回捜すものは合法的な仕事や依頼人についての記録じゃない、犯罪の匂いのするやつだ……それじゃ、またあとで」

ストーッは陽気ににっこりすると、ヘッスのあとについて部屋を出ていった。エラリーと父親は部屋の端と端から、顔を見合わせた。

「おまえが手に持っとるのはなんだ？」老人は鋭く訊ねた。

「『筆跡鑑定法』とやらですよ、ここの本棚で見つけた」エラリーがめんどくさそうに答えた。

「どうしてです？」

「考えてみるとな、エルや」警視はのろのろと言った。「その筆跡云々についちゃ、いろいろうさんくさいな」彼はすっかり参ったように頭を振って、立ちあがった。「おいで――ここには怪しいものは何もない」

さっきまで事務員たちが大勢いた、いまはもうヘッスとルインとストーツのほかには誰も残っていないオフィスを通り抜けながら、クイーン警視は部下に向かって手招きした。「もうお帰り、ヘッス」優しく言った。「きみにインフルエンザで倒れられたらかなわん」ヘッスはにやりとして、さっとドアから姿を消した。

それからほどなくクイーン警視は、センター街にある警察本部の自室で坐っていた。エラリーはこの部屋を、かつて英国で悪名を轟かせた専断不公平な刑事裁判所の名にちなんで〈スターチェインバー〉と呼んでいるが、こぢんまりして、ぬくぬくと居心地がよく、自宅のような空間だ。エラリーは椅子に腰かけると、ゆったりと手足を伸ばし、フィールドの自宅とオフィスから持ち出してきた筆跡に関する本を仔細に調べ始めた。警視がブザーのボタンを押すと、トマス・ヴェリー部長刑事の巨体がのっそりと戸口をふさいだ。

「おはよう、トマス」クイーン警視は言った。「ブラウン・ブラザーズで拾ってきてくれた、すごいネタというのはなんだ？」

「どのくらいすごいかは、わからないんですがね、警視」ヴェリーは淡々と言いながら、壁際に並んでいる背もたれのまっすぐな椅子に腰をおろした。「しかし、こいつは本物だと思いますよ。昨夜、フィールドのシルクハットを見つけてこいとおっしゃいましたがね。そいつとそっくり同じ代物がいま、あたしの机にのっかってます。見たいですかかね？」

「ふざけとるひまがあると思っとるのか、トマス」クイーン警視は言った。「走って取ってこい！」ヴェリーは出ていくと、すぐに帽子箱を持って戻ってきた。彼が紐を引きちぎり、極上のぴかぴか光り輝くシルクハットを披露すると、警視は眼をしばたたかせ、興味深そうに、それを取りあげた。内側にはサイズが記されていた。7と1/8インチ。

「あそこの古参の店員と話しました。もう何年もフィールドを受け持っていたそうで」ヴェリーは説明を再開した。「フィールドは服を一着残らず、あの店で買ってたらしいですね——もう何年も前から。そして、ひとりの店員をずっとひいきにしてました。そんなわけで、そのじいさんはフィールドの好みから、何を買ったのかまで、よく知ってましてね。じいさんが言うには、まずフィールドってのは、とにかくうるさい伊達男だったようで。服はどれもこれもブラウンの店の特別仕立て部門に作らせたそうです。やたらと洒落たスーツだの、変わった仕立ての服だのが好きで、下着からネクタイから何から何まで最新流行のやつを……」

「帽子の好みについちゃどうなんだ？」エラリーは読んでいる本から視線もあげずに割りこんだ。

「そいつをいまから話すところですよ」ヴェリーは続けた。「この店員が、帽子のことで特別なネタを教えてくれました。まず、シルクハットについて質問すると、こう言いましたよ。〝フィールド様は、シルクハットには特に夢中でした。この半年で、すくなくとも三つはお買いになられました！〟」

エラリーと父親は顔を見合わせ、まったく同じ質問を口にのぼせた。

「三つ――」父親が言いかけた。

「それはまた……ずいぶん、へんてこな話じゃないですか」エラリーがゆっくりと言いながら、鼻眼鏡に指を伸ばした。

「いったい、あとふたつの帽子はどこにあるんだ?」クイーン警視は困惑したように続ける。

エラリーは無言だった。

クイーン警視は苛立ったようにヴェリーを振り返った。「ほかに何を見つけた、トマス?」

「たいして価値のある情報はめっからなかったですよ――」ヴェリーは答えた。「――フィールドがまあ、服のことになると正気をなくすってことくらいですかね。去年だけで、スーツを十五着仕立てて、帽子を一ダース買ってます、あのシルクハットも含めて!」

「帽子、帽子、ぼうし!」警視は呻いた。「あの男はいかれていたに違いない。そうだ――フィールドがブラウンの店でステッキを買ったことがあるかどうか、わかるか?」

ヴェリーの顔に愕然とした表情が広がった。「それは――そいつは、警視」しまった、という口調で答える。「訊き落としました。失念してました、昨夜、おっしゃらなかったので――」

「ふむ! まあ、完全無欠の人間なんぞおらんからな」クイーン警視は唸り声を出した。「その店員と話したい、電話をかけてくれ、トマス」

ヴェリーは机に並ぶ電話から一台選んで受話器を取りあげ、数分後に上司に差し出した。

「クイーン警視と申しますが」老人は早口に言った。「あなたはモンティ・フィールドに長年、ひいきされていましたね？……ちょっと細かい点を確認したい。フィールドがおたくから杖なりステッキなり買ったことがありますか？　え？　ああ、わかりました……はい。ああ、もうひとつ。仕立てるのに特別の注文をしたことがありますか――隠しポケットとか、そういうたぐいの仕掛けを……そうは思わない、か。なるほど……え？　ああ、わかりました。どうもお手数かけました」

　警視は受話器を置いて振り向いた。

「我々の死せる友人は」吐き捨てるように言った。「帽子に愛情をかけるのと同じくらい強烈に、ステッキを忌み嫌っとったらしいぞ。この店員はどうにかしてフィールドに、杖のたぐいに興味を持ってもらおうとがんばったらしいが、頑として買おうとしなかったそうだ。好きじゃないと。それと、隠しポケットについてだが、この店員が見たところ――そんな細工はしていなかったらしい。結局、わしらは袋小路にはまったというわけだ」

「いや、その逆ですよ」エラリーは冷静に言った。「そんなことはない。おかげで、昨夜、フィールドが身につけていた品で、犯人によって持ち出された唯一のものが帽子であると立証されたわけだ。ぼくには、かえって道が単純になったように思えます」

「わしは頭が悪いのかな」父親はぶつくさ言った。「さっぱり意味があるように思えん」

「それはそうと警視」ヴェリーがしかめ面で割りこんできた。「ジミーがフィールドのフラスクで採取した指紋のことで報告してきましたよ。少ししかついてませんでしたが、どれもフィールドのものってことで疑問の余地はないそうです。もちろん、ジミーはモルグから死体の指紋をとってきて、ちゃんと確認してます」

「そうか」警視は言った。「フラスクは今度の事件にはなんの関係もないのかもしれんな。ともかく、中身に関するプラウティからの報告を待たなければなるまい」

「もうひとつあるんですが、警視」ヴェリーが言い添えた。「あのがらくた――つまり、劇場を掃除して集まったごみのことですが――今朝、パンザーに持ってくるように言ったのが、いましがた届きました。ご覧になりますか？」

「もちろんだ、トマス」クイーン警視は答えた。「取りにいくついでに、昨夜、きみが作った、半券を持っていない人間の名簿を持ってきてくれ。座席番号もひとりひとり、わかるようになっとるんだろうね？」

ヴェリーはうなずいて、姿を消した。部長刑事が、不格好なかさばる包みと、タイプライターで清書した名簿を持って戻ってくると、クイーン警視はむっつりと、息子の頭のてっぺんを見つめていた。

三人は包みの中身を、机の上に注意深く広げた。集められた品のほとんどは、丸めたプログラムや、主にチョコレートの箱をちぎったらしい紙切れや、フリントとその部下の目を逃れた、まだまだたくさんある切符の半券だった。ほかには、片方だけの女ものの手袋がふたつ。男もののコートから落ちたと思われる小さな茶色いボタン、万年筆の蓋、婦人もののハンカチーフ、そのほか、劇場の明かりがつくと落としたり捨てたりするようなこまごました物。

「あまりたいした物はないみたいじゃないかね？」警視は感想を述べた。「まあ、すくなくとも、半券のチェックだけはできるな」

ヴェリーがごみの中から半券だけを小さな山によりわけて、番号と文字を読みあげると、クイーン警視はヴェリーが持ってきた名簿から名前を消していった。たいした数はなかったので、作業にそれほど時間はかからなかった。

「それで終わりか、トマス？」クイーン警視が顔をあげた。

「終わりです、警視」

「ふん、この名簿にはまだ、半券の行方を確認できない名前が五十人分がとこある――フリントはどこだ？」

「本部にいるはずですが」

クイーン警視は受話器を取りあげ、早口に指示を出した。またたく間に、フリントが現れた。

「昨夜は何を見つけた？」クイーン警視は唐突に訊ねた。

「実を言いますと」フリントはおそるおそる答えた。「我々は文字どおり、あの劇場をきれいにからっからに洗濯しました。かなりの物を見つけましたが、ほとんどがプログラムのようなものばかりで、一緒に作業していた掃除係にあとをまかせました。自分たちは特に通路に落ちている半券を山ほど集めましたが」彼はポケットから、輪ゴムできちんとまとめられたボール紙の束をつかんで、差し出した。ヴェリーが受けとり、番号と文字を読みあげる作業を再開する。それが終わると、クイーン警視は目の前の机に、名簿を叩きつけた。

「手桶に果実ははいっていませんでしたかね」エラリーは本から視線をあげて言った。

「ああ！　半券を持っていなかった連中、全員、これで調べ終わった！」警視はわめいた。「半券ひとつ、名前ひとつ、調べ残しはない……まあ、ひとつだけできることはある」彼は半券の山をかきまわし、名簿を参考にしながら、フランシス・アイヴズ＝ポープのものだった半券を探し出した。そして、月曜の夜にポケットにおさめておいた四枚の半券を取り出すと、中からフィールドの座席の半券を選び、娘の半券と重ねてみた。もぎった切符の端は合わなかった。

「まあ、ひとつ、慰めと言えるかどうかわからんが」警視は五枚の切符を自分のベストのポケットに詰めこんだ。「我々はフィールドの隣やその前の座席のチケット六枚分をいまだに見つけとらん！」

「見つかるとは思っていませんでしたよ」エラリーは言った。彼は本を置くと、珍しく真顔で父親を見つめた。「お父さん、立ち止まって考えたことがありますか、なぜフィールドが昨夜、あの劇場にいたのか、その理由を我々がまったく知らないということを？」

クイーン警視は灰色の眉を寄せた。「もちろん、その問題にはずっと頭を悩ませとる。ラッソー夫人とマイクルズの証言で、フィールドが劇場をたいして好きでなかったことはわかっているが――」

「いや、人間、どんな気まぐれを起こすかわかりませんよ」エラリーはきっぱりと言った。「劇場に行く習慣のない男が、ああいうだしものを見にいってみよう、と思い立つ要因なんて、いくらでもあります。とにかくここに厳然とした事実がある――彼はそこにいた。しかし、ぼくが知りたいのは、どうして彼がそこにいたのか、ということですよ」

老人は難しい顔で首を振る。「仕事のうえの約束ということはないか？　ラッソー夫人が言っとっただろう――フィールドは十時に戻ると約束した、と」

「ぼくも仕事上の約束だろうと思いますがね」エラリーは同意した。「しかし、どれだけ多くの可能性がからんでくるか、考えてみてください――たとえば、あのラッソーって女は嘘をついていて、フィールドは全然、そんなことを言わなかったかもしれませんよ。言ったとしても、フィールドには十時に戻る約束を守るつもりが、これっぽっちもなかったかもしれない」

「わしの考えではな、エラリーや」警視は言った。「おまえの言う可能性とやらがどうであれ、やっこさんは昨夜、ローマ劇場に芝居を見にいったわけじゃない。フィールドはあそこに、危険を承知で行ったのだ――仕事のためにな」

「ぼくもそれが正解だと思いますよ、個人的には」エラリーはにこやかに返した。「しかし、さまざまな可能性をあれこれ検討しても、慎重すぎるということはありません。さて、もし仕事で劇場に行ったとすれば、彼は誰かに会うために行ったわけです。その誰かが、殺人者なのでしょうか？」

「おまえ、質問が多すぎるぞ、エラリー」警視は言った。「トマス、その包みの中のほかの物を見てみよう」

ヴェリーは慎重な手つきで、さまざまな品々をひとつずつ、警視に手渡していった。手袋、万年筆の蓋、ボタン、ハンカチーフと、クイーン警視は素早くじっくりと見ては、傍《かたわ》らに置いていく。チョコレートの包み紙と丸めたプログラムだけが最後に残った。包み紙には手がかりがなさそうだったので、クイーン警視はプログラムを手に取った。一部一部、調べていた彼は、突然、喜びの声をあげた。「見てみろ、おまえたち!」

三人の男たちは警視の肩越しに覗きこんだ。クイーン警視は、皺を伸ばしたプログラムを手に持っている。明らかに丸めて捨てたものだ。広げてみると、よくある紳士物の広告の部分に、たくさんの落書きが残されていた。文字だったり、数字だったり、あるいは何か考えごとをしている時になんの気なしに書きつけたような摩訶不思議な模様が記されている。

「警視、フィールドが持っていたプログラムじゃないですか!」フリントが叫んだ。

「おお、そうだ、間違いない」クイーン警視はぴしりと言った。「フリント、昨夜、ガイシャの服のポケットから見つけた紙くずをざっと見て、本人の署名入りの手紙を持ってこい」フリントは慌てて出ていった。

エラリーはその落書きを熱心に観察していた。ページの上の方の余白にはこんな具合に文字が散らばっていた。

フリントが一通の書簡を持って引き返してきた。警視は署名を見比べてみた——明らかに同じ人物の手によるものだ。

「鑑識のジミーにも一応、鑑定してもらおう」老人はつぶやいた。「しかし、まず間違いないだろうな。こいつはフィールドのプログラムだ、疑いようもない……どう思うね、トマス?」

ヴェリーはがらがら声を出した。「ほかの番号の意味はさっぱりわかりませんがね、警視、

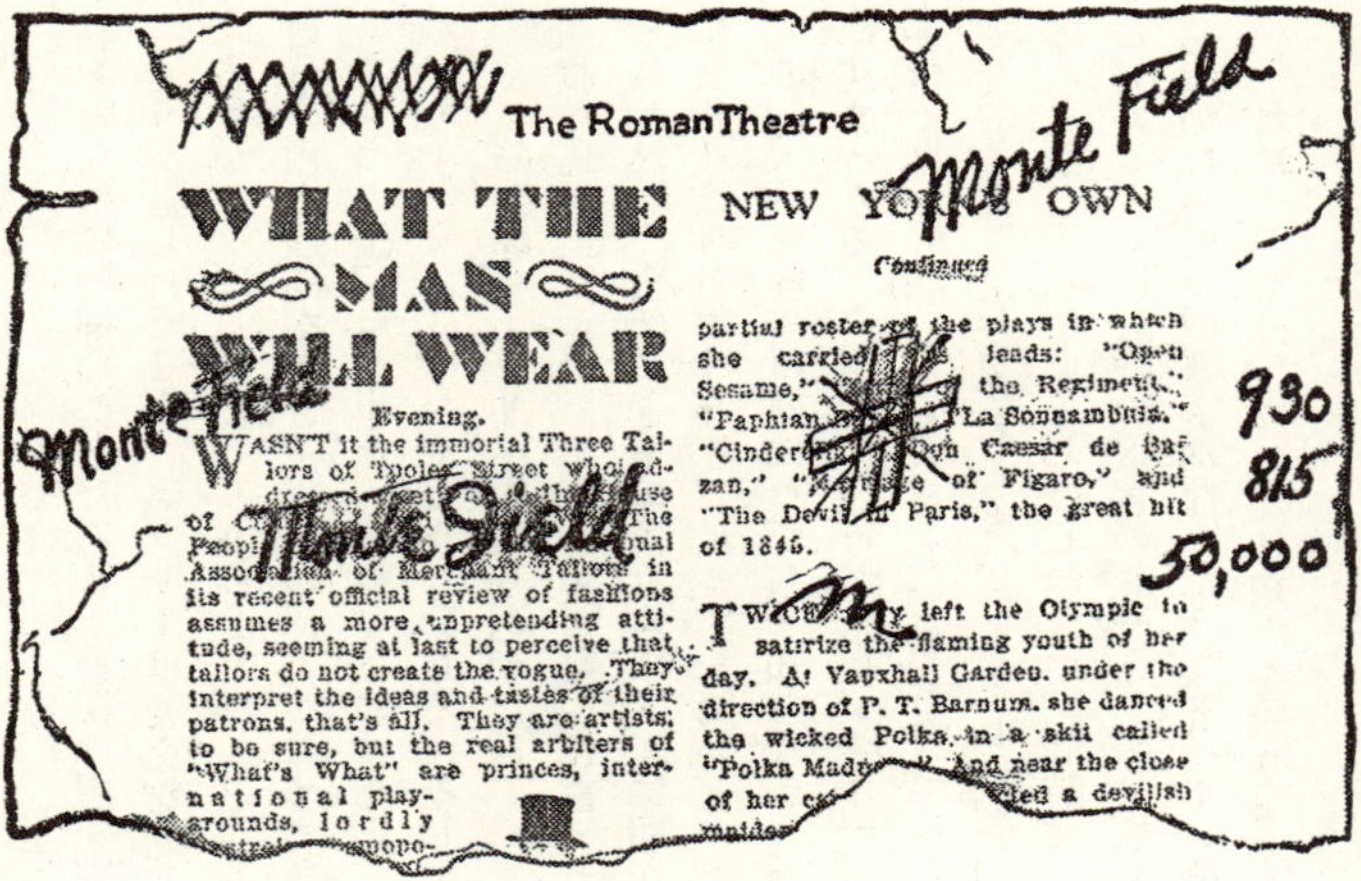
The Roman Theatre

WHAT THE MAN WILL WEAR

Evening.

WASN'T it the immortial Three Tailors of Tooley Street who addressed ... The People ... Association of Merchant Tailors in its recent official review of fashions assumes a more unpretending attitude, seeming at last to perceive that tailors do not create the vogue. They interpret the ideas and tastes of their patrons, that's all. They are artists, to be sure, but the real arbiters of "What's What" are princes, international playgrounds, lordly ...

NEW YO... OWN

Continued

partial roster of the plays in which she carried ... leads: "Open Sesame," ... the Regiment," "Paphian ... "La Sonnambula," "Cinder... Don Caesar de Bazan," "... of Figaro," and "The Devil in Paris," the great hit of 1846.

TWICE ... left the Olympic to satirize the flaming youth of her day. At Vauxhall Garden, under the direction of P. T. Barnum, she danced the wicked Polka in a skit called "Polka Mad..." And near the close of her ... a devilish maiden ...

Monte Field

Monte Field

Monte Field

930

815

50,000

この〝50000〟ってのは、ドル以外にないでしょうな」

「自分の預金残高を計算しとったというわけか」クイーン警視は言った。「しかも自分のサインを書いて悦に入るのが大好きだったと見える」

「そんなことを言っちゃ、フィールドがかわいそうですよ」エラリーが抗議した。「何かを待っている間、手持ち無沙汰な人間が――たとえば、芝居が始まるのを客席で待っていたりする時――自分のイニシャルや名前を手近なものに落書きするってのは、ごく自然な行動です。そして劇場において、もっとも手近な品物といえば、プログラムでしょう……自分の名前を書くというのは、心理的にもっとも自然です。だから、この落書きから想像するほど、フィールドはナルシストってわけじゃないかもしれない」

「そんなのは些細なことだろう」警視は眉を寄せて、落書きをためつすがめつしている。

「そうかもしれません」エラリーは答えを返した。「では、もっと重要そうな点を見なおしてみますか――ぼくは〝50000〟がフィールドの預金残高という意見には賛成できませんね。自分の預金残高を書き留めるのに、ここまできりのいい数字は普通、書きませんよ」

「そいつの証明は簡単だ」警視は反駁すると、受話器を取りあげた。警察の交換手に、フィールドのオフィスにつなぐように命じる。そして、しばらくオスカー・ルインと話したあと、がっくりした顔でエラリーを振り返った。

「おまえが正しかったよ、エル」警視は言った。「フィールドの口座には驚くほどわずかな預金しかない。全部かき集めても六千ドルに届かん。それでいて、しょちゅう一万ドルだの一万五千ドルだのあずけとる。ルインも驚いとった。わしがいま、調べるように頼むまでフィールドの個人的な経済状態についちゃ知らなかったそうだ……フィールドは株か競馬をやっとったに決まっとる。全財産、賭けてもいいぞ!」

「ぼくはそう聞いてもたいして驚きませんね」エラリーは言った。「むしろ、プログラムに〝50000〟と書かれたもっともらしい理由を指し示していると思いませんか。その数字は単に金額を示しているわけじゃない、同時に――掛け金五万ドルの取引が存在したことを示唆している！ ひと晩の働きの報酬としちゃ悪くないですね、命を落とさずにすんでさえいれば」

「ほかのふたつの数字はなんだ?」クイーン警視は訊ねた。

「それについては、これから知恵を絞りますよ」エラリーは答えて、椅子に腰をおろした。

「そんなでかい金銭がらみの取引がどんなものだったのか、ぼくだって知りたいですから」ぼんやりと鼻眼鏡をみがきながら、そう言い添えた。

「取引がどんなものだったにしろ」警視はもったいぶって言った。「そいつがよこしまな目的だったことに疑いはないだろう、エラリーや」

「よこしま？」エラリーはまじめな口調で問い返した。

「〝金はすべての悪徳の根〟だぞ」警視はにんまりと言い返した。

エラリーの口調はまったく変わらなかった。「根であるばかりじゃないですよ、お父さん——果実でもあります」

「また引用か？」老人がからかった。

「フィールディングです」エラリーは淡々と答えた。

11 では、過去が影を落とすこと

電話が鳴った。

「Qか？　サンプスンだ」地方検事の声が電話の向こうから伝わってくる。

「おはよう、ヘンリ」クイーン警視は言った。「いまどこだ、具合はどうだね？」

「オフィスだ、具合は最悪だね」サンプスンは愉快そうに笑いながら返した。「医者は、このまま仕事を続ければ早晩死体になると言うし、上の連中は、ぼくが仕事を続けなければマンハッタンは沈んじまうと言う。まったくどうしろと……なあ、ちょっといいか、Q？」

警視は「そら、来た！」という顔で、テーブル越しにエラリーに向かって目配せした。

「なんだ、ヘンリ？」

「ぼくの部屋に、とある紳士が来ているんだが、ぜひ会っといた方がいいと思うんだ」サンプスンは声をひそめて続けた。「きみに面会を求めてるんだよ、悪いが、いまやってる仕事がなんでも、とにかく中断して、すぐにこっちに来てくれないか。彼は――」サンプスンの声は囁きになった。「――ぼくがうかつに敵に回せない人物なんだよ、Q」

警視は眉を寄せた。「アイヴズ＝ポープのことだろう、違うか？」彼は言った。「かんかんなんだろう、我々が昨夜、彼の掌中《しょうちゅう》の珠を取り調べたことで」

「そういうわけでもない」サンプスンは言った。「ものわかるご老体だよ。ただ――その――ただ、丁重に接してもらえるとありがたいんだ、Q、いいかい？」

「絹の手袋をはめて応対するとも」老人は上機嫌で笑った。「きみの心を楽にするために、息子をひきずっていこう。社交の場には同席することになっとるんだ、せがれは」

「助かるよ」サンプスンはありがたそうに答えた。

警視は受話器を置きながら、エラリーを振り返った。「かわいそうなヘンリは、ひどい状態らしいな」おかしそうに言った。「まあ、ご機嫌取りをしようとするのを責められんよ。風邪で重体のうえ、お偉方にぎゃんぎゃん言われ、おまけに自分の部屋にはクロイソス（リディア王国最後の王。

巨万の富で有名）が文句をたれたれ待ち構えとるときた……さあ、エラリー、ご高名なるフランクリン・アイヴズ＝ポープ殿のご尊顔を拝しにいくぞ！」

エラリーは両腕を広げて、呻き声をあげた。「こんなことが続くようじゃ、あなたはもうひとり病人をかかえることになりますよ、お父さん」そう言いながらも、勢いよく立ちあがり、頭を帽子に押しこんだ。「それじゃ、産業界の大立者に、お目にかかりにいきますか」

クイーン警視はヴェリーににやりと笑いかけた。「忘れる前に言っておくぞ、トマス……今日は少し、探偵として活躍してもらおうか。きみの任務は、モンティ・フィールドのような、繁盛している法律事務所を開いて、王子様のような生活をしとる人間が、なぜ個人口座に六千ドルぽっちしか持っとらんのか、その理由を突き止めることだ。まあ、おそらくウォール街か競馬場ですったんだろうとは思うが、きちんと確かめてほしい。支払い済みの伝票を調べれば何かわかるかもしれん――フィールドのオフィスを仕切っとるルインが助けてくれるだろう……それから、その仕事と並行して――これは本当に重要な証拠になるかもしれんのだ、トマス――昨日いちにちのフィールドの行動を完璧に調べあげてこい」

ふたりのクイーンはサンプスンの仕事場に向かった。

地方検事局は非常にせわしない場所で、たとえ警視の地位を持つ者さえも神聖なる小部屋では、実に冷ややかに、そっけなくあしらわれた。エラリーは激怒し、父親は微笑し、ついに地方検事本人が自分の聖域から飛び出してきて、友人たちを硬い椅子の上に長いこと坐らせていた事務員を叱り飛ばした。

「咽喉が痛むぞ」サンプスンが自分の部屋に向かってふたりを案内する間じゅう、気のきかない事務員に対する、ありとあらゆる呪詛の言葉をつぶやき続けているので、クイーン警視は注意した。「わしは、大富豪の大将に会うのにふさわしい格好をしとるかね?」

サンプスンはドアを開けて支えた。ふたりのクイーンが戸口に立つと、窓から外のおもしろくもない風景を、うしろ手に手を組んで見下ろしている男の姿が見えた。地方検事がドアを閉めると、部屋を占領していた男は、その体重にしては驚くほど俊敏に振り向いた。

フランクリン・アイヴズ＝ポープは、いまよりもはるかに活気のあった好景気時代の遺物だった。かつてウォール街を財力のみならず、その強烈な個性で支配したコーネリアス・ヴァンダービルトのように、彼もまた押しの強そうなタイプである。アイヴズ＝ポープは澄んだ灰色の瞳に鉄灰色の髪、灰色の口ひげをたくわえた男で、ずんぐりと頑健そうな身体はいまだに若若しく溌剌《はつらつ》と動き、身にまとう空気は間違えようもなく支配者のそれだった。すすけた窓からはいる光を浴びた男は、エラリーとクイーン警視がこれまでに会った中でもっとも印象的で、部屋に一歩足を踏み入れてすぐにふたりは、この人物が他人の後ろ盾を必要としない、優れた知性の持ち主だと知った。

恐縮しているサンプスンが紹介する前に、財界人は深みのある快い声をかけてきた。「あなたがクイーン警視ですね、人間狩りの名人の」彼は言った。「もう長いこと、あなたにお目にかかりたかったんですよ、警視」彼が角張った大きな手を差し出すと、クイーン警視は重々しくその手を取った。

「同じ言葉をお返しする必要はないかもしれませんな、アイヴズ＝ポープさん」ちらりと笑みを浮かべた。「わしもむかしはウォール街に参戦しとりましてね、おそらくあなたはわしからいくらか金を儲けたんじゃありませんか――ところで、これはせがれのエラリーです、クイーン一族の頭脳と美点の結晶ですよ」

大人物の眼はエラリーの全身を感心するように見回した。そして、握手しながら言った。

「すばらしいお父さんをお持ちですな！」

「やれやれ！」地方検事は椅子を三つ並べながら、ため息をついた。「どうにかすんでよかった。あなたにはこれっぽっちも見当がつかないでしょうね、アイヴズ＝ポープさん、ぼくがどれだけ今回の会見にひやひやしていたことか。クイーンは社交となるとまったくの無粋者ですからね。握手しながら、あなたに手錠をかけたっておかしくない奴なんです！」

大物の腹の底からの笑い声で、室内の緊張がはじけた。

地方検事は単刀直入に要点にはいった。

「アイヴズ＝ポープさんがこちらに出向いてくださったのはね、Q、お嬢さんの問題について、ご自身に何かできることはないかと、お考えになったからなんだ」クイーン警視はうなずいた。

サンプスンは財界人を振り返った。「さっきも申しあげましたが、我々はクイーン警視に絶対の信頼をおいています――これまでもずっとそうだったように。警視にはいつも、地方検事局からの審査も監督も受けずに仕事をしてもらっています。いまの状況をかんがみるに、これだけははっきりさせてください」

「それは健全な方法だ、サンプスン」アイヴズ＝ポープは誉める口ぶりで答えた。「私も、同じ主義にもとづいて仕事をしている。それに、私がクイーン警視の評判を聞くかぎりでは、きみの信頼は十分に納得できる」

「時には」クイーン警視は威儀を正して言った。「わしは不本意なやりかたをしなければならないこともあります。正直に言えば、昨夜の捜査の過程で、わしは自分でも不愉快なことをいくつかしました。アイヴズ＝ポープさん、あなたのお嬢さんは、昨夜、わしとのちょっとした話し合いで、かなり動転されたのですね？」

アイヴズ＝ポープはしばらく黙っていた。やがて、顔をあげるとまっすぐに警視と眼を合わせた。「いいですかな、警視さん」彼は言った。「あなたも私も、世間というものを知り、ビジネスというものをよくこころえています。お互い、さまざまなタイプの扱いにくい人間とやりあい、ほかの者にとっては困難きわまりない問題すら、いくつも解決してきた。ですから、我々は率直に話しあうことができると思います……そう、娘のフランシスは動転したどころの話じゃありません。それればかりか家内までもが、普段でも病気がちなのですが引っくり返ってしまった。あれの兄のスタンフォード、つまり息子ですが――ああ、いや、これ以上はお話しする必要もないでしょう……昨夜、フランシスは――その、友人たちと――帰宅してから、何が起きたのかをすっかり私に話しました。私は娘をよく知っています、警視さん。娘とフィールドの間には毛ほども関係がないことは、全財産を賭けてもかまいません。私が保証します」

「アイヴズ＝ポープさん」警視は穏やかに答えた。「わしはお嬢さんを糾弾したことは、一度もありませんよ。犯罪捜査の過程においては奇妙なことが起きるものだと、わし以上に知っとる者はおりません。ですから、わしはどんな小さな盲点も決して見逃しません。わしのしたことは、ただお嬢さんにバッグを確認していただいただけです。お嬢さんの持ち物だと認めていただいたあと、発見した場所を伝えました。わしはもちろん、説明を待っとりました。が、返事はいただけませんでした……理解していただかねばならんのですが、男が殺されて、その男のポケットから女のバッグが発見された場合、バッグの持ち主を発見し、男だろうが女だろうが、その持ち主と犯行との関係を調べるのは、警察の義務なのです。しかし、もちろん――こんなことをいまさら、あなたに納得していただく必要はないと思いますが」

大人物は椅子の肘掛けを指でとんとん叩き続けている。「あなたの立場はわかりました、警視」彼は言った。「たしかにそれはあなたの義務ですし、とことんまで追及するのもあなたの義務です。事実、あなたには全力を尽くしていただきたい。個人的な見解ですが、私は娘もまたこの状況においての被害者だと思っています。しかし、娘のために手加減するように願いはしません。この問題をすっかり調べあげたあとに、あなたが正しい判断をされるに違いないと、信頼しています」彼は一度、言葉を切った。「クイーン警視、明日の午前中に、我が家でちょっとした話し合いの場をもうけたいと思うのですが、いかがでしょう？　本来なら、あなたにこんなご面倒をおかけしたくはないのですが」彼は詫びるように言い添えた。「ただ、フランシスが本当に参ってしまっていて、家内が娘を外に出さないと言い張るものですから。来ていただけますか？」

「ありがたいことです、アイヴズ＝ポープさん」クイーン警視は穏やかに答えた。「ぜひうかがわせていただきます」

財界人はこの会談を終わらせたくないようだった。椅子の中で、重々しく身体をずらした。「私は常に公平な人間であらんとしてきました、警視」彼は言った。「今回、私はこうして特別扱いをしてもらうために、自分の地位を利用したと非難されるでしょうな。しかし、そうではないのです。昨夜のあなたの取り調べのショックで、フランシスはうまく話せなくなったらしい。しかし家で家族に囲まれていれば、きっとこの事件との関わりについて、あなたに満足していただけるまで、きちんと説明できると思うのです」一瞬、迷ってから、いくらか冷静な口調で続けた。「娘の婚約者も同席することになるでしょう、その方が娘も落ち着くでしょうから」その声音からは、本人はそう思っていないことが伝わってきた。「では明日、どうでしょう、十時半ということでは？」

「たいへん結構です」クイーン警視はうなずいた。「できましたら、どなたが同席されるのか、前もって正確に知っておきたいのですが」

「それは、あなたのお望みどおりにできるが」アイヴズ＝ポープは答えた。「家内は同席したがるだろうし、バリーも来るだろう――私の未来の息子になる男です」彼は淡々と説明した。「それからフランシスの友達が二、三人――観劇友達だな。息子のスタンフォードも顔を出すかもしれません――あれはずいぶん忙しいようなので」いくらか苦々しげにつけ加えた。

三人は居心地悪そうに、もぞもぞと身体を動かした。アイヴズ＝ポープがまず、ため息をついて立ちあがると、エラリーとクイーン警視とサンプスンがそれに続いた。「それだけですな、警視」財界人は前よりも軽い口調で言った。「ほかに何か、私にできることはありますか？」

「いえ、まったく」

「では、失礼しましょう」アイヴズ＝ポープはエラリーとサンプスンに向きなおった。「もちろん、サンプスン、もし時間があれば、きみにも同席してもらいたい。どうだろうか？」地方検事はうなずいた。「それと、クイーン君――」大立者はエラリーに向きなおった。「――あなたも来ていただけませんか？　あなたはお父さんの片腕として捜査に関わっているのでしょう。来ていただければ、とても光栄なのだが」

「きっとうかがいますよ」エラリーが優しく答えると、アイヴズ＝ポープは部屋を出ていった。

「で、どう思うね、Q？」サンプスンは回転椅子でそわそわしながら訊いた。

「実におもしろい人だ」警視は答えた。「そして、本当に公平な人だな！」

「ああ、うん、そう――そうなんだ」サンプスンは言った。「ええと――Q、きみが来る前に、彼はぼくに頼んだんだよ、きみがマスコミにその、発表の方は控えてくれないだろうかって。厚意を示してくれるとありがたいんだが」

「それをわしに面と向かって言う度胸はなかったってわけか」警視はくすくす笑った。「実に人間らしいじゃないか……ああ、ヘンリ、できるだけ、いいようにはからう。ただし、あの娘さんが深刻に事件と関わっていたら、マスコミに一切もらさないと約束はできん」

「ああ、それでいい、それでいいんだ、Q――そのへんはきみにまかせる」サンプスンは苛立ったような声になった。「ああ、この咽喉が頭に来るな！」机の引き出しから噴霧器を取り出すと、しかめ面で咽喉にしゅっしゅっと吹きかけた。

「そういえば、アイヴズ＝ポープは最近、科学捜査基金に百万ドルを寄付しませんでしたか？」唐突に、エラリーがサンプスンを振り返って訊いた。

「たしか、そんなことがあったな」サンプスンはしゃがれ声で答えた。「どうしてだい？」

エラリーのぼそぼそした説明は、サンプスンがものすごい勢いでスプレーをかけまくる音に消された。クイーン警視は何やら考えこむ顔で息子を見ていたが、頭を振ると、腕時計を見て言った。

「それじゃエラリー、そろそろ昼めしの時間だ。そうだな――ヘンリ、きみも一緒にどうだ？」

サンプスンはどうにか笑顔を作ってみせた。「首まで仕事につかってるけどね、しかし地方検事だって、食事をしないとな」彼は言った。「ひとつ条件がある――勘定はぼく持ちだ。でなきゃ行かない。そもそも、きみたちには借りがあるしね」

三人はコートを身につけたが、そうしながら、クイーン警視はサンプスンの電話に手を伸ばした。

「モーガンさん？……ああ、こんにちは、モーガンさん。今日の午後に、ちょっとばかりお話をうかがえませんか？……そうです。二時半で結構ですよ。それでは。

これでよし」と警視は、ほっとしたように言った。「礼儀正しく振る舞えば、必ず見返りはあるものだよ、エラリー――覚えておきなさい」

二時半きっかりに、ふたりのクイーンはベンジャミン・モーガンの静かな法律事務所に迎え入れられた。フィールドのやたら豪奢な部屋とは天と地ほどの差があった――調度品が上等なものばかりなことに変わりはないが、こちらの方がずっと仕事場らしく、飾り気がない。笑顔の若い女性が、ふたりを招き入れて扉を閉めた。モーガンはいくらかよそよそしい顔でふたりを迎えた。腰をおろすふたりに葉巻の箱を差し出した。

「いや、結構です――わしは嗅ぎ煙草をやらせてもらいますよ」警視は愛想よく言い、エラリーは自己紹介がすむと、紙巻煙草に火をつけて、煙の輪を作っている。モーガンは震える指で葉巻に火をつけた。

「昨夜の話の続きを聞きにいらしたんでしょう、警視さん」モーガンは言った。

クイーン警視はくしゃみをして、嗅ぎ煙草入れをしまうと、椅子の背もたれに身体をあずけた。「ねえ、モーガンさん」彼は穏やかに言った。「あなたはわしにすっかり何もかも正直に話してくれたわけじゃありませんね」

「どういう意味です？」モーガンの顔に血の色がのぼる。

「昨夜、あなたはおっしゃった」警視は記憶をたどるように言った。「二年前にフィールド&モーガン法律事務所を解散した時、フィールドとは円満に別れたと。そう言いましたね？」

「言いました」モーガンは答えた。

「それじゃ、どうして」クイーン警視は畳みかける。「ウェブスター・クラブでのちょっとした口論について、説明してくれなかったんです？　相手の命を脅かすような発言は、〝円満な〟

パートナー解消とは言えないと思いますが」

モーガンはしばらく黙りこくって動かなかった。クイーン警視は辛抱強く彼を見据え、エラリーはため息をついている。やがて、モーガンは顔をあげると、低いが熱のこもった声で話し始めた。

「申し訳ありません、警視さん」つぶやいて、眼をそらした。「ああいった脅し文句はきっと誰かに覚えられているということくらい、承知しているべきでした……ええ、本当のことです。ある時、フィールドに誘われてウェブスター・クラブで昼食をとりました。私としては、彼とはできるだけ社交的なつきあいを避けていたかった。しかし、その昼食は、事務所の解散について最終的な細かい打ち合わせを兼ねていたので、行かないわけにいかなかったんです……お恥ずかしいことですが、つい、逆上してしまって。たしかに、殺してやると言いましたが、それは——その、かっとなって口走っただけなんです。そんなことはもう週末にはすっかり忘れていました」

警視は、よくわかります、というようにうなずいた。「ええ、そういうことはときどき、起きるものですな。しかし——」いやな予感に追いつめられて、モーガンはくちびるをなめた。「——人はたとえ本気でなくても、単なる仕事上の些細な行き違いだけで、そう簡単に相手の命をおびやかしたりしないものです」すくみあがるモーガンに向かって、警視はぴたりと指を突きつけた。「観念したまえ——全部、話すんだ。何を隠している」

モーガンの全身から力が抜けた。眼に無言の懇願をこめて、ふたりのクイーンの顔を交互に見つめる彼のくちびるは、血の気が失せて灰色になっている。しかし、ふたりのまなざしはどんな懇願も受けつけようとしない非情なもので、とりわけ、生体解剖をするつもりのモルモットを見るような眼で彼を凝視していたエラリーの方が、口を開いた。

「モーガンさん」冷ややかに、彼は言った。「フィールドはあなたに関する秘密を知っていて、それをぶちまけるいい機会が来たと考えたんでしょう。あなたの目玉が真っ赤なのと同じくらい、はっきりしていますよ」

「あなたには隠せませんでしたか、クイーンさん。私は神の創造した中でも、もっとも不運な人間です。フィールドは悪魔だ――あいつを殺した人は、人類のためになる偉業をなしとげたと讃えられるべきです。蛸《たこ》のような奴だった――人間の形をしてはいるが、魂を持たないけだものだ。私がどれだけ嬉しいか――ええ、嬉しくてたまらないですよ！――あいつが死んでくれて！」

「まあまあ、お静かに、モーガンさん」クイーン警視がなだめる。「たとえ、我々の共通の友人が、どうしようもない悪党だったとしても、いまのその言葉が、あなたに対してあまり同情的ではない人間の耳にはいるかもしれない。それで――？」

「全部、お話しします」そうつぶやくモーガンの視線は机の上の吸い取り紙から離れなかった。「なかなか打ち明けづらい話で……大学時代、私はある娘と問題を起こしました――学生食堂のウェイトレスでした。悪い子ではなかった――ただ、意思が弱くて、そして、私もまた、あの当時は奔放《ほんぽう》だったと思います。そうこうするうち、彼女に子供ができました――私の子です……ご存知でしょうが、私は厳格な家に生まれました。いや、ご存知でなくても、調べればすぐにわかりますよ。両親は私の将来にひどく期待していました、社会的な出世にやたらと貪欲だったんです――ひとことで言えば、私はその娘を妻にして、父の家に連れてくることなど、とてもできませんでした。私は卑怯だった……」

モーガンは言葉を切った。

「しかし、過ぎたことは過ぎたことです。私は――私の愛情に変わりはありませんでした。彼女は取り決めを寛容に受け入れてくれて……私はふんだんに小遣いをもらっていたので、援助し続けることができました。誓って言いますが、彼女を女手ひとつで育てたお母さん以外は――あのお母さんは本当にいい人でした――誰ひとりとして、私たちの関係を絶対に知らなかったはずです。それなのに――」ぐっとこぶしに力をこめた彼は、やがてため息をついて、再び口を開いた。「のちに、私は親の選んだ娘と結婚しました」彼がからんだ咽喉の調子を整える間、痛いほどの沈黙が落ちた。「地位財産目当ての結婚《マリアージュ・ド・コンヴェナンス》です――それ以上のものではありません。彼女は貴族の旧家の出で、私は財産を持っていた。妻とはそれなりに幸せに暮らしてきました……その後、私はフィールドと出会いました。あの男と事務所を共同経営する話にのってしまった日を永遠に呪いますよ――しかし、あのころ私は思うように仕事が繁盛しておらず、一方フィールドは、何はともあれ、実に積極的で非常に頭のいい弁護士だったのです」

警視は嗅ぎ煙草をつまんだ。

「最初のうちは、何もかもがとんとん拍子でした」モーガンは同じ調子の低い声で続けた。

「ですが次第に私は、パートナーが何か隠している気がしてきました。おかしな客が——本当に妙な客が何人も——就業時間のあとに、彼個人のオフィスにはいっていくんです。そのことを訊いても、のらりくらりとかわされるばかりで、私はますます気味が悪くなりました。ついに、このままあの男と一緒にいては、私自身の評判に瑕《きず》がつくと思いつめ、パートナーを解消したいと申し出たんです。向こうは躍起になって反対してきましたが、頑としてゆずらずにいると、彼にも私の希望を押さえこむことはできませんでした。私たちは別れました」

エラリーはステッキの持ち手を無心に、指先でとんとん叩いている。

「そして、ウェブスター・クラブの一件です。最後にいくつか残った手続きについて話しあいたいから、一緒に昼食をとろうと誘われたんです。もちろん、本当の目的は別にあったんです——おふたりも、それはもう、わかっておられるでしょう——あいつはやたらと愛想よく、私が外に作った子供とその母親を援助しているんだろう、と、とんでもない話を切り出してきました。証拠として私の手紙を数通と、彼女に送った支払い済み小切手を山ほど持っていると……私から盗んだことを認めましたよ。そんなものを持っていたなんて何年も忘れていた……恥知らずにも、あいつはこの証拠を元手に、ちょっとした財産を作るつもりだとぬかしたのです！」

「恐喝か！」つぶやいたエラリーの眼に、光が射してくる。

「そう、恐喝です」モーガンは苦々しげに言い捨てた。「まさにそれです。もし、このスキャンダルがおおやけになるとどうなるか、あの男はひとつひとつ克明に、詳しく描写してくれましたよ。ああ、フィールドは本当に狡猾《こうかつ》な悪党だ！　私の頭には、これまで築きあげてきた社会的な地位が――何年も努力してきたのに――一瞬にして何もかも壊れるさまがまざまざと浮かびました。そんなことになれば私は、妻にも、妻の一家にも、私自身の一家にも――何より、私のまわりのあらゆる人に、もう二度と顔向けができない。仕事のうえでも――ええ、重要な顧客が次々に、別の法律事務所に鞍替えするのも時間の問題だ。私は罠にかかってしまったんです――私はそれを知っていましたし、彼もまた知っていました」

「いくらぐらい要求されたんです、モーガンさん？」クイーン警視が訊いた。

「十分すぎるほど十分にですよ！　二万五千ドルを払えと――ただ、口をつぐんでいる見返りとして。要求がこれきりという保証もなしに。私はまんまとつかまってしまったんです。いいですか、これは何年も前に終わってしまったことじゃない。私はまだ、あのかわいそうな女と息子を援助し続けていた。いまもです。この先もずっと――続けるつもりです」そこまで言って、爪を睨んだ。

「払いましたよ」彼は陰気に、再び口を開いた。「一時しのぎでしかないのはわかっていました。でも、払いました。しかし、ひどい目にあわされたことに変わりはない。だからクラブでは、思わずかっとなって、それで――そのあとのことは、ご存知でしょう」

「恐喝はずっと続いたんですか、モーガンさん？」警視は訊いた。

「続きましたとも――まるまる二年間。あの男は強欲の塊だ！　いまでさえ、私にはあの男が理解できない。請け負った仕事だけで十二分に稼いでいたはずなのに、いつもいつも金に困っていた。しかもちょっとやそっとの金額じゃない——あの男に払った金が、一度に一万ドル以下だったことはありません！」

クイーン警視とエラリーは素早く顔を見合わせた。クイーン警視は言った。「モーガンさん、たしかにひどいことに巻きこまれましたな。フィールドについて聞けば聞くほど、奴を始末した人間に手錠をかけるのがいやになってきましたよ。まあ、それはいい！　いま、うかがったお話から考えると、昨夜、あなたのおっしゃった、フィールドとは二年間ずっと会っていないという言葉は明らかに事実とは違いますな。最後に会ったのはいつです？」

モーガンは一生懸命に記憶を絞り出そうとしていた。「そうだ、二カ月くらい前です、警視さん」やっと、彼は言った。

警視は椅子の中で坐りなおした。「なるほど……昨夜、話してくれなかったのは残念でしたな。あなたの話を警察の外にもらすことは絶対にないですよ。これは非常に重要な情報ですからな。それはともかく——アンジェラ・ラッソーという女の名をご存知ですか？」

モーガンは瞠目した。「いいえ、警視さん。そんな名前は聞いたことがありませんが」

クイーン警視はしばらく黙っていた。「では〈牧師のジョニー〉と呼ばれている紳士は？」

「それなら、少しお話しできますよ、警視さん。私とパートナーを組んでいたころのことですが、フィールドは汚れ仕事をさせるためにあの小悪党を飼っていたようです。就業時間が終わったあとに、フィールドのオフィスにこっそりはいっていくところを何度も見ていますし、あの男は誰だと訊いた時にはごまかすように笑って、〝ああ、あいつはただの〈牧師のジョニー〉

だ、おれの友達さ！〟と言うばかりでした。しかし、その言葉だけで、どんな素姓の友達かよくわかるというものです。ふたりの関係については何もお教えすることができません、知りませんから」

「ありがとうございます、モーガンさん」警視は言った。「話していただけて助かりました。それともうひとつ――これが最後です。チャールズ・マイクルズという名前は聞いたことがありますか？」

「もちろんあります」モーガンは苦々しげに答えた。「マイクルズはフィールドの従者とやらですが――むしろ用心棒《ボディガード》で、性根はごろつき《ブラッガード》だと思いますよ。そうでなければ、私の人間を見る目はまったくあてにならないってことだ。マイクルズはオフィスにときどき、通ってきていました。ほかは特にお話しできることは思いつきませんね、警視さん」

「彼はあなたを知っていますね、むろん？」クイーン警視は訊いた。

「まあ――知っているでしょう」モーガンはあやふやに答えた。「直接、口をきいたことは一度もありませんが、オフィスに来た時に向こうがきっと私を見かけているでしょうから」

「そうですか、なら、これで結構です、モーガンさん」クイーン警視は唸るように言いながら立ちあがった。「実に興味深く、有意義なお話でしたよ。そうですね――いや、もう、ほかには何もないでしょう。当面は。普段どおりの生活をしてください、モーガンさん、ただ街を出ないように――こちらが会いたい時にすぐ会えるように。それだけ忘れないでください、いいですね？」

「忘れっこありません」モーガンはのろのろと答えた。「それと――もちろん、いま私の話したことは――その、息子の――公表しないでいただけますよね？」

「まったく心配する必要はありません――そのことについては安心してください、モーガンさん」クイーン警視はそう言って、しばらくのちに、エラリーと一緒に歩道を歩いていた。

「つまり、恐喝だったわけですね、お父さん」エラリーはつぶやいた。「それでひとつ思いついたことがあるんですよ」

「おや、エラリー、わしはふたつみっつ、思いついたことがあるぞ！」クイーン警視はくすくす笑うと、あとは何も言わずとも以心伝心で、ふたり揃って警察本部に向かって、足早に歩き始めた。

12　では、クイーン父子が社交界にのりこむこと

水曜の朝、ジューナは、ひっきりなしに喋るエラリーと、ぼんやりそれを聞いている警視に、コーヒーをいれている。電話が鳴った。エラリーと父親は同時に電話機に飛びかかった。

「おいっ！　何をする」クイーン警視は声をあげた。「さっきから待っとったんだ、わしにかかってきたんだぞ！」

「いやいや、お父さん、書物狂いに電話を使う特権くらい、ゆずりなさいよ」エラリーは言い

返した。「ぼくの勘じゃ、まぼろしのファルコナーの件で、我が友、古書店のあるじがかけてきてくれたに違いないんだ」

「またエラリー、いいかげんに――」親子がテーブル越しにじゃれあっていると、ジューナが受話器を取りあげた。

「警視――警視とおっしゃいましたか？　警視ですかあ――」ジューナは、受話器を薄い胸に押しあてて、にんまりした。「警視にですって」

エラリーは椅子にどすんと腰を戻し、クイーン警視は勝ち誇った顔で受話器を奪いとった。

「もしもし？」

「ストーツです。フィールドのオフィスからかけています、警視」陽気な若々しい声が聞こえてきた。「クローニンにかわります」

警視は気合を入れて、ぐっと眉を寄せた。エラリーは一心に耳を澄まし、ジューナさえも骨ばった顔に興味津々な猿に似た表情を浮かべ、大事な知らせを待ち受けるかのように、いつもの部屋の隅で足に根を生やしている。こういう時のジューナは、まさしく兄弟分の類人猿にそっくりだ――そのすきのない態度も物腰も、うずうずと好奇心に満ちあふれている様子も。そうしてクイーン父子をいつも喜ばせている。

やっと、甲高い声が受話器の向こうから届いた。「ティム・クローニンだ、警視」声は言った。「元気か？　しばらく会っていないが」

「ちっとばかり腰が曲がって、しなびたがね、ティム、それ以外はぴんぴんしとる」クイーン警視は返事をした。「どうだ。何か見つかったか？」

「いや、そこが今度の事件でも図抜けて変わっていてね」クローニンの興奮した声が響く。「きみも知ってるだろうが、ぼくはもう何年もこのフィールドってごろつきを追ってきた。思い出せないくらいむかしから、この男はぼくにくっついて離れない悪夢だったもんだ。ああ、一昨日の夜に、地方検事がこの話をきみにしたそうだから、くどくど繰り返さないよ。ただ、ぼくは何年も監視し、じっと待ち構え、掘り返すだけ掘り返してきたのに、法廷に持ちこめるような証拠ひとつさえ見つけられなかった。だけど、あいつは悪党なんだよ、警視——ぼくの命を賭けてもいい……まあ、なんだかんだ言っても、全部、むかしの話だ。ぼくはフィールドって奴をこれほど知ってるんだから、もっと何かあるはずなんて期待しちゃいけなかったのさ。それでも——祈らずにはいられなかったんだ、いつか、どこかで、奴がぼろを出しているだろう、ぼくがあの悪党の個人的な記録に手をつけられることがあったら、きっと奴の弱みを見つけ出せるだろうって。そして——だめだった、何もなかった」

クイーン警視の顔に一瞬、失望がよぎり、エラリーはその気持ちをため息で表し、立ちあがってうろうろと部屋を歩きまわり始めた。

「しかたないさ、ティム」クイーン警視はどうにか元気そうな声を出した。「心配するな——まだ手札はあるぞ」

「警視」クローニンが急に言いだした。「そっちも相当、てこずってるんだろう。フィールドはとことん狡猾《こうかつ》な奴だ。奴の鉄壁の守りを突破して、首根っこを押さえることのできる天才は、同じくらい狡猾な人間じゃないと無理だろうな。そうとしか思えない。ま、こっちもまだ、奴に関する資料を半分も見ていないし、調べ済みのやつだって、もしかすると、ぼくが思ったほど無価値じゃないかもしれない。フィールドが裏で糸を引いていた匂いのするいかがわしい仕事は山ほどあるんだ――直接、有罪を示唆する証拠がひとつもないだけで。調べるうちに、おいおい見つかることを期待してるんだが」

「ああ、わかった、ティム――その調子で頼む」警視はぼそぼそと言った。「何かわかったら教えてくれ……ルインはそこにいるか？」

「オフィスの所長か？」クローニンが声をひそめる。「そのへんにいるはずだ。どうした？」

「目ん玉ひんむいて、よく見張っとった方がいいな」クイーン警視は助言した。「あの男は見せかけほど馬鹿じゃないって気がする。とりあえず、そこらに転がってる資料に手を触れさせないことだ。我々の知るかぎり、奴もフィールドのやっとったことに興味があったはずだ」

「わかった、警視。また連絡する」クローニンが受話器を置く、かちゃりという音がした。

＊

十時半に、クイーン警視とエラリーはリバーサイド・ドライブにあるアイヴズ＝ポープ家の玄関前にそそり立つ高い門を押し開けた。その雰囲気はフォーマルな礼服で訪問するのが当然と言っているようで、エラリーは思わず、石造りの玄関の中に入れてもらったら、なんだかひどく気後れしそうだ、と口に出さずにはいられなかった。

実際、アイヴズ＝ポープ家の運命を胎内深く秘するこの屋敷は、クイーン父子のようにつつましい趣味の男たちにとっては、あらゆる意味で畏れおおい代物だった。複雑な古い石造りの巨大な屋敷は、リバーサイド・ドライブからかなり奥まったあたりの、みごとに広大な緑の芝生を見下ろし、小山のようにそびえている。「えらく金がかかっとるな」屋敷のまわりになだらかに起伏する芝生を見渡しながら、警視は唸った。庭園にあずまやに遊歩道に木陰の休憩所に――喧騒の街は、この大邸宅を囲む鉄柵の向こう、ほんの数メートルしか離れていないはずなのに、うっかりすると何キロも遠くの別世界にいる気がしてしまう。アイヴズ＝ポープ家は並外れて裕福で、遠くアメリカ植民地時代にさかのぼる、このたいそうりっぱな由緒正しい屋敷に根をおろしたのだった。

玄関の扉を開けたのは、天高く鼻が突き出て、背中が鋼でできているような、ひげをたくわえた貴族を思わせる人物だった。エラリーは戸口にのんびり立って、このお仕着せを着た貴人を畏敬の眼で見つめ、クイーン警視はポケットの中を探って名刺を掘り出そうとしていた。なかなか名刺は見つからず、背筋のぴんと伸びた高貴な使用人は、石の床に足を埋めこまれたかのようにじっと立っている。赤面しつつ、警視はくしゃくしゃの名刺をやっと一枚、見つけ出した。それを、差し出された銀の盆にのせ、執事が自身の洞穴の奥に引っこんでしまうのを見送った。

広い彫刻だらけの扉の向こうから、フランクリン・アイヴズ＝ポープの巨体が出現したとたんに、父親がしゃんと背を伸ばしたので、エラリーはくすりと笑った。

財界人はせかせかと歩いてきた。

「警視！　クイーンさんも！」温かな声音で叫んだ。「どうぞ、おはいりください。お待たせしましたか？」

警視はぼそぼそと挨拶をした。そして一同は、天井が高く、床がぴかぴかで、質実剛健といった体の古い調度品に飾られた廊下を進んでいった。

「時間どおりでしたね、おふたりとも」アイヴズ＝ポープは道をあけて、ふたりを広い部屋に先に通した。「今日の我々の会議に参加する面々です。全員と、もう面識はおありでしょうが」

警視とエラリーは室内を見回した。「わしはこちらの紳士以外は全員、知っとります――スタンフォード・アイヴズ＝ポープさんでしょうか」クイーン警視は言った。「息子はまだ面識のないかたがたが――ピールさん、でしたな？――こちらはバリーさん――そして、もちろんアイヴズ＝ポープさん」

紹介は緊張の中で行われた。「ああ、Q！」サンプスン地方検事が部屋の奥から急ぎ足でやってきた。「こんな機会を逃したりはしないよ、ぼくは」彼は低い声で言った。「今日の取り調べに立ち会う連中のほとんどが初対面だ」

「あのピールって男は、ここで何をしとるんだ？」クイーン警視が地方検事に囁く間に、エラリーは部屋を突っ切って、奥にいる若い男三人と立ち話を始めた。アイヴズ＝ポープは彼らに断って、部屋を出ていった。

「アイヴズ＝ポープの息子の方の友達で、もちろん、バリーとも仲がいいってわけだよ」地方検事は答えた。「きみたちが来るまでの雑談から察するに、アイヴズ＝ポープの息子のスタンフォードが、あの役者たちを妹のフランシスと引きあわせたようだ。それで、ご令嬢はバリーと知りあって、恋に落ちたらしいよ。ピールもまた、あの娘さんと仲がいいらしい」

「アイヴズ＝ポープとやんごとなき奥方は、自分の子供たちと中産階級の人間が親しくしているのを、どのくらい喜んどるのかね」警視は室内の片隅をちらりと見やった。

「すぐにわかるさ」サンプスンはくすくす笑った。「役者連中の誰かを見るたびにアイヴズ＝ポープ夫人のまつげから氷柱《つらら》が落ちるのを、愉しみにしていたまえ。ボルシェヴィキの一団が来た、って目つきだよ、それこそ」

クイーン警視は両手を背中のうしろで組むと、興味深そうに室内を見回した。ここは図書室で、豪華本や珍しい本がどっさり集められ、ぴかぴかのガラスの奥にきっちり分類され、並べられたさまは非の打ちどころがない。あとは机が一台、部屋の中央に鎮座していた。大富豪の書斎にしては質素で、警視は好感を持った。

「ついでに」サンプスンがまた口を開く。「月曜の夜にローマ劇場で、アイヴズ＝ポープ嬢や婚約者と一緒にいた、イヴ・エリスって娘もここに来ている。いまは上階で姫君の相手をしているんだろうな。奥方様は気に入らないらしいがね。でも、あの娘たちはどっちもいい子だ」

「この場にアイヴズ＝ポープ一家と役者たちだけになったら、いったいどんな居心地のいい場所になるだろうね！」クイーン警視はぶつくさと言った。

四人の青年が、ふたりにゆっくりと近づいてきた。スタンフォード・アイヴズ＝ポープは細身の青年で、爪の先までよく手入れをして、流行の服に身を包んでいた。眼の下には深いたるみができている。退屈してそわそわしている様子が、クイーン警視はすぐに気になった。ピールとバリー、ふたりの役者もすきなくめかしこんでいる。

「息子さんに聞きました、警視さん。かなりの難題をかかえてお困りだとか」スタンフォード・アイヴズ＝ポープは物憂げに言った。「かわいそうな妹がこんなことに巻きこまれて、ぼくたちはみんな、すっかり参ってるんです。あれのバッグがどうしてその男のポケットにはいってたんですか？　バリーはフランシスの災難のことで、もう何日も寝てないんです、本当に！」

「スタンフォードさん」警視は眼をきらりと光らせた。「妹さんのバッグがどうしてモンティ・フィールドのポケットにはいったのかがわかっていれば、わしはいま、こうしてこちらにうかがっていませんよ。それこそ、今度の事件をひどく興味深いものにしている点ですから」

「おもしろがるのはあなたの勝手ですけどね、警視。しかし、この件にフランシスがほんの少しでも関わりがあるなんて、もちろん考えてないでしょう？」

クイーン警視は微笑した。「まだ何も考えとりませんよ。妹さんの言い分を聞いていないんですから」

「彼女はちゃんと説明してくれますよ、警視さん」そう言うスティーヴン・バリーのハンサムな顔には疲労の皺が浮いている。「何も心配なんかない。あの人にそんな疑いがかけられてるってことに、ぼくは腹がたってしかたがないんだ――まったく馬鹿げている！」

「お気持ちはよくわかりますよ、バリーさん」警視は優しく言った。「それと、この機会に、先日のわしの振る舞いを詫びさせてください。わしは少々――厳しすぎました」

「いえ、ぼくこそ謝らなければ」バリーは気弱に微笑んだ。「あのオフィスで、ぼくは心にもないことを口走ってしまった気がします。あの時はついかっとなって――フランシスが――いや、アイヴズ＝ポープさんが失神したのを見て――」そして、気まずそうに言葉を切った。

やはりモーニングに身を包んだ、血色のいい顔で健康そのものの、がっしりした大男のピールは、愛情こめてバリーの肩に腕を回した。「警視さんはきっとわかってくれてるさ、スティーヴ」ほがらかに言う。「そう深刻に考えなさんな――大丈夫だって」

「クイーン警視に万事まかせてくれて間違いありませんよ」サンプスンはおどけて警視のあばらをつついてみせた。「彼はぼくの知るかぎりでただ一頭の、警察バッジの下に温かい心を持っている警察犬です――もし令嬢が今度の件について、警視を満足させられるくらい、いや、まあ、とりあえずそこそこ納得させられれば、すっかり終わりですよ」

「どうですかね」エラリーは考えこむようにつぶやいた。「父はなかなか底が知れない人ですからね。ところで、お嬢さんですが――」彼は残念そうに微笑んで、役者にお辞儀をしてみせた。「――バリーさん、あなたはべらぼうに幸運な人だ」

「うちの母上を知ったら、そうは思わないだろうね」スタンフォード・アイヴズ＝ポープはのろのろと言った。「思い違いじゃなけりゃ、ほら、ご登場だ」

男たちはいっせいに扉を振り返った。恐ろしくでっぷりとした婦人がよたよたとはいってきた。制服の看護婦は、片手に緑の大きな瓶を持ったまま、もう片方の太い腕で慎重に婦人の身体を支えている。財界人がそのあとからせかせかとはいってくると、黒っぽいコートを着て黒い鞄を持った若白髪の男が、並ぶように歩いてきた。

「キャサリンや」アイヴズ＝ポープ氏は、ずんぐりした婦人が巨大な椅子にどっかりと腰をおろすと、低い声で言った。「こちらの紳士たちが、おまえに話した例のかたがただよ――リチャード・クイーン警視と、エラリー・クイーンさんだ」

ふたりのクイーンがお辞儀をすると、アイヴズ＝ポープ夫人の近視眼からは、氷のような視線が返ってきた。「うまく言いくるめられたのね」彼女は金切り声をあげた。「看護婦はどこ？　看護婦！　失神しそうよ」

制服の娘は、緑の瓶を用意して、すぐに馳せ参じた。アイヴズ＝ポープ夫人は両眼を閉じて、その香りを吸いこむと、ほっと息をついた。財界人は慌しく、若白髪の男を主治医のヴィンセント・コーニッシュ医師であると紹介した。医師は素早く断って、執事について部屋を出ていった。「あのコーニッシュはたいした男でね」サンプスンはクイーン警視に囁いた。「この界隈でいちばん売れっ子の医者ってだけじゃない、本物の優れた科学者だ」警視は両眉をあげたが、何も言わなかった。

「母上こそ、ぼくが医者の道に絶対進みたくなくなった理由のひとつなんだよ」スタンフォード・アイヴズ＝ポープは、まわりに聞こえるような声でエラリーに耳打ちした。

「ああ、フランシス！」アイヴズ＝ポープ氏が急いで進み出ると、バリーもまた戸口に向かって駆け寄った。アイヴズ＝ポープ夫人の魚のような眼が、その背中を冷ややかに見つめている。

ジェイムズ・ピールは困惑したように空咳をすると、ぼそぼそとサンプスンに話しかけた。

薄布のドレスで盛装したフランシスは青ざめ、やつれた顔で、女優のイヴ・エリスの腕にぐったりともたれるようにして、部屋にはいってきた。警視に小声で挨拶する笑顔は、ずいぶん無理をして作っているようだった。ピールがイヴ・エリスを紹介すると、娘たちふたりはアイヴズ＝ポープ夫人のそばの席についた。老婦人は椅子にでんと坐って、我が子がおびやかされている雌ライオンのように、眼を怒らせてあたりを睨みまわしている。召使がふたり現れて、男たちのために椅子を用意していった。アイヴズ＝ポープ氏たっての願いで、クイーン警視が大机の席につくことになった。エラリーは椅子を断り、背後の書棚にもたれて、その他大勢の脇にいることを選んだ。

会話が死に絶えると、警視は咳払いをしてフランシスに向きなおった。彼女は一瞬、びくっとまぶたを震わせたものの、警視の視線をまっすぐに受け止めた。

「まずは、フランシスさん――そうお呼びしてもよろしいかな？」クイーン警視は父親らしい口調で声をかけた。「月曜の夜のわしの振る舞いを説明させていただきたい。あなたにはまったく不意打ちの厳しいやりかただったと思われたでしょう、まずはお詫びいたします。お父さんからお聞きしましたが、あなたはモンティ・フィールドが殺された夜の、ご自身の行動について説明できるそうですな。それなら、今日のこのちょっとしたお喋りで、あなたを捜査の対象からはずすことができるでしょう。まず、お喋りを始める前に、信じていただきたいのは、わしは月曜の夜、あなたは大勢の容疑者のひとりにすぎなかったということです。ですから、そういう場合のいつもの習慣どおりに振る舞ってしまった。あなたのような育ちの、身分ある令嬢が、あんな緊迫した状況で警察官に厳しく質問をされれば、たいへんなショックを受けて、そのような状態になってしまうと、いまごろようやく気づいた次第です」

フランシスは弱々しく微笑んだ。「もう気になさらないでくださいな、警視様」低いが澄んだ声で答えた。「あんな愚かな振る舞いをしたわたくしも、いけなかったんですわ。いまでしたら、どんな質問にもお答えする用意ができています」

「ちょっと待ってください」警視はさらに背筋を伸ばすと、沈黙しているそのほかの面々にも聞かせるように顔をあげた。「ひとつはっきりさせてもらいます、皆さん」警視は重々しく言った。「今日、ここに集まったのは、ひとつのはっきりした目的のためであります。アイヴズ＝ポープ嬢のバッグが死んだ男のポケットから見つかったという事実と、そうなったいきさつについて令嬢にもどうやら説明できないという事実との間には、なんらかの関係があるはずで、それを見つけようというこころみです。そして、今朝のこの会談で成果があがろうがなかろうが、ここで話されたことは絶対に秘密にしてください。サンプスン地方検事はよくご存知だが、わしは通常、このような大勢の聴衆の前で聞き取りをすることはありません。今回、こうして例外をもうけたのは、皆さんがこの事件に巻きこまれた不運な娘さんを深く心配していると理解しているからです。しかしながら、もし今日の会話の内容が外部にひとことでももれたなら、わしにも容赦することはできません。よろしいですな？」

「でもですね、警視」アイヴズ＝ポープ青年が抗議した。「そりゃ少し大げさすぎませんか？

ぼくたちはみんな、この話は知ってるんですよ、どっちにしろ」

「たぶん、それが」警視は凄みのある笑顔で答えた。「ここの皆さんの同席をわしが認めた理由です」

かすかな衣擦れの音に続き、アイヴズ＝ポープ夫人が、まるで怒気をはらんだ言葉を爆発させようとするかのように、口を開きかけた。夫の鋭い一瞥《いちべつ》で、夫人は抗議をひとこともらすことができずに、くちびるの力をだらりと抜いた。そして、その視線をフランシスの隣に坐る女優に向けた。イヴ・エリスは顔を赤らめた。アイヴズ＝ポープ夫人の隣には、看護婦がまるで獲物に飛びかかろうとしている猟犬のように、気つけ薬の瓶を構えて立っている。

「さて、フランシスさん」クイーン警視は優しく、質問を再開した。「まずは、現状を説明しましょう。わしはモンティ・フィールドなる有名な弁護士の死体を調べました。評判の芝居を愉しんでいた彼は、実に無残なやりかたで殺されました。そのモーニングの後ろ裾のポケットから、イブニングバッグが出てきたんです。バッグの中を調べて、何枚かはいっていた名刺や、そのほかの書簡から、あなたの名を特定しました。そして、腹の中で思ったわけです、〝ああ！　やっぱり、事件の陰に女ありか！〟――まあ無理もないでしょう。そして、うちの部下にあなたを連れてこさせて、この実に疑わしい状況に関して、じきじきに説明してもらおうと考えました。あなたはおいでになり――ご自分の持ち物を突きつけられ、それの発見された場所について聞いたとたんに、気を失った。で、わしは思いました、〝この娘さんはたしかに何かを知っとるぞ！〟――まあ、当然といえば当然の結論です。さて、あなたはご自分が何も知らないことを――そして、あなたが失神した理由はただ、取り調べられたことにショックを受けただけだと、どう納得させてくれますかな？　覚えていてくださいよ、フランシスさん――わしはこの問題を、リチャード・クイーン個人としてではなく、真実を突き止めようとする警察官として追及しとるんです」

「わたくしの話は、もしかすると、あなたのご期待に添えるような、問題を解決できるほどのものではないかもしれませんわ、警視様」フランシスは、警視の長い前置きのあとに続いた深い沈黙を破って、静かに答えた。「どれほどあなたのお役にたてるか、わたくしにも全然わかりませんの。でも、わたくしがそれほど重要ではないと思っていても、あなたのように訓練されたかたにとっては、意味のあることかもしれませんわ……かいつまんでお話し申しあげますと、こんなふうでしたの。

わたくしはいつもどおり、月曜の夜にローマ劇場に参りました。ごく内輪のこととして伏せてありますけれど、バリーさんと婚約しましてから――」アイヴズ＝ポープ夫人が鼻を鳴らした。その夫は娘の黒髪の向こうの一点をじっと凝視したままでいる。「――わたくしはたびたび劇場に通って、お芝居がはねたあとに一緒に過ごす習慣でしたの。そういう時には、バリーさんに家に送っていただいたり、近くで軽くお夜食をいただいたりしました。たいていは、前もって劇場で会う約束をしていますが、ときどきは機会がありますと、約束なしにふらりと立ち寄ることもございますの。あの月曜の夜もそうでした……

わたくしはローマ劇場に、第一幕が終わるほんの少し前に参りました、あの〈ピストル騒動〉はもう何度も見ていましたから。わたくしのいつも坐る席は決まっていて――何週間も前にバリーさんがパンザーさんを通して、手配してくださいました――腰をおろして、お芝居を見ようとしたとたんに第一幕の幕がおりて、最初の幕間にはいりました。わたくしは少し身体が火照っていて、空気もあまりよろしくありませんでしたし……化粧室に参りましたの、地下のラウンジの奥の。そのあと、また階段をのぼって、開いている扉から小路に出ました。大勢の人がそこで、新鮮な空気を吸っていましたわ」

彼女がそこで息をつくと、エラリーは書棚にもたれたまま、ひと握りの聴衆を鋭い眼で見回した。アイヴズ＝ポープはまだ、フランシスの頭越しに壁を睨んでいる。スタンフォードは爪を噛んでいる。ピールとバリーはどちらも心配そうにフランシスを見守りながら、彼女の言葉が効果をもたらしたかどうかはかろうとするように、クイーン警視をこっそりうかがっている。イヴ・エリスはこっそり手を伸ばして、フランシスの手をしっかり握っている。

警視はもう一度、空咳をした。

「どちらの小路でしたか、フランシスさん――左側ですか、右側ですか？」

「左ですわ、警視様」彼女はすぐに答えた。「ご存知でしょうけれど、わたくしは左のM8の席におりましたから、そちらに参りますのが、あの、それは自然ではございませんこと」

「そのとおりですな」クイーン警視は微笑んだ。「どうぞ、続けてください」

「わたくしは小路に出ました」やや緊張を解いて、彼女は話を続けた。「でも、見知ったかたがひとりもいらっしゃいませんでしたから、劇場の煉瓦の壁際で、開いた鉄の扉のそばに立っておりました。雨が降ったあとの夜の空気は爽やかで、とても気持ちがよろしゅうございましたわ。そこに立ってから二分とたたないころに、どなたかがわたくしに身体をすりつけてくるのを感じました。もちろん、わたくしは少し脇にどきました、そのかたがよろけたのかもしれないと思いましたの。でもそのかたは――男性でした――また身体をすりつけてくるのです。わたくし、少し怖くなって、遠ざかろうとしました。その――そのかたは、わたくしの手首をつかんで、引き戻しました。わたくしたちはきちんと閉まっていない鉄の扉の、半分陰になったところにおりましたから、そのかたの行動に気づいた人はいないと思います」

「なるほど――なるほど」警視は同情するようにつぶやいた。「公共の場で、見も知らぬ人間がそんなことをするとは、また普通じゃないですな」

「たぶん接吻しようとしたと思うんですの、警視様。こう、のしかかってきて、〝こんばんは、ハニー!〟と囁かれて――ええ、それでそんなふうに思ったのですけれど。わたくしは少し身を引いて、できるだけ冷静に申しました。〝放してください、人を呼びますよ〟と。でも、あの人は笑っただけで、もっと顔を近づけてきたんです。息がお酒くさくて、我慢できませんでした。わたくし、気分が悪くなってしまって」

彼女は言葉を切った。イヴ・エリスが大丈夫、というように彼女の手を軽く叩く。バリーが何か抗議の言葉をつぶやきながら腰を浮かすと、ピールが青年を小突いて止めた。「フランシスさん、ひとつおかしな質問をさせていただきます――まあ、馬鹿馬鹿しいと思われるでしょうが」警視は椅子の背にもたれかかった。「男の息から判断して、それはいい酒でしたか、悪

せませんでしたの！　本当に全然覚えていないのですけれど、でも、なんだかすじが通っているように思えませんこと、そのう――手首をつかまれた時に落としてしまって、そのあとすっかり忘れてしまっていたというのは」

警視は微笑んだ。「それどころか、お嬢さん。すべての事実がきれいにつながる唯一の説明は、それしかないと思いますね。この男はバッグを見つけて――拾いあげて――酔っ払いが恋に目がくらんで、ポケットにしまいこんだ、というのは十分にありえます。あとで返すつもりだったのでしょう。そうすれば、もう一度、あなたに会う口実ができる。きっとお嬢さんの魅力にすっかり参ってしまったんですな――まあ無理もないですが」警視がしゃちこばってお辞儀をすると、令嬢はすっかり顔色を取り戻し、輝くばかりの笑顔を警視に向けた。

「それでは――あといくつかお訊きして、それでこのちょっとした面談はおしまいです、フランシスさん」クイーン警視は続けた。「その男の外見を覚えていらっしゃいますか？」

「ええ！」フランシスは間髪いれずに答えた。「おわかりでしょうけれど、あのかたはとても、忘れられないような印象を残されましたから。わたくしよりも、少し背が高くて――一八〇センチくらいですわね――そして、どちらかといえば恰幅のよろしいかたでした。お顔はむくんでいて、眼の下には鉛色の深いたるみがあって。あれほど遊び好きそうなかたは見たことがありませんわ。ひげはきれいにあたっておいででした。お鼻がとても高いことのほかは、それほど特徴のあるお顔ではなかったと思います」

「我らが友人、フィールド氏に違いないでしょうな、そいつは」警視は重々しく答えた。「それでは――よく考えてくださいよ、フランシスさん。この男と前に会ったことはありますか――ちらっとでも見覚えはありましたか？」

娘はすぐに答えた。「お答えするのに考える必要もございませんわ、警視様。わたくしは一度もあのかたを見たことがなかったと、断言できます！」

続く間は、冷静で淡々としたエラリーの声に破られた。突然、言葉を発した彼に驚いて、すべての頭が振り返る。

「お話に割りこんで失礼します、お嬢さん」彼は愛想よく言った。「ただ、あなたに接近してきた男の服装を、覚えていらっしゃるかどうかお訊きしたくて」

フランシスが笑顔を向けると、エラリーはきわめて人間くさく、眼をぱちくりさせた。「そのかたの服装には特に気をつけておりませんでしたの、クイーン様」真っ白く輝く歯を見せて、令嬢は答えた。「でも、たしかきちんと盛装していらしたと思います――シャツの胸元に小さな染みがついていましたけれど――お酒のようでした――それとシルクハット。わたくしの覚えているかぎりでは、ずいぶん好みのしっかりしたかたのようですわ、とても趣味がよろしくていらして。もちろん、シャツの染み以外はですけれど」

エラリーは魅了されたように、もぐもぐと謝意をつぶやくと、書棚に再び寄りかかった。クイーン警視は、じろりと息子を見て、立ちあがった。

「では、これですべておしまいです、皆さん。今度の件については、これで終わりにしてさしつかえありません」

すぐに同意の声がわっとあがり、全員が立ちあがると、喜びで笑顔を光り輝かせているフランシスのまわりに押し寄せた。バリーとピールとイヴ・エリスは勝ち誇ったようにフランシスを連れて部屋の外に向かって行進し、スタンフォードは滑稽なほど大げさに、悲しげな笑みを浮かべると、母親へ丁重に肘を差し出した。

「これにて一件落着、と」彼はまじめくさって宣言した。「ほら、母上様、気絶する前にぼくの腕につかまって！」文句を言いながらも、アイヴズ＝ポープ夫人は、息子にずっしり寄りかかって、去っていった。

アイヴズ＝ポープは、クイーン警視の手を握って力いっぱい振った。「では、娘はこの件に関しては、もう一切自由だとお考えですか？」

「ええ、そう思いますね、アイヴズ＝ポープさん」警視は答えた。「あなたのご厚意に感謝します。我々はそろそろ行かなければ――仕事がたくさん残っとりますので。ヘンリ、一緒に帰るか？」

五分後、クイーン警視とエラリーとサンプスン地方検事は連れ立って、リバーサイド・ドライブを七十二丁目に向かって歩きながら、その朝の出来事について熱心に語りあっていた。

「とりあえず、この線の捜査がまったくの空振りに終わってよかった」サンプスンは放心しているようだった。「それにしてもなあ、あのお嬢さんの勇気には脱帽だよ、なあ、Q！」

「いい子だね」警視は言った。「おまえはどう思う、エラリー？」急に振り向いて、ハドソン川を見つめて歩いている息子に声をかけた。

「ああ、魅力的ですね」すぐに答えたエラリーのぼんやりしていた瞳に光が戻った。

「あの娘のことじゃない」父親は苛立って言った。「今朝の取り調べについて訊いたんだ」

「あ、そのことですか！」エラリーはにこりとした。「ちょっとイソップを引用してもいいですかね？」

「好きにしろ」父親は唸った。

「ライオンも」エラリーは言った。「ネズミに感謝する」

13　クイーン対クイーン

その晩の六時半に、ジューナがちょうど夕食の皿を片づけて、ふたりのクイーンにコーヒーを出しているところに、玄関の呼び鈴が鳴った。小柄な万能執事は、ネクタイをまっすぐに直し、上着の皺をぴんと伸ばし（警視とエラリーが目を細めて、おもしろがって見守っていると）、もったいぶって玄関前の控えの間に歩いていった。やがて、銀の盆の上に、二枚の名刺をのせて戻ってきた。警視は大げさに眉を動かして、名刺を取りあげた。

「また、えらくもったいをつけたもんだな、ジューナ！」警視はつぶやいた。「ほお！　プラウティ〝先生〟が客を連れてきたぞ。通しなさい、腕白小僧め！」

ジューナは再びきどった足取りで出ていくと、首席検死官補と、ひょろりと背の高い痩せぎすの、つるつるに禿げて短く口ひげを刈りこんだ男を伴って戻ってきた。クイーン警視とエラリーは立ち上がった。

「報告を待っとったぞ、先生！」クイーン警視はにんまり笑うと、プラウティと握手をした。「そしてこちらは、わしの思い違いでなければ、ジョーンズ博士その人じゃないか！　ようこそ、我らの城へ、博士」痩せた男は頭を下げた。

「これはわしのせがれで、良心の番人ですよ、博士」クイーン警視は言い添えて、エラリーを紹介した。「エラリー——サディウス・ジョーンズ博士だ」

ジョーンズ博士はぐんにゃりした大きい手を差し出してきた。「ということは、あなたがクイーン警視とサンプスンがさんざん自慢しているかたか！」張りのある声で言った。「お会いできて嬉しいですよ」

「ぼくこそ、ニューヨーク市の偉大なるパラケルスス（錬金術師）にして、高名な毒物学者の先生にお目にかかりたくて、うずうずしていたんです」エラリーは微笑んだ。「なんたって、街じゅうの骸骨を意のままにする大先生ですからね」彼は大げさに身震いすると、椅子をすすめた。四人の男たちは腰をおろした。

「コーヒーをどうだ、みんな」クイーン警視はそう言うと、厨房のドアの向こうから、きらきら輝く眼を覗かせているジューナに向かって怒鳴った。「ジューナ！　いたずら坊主！　コーヒーを四人分だ！」ジューナはにっこりして、奥に引っこむと、すぐさまびっくり箱から飛び出すように、湯気のたつコーヒーカップを四つ運んできた。

世間一般の悪魔《メフィストフェレス》のイメージそのもののプラウティは、ポケットから真っ黒い恐ろしげな葉巻を一本抜きとると、ぱっぱっと苛立ったように吸い始めた。

「きみたちのような暇人には、お喋りも結構かもしれんがね」プラウティは葉巻から口を離す合間に、ずけずけと言った。「ぼくはいちにちじゅう、ご婦人の胃袋の中身をずっと分析して、勤勉にぶっ続けで働いてたんだ、とっとと家に帰って寝たいんだが」

「おやおや！」エラリーはつぶやいた。「ジョーンズ博士に助けを求めたってことは、フィールド氏の体内の残留物の分析で、わからないところがあったってことじゃないのかなあ。白状しなさい、アスクレピオス（ギリシャ神話の医術の神）！」

「白状するさ」プラウティ医師はむっつりと答えた。「そのとおり——どうしようもない壁にぶち当たった。ぼくは、まあ専門家として、ごく控えめに言わせてもらえば、ご婦人や紳士の死体のはらわたを調べることにおいちゃ、ちょっとした経験を積んでるつもりだが、フィールドの腹の中のようなぐちゃぐちゃは見たことがない。ああ、ぐちゃぐちゃが嘘じゃないってことをジョーンズが証言してくれるよ。たとえば食道だが、導管の細胞という細胞が、まるで何者かが溶接用のガスバーナーで、内側からゆっくりあぶったようになっていた」

「何ですか、それは——塩化水銀ってことはないですか、先生？」科学に関してはまったくの無知であることを、むしろ誇りにしているエラリーが言った。

「それはないね」プラウティは唸った。「まあ、ひととおり説明しよう。ぼくは、目録の毒という毒の可能性を調べて、こいつがありふれたガソリンとそっくりな組成をしてるところまではわかったんだが、正体がつかめん。ああ、そうだよ——完全にお手上げさ。内緒だが——検死官は、ぼくの眼が過労のあまり節穴になっちまったと思って、あの比類なきイタリア人の手をもってして、みずから調べてくれたもんだ。で、検死官の出した最終結果というのがだな、諸君、ゼロだよ。我らが検死官殿は、科学分析に関しちゃ、絶対に素人なんかじゃない。そんなわけで、我々はこの問題を、知恵の泉たる御仁《ごじん》にゆだねるしかなかった。あとは、こちらに自分の口から話してもらおう」

サディウス・ジョーンズ博士は遠慮がちに空咳をした。「えらく芝居がかった紹介をしてもらって、恐縮だな、我が友よ」深みのあるがらがら声で言った。「そうだ、警視、死体は私のところに回されてきたんだが、いやあ、今回、私が見つけたのは、うちの毒物学研究所でも、この十五年間でいちばんの驚きといえる大発見だった！」

「おやおや！」クイーン警視は嗅ぎ煙草をつまんで、つぶやいた。「わしは、この人殺しの、我らが友人のおつむのよさに敬意を抱き始めたよ。まったくどれだけ次から次へと非凡なことばかりが出てくるやら！　で、何を見つけたんだね、博士？」

「プラウティと検死官は予備検査をしっかりやってくれたはずだと信用していたので」ジョーンズ博士は骨ばった膝を組んだ。「いつも、きちんとやってくれているからな。それで、決まった検査をする前に、ごく珍しい、あまり人に知られていない毒物を想定して分析した。人に知られていない、というのは、つまり、犯罪目的として使われる場合、という意味です。どのくらい私が細かく調べたのかというと——たとえば、我らが友、小説家の大好きな奥の手である可能性まで考えた。推理小説五冊のうち四冊に出てくる、南米の毒物のクラーレとか。しかし、毒物の一族の中でも、作家にもっとも頻繁《ひんぱん》にこき使われているこの毒さえ、失望しかもたらしてくれなかった……」

エラリーが頭をのけぞらせて笑いだした。「もし、ぼくの商売のことで、ちくりと皮肉をおっしゃっているなら、ジョーンズ博士、ぼくはいままで一度も、自分の小説の中で、クラーレを使ったことがないとお知らせしておきますよ」

毒物学者の眼が愉快そうに輝いた。「ということは、あなたもお仲間なんですか？　クイーン警視」博士は、考えこみながらクリームと果物入りのペストリーをかじっている警視に向きなおって、気の毒そうな口調で言った。「ご愁傷様……まあ、それはともかく、説明させてもらえば、非常に珍しい毒物である場合、我々はたいてい、さほど苦労せずに間違いなく結論に到達できる――薬物棚にある毒物なら、なんでも。もちろん、我々がまったく知らない未知の毒物もある――東洋の毒だね、特に。

まあ、かいつまんで話せば、皆目見当がつかない、という不愉快な結論に達した」ジョーンズ博士は思い出しながらくすくす笑った。「そう、愉快な結論じゃなかった。分析した毒物はプラウティが言ったとおり、どこかで見たことがあるような組成ではあるものの、完全に一致するものはなかった。昨日はほとんどひと晩じゅう、レトルトだの試験管だのをいじくりまわして、夜中になって突然、答えにたどりついた」

エラリーとクイーン警視はしゃんと背を伸ばし、プラウティ博士はため息をついて椅子の中でゆったりと身体の力を抜くと、コーヒーのおかわりに手を伸ばした。毒物学者は組んでいた脚をまっすぐに戻し、いっそう恐ろしげに声を響かせた。

「あなたの被害者を死に至らしめた毒はだな、警視、テトラエチル鉛と呼ばれている物質だ！」

科学者にとっては、ジョーンズ博士のとっておきの重々しい口調もあいまって、実に劇的な台詞に聞こえただろう。しかし警視にとっては、ほとんどなんの意味もない言葉だった。エラリーに至っては、「神話に出てくる化け物の名前みたいに聞こえますね」という始末だった。

ジョーンズ博士は微笑みながら続けた。「ふむ、あまり感銘を受けてもらえなかったか。では、テトラエチル鉛について少しお話ししよう。色はほぼ無色――もっと正確に言えば、見た目はクロロフォルムに似ている。それが第一点。二点目は――匂いがある――ほんのかすかだが――しかし、エーテルのような匂いがはっきりわかる。三点目――恐ろしく効力が強い。それはもう強力で――まあ、この悪魔のように強力な化学物質が、生きている細胞にどんなことをするか、ちょっと具体的に説明しようか」

このころには、毒物学者は聴衆の心を完全につかんでいた。

「私は、実験用の健康なウサギの、耳の裏側の皮膚の薄い部分に、希釈していない毒を塗ってみた――言っておくが、塗っただけだよ。体内に注射したわけじゃない。皮膚に塗りつけただけだ。つまり、血管にはいる前に、毒はまず皮膚から吸収されなければならない。私はウサギを一時間、観察した――その後は観察の必要がなくなった。そいつはなんの変哲もない、完全な死体になっていたんだ」

「わしには、それほど強力な毒には思えんがね」警視が口をはさむ。

「疑うのかね？　いやいや、とんでもない、私が保証する。健康な皮膚にひと塗りしただけで――いや、本当に、肝をつぶした。もし皮膚に切り傷のひとつもあったり、毒を内服したりすれば、話はもっと変わってくる。想像してみてくれ、フィールドがその毒を飲み下した時に、体内にどんなことが起きたか――しかも、彼はたっぷり飲んでしまった！」

エラリーは眉を寄せて考えこんだ。そして、鼻眼鏡をみがき始めた。

「しかも、それだけじゃない」ジョーンズ博士はまた口を開いた。「私の知るかぎり――私はもう何年もむかしからいまの職場に勤めてきたし、世界じゅうの科学の発展について日々、研鑽を積んでいるつもりだが――テトラエチル鉛が犯罪目的で使われたことは、一度もない！」

警視は驚いて、さっと顔をあげた。「そいつはたいした情報だ、博士！」彼はつぶやいた。

「たしかですか？」

「まず間違いなく。だから、私はたいへん興味を持っている」

「この毒で人間が死ぬのに、どのくらい時間がかかりますか、先生？」エラリーがゆっくりと訊ねた。

ジョーンズ博士は顔をしかめた。「そいつは正確に答えられない質問だな。これまで、それが原因で人間が死んだ例をひとつも知らないのでね。まあ、だいたいの推測ならできる。その毒を飲んだあとには、フィールドは十五分、まあ、二十分以上は間違いなく生きていられなかったろう」

続く沈黙はクイーン警視の咳払いで破られた。「しかし、博士、この毒の特異性のおかげで、入手経路をたどることが非常に容易になったはずだ。いちばん一般的な入手先はどこだと思いますか？　どこで手にはいるんです？　もし、わしが犯罪目的でそれを、入手ルートの痕跡を残さずに手に入れるとするなら、どんな方法で手に入れられますか？」

不気味な微笑が毒物学者の顔を照らした。「こいつの入手先の追跡なら、警視」彼は熱っぽく言った。「あなたにおまかせしよう。喜んで。テトラエチル鉛ってのは、私に特定できたかぎりでは――さっきも言ったとおり、我々にとっても、まったく新しい知識なのでね――とある石油製品にごく普通に含まれている物質だ。あれこれ試行錯誤で回り道したあげくに、こいつをたっぷり作るいちばん簡単な方法を、ようやく見つけ出した。驚くなかれ。この物質はなんと、どこにでもある、普通の、ごくありふれたガソリンから抽出できるんだ！」

ふたりのクイーンは小さく驚きの声をたてた。「ガソリン！」警視は叫んだ。「そんな――そんなもの、どうやって追跡すればいいんだ」

「そこが問題でね」毒物学者は言った。「私だって、そこの角のガソリンスタンドに行って、自分の車を満タンにしてもらって、家に帰って、タンクから少々ガソリンを抜いて、うちの研究室に持っていって、ちょいとひと手間かけるだけで、あっという間にテトラエチル鉛を蒸留できる！」

「それはつまり、博士」エラリーが一抹の期待をこめるように口をはさんだ。「フィールドを殺した人物には実験の経験があったことを――化学分析とか、そういう関係の知識があったということを示唆しませんか？」

「いや、そんなことはない。自家製ビール醸造器のある家庭なら、なんの痕跡も残さずにこの毒を抽出できる。この工程で美しい点は、テトラエチル鉛はガソリンに含まれるほかの含有物の何よりも沸点が高いことだ。つまり、ある温度までガソリンを熱して、ほかの成分を全部蒸発させてしまえば、あとに残った物が毒ってことだ」

警視は震える指で嗅ぎ煙草をつまんだ。「わしに言えるのは――犯人には完全にシャッポを脱ぐってことだな」彼はつぶやいた。「しかし博士――どっちにしろ、そんな知識は毒物学を少しでもかじった人間じゃないと仕入れられないだろう？　その分野に特別な興味もなしに――なんの訓練もしないで――どうやってそんな方法を知ることができるのかね？」

ジョーンズ博士は鼻を鳴らした。「警視、いやはや驚きだ。その質問にはもうとっくに答えたはずだがな」

「なんだって？　どういう意味です？」

「たったいま、私はあなたに方法を教えなかったかな？　どこかの毒物学者からその毒の作り方を聞いて、もしも酒の醸造器を持っていたら、あなたにだって作れるんじゃないかな？　テトラエチル鉛の沸点以外の知識はいらないんだ。現実を見ることだな、クイーン警視！　毒の入手経路から犯人を割り出すのはどう考えても無理だ。たとえば、犯人は毒物学者ふたりの、いや、その毒について聞いたことのある化学者ふたりの会話を耳にはさんだのかもしれない。

やりかたさえ知れば、まねるのは簡単だ。実際にそうだったと言っているわけじゃないよ。犯人は化学者だったかもしれない。ただ、可能性はいろいろあると言っておきたかったんだ」

「で、そいつはウィスキーに混ぜられていたんだろうね、博士？」クイーン警視は放心していた。

「疑いようはないね」毒物学者は答えた。「胃にはウィスキーがたっぷりはいっていた。被害者に毒を飲ませるのに楽な方法だろうな、それは。最近、手にはいるウィスキーはどれもこれもエーテルがまざってるような匂いがする。そもそも、何か変だ、と気づいた時にはとっくに飲みこんでしまっているだろう——気づいたとすれば」

「味でわかりませんかね？」エラリーがどことなく投げやりに訊く。

「私は一度も味わったことがないから、はっきりとは言えんがね」ジョーンズ博士はいくらか皮肉まじりに答えた。「しかし、気づいたとは考えにくい——すくなくとも、おかしいとは思わなかっただろうな。だいたい、一度、ごくんとやってしまったら、じたばたしてもどうしようもないんだから」

クイーン警視が振り返ると、プラウティは火の消えた葉巻を持ったまま、ぐっすり寝こんでいた。「おい、先生！」

プラウティは眠そうに眼を開けた。「ぼくのスリッパはどこだ——スリッパがないぞ、くそ！」

緊張に満ちた空気の中、検死官補の捨て身の名台詞のおかげで、どっと笑いが起こった。自分の言ったことをやっと理解できるようになると、彼もまた大笑いの輪に加わった。「そら、やっぱりもうぼくは家に帰った方がいいって証拠じゃないか、クイーン。で、何が知りたいんだ?」

「知りたいのはだな」クイーン警視はまだ笑いに身体を震わせていた。「ウィスキーの分析結果はどうなった?」

「ああ!」プラウティは瞬時にはっきりと目を覚ました。「フラスクのウィスキーは、これまで調べた中でもかなり上等な酒だった——ぼくはもう何年も酒を調べてばかりいるがね。ガイシャの口の匂いに毒が混ざっていたせいで、ぼくは最初、フィールドは腐った酒でも飲んだのかと思ったよ。フィールドの自宅から、きみが瓶ごと送ってくれたスコッチ&ライも最高級のものだった。フラスクの中身はおそらく、両方の瓶から移し替えられたものだろう。ま、どっちも舶来ものだろうね。あれほど上等な国産の酒には、大戦以来お目にかかっていない——まあ、戦前の酒がどこかに保管されていたなら話は別だが……ああ、ヴェリー部長が、ジンジャーエールに問題はなかったっていうぼくの報告を伝えてくれたかな」

クイーン警視はうなずいた。「まあ、当面はこんなところだろう」彼は重々しく言った。「どうやら、わしらはこのテトラエチル鉛の件で壁にぶち当たってしまったようだ。しかし、念には念を入れてだな、先生——博士と一緒に、その毒の出どころを、できるだけ探ってみてくれんか。わしの知るかぎりでは、あんたがた以上にこの毒について知っとる人はおらんのだ。まあ、暗闇で的を狙うようなものだから、たぶん無理だとは思うが」

「まあ、間違いないでしょうね」エラリーはつぶやいた。「小説家の場合は、必ず結末にたどりつかなきゃならないんですけどね」

＊

「ぼくはちょっと」エラリーは、ふたりの博士たちが帰ってしまうと、はりきって言った。「本屋に行って、ファルコナーを見てこようかな」彼は立ちあがると、慌しくコートを探し始めた。

「こら！」警視は怒鳴って息子を椅子に引きずり戻した。「そんなことはさせんぞ。そのくだらん本はどこにも逃げていかん。おまえにはここに坐って、わしの頭痛につきあってもらう」

エラリーはため息をついて、革のクッションに腰を落ち着けた。「ぼくが人間の心の弱点を探ることなんか時間の無駄だと思い始めたとたんに、敬愛する父上ときたら、ぼくにまた脳味噌を絞れと重荷を背負わせたもうときたもんだ。はいはいはい！　で、メニューは？」

「重荷なんぞ、背負わせとらんだろうが」クイーン警視は唸った。「それと、そのもってまわった言いかたはよせ。わしはもう、さっきからめまいがしとるんだ。おまえに頼みたいのは、今度のめちゃくちゃにこんがらがった事件を、一緒に見なおすことで――まあ、何かできることが見つかるかどうか、やってみよう」

「まあ、そうなりますよね、やっぱり」エラリーは答えた。「で、ぼくはどこから始めればいいんですか？」

「おまえじゃない」父親は不機嫌に言い返した。「今夜、話すのはわしだ。おまえは聞いていてくれ。覚え書きでも取りながらな。

まずはフィールドから始めよう。大前提として、我らが友は、ローマ劇場にあの月曜の夜、愉しむためではなく、仕事をする目的で行ったと考えて間違いない、とわしは思う。どうだ？」

「その点、ぼくは疑ってませんよ」エラリーは答えた。「ヴェリーは、月曜のフィールドの行動について、どんな報告を？」

「フィールドは九時半にオフィスに出勤した——これは普段どおりだ。正午まで仕事。個人的に訪ねてきた客は、一日を通して誰もいない。十二時にウェブスター・クラブで、ひとり昼食をとり、一時半にオフィスに戻る。四時までまじめに仕事——そして、奴のアパートメントのエレベーターボーイが、四時半に帰ってきたと証言しとるから、おそらく寄り道をせずにまっすぐ帰宅した。あとは、マイクルズが五時に来て、六時に帰っていったとしか、ヴェリーにも詳しいことはわからなかった。七時半に、フィールドは我々が発見した時の格好をして、アパートメントを出た。奴が昼間に会った顧客の名の一覧もあるが、たいして役にたたん」

「フィールドの銀行口座がやけに少なかった理由は？」エラリーは訊いた。

「思ったとおりだったよ」クイーン警視は答えた。「フィールドはずっと前から相場で負け続けていた——それもけちけちとではなく、どーんとな。それからフィールドが競馬場の常連で、たっぷり金を落としてばかりいたらしいという噂も、ヴェリーが小耳にはさんできた。頭のいい男だったくせに、ずる賢い連中のいいカモだったらしいな。ともあれ、これで、奴の銀行口座にほとんど金がはいっていなかったことの説明がつく。それ以上に——我々の見つけたプログラムの〝50000〟という数字の決定的な説明でもある。あれは金額を意味していた。そしてその金はどんな具合かはわからんが、奴が劇場で会う予定だった人物に関係しとる。

フィールドは殺人犯を個人的にきわめてよく知っていた、と結論づけてかまわんだろう。ひとつには、奴はどうやらまったく警戒せずに犯人にすすめられた飲み物を飲んでいる。さらにもう一点、これは明らかに人目を忍ぶ密会だった——でなければ、どうして劇場が待ち合わせ場所に選ばれたんだ？」

「なるほど。では、ぼくにも同じ質問をさせてください」エラリーはくちびるをすぼめて、さえぎった。「なぜ、明らかに不埒な目的の仕事をするために、しかも秘密裏に待ち合わせをする場所として、劇場を選ぶ必要があるんです？　公園の方がもっと密会にふさわしくありませんか？　ホテルのロビーの方が目的にかなうと思いませんか？　さあ、お答え願います」

「残念ながら、エラリー」警視は少しも動じずに答えた。「フィールド氏は自分が殺されると、確実に知っていたわけじゃなかった。彼にしてみれば、自分のやることは、商談を成立させることだけだったはずだ。実際、待ち合わせ場所にあの劇場を選んだのはフィールド本人だった可能性もある。もしかすると、何かのアリバイを作るつもりだったのかもしれん。いまとなっては、奴が何をしたかったのかは神のみぞ知る、だがな。ホテルのロビーだが——もちろん、誰かに目撃されるリスクが高い。それに、公園なんてひと気のない場所で会う危険はおかしたくなかったかもしれん。そして最後に、その相手と一緒にいるところを見られたくないという特別な理由があったのかもしれない。覚えとるだろう――わしらの見つけた半券は、待ち合わせの相手がフィールドと同時に劇場にはいらなかったことを示しとった。だが、まあ、こんなことはあれこれ考えても無駄だが――」

エラリーは微笑しただけで、無言で思いにふけった。彼はこう考えていたのである。どうやら、おやじ殿は自分自身の反論に満足していないな、まっすぐな思考回路の持ち主のクイーン警視ともあろう人が、珍しいことだ……

しかし、クイーン警視はさらに続けていた。「まあ、いい。我々は、フィールドが取引をしようとした相手が、殺人者ではなかったという可能性にも、常に留意しておかねばならん。もちろん、これは単なる可能性の問題だ。この犯罪は、そんな可能性があるとは思えんほど、よく計画されとる。しかし、仮にそうだったとすれば、我々は月曜の夜にあそこにいた観客の中に、フィールド殺しに関わった人間をふたり捜さねばならんことになる」

「モーガンとか?」エラリーはめんどくさそうに言った。

警視は肩をすくめた。「かもな。だが、なぜ昨日の昼すぎに話した時に、彼は取引について話さなかった? ほかのことは全部話したのに。まあ、もしかすると、殺された男に恐喝されて金を払ったと告白すると、現場となった劇場に居合わせたことと合わせて考えられて、かなりまずい状況証拠ととらえられるかもしれないと思ったのかもしれん」

「整理してみましょう」エラリーは言った。「我々は、どうやら金額を示すらしい〝50000〟という数字をプログラムに書いて死んだ男を発見しました。サンプスンとクローニンの話から、フィールドというのは悪辣《あくらつ》な男で、おそらくは犯罪者であるとわかっています。さらに、モーガンの話から、フィールドが恐喝者でもあることが判明しました。つまり我々は、フィールドが月曜の夜にローマ劇場に行ったのは、未知の人物から恐喝の金を受けとるか、その手筈をつけるためだったと、推測してかまわないと思われます。ここまではいいですか？」

「続けろ」警視は同意しているともしていないとも取れる唸り声を出した。

「いいでしょう」エラリーは続けた。「あの夜に恐喝された人間と殺人犯は同一人物だったと結論を出すなら、これ以上、動機を探す必要はなくなります。動機はすでに用意されている――つまり恐喝者、フィールドを片づけるためです。しかしながら、もし殺人者と恐喝の被害者が同一人物ではなく、まったく別々のふたりの人間である、という推測にもとづいて考えるとしましょう。となると我々はまだ動機を探して右往左往、四苦八苦しなきゃならない。個人的には、そんな苦労をする必要はないと思ってますが――つまり、殺人者と恐喝の被害者は同一人物であろうと。どう思います？」

「わしも、むしろおまえに賛成だ、エラリー」警視は言った。「さっきはほかの可能性に触れただけで――そう信じとると言ったわけじゃない。当面はフィールドの恐喝の被害者と殺人者は同じだったという前提で進めるとしよう……。

さて――今度は消えた切符の謎をきれいにしておきたい」

「ああ――消えた切符」エラリーはつぶやいた。「お父さんがどう考えたのか、知りたかったんですよ、ずっと」

「生意気言いおって、このひよっこが」クイーン警視は不機嫌な声を出した。「わしはこう考えた。問題の座席は全部で八つだ――ひとつはフィールドの坐っていた、そして、その半券を死体が身につけていた席。もうひとつは、フリントが半券を見つけた、犯人の坐っていた席。さらに、周辺の六つの空席。切符売り場の報告で確認されたとおり、六つとも切符は買われているが、その半券はどれひとつとして、劇場の中でも切符売り場でも、かけらさえ見つかっていない。一応、月曜の夜にこの六枚の切符は全部、劇場の中にあって、何者かが身につけて外に運んだという可能性もなくはない。覚えとるだろう、あの場での身体検査は、切符のような小さい物を見落とさないレベルまでは徹底できなかった。とはいえ、その可能性はまずありそうもないがな。いちばん妥当なのは、フィールドか犯人が切符を八枚ともいっぺんに買って、最初からそのうちの二枚だけを使う気でいて、残る六枚は、取引の間のプライバシーを確保するために、座席を押さえただけだったという考えだ。この場合、切符を買ってすぐに破棄してしまうのが正解だろう。となれば、そうしたのはフィールドか犯人か、切符の手配をした人間だ。つまり、この六枚については忘れるしかない――もうこの世から消えてしまって、二度と手にすることはできんだろう。

話を先に進めよう」警視は続けた。「我々は、フィールドと、奴にゆすられていた被害者が、劇場にばらばらにはいったことを知っとる。わしは、このふたりの半券を重ねあわせてみたが、ちぎられた端の形は一致しなかった。この事実から、いま言ったことが推測できる。ふたりの人間が連れ立ってはいった場合、切符は二枚重ねて差し出されるから、重ねたまま一緒にちぎられるのが普通だ。いや――だからといって、同時にはいらなかったと断言するわけじゃない。安全のために、互いに赤の他人のふりをしとったかもしれん。どっちにしろ、マッジ・オコンネルは第一幕の間、LL30の席には誰も坐っていなかったと主張しとるし、オレンジエード売りのジェス・リンチは、第二幕が始まった十分後にも、LL30にはまだ誰もいなかったと証言しとる。これはつまり、犯人がまだ劇場にはいっていないか、もしくは、すでにはいっていたものの、一階の別の座席に坐っていたことを意味する。後者の場合、もう一枚、別の切符を持っとったことになるな」

エラリーはかぶりを振った。「いや、わしもおまえと同じことに気づいとる」老人はつっけんどんに言った。「順ぐりに考えを追っているだけだ。ちょうどいま、殺人者は芝居の始まる時刻に合わせてはいったわけじゃなさそうだと、言おうとしたところだ。第二幕が始まってから、すくなくとも十分はたってからはいった可能性がある」

「ぼくはその証拠を進呈できますよ」エラリーがだるそうに言った。

警視は嗅ぎ煙草をつまんだ。「だからわかっとると――プログラムに書いてあった、謎の数字だろう。あれは、どう読める？

　930
　815
　50000

「この50000という数字が、表すものはわかっとる。ほかのふたつはドルじゃない、時刻だ。〝815〟を見てみろ。芝居は八時二十五分に始まる。ということは、フィールドが八時十五分ごろに劇場に着いたことを意味すると考えておかしくないし、もっと早めに着いていたとすれば、その時刻に時計を見るようなことが、何かあったのかもしれん。さて、仮に、待ち合わせの時刻がもっと遅かったとする。その場合、フィールドがひまつぶしにプログラムにいたずら書きをする以上に自然な行動があるだろうか――まずは〝50000〟という数字だが、これはもうすぐ差し迫った恐喝の、五万ドルの取引のことを考えていたんだろうな。次に〝815〟、八時十五分というのは、フィールドの頭にあった時刻だ。最後に〝930〟九時三十分だが――これこそ、恐喝の獲物がやってくる時刻に違いない！　フィールドの落書きは自然な行動だ、手持ち無沙汰になるといたずら書きをする癖のある人間なら、まず間違いなく誰でもやる。この癖は我々にとっての僥倖《ぎょうこう》だ。こいつはふたつのことを示してくれる。まずひとつは、殺人者との待ち合わせ時刻だ――九時半。そしてふたつ目は、殺人が実行された時刻が我我の推測どおりだったことの裏づけだ。九時二十五分に、リンチは生きているフィールドがひとりきりでいるのを見ている。九時三十分というのが、フィールドのいたずら書きによれば殺人者が来る時刻だったわけだが、犯人は予定どおりに来たという前提で話を進めるぞ。ジョーンズ博士によれば、フィールドがその毒で死ぬまで十五分から二十分かかる――プザックの言い分では、九時五十五分に死体を発見しとるわけだから、毒は九時三十五分ごろに盛られたと言っていい。テトラエチル鉛が効くのに二十分かかったとすれば――死ぬのは九時五十五分だ。もちろん、それよりもずっと前に犯人は犯行現場を離れとるさ。忘れちゃいかん――我らの友、プザック氏が、突然立ちあがって席を離れようとするなんて、予知できたはずがない。犯人はおそらく、フィールドの死体は十時五分の幕間まで発見されないと踏んでいた。それなら、フィールドが誰にもひとこともらさずに死ぬまで、時間はたっぷりある。謎の殺人者にとっては運のいいことに、発見された時のフィールドはもう、自分が殺されたと伝えるのが精一杯で、それ以上の情報は残せなかった。もしプザックが五分早く席を立ってくれていれば、わしらはとっくに、この狡猾《こうかつ》な友をぶちこんどったのにな」

「ブラヴォ！」エラリーは愛情のこもった笑顔でつぶやいた。「完璧な講義でした。いや、あっぱれ」

「やかましい。風呂場で頭を冷やしてこい」父親はつっけんどんに言った。「とりあえず、ここからはおまえがあの月曜の夜、パンザーのオフィスで披露した話を繰り返すぞ——犯人は九時半から九時五十五分の間に犯行現場から離れていたとしても、我々が解放するまでは、あの晩ずっと劇場の中にいたはず、という件についてだ。見張りやオコンネルとかいう娘っ子からおまえが聞き出したこと、ドアマンの証言、ジェス・リンチが小路にずっといたこと、案内係の裏づけやその他もろもろから、それが事実とわかる……犯人は中にいたんだ、夜の間ずっとな。

いまのところ、ここでいったん、どんづまりだ。わしらにできることは、捜査の過程で出くわした人間を何人か、洗いなおすことくらいだな」警視はため息をついた。「第一に——マッジ・オコンネルは二幕目の間、通路を通った者はひとりもいないと言ったが、それは本当なのか？　そして、あの夜は九時半から死体が発見される十分か十五分前までの間、ＬＬ30の席に坐っていたはずの人間を見ていないというのも、本当なのか？」

「そいつは危うい質問ですよ、お父さん」エラリーは真顔で言った。「仮に彼女がそれらに関して嘘をついていたとすれば、すべての大前提となる情報が、なかったことになってしまう。もし、嘘をついていたとすれば――なんてことだ！――彼女こそ、いまごろは殺人者の特徴を説明して、いや、それどころか、犯人を特定して、いやいや、ことによると、名指ししてくれる大事な証人だったことになる！　ま、彼女がぴりぴりして態度が不自然だったのは、〈牧師のジョニー〉が劇場の中にいるのに、その恋人を捕まえようと、常日頃《つねひごろ》てぐすねひいている警官が押し寄せたせいじゃないかと思いますがね」

「だとしても、別におかしな話じゃないな」クイーン警視はぼやいた。「ふむ、〈牧師のジョニー〉はどうだ？　奴はどこに当てはまる――いや、そもそも、当てはまるのか？　心に留めておかねばならんのは、モーガンの証言によると、カザネッリの奴はフィールドと懇意にしとったということだ。フィールドは奴の弁護士だった、クローニンが嗅ぎまわっていた裏稼業で、〈牧師〉のサービスを買ったこともあってもおかしくない。もし〈牧師〉があそこにいたのが偶然ではないとすれば、フィールドと通じていたのか、マッジ・オコンネルがらみか、それとも両方とか？　わしはな、エラリーや」警視は口ひげを乱暴にぐいとしごいた。「〈牧師のジョニー〉に、ひと鞭くれてやるつもりだ――なに、あの面の皮の厚さだ、鞭なんぞ痛くないだろうよ！　それから、あの生意気なオコンネルの娘っ子だが――ちょいとばかり怖がらせてやっても、ばちは当たるまい……」

そして、ごっそりと嗅ぎ煙草をつかみ出すと、エラリーの同情するような笑い声を吹き飛ばすようにくしゃみをした。

「それから、あの人のよさそうなベンジャミン・モーガンだが」警視は続けた。「実に都合よく劇場の切符を送ってくれた匿名の謎めいた手紙の話は、本当のことだったのか？

それから、例のとてもおもしろいご婦人、アンジェラ・ラッソー夫人がいる。……ああ、女性よ、幸いなるかな！　女はいつも男の論理をこんがらがらせる。あの夫人はなんと言った──フィールドのアパートメントに九時半に着いたと言ったな？　そのアリバイは完全なものか？　もちろん、アパートメントのドアマンが、彼女の言葉を裏づけている。しかし、ドアマンを〝買収〟することくらい、朝めし前だろう……あの女はフィールドの仕事について、自分で言った以上のことを──特に、奴の個人的な仕事を知っとるのか？　フィールドは十時に戻ってくると言ったそうだが、あの女は嘘をついとるのか？　覚えとるだろう、フィールドはローマ劇場で九時半に会う約束をしていた──奴は本気で、その約束の用をすませたあと、十時までに家に戻るつもりでいたのか？　タクシーを使えば十五分、混んでいれば二十分かかるから、取引には十分間しかない──まあ、可能っちゃ可能だな、もちろん。地下鉄じゃ、それほど早くは戻れん。それと、忘れちゃならんのが、この女はあの晩、一度もローマ劇場に足を踏み入れていないということだ」

「いまに、あの美しい花のおかげで、きりきり舞いすることになりますよ」エラリーは意見を言った。「あの女が何かを隠しているのは、あまりにも明らかです。あの、反抗的なずうずうしい態度を見たでしょう。あれは虚勢なんかじゃない。確実に何かを知っていますよ、お父さん。ぼくならずっとあの女を見張りますね――遅かれ早かれ、ぼろを出すはずだ」

「ヘイグストロームにまかせよう」クイーン警視はあっさり答えた。「さて、それじゃ、マイクルズはどうだ？　月曜の晩のしっかりしたアリバイはない。だが、まあ、あってもなくても同じようなものだがな。劇場にいなかったんだから……しかし、あの男はどうもうさんくさい。火曜の朝、フィールドのアパートメントに来た時は本当に、何かを探しにきたのか？　我々はあの部屋を徹底的に捜索した――見落としたなんてことがあるだろうか？　あの男は、フィールドが死んでいたのを知らなかったと言って小切手の話を持ち出したが、嘘八百なのはわかっとる。それにだ――奴はフィールドの部屋に行くということが、みずから虎の穴に飛びこむようなものだと承知しとったに違いない。殺人の記事を読んだなら、警察が駆けつけることくらい百も承知だっただろう。ということは、本当に危ない橋を渡ろうとしたわけだが――なぜだ？　この疑問に答えてみろ！」

「それは、彼が服役していたことに関係するかもしれませんね――いや、まったく、ぼくがそのことでつついてみたら、肝をつぶしていたじゃないですか」エラリーは咽喉の奥で笑った。

「かもな」警視は答えた。「それはそうと、マイクルズがエルミラでおつとめをしとった件の報告があったぞ。トマスの話じゃ、その事件は揉み消されたらしい――軽犯罪刑務所程度の軽い罰じゃおっつかないくらい、重い罪だったそうだ。にせ金作りの容疑でな――かなりクロに近かったらしい。しかし、弁護についたフィールドが、マイクルズ氏の訴因をうまいこと、まったく違う罪状にすりかえた――ケチな窃盗罪か何かにな――その後は、にせ金作りの話はとんとおもてに出てこなくなった。このマイクルズという奴は、本物の食わせ者に見える――目を離しちゃいかんな、しばらくは」

「マイクルズについては、ぼくにもちょっと思うところがあります」エラリーは考え考え言った。「しかし、いまはおいておきましょう」

クイーン警視には聞こえていないようだった。彼は石造りの暖炉の中で唸る炎をじっと見つめていた。「そしてルインもいる。ルインのような性質の男が、雇い主のことをよく知らないまま頭から信頼して、そばに居続けるとは思えん。奴は何かを隠しとるのか？　だとすればだ――クローニンが締めあげてくれるだろうよ！」

「ぼくはあの、クローニンって人、好きですね」エラリーはため息をついた。「人間、どうしたら、あんなふうにひとつのことに執着できるんだろう……そうだ、ところでお父さん、モーガンはアンジェラ・ラッソーのことを知ってたんでしょうかね？　どっちも互いに知らないと主張していますが。知っていたとしたら、えらくおもしろいことになると思いませんか？」

「エラリーや」クイーン警視は呻いた。「わざわざ、話をややこしくしようとせんでくれ。問題を探さなくても、もう手いっぱいにかかえこんどるんだ……やれやれ！」

躍る炎の光の中で、警視が両脚を投げ出して休む間、心地よい静寂が流れた。エラリーは汁気たっぷりのペストリーをむしゃむしゃと嬉しそうにかじっている。いつのまにか、音もなくこっそりとはいってきていたジューナは、部屋の片隅で床に痩せた尻をのせてうずくまり、眼を輝かせて父子の会話に聞き入っている。

突然、はっと何かに気づいたように、老人の眼がエラリーの眼をとらえた。

「帽子……」クイーン警視はつぶやいた。「結局、帽子に戻るのか」

エラリーの瞳が曇る。「そこに戻るのは悪くないですよ、お父さん。帽子——帽子——帽子か！　こいつはどこに当てはまる？　ぼくたちは帽子について何を知っている？」

警視は椅子の中で身じろぎした。「よろしい。脚を組み、もうひとつかみ、嗅ぎ煙草を吸ってから、威勢を取り戻して口を開いた。「よろしい。あのいまいましいシルクハットの問題をほったらかしとくわけにはいかんな」警視はきびきびと言った。「いまのところ、わしらはどんなことを知っとる？　第一に、あの帽子は劇場を出ていっていない。おかしいと思わんか？　あんなに徹底的に捜索したのに、ついに発見できなかった……全員が外に出たあと、クロークにも残っていない。帽子がばらばらに切り裂かれたり燃やされたりしたような証拠品は掃除をしたあとも見つからなかった。まったく、手がかりひとつ、かけらひとつさえ見つからなかったんだ。ということはエラリー、現時点で唯一すじの通る結論は、わしらは帽子のある正しい場所を捜していないということだよ！　どこにあるにしろ、月曜の夜以降、劇場を封鎖する措置をとっておいたおかげで、帽子はまだ劇場の中にある。エラリー、明日の朝になったら、また劇場に戻って、あの中を隅から隅まで徹底的に引っくり返して調べるぞ。とにかく、この問題に少しでも光明が見えるまで眠れん」

エラリーは沈黙した。「ぼくはお父さんが言ったことに全然満足できませんね」ようやくつぶやくように言った。「帽子——帽子——どこかで何かが間違っている！」彼はまた黙りこんだ。「いや！　あの帽子はこの問題のかなめなんだ、やっぱり——そうとしか思えない。フィールドの帽子の謎を解きさえすれば、殺人犯を示す重要な手がかりが見つかるはずだ。ぼくはそう確信しています。だから、いずれ帽子の問題に説明がつけられるようになってようやく、正しい道を進んでいると自信を持てる」

老人は威勢よく首を縦に振った。「昨日の朝から、わしはひまさえあれば帽子のことばかり考えとったよ、どこかで道を間違えたんじゃないかと思ってな。そしていまはもう水曜の夜だというのに——何もわかっちゃいない。必要なことはすべてやった——どれも、なんの手がかりにさえつながらない……」警視は火を睨みつけた。「何もかもがめちゃくちゃにこんがらがっとる。指先には、糸の端が何本もあるのに、どういうわけか、その糸と糸を結びつけることが——うまく合わせることが——とにかく、何ひとつ説明できん……間違いなく、失われているのはこの事件のかなめの部分なんだ」

電話が鳴った。警視が飛びついた。あまり早口ではない落ち着いた男の声を熱心に聞きながら、たまに短く受け答えすると、ついに受話器を置いた。

「まったく、こんな真夜中にお喋りなんて誰がするんだ、それとも秘密の相談窓口ごっこですかね？」エラリーはにやにやしていた。

「エドマンド・クルーだった」クイーン警視は言った。「昨日の朝に、ローマ劇場に行くように頼んだ。クルーは昨日と今日とまるまる、あそこに費やしてくれた。あの劇場にはどこにも、秘密の隠れ場所は絶対にない、と断言してくれた。エディ・クルーのような、この手の建築関係の最後の生き字引が隠し通路も隠し部屋もないと言うなら、そのとおりと納得するしかない」

ひょいと立ちあがった警視は、部屋の片隅でジューナがあぐらをかいてうずくまっているのを見つけた。「ジューナ！　ベッドの用意をしろ」彼は吼えた。ジューナはそっと部屋を突っ切り、にこやかな笑顔で何も言わずに消えた。クイーン警視が振り返ると、エラリーはとっくに上着を脱いで、ネクタイをはずそうとしているところだった。

「明日の朝いちばんにわしらのやることは、まっすぐローマ劇場に行って、一からやりなおすことだ！」老人は決然として言った。「わしは誓うぞ――もう、時間を無駄にするのはうんざりだ！　犯人には目にもの見せてくれる！」

エラリーは力強い腕で、愛情たっぷりに父親の肩をさすった。「もう寝なさい、おやじさん！」そして、笑った。

第三部

よい探偵は作られるものではない、生まれるものだ。なべて名探偵は、すべての天才と同じく、手をかけて訓練された警察《ポリッツァイ》の中からではなく、全人類の中から生まれ出る。私の知る中でも、もっとも驚くべき探偵は、未開の地の外に一歩も出たことのない、薄汚れた呪術師の老人だった……厳然たる論理を組み立てる法則に三つの触媒をあてがうことができるのは、真の名探偵の持つ特異な天与の才だ。すなわち、事件にどこまでも食らいつく執念と、人間心理についての知識と、人の心の洞察力を。

ジェイムズ・レディック（ジュニア）著『探偵の手引き』

14　では、帽子の重みが増すこと

九月二十七日の木曜日、ローマ劇場の事件から三日目の朝、クイーン警視とエラリーは早起きして、大急ぎで着替えた。ありあわせの朝食で腹ごしらえをするふたりに、ジューナはやや恨みがましい視線を向けている。力ずくでベッドから引きずり出され、クイーン家をあずかる執事としての、いつもの地味な服に大慌てで着替えさせられたのだ。ただのパンケーキをかじりながら、老人はジューナに、ルイス・パンザーに電話をかけろと命じた。

ほどなく警視は受話器に向かって威勢よく話していた。「おはようございます、パンザーさん。こんな朝っぱらから叩き起こして申し訳ない……実は、重要なことが起きたもので、あなたの協力が必要なんです」

パンザーはねぼけた声で、かまいません、ともごもご答えた。

「いますぐローマ劇場に来て、開けてもらえますか？」老人は続けた。「そう長く封鎖する必要はないと言いましたが、どうやら、今度の件で有名になった分のもとを取れる日も近いでしょう。劇場の再開がいつになると約束はできませんが、それはご理解願いたいが、ひょっとすると今夜にでも、また再開できるかもしれない。で、来てもらえますか？」

「それはすばらしいです!」受話器の向こうから届くパンザーの声は喜びに震えていた。「いますぐ劇場に、でございますか? 三十分で参ります——まだ身支度がありますので」

「それで結構です」クイーン警視は答えた。「もちろん、パンザーさん——誰も中に入れないでくださいよ。我々が着くまで、外で待っていてください、鍵を使わずに。それと、このことは誰にも言わんように。あとは劇場で話します……いや、ちょっと待って」

警視は受話器を胸に押しつけ、さっきから狂ったように腕を振りまわしているエラリーに、目顔で何だと訊ねた。エラリーが声を出さずにくちびるを動かして、とある名前を伝えると、老人はなるほど、というようにうなずいた。そして、また受話器に向かって話しかけた。

「もうひとつ、頼みたいことがあるんですがね、パンザーさん」彼は続けた。「あのフィリップスさんという、感じのいい年配の女性と連絡を取れますか? あの人にも、できるだけ早く、劇場に来てもらいたいんだが」

「かしこまりました、警視様。できるかぎりのことはいたします」パンザーは答えた。クイーン警視は受話器をフックにかけた。

「これでよし」そう言うと、両手をこすりあわせ、ポケットに手をつっこんで、嗅ぎ煙草入れを探った。「ああああ! この悪徳の草を勝ちとったウォルター卿とすべての勇敢な入植者たちに幸いあれ!」彼は大満足でくしゃみをした。「ちょっと待ってくれ、エラリー、すぐに行くから」

警視はもう一度、受話器を取りあげると、警察本部に電話をかけた。そして、陽気にいくつか指示を出すと、受話器をテーブルの上に叩きつけるように戻し、エラリーをせかしてコートを着させた。ジューナは悲しげな表情で、ふたりを見送った。少年は、父子がニューヨークの裏通り探検にふらっと出かけようとするたびに始終、自分も一緒に連れていってほしいと、警視に哀願していた。青少年の教育方針に一家言持っている警視は、頑として首を縦に振ることはなかった。そしてジューナは、まるで石器時代人が魔よけのお守りにすがるかのように、自分の保護者を無条件で崇拝していたので、しかたのないことと諦めて、いずれすてきな未来が来ることを夢見るのだった。

寒い雨の日だった。エラリーと父親はコートの襟を立てて、ブロードウェイに向かい、地下鉄をめざした。ふたりとも不思議なほど黙りこくっていたが、どちらも顔に熱烈な期待の表情を浮かべて——奇妙なほど似ているのに、まったく違って見える——謎が解き明かされるであろう、わくわくする一日を期待していた。

*

ブロードウェイも摩天楼の谷間に広がる細い糸のような小路もひと気がなく、早朝の身を切るような風の中、ふたりはきびきびとした足取りで、四十七丁目をローマ劇場に向かって歩いていた。くすんだ灰色のもこもこしたコートの男がロビーの閉め切ったガラス扉の前の歩道でぶらぶらしている。もうひとりの男は、通りと左の小路を仕切る高い鉄柵にゆったりもたれている。ルイス・パンザーのずんぐりした姿が見えてきた。劇場の正面入り口の前に立ち、フリント刑事と喋っている。

パンザーは大はしゃぎで威勢よく握手をしてきた。「いやいや！」彼は叫んだ。「これでようやく禁止令は解禁でございますね！……もう嬉しすぎて天にも昇る心地です、警視様！」

「いや、本当の解禁ってわけじゃありません、パンザーさん」老人は微笑んだ。「鍵はありますな？　おはよう、フリント。月曜の夜から、いくらか休んだか？」

パンザーはずっしりした鍵束を取り出すと、ロビー正面のドアの鍵を開けた。四人は列をなしてはいっていった。色黒の支配人は内側の扉の鍵をがちゃがちゃやっていたが、ようやく大きく開けた。彼らの目の前で、真っ暗な一階客席がぱっくりと口を開けている。

エラリーは身震いした。「ぼくが足を踏み入れた中で、メトロポリタン・オペラハウスとタイタス・トゥームを除いて、いちばん陰気くさい劇場ですね。失った友の壮麗な霊廟として、まさにぴったりな……」

はるかに散文的な警視は唸り声を出すと、奈落のような暗い客席に向かって、息子を押しこんだ。「やめんか！　おまえのせいで、無駄にぞっとさせられるわ」

とっくに中にはいっていたパンザーは主電源を入れた。大きなアーク灯やシャンデリアの光のおかげで、もっと温かみのある輪郭が客席に浮かびあがった。エラリーの詩的な表現は、父親が言うほど的はずれでもなかった。何列も並ぶ座席が、薄汚れた防水シートにおおい隠されている。すでに埃の積もり始めている絨毯には、何本もの影の条《すじ》が陰気くさく落ちている。がらんとした舞台の奥では、むき出しになった青白い漆喰《しっくい》塗りの壁が、赤いビロードの海の中で、醜い染みのように不気味に浮きあがっている。

「防水シートをかけたのは残念だな」警視はパンザーにぶつぶつともらした。「はがさなけりゃならん。今日は客席を捜索したいんです、我々の手で直接。フリント、外のふたりを連れてこい。税金分は働いてもらおう」

フリントは大急ぎで出ていくと、まもなく、劇場の外で見張りに立っていたふたりの刑事と一緒に戻ってきた。警視の指示に従い、刑事たちがゴム引きの巨大な座席カバーを横に向かってめくっていき、ついにはずしてしまうと、クッションのきいた座席の列が現れた。エラリーはいちばん左の通路に立って、ポケットから本を取り出した。月曜の夜に客席の見取り図をざっと書いておいた本だ。エラリーはそれを確かめながら、下くちびるを嚙んでいた。ときどき、間取りや配置を確かめるかのように顔をあげている。

クイーン警視は、不安そうに客席のうしろをうろうろしているパンザーに向かってきびきびと歩いていった。「パンザーさん、我々はこれから二時間ほど非常に忙しくなるんですが、慌てていて、応援を連れてくるのを忘れまして。よろしければ手伝ってもらえませんか……いますぐ必要なので——お手間はそれほど取らせません。そうしてもらえると、本当に助かるんですが」

「もちろんですとも、警視様！」小柄な支配人は答えた。「お手伝いできますなら、光栄でございます！」

警視は空咳をした。「あなたを使い走りの小僧扱いしていると思わんでください」彼は申し訳なさそうに説明した。「どうしても、こういう捜索の特殊な訓練を受けた人間が必要で――それと、ダウンタウンでこの事件を別の角度から調べている地方検事局の捜査官から、重大な資料をもらわねばならんのです。申し訳ありませんが、わしからの手紙をそこの捜査官のひとりに届けて――クローニンという男です――引きかえに、荷物を受けとってきてもらえませんか？　あなたのようなかたにこんなことをお願いするのは実に心苦しいんですが、パンザーさん」警視はもそもそと続けた。「本当に重要なことで、そのへんの適当な人間を信用して使いに出すわけにもいかなくて――ああ、もう！　とにかく弱っとるんです」

パンザーは小鳥のような仕種で、ちらりと微笑んだ。「それ以上、何も言わないでください。なんでも協力いたします。手紙を書かれるのでしたら、私のオフィスの道具をお使いください」

男たちはパンザーの部屋に引っこんだ。五分後、ふたりはまた、客席の方に出てきた。パンザーは封印された封筒を手に、通りに急いで出ていった。クイーン警視は彼が出ていくのを見送ると、ため息をついて振り返った。エラリーはフィールドが殺された座席の腕木に腰をのせて、鉛筆で書いた例の見取り図をまだ、ためつすがめつしている。

警視は息子にふたことみこと囁いた。エラリーはにこりとして父親の背中を威勢よく叩いた。

「そろそろ始めるか、エラリー」クイーン警視は言った。「パンザーに訊くのを忘れたな、フィリップス夫人と連絡が取れたかどうか。たぶん大丈夫だろう、でなければ、とっくにそう言ってきただろうからな。しかし、彼女はいまどこにいるんだ？」

警視はフリントを手招きした。彼は、腰を痛めつけながら防水シートカバーをはがすという重労働をこなすふたりの刑事を手伝っていた。

「今朝は、大人気の屈伸運動をきみのために用意してあるぞ、フリント。二階席に行って、ひとつがんばってきてもらおう」

「今日は何を捜しますか、警視?」肩の広い刑事はにっこりした。「なんたって、月曜の夜よりは、運に恵まれたいですね」

「おまえさんが捜すのは、帽子だ――伊達男が好きそうな、上等な、ぴかぴかのシルクハットだよ」警視は宣言した。「だが、もしもほかにおもしろいものを見つけたら、叫べ!」フリントは二階客席に向かって、広い大理石の階段を駆け足でのぼっていった。クイーン警視はその背中を見送り、頭を振った。「気の毒に、どうせまた、がっかりな結果にしかならんだろう」警視はエラリーに言った。「しかし、上階には何もない、ということを確認しないわけにはいかん――それと、月曜の夜にそこの二階席に続く階段を見張っていた案内係のミラーが、嘘をついとらんことをな。さあ、来い、怠け者」

エラリーはしぶしぶコートを脱ぐと、例の小さな本をポケットにおさめた。警視はダブル《アル》のベルトつきコート《スター》を身体からむしりとると、息子の先に立って通路を進んでいった。ふたり並んで、一階客席よりさらに舞台に近いオーケストラピットにおりて、捜索を開始する。何もなかったので、ふたりはまた客席に這いあがり、エラリーは右側の列を、父親は左側を、それこそ一寸刻みに、時間をかけて調べ始めた。ふたりは座席をあげた。警視は胸ポケットから魔法のように取り出したる長い針を、ビロードのクッションに突き刺してみた。四つんばいになって、懐中電灯の光で絨毯のすみずみまで照らした。

客席をおおっていたカバーを全部、巻き終わったふたりの刑事は、警視から手短に指示されて、劇場の左右に分かれて、ボックス席を調べ始めた。

長い間、四人の男が作業をする間、警視が太い息をもらすほかは、沈黙が続いた。エラリーは素早く、手際よく作業を進めたが、老人はゆっくりだった。通路を一本調べ終わるごとに、客席の真ん中でふたりは、互いをじっと見つめて、かぶりを振り、再び捜索を始めるのだ。

パンザーが出ていって二十分ほどたったころ、すっかり捜索に没頭していた警視とエラリーは、電話のベルの音に仰天した。しんと静まり返った劇場の中で、ベルのりんりんという澄んだ音は、びっくりするほど鋭く響く。父子は一瞬、ぽかんとして互いの顔を見つめあったが、やがて老人が笑いだし、パンザーのオフィスに向かって、のっそり歩きだした。

ほどなく、警視は顔に笑みをたたえたまま、引き返してきた。「パンザーだったよ」警視は言った。「フィールドのオフィスに着いたものの、閉まっていたそうだ。そうだろうな――まだ、九時四十五分だ。でも、クローニンが来るまでそこで待つように言っておいたよ。そう長くはかからんだろう」

エラリーも笑い、ふたりは再び、作業を開始した。

十五分後、父子が捜索をほぼ終えたころ、正面の扉が開いた。黒いドレスに身を包んだ年配の小柄な婦人が、まばゆいアーク灯の光に目をまたたかせて立ちつくしている。警視は脱兎のごとく出迎えに走った。

「フィリップスさんですな？」彼は大声で温かく歓迎した。「こんなに早く来ていただけるとは恐縮です。こっちの、わしのせがれもご存知だとは思いますが」

エラリーはとっておきの笑顔で進み出て、騎士道精神を発揮し、深々と礼をした。フィリップス夫人は愛すべき老婦人のお手本というべき女性だった。背は低く、母親を思わせる体形をしている。輝く白髪と人のよさそうな雰囲気に、クイーン警視は一瞬で好意を抱いた。彼は年配の婦人に面と向かうと弱いのだ。

「はい、クイーンさんなら存じておりますわ」彼女は片手を差し出しながら言った。「月曜の晩、年寄り女にとても親切にしてくださいましたもの……それより、お待たせして申し訳ありません、警視さん！」彼女は優しい声で言いながら、警視を振り返った。「パンザーさんが今朝、使いをよこしてくれたんです――わたしは電話を持っていませんの。これでも若いころは、わたしも舞台にのっていたんですよ……とにかく、できるだけ急いで参りました」

警視はにっこり笑った。「ご婦人にしては、驚くほど速いですよ、本当に驚くほどね、フィリップスさん！」

「父は数十年前に、ブラーニー石（アイルランドにある、キスすると口がうまくなると言われているまじない石）ってのにキスしたんですよ、フィリップスさん」エラリーは真顔で言った。「父の言葉はひとことも信じないでください……それはともかく、一階の残った席の捜索はまかせてかまいませんか、お父さん？　ぼくは、フィリップスさんとちょっと話をしたいんです。この仕事をひとりで片づける体力はありますか？」

「体力があるかだと――！」警視は鼻を鳴らした。「とっとと通路に出て、用事をすませてこい……せがれにできるだけ協力してやってくださると助かります、フィリップスさん」

白髪の婦人はにっこりすると、エラリーに腕を取られて、舞台の方に歩いていった。クイーン警視は、去っていくふたりを羨ましそうに見送り、ほどなく肩をすくめて、捜索を再開した。それほど間をおかずに、警視がふと背を起こすと、エラリーとフィリップス夫人が舞台上の椅子に陣取り、まるでふたりの役者がそれぞれの役をリハーサルするかのように、熱心に話していた。クイーン警視はゆっくりと座席の列を行ったり来たりし、無人の客席の間を出たりはいったりし、なんの成果もないまま悲しく頭を振りながら、最後の数列にとぼとぼ歩み寄った。もう一度、顔をあげると、舞台上のふたつの椅子には誰もいなかった。エラリーと老婦人は姿を消していた。

クイーン警視はようやく左のＬＬ32の席にたどりついた――モンティ・フィールドが死んでいた席である。彼はクッションを丹念に調べたが、眼には諦めの光があった。ひとりごとをつぶやきつつ、のろのろと絨毯の上を劇場のいちばんうしろまで歩いていくと、パンザーのオフィスにはいった。数分後にもう一度現れた彼は、今度は広報のハリー・ニールスンがオフィスにしている小部屋に向かった。警視はしばらく、この部屋から出てこなかった。やがて現れた彼は、切符売り場を訪れた。用がすんで、うしろ手に扉を閉めて出てきた警視は、ロビーからおりていく地下への階段をゆっくりとおり、一階客席の真下にあるラウンジにはいった。ここで彼は時間をかけて、すべての角、すべての壁のくぼみ、すべてのごみ箱の中を引っくり返した――どれもこれもからっぽだった。やがて噴水のような水飲み場の真下にある大きな給水タンクを疑いのまなざしで見つめた。彼は容器を覗きこみ、何も見つけられないまま、とぼとぼ歩きだした。あらためて、ため息をつくと、金文字で〝婦人用〟と書かれた化粧室の扉を開き、中にはいった。しばらくして、外に出てきた警視は、〝紳士用〟と書かれたスイングドアを押し開けて、はいっていった。

地階の入念な捜索を終えた警視は、重い足取りでまた階段をのぼった。一階の客席にたどりつくと、ルイス・パンザーが、骨折り仕事のあとでいくらか上気した顔に誇らしげな笑みを浮かべて待っていた。小柄な支配人は、茶色い包み紙でくるまれた小さな包みを持っている。

「それじゃ、クローニンに会えたんですな、パンザーさん」警視はせかせかと近づいた。「本当に助かりましたよ――言葉では言い表せないほど感謝しています。それがクローニンのくれた包みですか？」

「そうです。とてもいい人でございますね、クローニンさんは。先ほど、警視様にお電話をしてから、それほど待ちませんでした。ストーツとルインというおふたかたと一緒にいらっしゃいました。クローニンさんに声をかけてから、十分と待ちませんでした。これが重要なものだと嬉しいのですが」パンザーはにこにこしながら続けた。「この謎解きのお手伝いができたなら、光栄でございます」

「重要？」警視は支配人の手から包みを受けとりながら繰り返した。「これがどんなに重要か、あなたには想像もつかんでしょう。詳しいことは、いずれお教えします……ちょっと失礼してもよろしいですかな、パンザーさん」

小男がちらりと失望の色を浮かべてうなずくと、警視はにやりとして、暗い隅に引っこんでいった。パンザーは肩をすくめて、自分のオフィスに消えていった。

帽子とコートを置いて、パンザーがオフィスから出てくると、警視はポケットに包みを押しこんでいるところだった。

「必要なものは手にはいりましたか、警視様?」パンザーが訊ねた。

「ああ、ええ、はい、たしかに!」クイーン警視は両手をこすりあわせた。「それじゃ――エラリーはまだ戻らんのか――ひとまずあなたのオフィスで、せがれが来るまで時間をつぶすとしましょうか」

ふたりはパンザーの聖域にはいると、腰をおろした。支配人はトルコ煙草の長い紙巻に火をつけ、警視は嗅ぎ煙草入れに手をつっこんだ。

「あの、うかがってもよろしゅうございますか、警視様」パンザーは太く短い脚を組んで、紫煙の雲を吐きながら、さりげない調子で言った。「首尾はどんな具合でしょう?」

クイーン警視は情けない顔でかぶりを振った。「どうにもこうにも――思うようにいかない。この事件はどうも、真っ向から切りこもうとしても、うまくいかん。まあ白状すると、ある品物の行方を突き止められないかぎり、我々は失敗することになりそうです……まったく手ごわい――こんなわけのわからん事件にぶつかったのは初めてだ」苛立ちから眉間に皺を寄せた警視は、ぱちんと音をたてて嗅ぎ煙草入れの蓋を閉じた。

「それは残念でございますね、警視様」パンザーも同情して舌打ちした。「私は期待しておりましたのですが――ああ、いえ！　個人的な事情よりも、むろん、正義を求めることが優先されなければ！　その、警視様、いったい何を捜しておいでなのでしょうか？　部外者がうかがってもよろしいことでしたら」

クイーン警視は眉間の皺を晴らした。「いや、かまいませんよ。あなたは今朝、わしのために骨折ってくださったわけだし――ああ、わしはなんて馬鹿なんだ、なんで、もっと早く思いつかなかった！」パンザーは興味津々で身を乗り出した。「あなたはローマ劇場で、どのくらい長く支配人をつとめられましたか、パンザーさん？」

支配人は両眉をあげた。「ここが建てられてからずっとでございます」彼は言った。「その前はおなじみの、四十三丁目のエレクトラ劇場の支配人でございました――オーナーはゴードン・デイヴィスです」彼は説明した。

「ほう！」警視はじっと考えこんでいた。「ということは、この劇場を天井裏から床下まで、よく知っとるというわけですか――この建物を建てた建築家と同じくらい、ここの構造はばっちり頭にはいっとると？」

「私はここをかなり細かく存じておりますよ、はい」パンザーはいくらか胸を張った。

「そいつはすばらしい！　じゃあ、ちょっとした問題を出させてもらいましょう、パンザーさん……仮にあなたが何かを隠そうとしたら――そうですね、ものはシルクハットということにしましょうか――この建物のどこかに、たとえどれほどすみずみまで家捜しをされたとしても、絶対に見つからない場所に。あなたならどうします？　どこに隠しますか？」

パンザーは眉を寄せて、煙草をじっと見つめた。「ずいぶん変わった質問でございますね、警視様」彼はようやく言った。「そして、さっと答えられる質問でもない。私はこの劇場の見取り図をよく存じております。劇場を建てる前に、建築家から相談を受けたりもしましたので。断言できますのは、もともとの青写真には、中世の城にあるような秘密の通路や、隠し部屋のたぐいは、一切なかったということです。シルクハットのような比較的小さな物を隠せそうな場所なら、いくらでもお教えすることはできますが、どれもこれも、徹底的に捜索したら必ず見つかるような場所ですよ」

「そうですか」警視は見るからにがっかりした顔で、爪を見つめた。「それじゃ、助けてもらえませんな。ご承知のとおり、我々はこの劇場を上から下まで引っくり返してみたというのに、影も形もない……」

扉が開いて、いくらか埃で薄汚れたエラリーが、陽気な笑顔ではいってきた。警視は期待と好奇心に胸をふくらませて、息子に目をやった。パンザーは、父子をふたりきりにした方がいいのだろうかと、ためらいがちに腰を浮かせた。ちらりと目を見交わしたクイーン父子は、あうんの呼吸で互いの気持ちを読みとった。

「ああ、かまいませんよ、パンザーさん――いやいや、行かんでください」警視は強く押しとどめた。「あなたには別に隠しごとはないんですから。さあ、坐って！」

パンザーは腰をおろした。

「そういえば、お父さん」エラリーは机の端に腰をのせ、鼻眼鏡に手を伸ばしながら言った。「ちょうどいい機会じゃないですか、今夜から劇場を開けてかまわないとお伝えするのに。ほら、さっきパンザーさんが出かけている間に決めたでしょう、今夜から劇場を開けて、いつもどおりに公演してかまわないって……」

「そうだった、ころっと忘れとった――！」たったいま初めて、この謎の取り決めを耳にした警視は、まばたきひとつせずに応じた。「そうそう、パンザーさん、そろそろローマ劇場の封鎖を解いてもいいころだと思っとるんですよ。もう、ここで我々にできることは何もないわけだから、これ以上、あなたにご迷惑をおかけする理由もない。今夜から客を入れてくださって結構です――それどころか、ぜひとも上演していただきたい、なあ、エラリー？」

「〝ぜひとも〟なんて言葉じゃ、とても言い表せませんね」エラリーは煙草に火をつけた。「〝なにがなんでも〟上演してほしいな」

「まさに」警視は重々しく言った。「なにがなんでも、上演してください、パンザーさん」

支配人は顔を輝かせて、椅子から飛びあがった。「それは本当にありがたいことです！」彼は叫んだ。「いますぐデイヴィスに電話をして、このすばらしいニュースを伝えなければ。まあ、もちろん――」彼はうなだれた。「――時間が時間ですから、もう、今夜の客の入りは望めないでしょうが。いまから告知をしても……」

「そのことなら心配せんでよろしい、パンザーさん」警視はあっさり打ち消した。「ここを封鎖させたのはわしの責任です、今夜の上演に関しては、ぜひ埋め合わせをさせていただきたい。

いますぐブン屋に電話を入れて、次の版で、上演再開の宣伝を派手にぶちかますように伝えます。もちろん広告は無料で出させてもらう。おたくにとっては予想外の大宣伝のはずだし、世間の好奇心もあるだろうから、大入り満員は間違いないでしょう」

「ご親切、痛み入ります、警視様」パンザーは揉み手をしながら言った。「さしあたって、私が警視様のためにできることが、何かございましょうか？」

「ひとつ、忘れてますよ、お父さん」エラリーが口をはさんで、小柄な色黒の支配人に向きなおった。「今夜、左のLL32とLL30の席を取っておいてもらえませんか？　今夜の公演を、警視もぼくもぜひ拝見したいんです。実は、まだ一度も見たことがないんですよ。それと、ぼくたちは正体を隠しておきたいんです、パンザーさん――まわりから変に気を使われたりするのは嫌いなので。ですからあなたも、ぼくたちが来ることは、どうか内密にしてください」

「なんでも、おっしゃるとおりにいたしますよ、クイーンさん。ご希望の切符を取り置くように、窓口に伝えておきます」パンザーは愛想よく答えた。「それで、その、警視様――新聞社に電話をかけてくださるとおっしゃいましたが――」

「もちろんです」クイーン警視は電話を取りあげると、主な新聞各社のニューヨーク地方局編集長に立て続けに、指示を飛ばした。警視が受話器を置くと、パンザーは辞去するふたりに慌しく別れを告げ、今度は自分が電話に張りついた。

クイーン警視と息子が、ぶらぶらと一階席のあたりに出てみると、ボックス席を調べていたフリントとふたりの刑事が待ち構えていた。

「全員、マニュアルどおりに劇場周辺の警戒にあたれ」警視は命令した。「特に今日の午後から注意しろ……誰か、何か見つけたか？」

フリントは顔をしかめた。「キャナーシーの潮干狩りもいいところですよ（水質汚染で貝がとれなくなった）」ぶすっとした顔で言う。「月曜には同じ仕事で何も見つけられなかったし、かと言って、今日、もし何かが見つかれば、ぼくの責任問題じゃないですか。二階はそりゃあもう、猟犬の牙のようにぴかぴかにみがきあげましたよ。ぼくはまた、パトロール警官に逆戻りした方がいいですかね」

クイーン警視は大柄な刑事の肩を威勢よく叩いた。「どうしたんだね？　赤ん坊のようなことを言うんじゃない。何もない場所で、何かが見つかるはずもないじゃないか。そっちは、何か見つけたかね？」警視は残るふたりを振り返った。

ふたりは暗い顔で、かぶりを振った。

ほどなく、警視とエラリーはつかまえたタクシーに乗りこみ、本部までの短いドライブの間、休憩をとった。運転席と後部座席を仕切る窓ガラスを、老人は注意深く閉めた。

「さて、エラリー」怖い顔で警視は、ぼんやりと煙草をふかしているエラリーに向きなおった。「さっきパンザーのオフィスでやった、わけのわからん芝居の意味をお父さんに説明するんだ！」

エラリーはきゅっと口元をひきしめた。窓の外をじっと見つめてから、やっと口を開いた。

「まずは、ここから話を始めましょうか。今日、お父さんはあそこを捜索しても、何も見つけられませんでした。あなたの部下の誰もがです。ぼくも参加しましたが、やはりだめだった。

お父さん、いいかげん、この大前提を認めることですね。すなわち、月曜の夜に〈ピストル騒動〉の観劇でモンティ・フィールドがかぶっていたという、二幕目の始まりまではたしかに彼の手元にあり、おそらくは犯行後に殺人者が持ち去った、例の帽子は、月曜の夜から、いま現在にいたるまで、ローマ劇場の中に存在していなかった、と。続けます」クイーン警視は白いもののまじった眉を寄せて、息子を見つめた。「どう考えても、フィールドのシルクハットがあそこにある見込みはありません。ある、という方にお父さんが嗅ぎ煙草入れを賭けるなら、あのシルクハットはもうとっくに、この世での姿形を捨てて、ニューヨーク市の焼却炉で灰に生まれ変わって、いまごろは第二の人生を愉しんでいる、という方に、ぼくはファルコナーを賭けましょうか。ま、とにかく、それが第一点です」

「続けて」警視は命じた。

「第二点は、あまりに初歩的で、子供でもわかることですよ。はばかりながら、クイーン一族の英知を侮辱させていただくことになりますが……もし、フィールドの帽子がいま現在ローマ劇場の中にないどころか、月曜の夜からこっちなくなっていたとすると、あの晩のどこかの時点で、ローマ劇場の外に持ち出されたはずです！」

口をつぐんだ彼は、窓の外をじっと睨んで考えている。交通整理の警官が四十二丁目とブロードウェイの交差点で腕を振りまわしていた。

「かくして、我々は」彼は軽い調子で続けた。「この三日間、さんざん無駄骨を折らされたあげく、ついに事件の根幹となる事実を立証しました。はたして我々の捜している帽子は、ローマ劇場から出ていったのや否や……弁証法で進めていきますよ――そう、出ていきました。殺人の起きた夜、ローマ劇場の外に出たのです。さて、ここで我々は、さらなる大きな疑問にぶつかります――いつ、いかにして、帽子は劇場の外に出たのでしょう」煙草を吸い、その先が赤くなるのを見つめる。「ローマ劇場から出ていった中には帽子をふたつかぶった者も、かぶっていない者もいませんでした。どんな組み合わせにしろ、ちぐはぐな服装で出ていった人間は、ひとりもいなかった。つまり、夜会服で盛装しているのに帽子だけはフェルト帽だとか、逆に、普段着なのにシルクハットをかぶっていた者もいない。覚えていますか、我々がそういう観点からおかしいと感じた人間はひとりもいなかった……ということは必然的に、いや、ぼく自身も驚いてるんですが、我々は第三の根本的な結論に達します。モンティ・フィールドの帽子は、この世でもっとも自然な方法で劇場の外に出た。言い換えれば、夜会服姿で盛装した人間の頭にのって、堂々と出ていったのです!」

警視はひどく興味を持ったようだった。エラリーの言葉を、あらためて考えている。やがて、真剣に言った。「それは突破口になるかもしれん。モンティ・フィールドの帽子をかぶった男が劇場を出ていったと、おまえはそう言うんだな――それは重要な、我々の進むべき道を照らしてくれそうな意見だ。だが、この疑問に答えてくれ。その男は自分自身の帽子をどうしたんだ、帽子をふたつ持って出た人間はいなかったんだぞ」

エラリーはにこりとした。「やっとお父さんも、この小さい謎の核心に触れましたね。ま、ひとまず、その疑問は脇に置いておきましょう。じっくり考えるポイントが山ほどある。たとえば、モンティ・フィールドの帽子をかぶって出ていった男の正体ですが、この可能性はふたつにひとつです。実際に手を下した殺人犯か、さもなければ、単なる共犯者か」

「なんとなく、話が見えてきたぞ」警視はつぶやいた。「続けて」

「そいつが殺人者だとすれば、我々は犯人の性別と、さらに、我々の求める男がその夜、夜会服を着ていたことまで特定できます——それほどぱっとするポイントじゃないかもしれませんがね、劇場にはそんな男がわんさかいましたから。だが、単なる共犯者だとすると、犯人像は次のふたつにひとつという結論になってくる。すなわち、シルクハットを持っていれば明らかに怪しまれる、普段着の男か、もしくは、シルクハットを持つなんて冒険のできない、女性ということですよ！」

警視は革張りのクッションにどさりと沈みこんだ。「まったく、おまえときたら頭でっかちで、理屈ばかりこねおって！」大笑いしている。「エラリー、おまえを心から自慢に思うよ——そんなふうに、へどが出るほど、いやみったらしくさえなければな……どうでもいいが、話はさっきから一歩も進んどらんのだがね、おまえがパンザーのオフィスであの小芝居をやってみせた理由はいったい……」

エラリーが身を乗り出してきたので、警視は声をひそめた。聞こえるか聞こえないかという声で話を続けるうちに、タクシーは本部の前に停まった。

クイーン警視が薄暗い廊下をエラリーと連れ立って、浮き浮きした足取りで進んでいき、自分の小さい個室にはいったとたん、ヴェリー部長刑事がどしんどしんと足音をたてて現れた。

「迷子にでもなったのかと思いましたよ、警視！」部長は叫んだ。「あのストーツって小僧がちょっと前に、げんなりした顔でここに来てましたぜ。クローニンがフィールドのオフィスで髪をかきむしってるそうで――どのファイルを見ても、いまだに告発のネタにできそうな材料がひとつも見つからんと」

「あっちに行け、トマス」警視は愛想よくがらがら声で言った。「死んだ人間をぶちこもうなんて、かわいい仕事につきあっとるひまはない。エラリーとわしは――」

電話のベルが鳴った。クイーン警視は前に飛び出して、机の受話器をひったくるように取りあげた。耳を傾けるうちに、警視の薄い頬から赤みが消え、額に再び皺が刻まれ始めた。エラリーは異様な、食い入るような眼で警視を見つめている。

「警視ですか？」慌しい男の声が聞こえてきた。「ヘイグストロームです、報告します。いま、ちょっと時間があるので――どのくらいかわかりませんが。朝からずっと、アンジェラ・ラッソーをつけていました、いや、たいへんでした……でも、尾行してよかった……三十分前に、あの女は私をまいたと思ったようですが――いきなりタクシーに飛び乗って、ダウンタウンに向かったんです……ですが、警視――きっかり三分前に、私はあの女がベンジャミン・モーガンのオフィスにはいるところを見ました！」

クイーン警視は吼えた。「女が出てきたらすぐにとり押さえろ！」そして、受話器を叩きつけるように置いた。ゆっくりエラリーとヴェリーに向きなおると、ヘイグストロームの報告を繰り返した。エラリーは愕然として、まさに渋い表情の見本のような顔になっている。ヴェリーは間違いなく喜んでいるようだった。

老人はしめつけられるような声を出して、回転椅子に弱々しく坐りこんでしまった。そして、ようやく呻いた。「いったいどういうことなんだ！」

15　では、告発がなされること

ヘイグストローム刑事は冷静沈着でねばり強い気質の男だった。祖先はノルウェイの山奥にさかのぼり、無感動であることが美徳で、常に平静を保つことこそが至上の教義という血筋であった。にもかかわらず、マダーン・ビルディングの二十階で、

ベンジャミン・モーガン
事務弁護士

と書かれたブロンズとガラスでできた扉から三十メートルほど離れて、ぴかぴかの大理石の壁に身を寄せていると、彼の鼓動は少し速くなっていた。嚙み煙草をくちゃくちゃやりながら、何度も足の置き場所を変えていた。ヘイグストロームは、警察に籍を置いて以来あらゆる経験を積んだベテランなのだが、実のところ、逮捕目的で女性の肩を叩いたことは一度もないので

ある。そんなわけで、ただいま待っているご婦人の烈火に似た気性をありありと思い出し、刻一刻と近づいてくるみずからの任務を待ちながら、戦々兢々としているのだ。

杞憂ではなかった。廊下でぼんやりと二十分ほど待って、ひょっとして、自分の獲物は別の出口から逃げてしまったのか、と不安になり始めたころ、ベンジャミン・モーガンのオフィスのドアが突然、ものすごい勢いで開き、最新流行のツイードのアンサンブルに身を包んだアンジェラ・ラッソー夫人の、ふっくらと丸みを帯びた身体が現れた。入念に化粧をした顔は、なんとも聞き苦しい罵詈雑言を吐き散らしているせいで歪んでいる。威嚇するようにバッグを振りまわしながら、夫人はエレベーターの列に向かって突き進んでいった。ヘイグストロームは素早く腕時計を見た。十二時十分前。まもなく昼休みが来て、このオフィスビルの部屋という部屋から人があふれだすだろう。逮捕するなら、廊下にひと気のない静まり返った時間にやってしまいたい。

そんなわけで、彼は姿勢を正すと、オレンジと青のネクタイを直し、自分なりになかなかの冷静を装って、近づいてくる女の前に全身を現した。彼の姿を見た瞬間、女の足取りがあからさまにゆるんだ。逃げられる、と思ったヘイグストロームは急ぎ足になった。が、アンジェラ・ラッソー夫人は肝が据わっていた。頭を振りたて、堂々と近づいてくる。

「ヘイグストロームは血色のよい大きな手で、女の腕をがっちりつかんだ。「私が何をしにきたか、わかっているな」厳しい声で言った。「同行してもらう。逆らうな、騒げば手錠をかける！」

ラッソー夫人は腕を振りほどいた。「あらあら——おまわりさんったら、乱暴ねえ」彼女は囁くように言った。「だけど、ねえ、こんなことしていいと思ってんの?」

ヘイグストロームは睨んだ。「生意気な口をきくな!」そう言うと、エレベーターの〝下り〟と書かれた呼び出しボタンに、乱暴に指を突き立てた。「いいから黙ってついてこい!」

女は愛想よく、彼の顔を見た。「ひょっとして、あたしを逮捕しようとしてるのかしら?」甘い声を出す。「うふん、ねえ、あなたってとっても男らしくてすてきだけど、知ってる?逮捕するなら逮捕状が必要なのよ!」

「やかましい!」彼は怒鳴った。「逮捕じゃない——ただ、本部に寄ってクイーン警視とちょっと話をするように、招待するだけだ。おとなしく来るか、それとも、護送車を呼ぶか?」

エレベーターの停止ランプが光った。エレベーターボーイがぶっきらぼうに言う。「下です!」女は一瞬、不安そうにエレベーターを覗きこみ、ずるそうな眼でちらりとヘイグストロームをうかがい、とうとう乗りこんだ。刑事の手は女の二の腕をがっちりつかんでいた。エレベーターのほかの客たちの好奇の視線にさらされつつ、ふたりは下まで無言のままでいた。

ヘイグストロームはあいかわらず落ち着かなかったが、自分の隣をおとなしく歩いている女の胸中で嵐が渦巻いているのを感じ、絶対に油断をしてはいけない、と心に決めていた。彼はタクシーの座席に並んで坐り、車が警察本部に向かって走りだすまで、指の力をゆるめなかった。ラッソー夫人の顔は、化粧の上からでもはっきりわかるほど青ざめていたが、そのくちびるは大胆不敵な笑みを作っていた。突然、彼女は自分を捕らえた男を振り返り、こちこちに身を硬くしている刑事にしなだれかかった。

「ミスタ、ねえ、ダーリン」女は囁いた。「百ドル札、欲しくなくって?」

女の手が思わせぶりにバッグの中を探る。ヘイグストロームの堪忍袋の緒が切れた。

「賄賂か、え?」ふん、と鼻を鳴らす。「いまのはぜひとも警視に報告せんとな!」

女の顔から微笑が消えた。残る道のりの間、彼女は運転手のうなじをきっと見つめていた。

大きな警察本部の暗い廊下を、まるで行軍中の兵士のように歩かされるうちに、ようやく女の態度に自信が戻ってきた。ヘイグストロームがクイーン警視のオフィスのドアを開けて支えると、彼女は軽やかに小首をかしげ、婦人警官さえたぶらかせそうな、感じのいい微笑みを浮かべて部屋にはいっていった。

クイーン警視のオフィスは日の光と色彩にあふれ、陽気な雰囲気に包まれていた。いまはちょうど、どこかのクラブルームのようだった。エラリーの長い脚は分厚い絨毯の上にらくらくと投げ出され、その眼は『筆跡鑑定の完全ガイド』なる安っぽい装丁の小さな本の中身に吸いついていた。けだるげに指ではさんだ煙草の先からは、くるりくるりと螺旋を描いて煙が立ちのぼっている。ヴェリー部長刑事は奥の壁際の椅子にどっかり腰をおろして、クイーン警視が愛しげに親指と人差し指でつまんでいる老警視自身の嗅ぎ煙草入れを、じっと見つめている。

クイーン警視は居心地のよい肘掛け椅子におさまって、何やら物思いにふけってぼんやりと笑みを浮かべている。

「ああ! ラッソーさん! どうぞ、どうぞ!」叫んで、警視はさっと立ちあがった。「トマス——ラッソーさんに椅子を頼む」部長刑事は無言で、硬い木の椅子を警視の机の横に置くと、無言ですみっこにまた引っこんだ。エラリーは女の方を一瞥《いちべつ》さえしなかった。あいかわらず、くちびるにほんのりと笑みを浮かべて本を読み続けている。老人は歓迎するように、礼儀正しくラッソー夫人にお辞儀をした。

彼女は、この平和そのものの光景にめんくらっていた。厳しく、残酷で、さぞ容赦のない出迎えを受けると身構えていたのに——この小さなオフィスの家庭的な雰囲気は、まったくの不意打ちだった。にもかかわらず、腰かけた刹那、彼女はまた愛嬌のある笑顔に戻り、廊下で実にうまい具合にやってのけたレディらしい物腰を取り戻した。

ヘイグストロームは戸口の内側に立つと、坐っている女の横顔を、誇りを傷つけられたまなざしで睨みつけた。

「この女は私に百ドル札を渡そうとしました」彼は憤慨して言った。「私を買収しようとしたんです、警視！」

クイーン警視の両眉が驚愕したようにはねあがる。「なんとまあ、ラッソーさん！」彼は悲しげな声で叫んだ。「まさか、この優秀な警察官に公僕としての義務を忘れさせようとしたなんてことはないでしょうな？　いや、もちろんそんなはずはないでしょう！　質問したわしが馬鹿でした！　ヘイグストローム、それは間違いなくきみの勘違いだ。百ドルなんて、いやいやまさか——」悲しげに首を横に振ると、革張りの回転椅子の背に、どすんともたれかかった。

ラッソー夫人はにっこりと微笑んだ。「不思議ねえ、おまわりさんったら、すぐに誤解なさるんですもの」愛らしいとさえ言える声でさえずる。「ええ、もちろんだわ、警視さん――やあねえ、ちょっと冗談を言っただけなのに……」

「そうでしょう、そうでしょう」警視はまた微笑んだ。あたかも、彼女の言葉に人間への信頼を取り戻したというように。

ヘイグストローム刑事は、ぽかんと口を開けて、上司と微笑んでいる女を見比べていたが、気を取りなおし、ヴェリーが女の頭越しに、クイーン警視に目配せするのを見逃さなかった。口の中でもごもごつぶやきながら、彼は急ぎ足に出ていった。

「さて、ラッソーさん」警視は事務的な口調で切り出した。「今日はどんなご用件でしょう」

彼女は眼をみはった。「なん――なんですって、あなたがあたしに会いたかったんじゃ……」きゅっとその口元がひきしまる。「へたな芝居はやめてよね、警視さん！」ぴしりと言う。「あたしが自分からこんなところに遊びにくるはずないって、わかってるくせに。なんであたしを捕まえたのよ？」

警視はまるで恐縮したようにほっそりした手を広げ、口をとがらせた。「いや、いや、奥さん！」警視は言った。「もちろん、わしに話すことが何かあるはずですよ。もし、あなたがここにいるとすれば――まあ、この明らかな事実は否定できんでしょう――あなたは何か理由があって、ここに来たはずだ。もし、あなたが自由意志で来たのではないとすると――それは、わしに何か話があるから、連れてこられたわけだ。わかりますか？」

ラッソー夫人は警視の眼を真正面から睨みつけた。「ちょっと、なにさ――ねえ、クイーン警視さん、何をあてこすってるの？　あたしがあなたに何か話すことがあると思ってんの？火曜の朝に、訊かれたことは全部答えたわよ」

「ほう！」老人は眉を寄せた。「それじゃ、言い換えましょう、あなたは火曜の朝に、すべての質問に何もかも包み隠さず正確に話したわけじゃない。たとえば――あなたはベンジャミン・モーガンを知っとりましたか？」

　女は眉ひとつ動かさなかった。「わかったわよ。そのことじゃ、一本取られたわ。あんたの犬に、モーガンのオフィスから出てくるところを捕まったんだものね――だから、なにさ？」これ見よがしにバッグを開けると、鼻の頭に白粉をはたき始める。そうしながら、眼の端でちらりとエラリーを盗み見た。彼はまだ本に没頭していて、彼女の存在にさえ気づいていないようだ。つん、と女は勢いよく首を回し、再び警視に向きなおった。

　クイーン警視は悲しそうに彼女を見ている。「ラッソーさん、こんな年寄り相手にずいぶんひどいことを言いますな。わしはただ、あなたが――はっきり言えば――こないだの話をした時に、わしに嘘をついた、と指摘しただけです。そして、これは警察の警視相手にとても危険な行為ですよ、奥さん――たいへんに危険きわまりない」

「ちょっと聞きなさいよ！」出し抜けに、女がまくしたてた。「こんなクサい芝居したって、なんにもならないわよ、警視さん。たしかに火曜の朝はあなたに嘘をついたわ。だって、ねえ、まさか、あなたのとこに、あたしをずーっとつけまわしてられる子分がいるなんて思わなかったんだもの。だから博打を打ってみたんだけど、負けちゃったわ。で、あなたは、あたしが嘘をついてたってわかったから、その理由を知りたがってるんでしょ。ええ、教えてあげる――かもしれないし、また嘘をつくかもしれないわ！」

「ほほう！」クイーン警視は小さく感嘆の声をもらした。「ということは、あなたは交渉できるほど、自分の立場は安全だと思っているのかな？　しかし、ラッソーさん――わしの言うことを信じた方がいい、あなたはその魅力的な首を、縄の輪につっこもうとしとるんだ！」

「へえ」仮面ははがれ落ち、女の顔はずる賢い本性があらわになっていた。「あたしを逮捕できる証拠なんか何も持ってないはずよ、自分だってよくわかってるくせにさ。いいわよ――あたしは嘘をつきました――で、それでどうしようっての？　あたしはいま認めてるのよ。お望みなら、モーガンのオフィスで何をしてたのか教えてあげてもいいわ、なんの役にたつのか知らないけど！　そうよ、あたしは正直者なの、警視さん！」

「ラッソーさん」警視は傷ついた口調で言いながら、頬に小さくえくぼを作った。「我々はもう、あなたがモーガンさんのオフィスで何をしたのか、全部知っていますから、わざわざ教えてくれなくても結構なんですが……あなたがそこまでご自分を罪人にしたがっとるとは驚きですな、ラッソーさん。恐喝は重罪ですよ！」

女は死んだように蒼白になった。半分腰を浮かせて、椅子の両腕をぎゅっと握りしめた。

「てことは、モーガンってば、べらべら喋ったのね、あの馬鹿！」鬼のような形相で罵る。「もうちょっと賢い男だと思ったのにさ。いいわ、あいつに吠え面《ほづら》かかせてやる、ばらしてやるから！」

「ああ、やっと、わしにもわかる言葉を喋ってくれるようになりましたな」警視はぐっと身を乗り出した。「で、あなたは我らが友人モーガンの何をご存知なんです」

「いいことよ——でも、ねえ、警視さん、あたし、とっても熱々のネタを教えてあげてよ。あなたはまさか、後ろ盾のないかわいそうなか弱い女に恐喝の罪をかぶせたりしないでしょ?」

警視は渋い顔になった。「おやおや、ラッソーさん! 言っていいことと悪いことがあるでしょうに。もちろん、約束はできませんが……」ぴんと背筋を伸ばした警視の痩身は微動だにせず、断固たる壁のようだった。女は思わず身を引いた。「ご存知のことを話してくれたなら、ラッソーさん」警視は思わせぶりに言った。「まかり間違って、わしが常識の範囲内であなたに感謝の意を表す、ということがないとも言えませんな。話してください——正直にです、わかりましたか?」

「ああ、わかってたわよ、あんたがこちこちの石頭だってことくらいさ!」女はつぶやいた。「でも、正直で公平そうね……で、何が知りたいの?」

「全部」

「ま、いいわ、破滅するのは、あたしじゃないもんね」前よりも落ち着いた口調で女は言った。クイーン警視が興味をそそられて彼女を観察する間、ほんの少し沈黙が落ちた。彼女がモーガンを恐喝したという告発の不意打ちは成功したはずだ。が、一抹の疑念がよぎる。面接の始まる前から警視が当然そうだと信じていたように、彼女がモーガンの過去についてしか知らないにしては、あまりに自信たっぷりすぎる気がする。ちらりとエラリーを見やると、息子の視線がもはや本ではなく、ラッソー夫人の横顔に釘付けになっていることを認めて、はっとした。

「警視さん」ラッソー夫人の声に、かすかに勝利の響きが忍び入ってくる。「あたしはモンティ・フィールドを殺した犯人を知ってるの！」

「なんだって？」クイーン警視は椅子から飛びあがった。白い顔にさっと赤みがさす。エラリーは椅子の中でびくんと身を起こし、鋭い眼で女の顔を貫くように見つめている。読んでいた本が指の間から床に落ち、ばさりと音をたてた。

「モンティ・フィールドを殺した犯人を知ってるって言ったのよ」明らかにラッソー夫人は、自分の引き起こしたこの騒ぎを愉しんでいる。「ベンジャミン・モーガンよ、モンティが殺される前の晩に、モーガンがあの人を脅してるのを聞いたの！」

「ああ！」警視は腰をおろした。エラリーは本を取りあげ、中断された『筆跡鑑定の完全ガイド』の読書を再開した。再び、沈黙が落ちた。父子の様子をぎょっとして見つめていたヴェリーは、ふたりの態度がいきなり変わったことにぽかんとしている。

ラッソー夫人は怒りだした。「あたしがまた嘘ついてると思ってんのね、でも、嘘じゃないわよっ！」彼女は怒鳴った。「日曜の夜、ベン・モーガンがモンティに向かって、殺してやるって言ってたのを、あたし、この耳で聞いたんだから！」

警視は重々しい顔になったが、落ち着いた声で言った。「あなたの言葉をまったく疑っちゃいませんよ、ラッソーさん。それが日曜の夜だったと、あなたは確信していますか？」

「カクシン？」女は金切り声で叫んだ。「してるに決まってんでしょっ！」

「その会話はどこで？」

「どこって、モンティ・フィールドのアパートメントよ」女は嚙みついた。「あたしは日曜の夜じゅうずっと、モンティと一緒だったの。あたしの知るかぎりじゃ、彼にお客さんが来る予定なんかなかったはずよ、だって、あたしと一緒の夜には、誰も呼ばないのが普通だったもの……モンティだって、夜の十一時に呼び鈴が鳴ったんで、びっくりして飛びあがったわ。〝いったいどこのどいつだ？〟って。その時、あたしたちは居間にいたの。彼は立ちあがって、玄関に行ったらすぐに、外から男の声が聞こえてきたわ。あたし、モンティはあたしと一緒のところを誰にも見られたくないだろうって思ったから、寝室に隠れて、ドアを閉めたの、ちょっとだけ隙間を開けて。モンティが男をどうにかして追い返そうとしてるのが聞こえたわ。でも、とうとうふたりで、居間にはいってきたの。ドアの隙間から見えたのよ、はいってきたモーガンって男が――その時には男が誰なのか知らなかったけど、ふたりの話を聞いていてわかったのよ。あとでモンティも教えてくれたし」

女は言葉を切った。警視はまったく冷静そのものでおとなしく聞いており、エラリーはと言えば、彼女の言葉にほんの少しも注意を払っていないようだ。女は必死に続けた。

「三十分くらい、ずっと話してるもんだから、あたし、怒鳴りこんでやりたくなったわ。モーガンは、そうね、冷静で落ち着いてた。最後まで興奮しないようにしてたみたい。なんだか、ちょっと前にモンティはモーガンに、何かの書類と引きかえに大金を要求したらしいの。モーガンは、そんな金はない、工面できないってつっぱねてた。最後の支払いのつもりで、モンティの部屋に来ることにしたんですって。モンティはいやみを言ったりして、意地悪な態度だったわね——あの人はそのつもりになったら、ほんとに意地悪になれるのよ。モーガンはどんどん怒ってきたけど、必死に癇癪《かんしゃく》を抑えてて……」

警視が口をはさんだ。「フィールドが金を要求した理由は？」

「あたしが知りたいわよ」女はぴしゃりと言い返した。「でも、理由を口にしないように、ふたりとも、ものすごく用心してるのはわかったわ……とにかく、モンティがモーガンに買いとらせようとしてた書類に関係するはずよ。なら別に頭がよくなくたって、モンティが何かモーガンの弱みを握ってて、ぎりぎりまで追いつめてるってことくらい、誰にでもわかるでしょ」

この時の〝書類〟という言葉に、ラッソー夫人の物語に対するエラリーの興味がよみがえった。彼は本を置いて熱心に耳を澄まし始めた。警視はちらりと息子を見やり、女に声をかけた。

「フィールドはいくら要求していたんです、ラッソーさん」

「言っても、あなた、きっと信じないわ」嘲るように笑う。「モンティはケチじゃないのよ。彼が要求したのは——五万ドルよ！」

警視は動じていないようだった。「続けて」

「それでふたりは」女は続けた。「押し問答を続けて、話せば話すほど、モンティは冷静になって、モーガンはますます怒ってた。とうとうモーガンは帽子を取りあげて、怒鳴ったの。〝ごろつきめ、私がこれ以上、搾りとられ続けると思ったら、大間違いだ！　好きにするがいい——私はやめる、わかったか？　これっきりだ！〟って、もう真っ青な顔で。でも、モンティは椅子から立ちあがりもしないで、こう言っただけよ。〝好きにしてくれてかまわないよ、ベンジャミン君、ま、金を持ってくるまできっかり三日間の猶予をあげよう。金額は一ドルたりともまけられない、それは覚えておいてくれ！　五万ドルを払うか、それとも――ああ、いや、きみがそれを拒絶した場合の不愉快な結果については、わざわざ思い出させてあげる必要はないか〟モンティったら、本当にうまいんだから」女はうっとりとつけ加えた。「堅気《かたぎ》とは思えないくらい。モーガンは帽子をいじくりまわしてたわ」女は続けた。「両手をどこに落ち着けていいか、わからないみたいで。そしたら急に怒鳴りだしたの。〝引き際を教えてやったんだからな、フィールド、さっきのはひとこと残らず本気だ。ああ、新聞で発表でもなんでもすればいいさ、私が破滅しようがかまわない――今後ひとりも恐喝できないようにしてやる、貴様はもう、おしまいだ！〟モンティの鼻先で拳骨を振りまわして、それから一分くらい、そのままぽかんとやっちゃいそうな顔してた。でも、急におとなしくなったと思ったら、ひとことも言わないで、部屋を出ていっちゃったの」

「それだけですかな、ラッソーさん？」

「十分でしょ」女はかっとなった。「あんた、どういうつもり――あの腰抜けの殺人犯をかばう気？……でも、それだけじゃないわ。モーガンが出てったあと、モンティがあたしに言ったの。〝おれの友達の言ったことを聞いたかい？〟って。全然聞いてないって答えたんだけど、モンティは騙せなかった。彼はあたしを膝にのせて、冗談ぽく言ったの。〝あいつは後悔するよ、エンジェル〟……彼、あたしのことをいつも、エンジェルって呼んでくれたのよ」女はしなを作ってみせた。

「ほほう……」警視は考えこんだ。「で、モーガン氏はなんと言ったわけですか――その、フィールドの生命を脅かす言葉と、あなたが受けとったというのは?」

女は信じられない、という眼で警視を見つめた。「なに言ってんの、あんた、馬鹿なの?」女は叫んだ。「あいつは、〝今後ひとりも恐喝できないようにしてやる、貴様はもう、おしまいだ!〟って言ったのよ。その次の夜、あたしの大事なモンティが殺されちゃったんなら、それって……」

「実に自然な結論ですな」クイーン警視は微笑んだ。「つまり、あなたはベンジャミン・モーガンを告発することを望むと、そういう理解でよろしいわけですか」

「あたしは、ちょっとした平和以外、何も望んでないわよ」女は言い返した。「とにかく、話すだけは話したわよ――あとはあんたの好きにすれば」そして、肩をすくめて、立ちあがるそぶりを見せた。

「ちょっと待ってください、ラッソーさん」警視はほっそりした小作りな指をぴんと立てた。「あなたはさっき、フィールドがモーガンの弱みとして〝書類〟を握っていると言いましたね。フィールドはその口論の最中、実際に書類を持ち出したりしましたか?」

ラッソー夫人は老人の眼を真正面から、冷ややかに見た。「いいえ、持ち出さなかったわ。はっきり言うけど、あたしは別に痛くも痒くもないわね!」

「すてきな態度ですな、ラッソーさん。いずれ……あなたもわかってくれるといいんですが、この件に関してあなたの――ええ、その、いわば――スカートにしみひとつついていないとは言いきれないと」警視は言った。「ですから、次の質問にはとても注意して答えてください。モンティ・フィールドは大事な物をどこに隠していましたか？」

「考えるまでもないわ、警視さん」女はぴしゃりと言った。「あたしは知らない。そして、あたしにわかるような場所にあれば、ちゃんと見つけてる」

「ひょっとすると、フィールドがアパートメントを留守にしている間に、あなたも探したとか？」クイーン警視は笑顔で重ねて訊いた。

「かもね」女は頬にえくぼを浮かべた。「でも、だめだった。あの部屋にはそんな物は何もないって誓えるわよ……で、ほかに何かあって、警視さん？」

エラリーのよく通る声が急に響き、女は仰天した。が、あだっぽく髪に手をやりながら、そちらを振り向いた。

「ラッソーさん、あなたの知るかぎりでお答えください」エラリーは淡々と言った。「あなたの大事な騎士レアンドロス（ギリシャ神話より。恋人に会うために海峡を泳いで渡る途中、溺死した男）との、まごうことなく親密な、長いつきあいをあてにしてお訊きします――彼はいくつシルクハットを持っていましたか？」

「あなたって、根っからのクロスワードパズル好きでしょ」女は咽喉を鳴らした。「あたしの知ってるかぎりじゃね、ミスタ、ひとつしか持ってなかったわ。だいたい、シルクハットなんていくつも必要なものなの？」

「あなたは、そう確信しているわけですね」エラリーは言った。

「あなたがいま生きているのと同じくらい、たしかなことよ、クイーン——様」彼女は声に愛撫の響きをたくみにすべりこませた。エラリーは動物園の珍獣を見るような眼で女を見つめた。彼女は頰をふくらませてみせてから、さばさばと振り返った。

「ここじゃ、あたしはあまり人気がないみたいだから、もう行くわ……あなたはあたしを恐ろしい牢屋に押しこんだりしないわよね、警視さん？　もう行ってもよくって？」

警視は頭を下げた。「ええ、はい——かまいませんが、ラッソーさん、監視はつけさせてもらいますよ……しかし、そう遠くない機会にまた、こうして愉しいお喋りに招待させていただくかもしれません。しばらく街を離れないでくれますか」

「ええ、喜んで、もちろん！」女は笑って、さっさと部屋を出ていった。

ヴェリーが兵士のように勢いよく踵を鳴らして立ちあがった。「それじゃ、警視、いまので決まりですね！」

警視はぐったりと椅子の背にもたれた。「きみはエラリーの小説に出てくる馬鹿な部長刑事のように——もちろんきみは違うはずだ、トマス——モーガン氏をモンティ・フィールド殺しの罪で逮捕するべきだと、そう言いたいわけかね？」

「だって——ほかにどう考えられますか？」ヴェリーはまごついている。

「ま、もう少し待ってみようよ、トマス」老人は重々しく答えた。

16　では、クイーン父子が劇場に行くこと

小さなオフィスの端と端から、エラリーと父親は顔を見合わせていた。ヴェリーは困惑した表情で椅子に坐りなおした。そうしてしばらく無言で坐っていたヴェリーが、次第に濃くなる沈黙に耐えかねてついに、部屋を出たいと言いかけたその時。

警視がにやりとして、嗅ぎ煙草入れの蓋をいじった。

「おまえもぞっとしたか、エラリー？」

エラリーは、真顔だった。「ウッドハウスが言うところの〝虫唾《むしず》が走る〟ってのは、ああいうのを言うんでしょうね」彼は身震いした。「ぞっとしたなんてもんじゃない」

「あの女の態度の意味がさっぱりわからなかった」クイーン警視は言う。「わしらが闇雲《やみくも》にうろうろしとる間じゅう、あの女が知っとったと思うと……ええい、胸糞悪い」

「今回の対談は、なかなか有意義な時間だったと言っていいでしょう」エラリーが感想を述べた。「主に、ぼくがこのだらだらとつまらない、書体に関する書物から、二、三、おもしろい情報を仕入れることができた、という点においてですが。それにしても、アンジェラ・ラッソー夫人は、ぼくの考える理想の女性像から、ほど遠い気が……」

「わしに言わせれば」警視はくすくす笑った。「夢のように美しい我らがご婦人は、おまえに

気があるようだぞ。チャンスは大事にしないとな、おまえ——！」

エラリーは冗談ではないとばかりに顔をしかめた。

「さて！」クイーン警視は机に並ぶ電話のひとつに手を伸ばした。「ベンジャミン・モーガンにもう一度、チャンスを与えるべきだと思うか、エラリー？」

「わざわざ、そうしてやる必要がありますかね」エラリーはぼやいた。「ま、しょうがない、手順だ」

「おまえは書類のことを忘れとるぞ——書類を」警視は眼をきらめかせて、やり返した。

彼が上機嫌で署の交換手に目的を伝えると、ほどなく、呼び出し音が鳴った。

「こんにちは、モーガンさん！」クイーン警視は陽気に言った。「お元気ですか？」

「クイーン警視？」モーガンは一瞬、戸惑って答えた。「どうも。捜査は進んでいますか？」

「なかなかいい質問ですな、モーガンさん」警視は笑った。「ただ、無能のレッテルを貼られたくありませんのでね、その質問には答えかねます……モーガンさん、今夜、ちょっとおひまですか？」

間があった。「いえ——ひまというわけでは」弁護士の声はほとんど聞きとれないほどだった。「その、夕食までに家に帰らなければなりませんし、家内が今夜、ブリッジの会を開くことになっているので。どうしてですか、警視？」

「今夜、息子と私とあなたとで夕食をご一緒したいと思ったんですよ」警視は残念そうに言った。「夕食だけでも抜けられませんか？」

さらに長い間があった。「どうしても必要ということでしたら――」

「そこまでは申しませんがね、モーガンさん……しかし、あなたに招待を受けていただけると、たいへんありがたいのですが」

「ああ」モーガンの声に決然とした響きがこもった。「では、うかがわせていただきましょう、警視。どこに行けば？」

「ああ、よかった、本当によかったですよ！」警視は言った。「カルロスで六時に、ということでどうです？」

「わかりました、警視」弁護士は静かに答えると、受話器を置いた。

「あの哀れな男が気の毒でならんよ、わしは」老人はつぶやいた。

エラリーは唸った。同情する余裕なんてない。口の中にはっきりと残るアンジェラ・ラッソー夫人の後味は、決して快いものではなかった。

＊

きっかり六時にクイーン警視とエラリーは、カルロスの陽気な空気に包まれた待合室のベンジャミン・モーガンと合流した。モーガンは赤い革張りの椅子でしょんぼりと坐ったまま、自分の手の甲を見つめている。くちびるの両端は哀れっぽく下がり、膝はがっくりと気落ちした者らしく、だらしなく開いてしまっている。

ふたりのクイーンが近づいていくと、モーガンはけなげにも笑顔を見せようとした。ぎこちなく立ちあがったその様子から、鋭い頭脳の招待主ふたりは、彼が型どおりの動作を必死になぞろうと努力しているのを察知した。警視はたいへん上機嫌な顔を見せていた。ひとつには、このぽっちゃりした弁護士に本物の好意を抱いていたからで、もうひとつは、それが彼の仕事だからだ。エラリーはいつもどおり、どっちつかずの顔をしている。

三人は古くからの友達同士のように握手を交わした。

「時間どおりに来ていただいて、ありがとうございます、モーガンさん」警視は、しゃちこばった給仕長に隅のテーブルに案内されながら声をかけた。「本当に申し訳ない、家で食事の予定がおありだったそうで。どうしようかと一度は思ったんですが――」警視がため息をつき、一同は腰をおろした。

「謝られる必要はないですよ」モーガンは力のない笑みを浮かべた。「結婚している男なら誰でも、たまには男同士の夕食を愉しみたいことくらい、警視さんもご存知なんじゃありませんか……それで、警視、私に話というのは?」

老人は押しとどめるように指をぴんとたてた。「仕事の話は、いまはよしておきましょう、モーガンさん」彼は言った。「ルーイがなかなかいい酒を隠しとる気がする――そうだね、ルーイ?」

すばらしい夕食だった。芸術としての料理にはとんと無関心な警視は、献立選びを、すべて息子にまかせてしまった。エラリーは料理そのものや、調理の過程といった繊細な問題に、病的なほど興味をひかれていた。三人はすばらしい食欲を見せた。最初のうち、モーガンは味もわからない様子だったが、次々にうっとりするほど美味なる料理が目の前に置かれるごとに、どんどん元気になり、いつしか、自分の問題をすっかり忘れて、招待主たちと愉しく談笑していた。

カフェオレに続いて供されたすばらしい葉巻の煙を、エラリーが用心深く、警視がおっかなびっくり、モーガンがうまそうに吸いこんだところで、やおらクイーン警視が切り出した。
「モーガンさん、ずばり本題にはいらせてもらいます。なぜ、今夜お呼びだてしたか、もうわかっておいででしょう。率直に言います。九月二十三日の日曜の夜——四日前のことです。あなたがそのことについて沈黙を守っていた理由を、包み隠さず話していただきたい」

モーガンは警視が話し始めると同時に、深刻な顔になっていた。葉巻を灰皿にのせると、言葉で表せないほど、しおたれた表情で老人を見つめた。
「いずれこうなるのは、わかっていました」彼は言った。「遅かれ早かれ、きっとあなたに見つかるだろうと。ラッソーさんが喋ったんでしょう、腹いせに」
「そうです」クイーン警視はあっさり認めた。「紳士としてのわしは、くだらんよた話に耳を貸しはしませんが、警察官としてのわしには、耳を貸す義務があります。なぜあなたはわしに隠しとったのですか、モーガンさん」

モーガンはスプーンでテーブルクロスに、でたらめな図形を描いている。「なぜなら——そう、人間は自分の馬鹿さかげんに気づかされないかぎり、馬鹿だからですよ」彼は静かに言うと、顔をあげた。「私は神に祈り、願いました——人間の弱さですね、きっと——あの出来事が、死者と私だけの秘密であり続けてほしいと。なのに、あの売女《ばいた》が寝室に隠れていたとは――私の言った言葉をひとこと残らず聞いていたとは――身体じゅうから空気が抜けた気分でした」

彼はグラスの水をがぶりと飲んで、早口に続けた。「警視、神かけて誓いますが、私は罠にはめられたと信じていたんです、そして、それをくつがえすだけの証拠を提出することはできないと。私は、あの劇場にいるところを見つかりました、もっとも憎い敵が殺された現場から、それほど離れていない場所で。しかも、そこにいた理由を、誰が見ても馬鹿げている、根拠のない話でしか説明できない。しかも私はその死んだ男と、前の晩に口論しているんです。とても危うい立場としか言いようがないでしょう、警視――大げさじゃなく」

クイーン警視は無言だった。エラリーは椅子の背もたれに身体をあずけ、陰気くさい眼でモーガンを見ている。モーガンはごくりと唾を飲んで、続けた。

「だから、何も言わなかったんです。余計なことをすれば、状況証拠の網をみずから張り巡らせて、窮地に陥るだけだ。そんなふうに、法律家としての専門知識に囁かれて、思わず沈黙を通してしまった男を、責められますか?」

クイーン警視はしばらく黙っていた。やがて、口を開いた。「そのことはひとまずおいておきましょう、モーガンさん。なぜ、日曜の夜、フィールドに会いにいったんです?」

「りっぱな理由があったからですよ」弁護士は吐き捨てるように言った。「一週間前、木曜にフィールドが私のオフィスに電話をかけてきて、最後の大勝負をするつもりだから、いますぐ五万ドルを調達しなければならない、と言ったんです。五万ドル！」モーガンはかわいた笑いをもらした。「私はあの男にさんざん搾りとられて、いまじゃ、どれだけ搾られたって、ばあさん牛なみに何も出せないってのに……あの男の〝最後の大勝負〟とやらですが——なんだと思います？　私と同じくらいフィールドという男を知っていれば、答えが競馬場か株式相場なのは常識ですよ……まあ、間違っているかもしれませんが。本当に金の必要に迫られていて、〝過去の清算〟をするつもりだったのかもしれない。なんにしろ、彼はまったく新しい条件で、五万ドルを要求してきた——その金額を出せば、書類の原本を返すと！　そんなことを言われたのは初めてでした。いつだって——それまでは——沈黙の対価をよこせと、横柄に言ってくるだけだった。それが今回は、売買の提案だったんです」

「それはおもしろいポイントです、モーガンさん」エラリーはきらりと眼を光らせた。「彼との話の中で、あなたの言う〝過去の清算〟なるものをしようとしていると匂わせる何かがあったのですか？」

「ありました。だから、そう言ったんですよ。金に困っているようで、ちょっとした休暇を取る前に——ヨーロッパを、すくなくとも三年は見て回るようなことを言っていました——〝友人〟全員に請求しているところだと。あの男がそれほど大がかりな恐喝ビジネスを展開しているとは思いもよりませんでした。しかし、今度のこれで——！」

エラリーと警視は視線を交わした。モーガンはのろのろと続けた。

「私はありのままを正直に話しました。ほとんど彼のせいでもう金の余裕がない、そんなべらぼうな金額を要求されても絶対に無理だと。あの男は笑うだけで――金を用意しろの一点張りでした。もちろん、私だって例の書類を取り戻したいのはやまやまでした、でも……」

「あなたの手元から支払い済みの小切手が何枚か、本当になくなっているのを確認したんですか?」警視は訊いた。

「その必要はありませんでした」かすれる声でモーガンは答えた。「二年前に、ウェブスター・クラブで実際に、小切手と手紙を見せられましたから――あの、口論をした時に。ええ、奴のはったりなんかじゃない。とにかく、あいつは一枚も二枚もうわてでした」

「それで?」

「先週の木曜、あいつは恐喝の意図を隠そうともしないで、ねちねちと食い下がってきました。私はどうにかして要求に応えるつもりがあると、なんとか信じてもらおうとしました。なぜなら、もはや本当に一滴も搾ることができないと気づかれたら、あの書類をなんのためらいもなく公表するだろうとわかっていたからです……」

「書類を見せてほしいと頼みましたか?」エラリーは訊ねた。

「もちろんですとも――でも、あいつは笑うばかりで、金を拝ませてもらえば、小切手や手紙を拝ませてやる、と。あいつは馬鹿じゃなかった、あのごろつきは――いまいましい証拠を取り出すすきに、私におかしなまねをさせる危険は、絶対におかさなかった……さっきから私はあけすけに話していますね。ええ、暴力に走ろうと何度も思いましたよ。そんな状況で一度も思わない人間がいますか? でも、本気で殺そうなんて思ったことは一度もありません――まっとうな理由がありますし」彼は言葉を切った。

「たしかに殺しても何もなりませんからね」エラリーは優しく言った。「あなたは書類のありかを知らなかったのだから！」

「そのとおりです」モーガンは弱々しく微笑んだ。「知りませんでした。あの書類がいつおもてに出てくるか――誰の手に渡るか、わからないというのに――フィールドが死んでなんになりますか？　もっと強欲な人間が新たな恐喝者になってもおかしくない……日曜の夜、奴に要求された金をどうにかして工面しようと、地獄のような三日間を過ごしたあと――結局、無駄な努力でしたが――ついに、あの男と決着をつけることにしました。奴のアパートメントに乗りこんでみると、あいつはナイトガウン姿で、私が来るなんて考えてもいなかったようで、ひどく驚いていました。居間は散らかっていました――隣の部屋にラッソー夫人が隠れているなんて知らなかった」

震える指で葉巻に火をつけなおした。

「私たちは言い争いました――というより、私が一方的にまくしたてて、向こうはせせら笑っているだけでしたが。何を言っても、どれほど懇願しても、聞く耳を持ってくれなかった。五万ドルをよこすか、さもなければ、このスキャンダルをまきちらす――ついでに証拠も、と……私は、完全に自制心がきかなくなる前に帰りました。警視、これは紳士として、そして、不幸な状況の犠牲者として、私の名誉にかけて真実の話です」

彼は顔をそむけた。クイーン警視は咳払いをして、葉巻を灰皿に投げ入れた。そして、ポケットを探って褐色の嗅ぎ煙草入れを取り出すと、ひとつまみ、深々と香りを吸いこんでから、椅子の背にもたれた。出し抜けにエラリーがグラスに水を注いでモーガンに差し出すと、彼は受けとって飲み干した。

「ありがとう、モーガンさん」クイーン警視は言った。「ここまで包み隠さず話してくれたわけですから、日曜の夜、あなたが口論の最中にフィールドの命をおびやかすようなことを言ったのかどうか、ひとつ正直に話してくれませんか。実は、あなたがその興奮のさなかに言ったことにもとづいて、ラッソーさんがあなたをフィールド殺しの犯人だと告発しています。お知らせしておくのが、フェアというものでしょう」

モーガンは真っ青になった。眉をぎゅっと寄せ、不安で虚ろになった眼で哀れっぽく警視を見つめる。

「あの女は嘘をついている！」しゃがれ声で怒鳴った。近くで食事をしている数人の客が、好奇のまなざしを向けてきたので、クイーン警視はモーガンの腕を軽く叩いた。彼はくちびるを嚙むと、声を落とした。「私はそんなことを一度も言っていません、警視。ついさっき、フィールドを殺してやりたいと、何度となく思ったと言ったのは、まったく本当のことです。でもそれは、まったく考えなしの無意味な考えだ。私は――私は、人を殺せるほど肝っ玉の据わった男じゃない。ウェブスター・クラブで完全に我を忘れて脅し文句を怒鳴った時でさえ、本気じゃなかった。もちろん日曜の夜だって――どうか、あの破廉恥《はれんち》な金の亡者の売女なんかじゃなく、私の言葉を信じてください、警視――お願いです！」

「わしはただ、あなたの言った言葉を説明してほしいだけです。なぜなら」警視は静かに言った。「おかしなことに思えるかもしれませんが、彼女が主張するとおりの言葉をあなたが実際に口にしたと、わしは信じとるからです」

「どんな言葉ですか？」モーガンは冷や汗をかき始めた。目玉が飛び出しそうになっている。

「〝今後ひとりも恐喝できないようにしてやる、貴様はもう、おしまいだ！〟」警視は暗唱した。「これはあなたの言葉ですか、モーガンさん？」

弁護士は眼をぱちくりさせてクイーン父子を見つめていたが、やがて、大きくあおのいて笑いだした。「なんてこった！」彼はやっと声を出した。「それが私の言った〝脅迫〟というやつですか？　いや、警視、私はただ、もし、私があの下劣な要求どおりに払うことができなくて、奴があの書類を公表することになれば、私は洗いざらい警察に話して、一蓮托生の道連れにしてやる、と言ったつもりだったんです。それだけなのに！　あの女、私があいつを殺してやると言ったって――」彼はヒステリーぎみに眼のふちをぬぐった。

エラリーは微笑し、指でウェイターを読んだ。彼が勘定を払い、煙草に火をつけ、横目で父親を見ると、警視は気が抜けたような、同情しているような顔でモーガンを見守っている。

「よくわかりました、モーガンさん」警視は椅子をうしろに押しやりながら立ちあがった。「知りたかったのは、それだけです」彼は礼儀正しく脇にどくと、呆然としてまだ震えている弁護士を先に歩かせてやり、自分たちもクロークルームに向かった。

＊

ローマ劇場前の歩道は、ふたりのクイーンがブロードウェイから四十七丁目の通りにはいって、ぶらぶらと歩いてきたころには、ごった返していた。あまりの人だかりに、警官隊が出動して整理にあたっていた。狭い道路の端から端まで、交通が完全にストップしてしまっている。ひさしには、題名の〈ピストル騒動〉という文字がけばけばしく、さらに、〝主演　ジェイムズ・ピール　イヴ・エリス　その他オールスターキャスト〟という小さめの文字の電飾が、見る人の眼を射るように輝いている。男も女も腕や肘を武器にして、もみあう群衆を押しのけて突き進もうとしている。警官は声をからして、今夜の切符を見せろと叫び、見せるまでは猫の子いっぴき防衛ラインを越えさせまいとしている。

警視がバッジを見せるとエラリーともども、押し合いへし合いする客の群れごと、劇場の小さなロビーに放りこまれた。切符売り場の横では、ラテン系の顔を笑い皺の渦巻きでくしゃくしゃにしたパンザー支配人が、丁重に、どっしりと威厳たっぷりに対応して、まだ券を買っていない客の長い列が切符売り場からもぎりの前に流れるように手伝っている。堂々たるドアマンは大汗をかきながら扉の脇に立って、すっかりめんくらった顔をしている。切符売りは狂ったように働いている。ハリー・ニールスンはロビーの片隅で、明らかに記者とわかる三人の青年と、熱心に喋っている。

パンザーはふたりのクイーンを見つけると、大急ぎで出迎えにやってこようとした。警視が厳しく目顔で合図すると、支配人はためらい、そして、わかりました、というようにうなずいて、再び売り場の窓口に顔を向けた。エラリーはおとなしく行列に並び、切符売り場から予約席の券を二枚受けとった。ふたりは人の波にもみくちゃにされながら一階席にはいっていった。エラリーが左ＬＬ32と左ＬＬ30とだけ書かれた二枚の券を差し出すと、マッジ・オコンネルはぎょっとしてあとずさった。彼女がボール紙を取り落としそうになりながら、半分怯えた眼を向けてくると、警視は微笑んだ。案内嬢は分厚い絨毯を突っ切って、いちばん左の通路に案内すると、無言で、最後列の左端の二席を指し示し、飛ぶように逃げていった。男ふたりは腰をおろすと、座席下のワイヤーのホルダーに帽子をかけて、らくらくと椅子にもたれかかった。その姿はどこからどう見ても、これから始まるひと夜の血なまぐさいお愉しみをわくわくと待ち構える、ふたりの観客でしかなかった。

客席は満席だった。通路にぞろぞろと案内される人の群れは、あっという間に空席にのみこまれていく。いくつもの頭が何かを期待するようにクイーン父子の方を振り返り、はからずもふたりは、まったく不本意ながら、好奇の眼にさらされることになった。

「やれやれ！」老人は愚痴《ぐち》った。「幕が開いてから来るんだった」

「民衆の目を気にしすぎですよ、お父さん《モン・ペール》」エラリーは笑い声をたてた。「ぼくは脚光を浴びても気になりませんけどね」彼は腕時計を見て、そして、父親と確認するように眼を見交わした。八時二十五分きっかりだ。ふたりは椅子の中でもぞもぞと動いて、身体を落ち着けた。

照明がひとつ、またひとつと消えていく。呼応するように、観客のざわめきも静まっていく。

まったくの闇の中、緞帳《どんちょう》があがり、不気味に暗い舞台が現れる。静寂の中、突然、銃声が轟いた。咽喉をごろごろいわせて男の断末魔が響き渡ると、客席のあちこちから、はっと息をのむ音が聞こえてくる。こうして〈ピストル騒動〉は、広く宣伝されたとおり、最高に芝居がかったやりかたで幕を開けた。

どこか上の空の父親と違ってエラリーは、三晩前にモンティ・フィールドの死体が坐っていた席でのんびりくつろぎ、すこぶる魅力的なメロドラマを愉しんでいた。クライマックスごとに舞台に現れるジェイムズ・ピールの豊かな美声は朗々と響き渡り、その圧倒的な演技力にエラリーは心を躍らせた。イヴ・エリスは、明らかにすっかり役になりきっている――ちょうどいまはスティーヴン・バリーと、抑えたような囁きを交わしていた。そのバリーの端整な顔立ちと快い声に、警視のすぐ右に坐っている若い娘がうっとりと声をもらす。ヒルダ・オレンジは役柄に見合ったけばけばしい衣装を着て、片隅で身をひそめるようにしていた。年配の〝性格俳優〟が、舞台の上をさまよっている。エラリーは父の方に身を寄せた。

「なかなか、いい配役じゃないですか」彼は囁いた。「ほら、あのオレンジって女優なんか！」

芝居はどんぱちの音を派手に鳴らしながら進んでいく。ついに、台詞と轟音の協奏曲が割れんばかりに響き渡り、第一幕は終わりを告げた。照明がつくと同時に、警視は腕時計を見た。九時五分だった。

警視は立ちあがり、エラリーものろのろ立ちあがった。マッジ・オコンネルが、ふたりに気づかないふりをして通路端の重たい鉄の扉を押し開けると、客たちはいっせいに、街灯に薄暗く照らされた小路にぞろぞろ出ていこうとし始めた。ふたりのクイーンも、一同にまじってぶらぶらと外に出た。

制服姿の青年が、紙コップのぎっしり並んだ洒落たスタンドのうしろに立って、あまりうるさくない〝洗練された〟呼び声で、売り物をすすめている。モンティ・フィールドがジンジャーエールを注文したことについて証言をした、ジェス・リンチだ。

エラリーは鉄の扉の裏側に回ってみた――ちょうど煉瓦の壁と扉の間に、窮屈ながらも空間がある。小路をはさんで、向かい側をふさぐように立ちはだかる建物の壁は、高さがゆうに六階分はあり、どこにも抜け道はない。警視は売り子の青年からオレンジエードを一杯買った。ジェス・リンチが気づいてびっくりすると、クイーン警視はにこやかに挨拶をした。

人々は三々五々、あちらこちらで肩を寄せあい、自分たちがいまいる場所に、妙な興味を示している。警視の耳に、ひとりの婦人が怯えたように、それでいてわくわくするように言う声が聞こえてきた。「その男は月曜の夜にここで、オレンジエードを買ったんですって！」

五分前のベルが劇場の中で鳴り響き、空気を吸いに外に出てきていた人々は、急いで客席に戻っていった。警視は自分の席に坐る前に、一階の観客席のうしろから、二階席にのぼる階段のいちばん下を見た。がたいのいい制服の青年が、階段の一段目をふさぐように立っている。

二幕目は爆音と共に始まった。舞台の上で派手な銃撃戦が花開くと、観客は夢中になって身体を揺すり、息をのんで夢中になっていた。クイーン父子は急に、その大活劇に心を奪われたのか、ぐっと身を乗り出した。エラリーは腕時計を確かめた。九時二十分――やがて、ふたりのクイーンはまた椅子の背に身体をあずけ、芝居はそのまま進行した。

九時五十分きっかりにふたりは立ちあがると、帽子とコートを持ってLLの列を脱け出し、一階客席うしろの開けた場所に移動した。立ち見が大勢出ている――警視は微笑して、口の中でこっそりマスコミの力を讃えた。案内嬢のマッジ・オコンネルは真っ青な顔で、円柱にぴったり身を寄せ、目の前の何もない空間をじっと睨んでいる。

クイーン父子は、オフィスの戸口で超満員の客席を大にこにこ顔で見回しているパンザー支配人に向かって歩いていった。警視は支配人に、中にはいるように合図すると、素早くオフィスの控えの間にすべりこみ、最後にはいってきたエラリーがドアを閉めた。パンザーの顔から笑みが消えた。

「実り多い夜をお愉しみいただけましたでしょうか?」支配人はおどおどと訊ねた。

「実り多い夜? そうだな――それは、その言葉の意味にもよるが」老人は素早い身振りで、パンザーの仕事部屋に続く奥のドアに皆を招いた。

「ちょっとお訊きしたいんですが、パンザーさん」警視はいくぶん興奮したように歩きまわっている。「一階客席の座席番号と出入り口全部がわかる、簡単な見取り図はありますか?」

パンザーは瞠目した。「あると思います。少々お待ちください」彼はファイル戸棚をがさごそと探し、フォルダをいくつも引っくり返してようやく、劇場をふたつに分けた大きな見取り図を掘り出した――ひとつは一階、もうひとつは二階の。

警視は二枚目の地図を気短に押しやると、エラリーともども、一階席の見取り図を覗きこんだ。＊ふたりは見取り図をじっと見つめた。クイーン警視が顔をあげると、パンザーは敷物の上でもじもじしながら、次は何を言われるだろうかと途方にくれている。

「この見取り図をお借りしてもいいですか、パンザーさん？」警視はぴしりと訊いた。「二、三日中に、無事にお返しします」

「ええ、どうぞ、どうぞ！」パンザーは言った。「ほかに何か、私にできることはございますか、警視様？……その、本当にありがとうございました、宣伝していただきまして――今夜の〝入り〟に、ゴードン・デイヴィスもたいへん喜んでおります。ぜひ警視様に、感謝していることを伝えてほしいと申しておりました」

「いやいや――感謝なんてせんでください」警視はぼそぼそ言いながら、見取り図をたたんで胸ポケットにしまった。「わしが何もしなくても、いずれこうなったはずです――あなたがたにとって、当然の結果ですよ……それじゃ、エラリー――もう行こうか……おやすみ、パンザーさん。今夜のことは他言無用です、わかっておいでしょうが！」

ふたりのクイーンは、パンザーが沈黙は守ります、と必死に繰り返すのを背中に聞きながら、そっとオフィスを出た。

もう一度、一階客席のうしろを、左端の通路をめざして突っ切っていく。警視は素早くマッジ・オコンネルに合図した。

「はい」息をのんだ彼女は、顔面蒼白だった。

「わしらが通れるように、ちょっと扉を開けてもらいたいんだ、オコンネルさん、それからこのことは忘れてくれ。わかったな？」警視は凄みのある口調で言った。

彼女は小声で何やらつぶやきつつ、ＬＬの列の先にある両開きの鉄の大扉を片方だけ押し開けた。最後にもう一度だけ、警告するように首を振ってから、警視はするりと外に抜け出し、エラリーもあとに続いた――そして扉はまた、音もなく元どおりに閉じた。

＊

十一時、大きく開いた扉から、終幕後に席を立った最初の客の一団が吐き出され始めると、リチャード・クイーンとエラリー・クイーンは再び、正面玄関から中にはいっていった。

17　では、さらに帽子の数が増すこと

「まあ、坐りたまえ、ティム――コーヒーでもどうだね？」

火のように赤い髪をぼさぼさにして現れた眼光鋭い中背の男、ティモシー・クローニンは、クイーン家の安楽椅子のひとつに腰をおろし、警視の申し出をもじもじしながら受け入れた。

金曜の朝、警視とエラリーは、ロマンチックにも色あざやかなガウン姿のままで、すこぶる

＊　二十四ページの見取り図は、このパンザー支配人の図面を参考にエラリー・クイーンが書いたものである。――編者

上機嫌だった。前の晩はびっくりするほど早い時間に――このふたりにしては、という意味だが――ベッドにはいり、ぐっすりと熟睡した。そして現在、ジューナが自分でさまざまな豆をブレンドしてこさえた、湯気のたつコーヒーを食卓に出そうとしている。まさしく、すべて世はこともなし、と言いたい朝の風景だった。

そんな陽気なクイーン家に、実にとんでもない時刻を選んで、クローニンが闖入《ちんにゅう》してきたのだ――髪も身なりもだらしなく乱れ、むっつりと不機嫌丸出しで、恥ずかしげもなく罵詈雑言をまきちらしながら。警視が穏やかにたしなめたものの、その口からほとばしる罰当たりな言葉の奔流をせき止めることはできなかった。エラリーにいたっては、プロ法律家の言葉を謹聴するアマチュア探偵として、地方検事補の大演説をひどくおもしろがって、耳を傾けている。

ようやく、クローニンは自分の居場所にはっと気づいて赤面し、すすめに応じて腰をおろした。そのまま、はしっこい何でも屋のジューナが朝食の添え物を忙しく準備している、そのぴんと伸びた背中を、ぼうっと見つめている。

「さっきのけしからん言葉を詫びる気分じゃないだろうがな、ティム・クローニン君」警視は腹の上で仏像のように両手を組んで、小言めいた口調で言った。「不機嫌の理由を、こっちから訊かなきゃならんのかね?」

「訊かなくたって」クローニンは唸って、敷物の上でいらいらと足を動かした。「わかるはずだ。フィールドの書類の件で壁にぶち当たった。あいつ、腹の底までとことん真っ黒い野郎だ、くたばりやがれ!」

「もうくたばっとるよ、ティム――心配せんでも」クイーン警視はやれやれという顔で言った。「かわいそうなフィールドはいまごろ地獄の炭火の上で爪先をじゅうじゅう焼いとるぞ――きみの罰当たりな言葉をおもしろがって。そもそも、どういう状況だね――調査はいったい、どうなっとる？」

クローニンは目の前にジューナが置いてくれたカップをつかむと、やけどしそうに熱い中身を、ひと息に飲み干した。「どうなってる？」彼は叫んで、カップを叩きつけるように置いた。「どうもこうも――ゼロ、無、何もなしだ！　まったく、なんでもいいから証拠の文書が手にはいらなけりゃ、こっちは気が狂っちまう！　いいか、警視――ストーツとぼくはフィールドのごりっぱなオフィスを上から下までひっかきまわして、たとえ直径三メートルの穴が開いていても、壁の外に頭を出す勇気のあるネズミは残ってないってくらい、部屋じゅうを荒らしまわったってのに――何も出てこない。何もだ！　まったく――信じられない。ぼくの名誉を賭けるがね、絶対どこかに――神のみぞ知る場所に――フィールドの証拠書類が隠されていて、誰かに発見してもらって世に出たがってるはずなんだ」

「なんだか、あなたは〝隠された書簡があるに違いない症候群〟みたいですね、クローニン」エラリーがのんびりと意見を述べた。「それじゃまるで、チャールズ一世の時代の人間じゃないですか。隠された書簡なんてものはない。ただ、捜す場所さえわかればいいんだ」

クローニンはふんとせせら笑った。「ご教示どうもありがとう、クイーン君。それじゃ、モンティ・フィールド氏が自分の書類を保管するのに選んだ場所を教えていただけるかな」

エラリーは煙草に火をつけた。「よろしい。論戦なら受けてたちますよ……あなたが言うには——そしてぼくは、あなたの言葉を微塵《みじん》も疑っていないが——存在する、とあなたが確信している証拠書類は、フィールドのオフィスの中にはない……それはそうと、前にあなたが言っていたギャング組織とつながりがある証拠ですが、なぜフィールド自身が保管していたと確信しているんです？」

「そうに違いないからだよ」クローニンは言い返した。「おかしな理屈だが、ありえない話じゃない……ぼくの得た情報によれば、我々が〝挙げよう〟とし続けたにもかかわらず、ついに指一本触れることのできなかったギャング団の上層部と、フィールドは連絡を取っていて、犯罪計画について書いた、彼とギャング団を結びつける証拠の書簡が絶対にあるんだ。とにかく、それについてはぼくの言葉を全面的に信用してもらうしかない。ここでつっこんで話すにはちょっとこみいった話だ。しかし、ぼくの言葉を信じてくれ、クイーン君——フィールドは破棄することのできない書類を持っていた。その書類を、ぼくはずっと捜しているんだ」

「よろしい、認めましょう」もったいをつけてエラリーは言った。「ひとつひとつの事実の裏づけが欲しかっただけですから。では、繰り返します、その書類はオフィスの中になかった。ということは、オフィスの外に眼を向けなければならないということになります。たとえば、それは貸金庫に保管されているのかもしれない」

「だが、エル」クローニンとエラリーの問答をおもしろがって聞いていた警視が、口をはさんだ。「今朝、おまえに言わなかったか、その線はトマスが地の果てまで追っかけたと。フィールドは貸金庫をひとつも借りちゃいない。それは立証されとる。郵便局留めの荷物もなければ、私書箱もない――本名でも仮名でもだ。トマスはさらに、フィールドが入会しとったクラブまで調べて、あの弁護士が七十五丁目のアパートメント以外には、一時的にしろ定住目的にしろ、住みかを持っていなかったと確認しとる。トマス自身も調べつくしたが、隠れ家が存在する気配はこれっぽっちもなかった。とうとう、フィールドが証拠書類を小包か鞄に入れて、なじみの店の主人にあずけるか何かした可能性まで考えたそうだ。しかし、そんな痕跡はまったくない……こういう調査にかけちゃ、ヴェリーは一流の腕ききだ、エラリー。おまえの仮説が間違っとることに、全財産を賭けてもかまわんぞ」

「ぼくはクローニンのために段階を踏んで、ひとつずつはっきりさせようとしてるんですがね」エラリーはやり返した。もったいぶって、テーブルの上でてのひらを広げてウィンクをした。

「いいですか、我々は捜索する範囲を狭めていって、〝ここにあるに違いない〟と断言できる程度にまで絞りこむ必要がある。オフィス、貸金庫、郵便私書箱は除外されました。しかしながら、フィールドは証拠書類を、自分の手が届かない場所に保管しておくことはできなかったはずです。あなたの捜している書類のことは知らないですよ、クローニン、でも、ぼくらの捜している書類に関しちゃそうなんだ。そう、フィールドはどこか、すぐ手の届く場所に証拠を隠していた……もう一歩、踏みこんで推理するなら、彼はすべての秘密の書類を、まとめて一カ所に隠していたと考えるのが妥当でしょうね」

クローニンはぽりぽりと頭をかいて、うなずいた。

「では、これまであげてきた大前提の条件をもとに考えてみましょう、皆さん」エラリーはひと呼吸おいて、続く言葉を強調した。「我々は可能性のある隠し場所を、ただ一カ所を除いてすべて除外してきました――ということは、書類はまさにその隠し場所にあるに違いないということになります……それ以外の解《かい》はありえない」

「ということは、つまり」さえぎった警視の上機嫌は一転して、陰気な顔になっていた。「あの場所を、ひょっとしてわしらは、十分に調べつくさなかったということか」

「ぼくたちはいま、正しい道筋をたどっていると確信しています」エラリーは頑固に言った。「今日は金曜日だから、三千万の家庭で夕食に魚料理が出てくるはずだ、というのと同じくらいに（キリスト教には金曜に魚を食べるという習慣がある）」

クローニンはきょとんとした。「よくわからないんだが、クイーン君。可能性が残された、たったひとつの隠し場所ってのは、どこのことだ？」

「そりゃ、フィールドのアパートメントですよ」エラリーは当然という顔で言った。「書類はそこにある」

「しかし、ぼくはその件について、昨日、地方検事と話しあったばかりだ」クローニンは反駁した。「すでにきみたちでフィールドのアパートメントを調べつくして、結局、何も見つからなかったそうじゃないか」

「そのとおり――そのとおりです」エラリーは言った。「我々はフィールドのアパートメントを捜しまわって、何も見つけられなかった。問題はですね、クローニン、我々が正しい場所を捜さなかった、ということです」

「なんだって、それだけわかってるんなら、さっさと行こう！」クローニンは椅子から飛びあがって叫んだ。

警視は赤毛の男の膝を優しく叩いて、椅子を指差した。「坐るんだ、ティム」警視は助言した。「エラリーはただ、大好きな屁理屈ゲームに夢中になっとるだけだ。せがれだって、書類がどこにあるのか知らないのは、きみと同じだよ。ただのあてずっぽうさ……探偵小説では」警視は苦笑を浮かべて言い添えた。「〝演繹《えんえき》の芸術〟と言うらしいぞ」

「どうやら」エラリーは紫煙の雲を吐きながらつぶやいた。「また挑戦を受けることになったようですね。ぼくはあれからずっと、フィールドの部屋に行っていませんが、クイーン警視殿の許しがあれば、もう一度、あの部屋にはいって、逃げ水のような証拠書類を見つけ出す気でいますよ」

「その件だが――」老人が言いかけた時に、玄関の呼び鈴が鳴った。ジューナはヴェリー部長刑事を案内してきたが、部長はうさんくさそうな小男を連れていた。男はひどくおどおどして、震えている。ふたりが居間に足を踏み入れる前に、警視が飛び出して立ちはだかった。「この男か、トマス？」クイーン警視が鋭く言うと、クローニンは眼を丸くした。巨体の部長刑事は苦々しげに軽口をたたいた。「まさにご本人様ですよ、警視」

「きみは誰にも捕まらずに、部屋に泥棒にはいれると言うんだね？」警視は愛想よく言いながら、新入りの腕をつかんだ。「きみこそ、わしの求める男だ」

うさんくさい青年は恐怖のあまり全身が麻痺してしまったかのようだった。「なあ、警視さん、おれ、騙されてんじゃねえよな？」男は口ごもった。

警視は大丈夫だというように微笑みかけると、控えの間に連れていった。こそこそと何やら話し始めたが、喋っているのは一方的で、老人が何かひとこと囁くごとに、未知の男が唸りながら相槌を打っている。居間のクローニンとエラリーは、警視の手から一枚の紙を、青年がひったくるように受けとるのを見逃さなかった。

クイーン警視だけが、きびきびした足取りで戻ってきた。「いいぞ、トマス。あとの手配は頼んだ、このわしらの友人が面倒に巻きこまれんようにしてやってくれ……さて、きみたち――」

ヴェリーは無表情で辞去の言葉を述べ、怯えきった青年を部屋から連れ去った。

警視は腰をおろした。「フィールドの部屋に行く前にだな」考え考え、警視は言った。「ある程度、事実をはっきりさせておこう。まず、ベンジャミン・モーガンが我々に語った話から、フィールドの本業は弁護士だったが、その収入の大半は――恐喝で得たものだったとわかった。それは知っていたか、ティム？　モンティ・フィールドは何十人もの名士から何百万ドルという金を、それこそからからの干物になるまで搾りとっていた。実はな、ティム、わしらはフィールド殺しの動機は、この裏稼業に関わると睨んどる。口止め料をたんまり払わされ続けて、ついにこの暴挙に我慢できなくなった何者かに殺された、とな。

きみもよく知っとるだろう、ティム、恐喝という汚らわしい行為が成り立つには、恐喝者が何かゆすりのネタになる証拠品を所有していることがキモになる。だからこそ我々は、必ず書類がどこかに隠されているはずだと確信しとるんだ――そしてエラリーは、それがフィールドの部屋にあると主張しとるわけだな。まあ、いまにわかる。とにかく、わしらの目的の証拠品が見つかるのと同時に、きみが長年捜し求めていた書類も見つかるはずだ、ついさっき、エラリーが指摘したとおりにな」

そして、口をつぐんで考えこんだ。「フィールドの、その呪われた書類をどれだけわしが手に入れたいか、言葉では言いつくせんよ、ティム。わしにとっても、本当に意味のある証拠なんだ。それさえ手にはいれば、わしらがまだ、まったく解明できていない多くの疑問が明らかになるはずで……」

「なら、さっさと行こうじゃないか!」クローニンは叫んで椅子から飛びあがった。「わかってるだろう、警視、ぼくがもう何年も何年も、このたったひとつの目的のために、フィールドのしっぽを追いかけ続けてきたってことを。見つかれば、ぼくの人生最高に幸せな日になる……警視――ほら、早く!」

しかしながら、エラリーも父親も急ぐ気配はなかった。ふたりが寝室に消え、着替えをしている間じゅう、クローニンは居間でじりじりしていた。もしクローニンが自分の思いだけにとらわれていなければ、彼が訪問した時にはクイーン父子の間に満ち満ちていた陽気な幸福感が雲散霧消し、真っ黒い陰鬱な空気に包まれていることに気づいただろう。特に警視は不機嫌で、いらいらしているようで、いつものようにさっさと捜査を始めようとせずに、むしろぐずぐずしている。

ようやく、クイーン父子がすっかり着替えをすませて現れた。男三人で階段をおり、通りに出る。タクシーに乗りこみながら、エラリーがため息をついた。

「赤っ恥をかくのが怖いのかね、エラリーや?」老人はコートの襟に鼻を埋めたままつぶやいた。

「ぼくはそんなことは考えていませんよ」エラリーは言い返した。「ちょっとほかに気になることが……証拠書類は見つかりますから、ご心配なく」

「きみが正しいことを神に祈るよ!」クローニンが熱っぽく吐息まじりに言った、この言葉を最後に、タクシーが七十五丁目の高くそびえるアパートメントハウスの前に停まるまで、車内は沈黙が支配していた。

男三人はエレベーターで四階にのぼると、静まり返った廊下に出た。警視はあたりを素早くうかがってから、フィールドの家の呼び鈴を押した。返事はなかったものの、ドアの向こうにかすかな気配を感じた。いきなり、さっとドアが開いたと思うと、真っ赤な顔の警察官が、尻ポケットのあたりでうろうろと手をさまよわせている。

「怖がるな――嚙みつきゃせん!」ぴしゃりと言った警視は、どうしようもなく不機嫌で、緊張のあまり幼い競走馬のようにぴりぴりしているクローニンには、その理由がさっぱりわからなかった。

制服警官は敬礼した。「申し訳ありません、警視、誰かが嗅ぎまわっているのかと思いまして」弱々しく言った。

男三人が控えの間にはいってしまうと、老人のほっそりした白い手が乱暴にドアを閉めた。

「何か、変わったことはあったか?」鋭く訊いて、クイーン警視は居間の入り口に向かって大股に歩いていき、部屋を覗きこんだ。

「何もありません、警視」警官は答えた。「自分はキャシディと四時間ごとに交替で見張っておりまして、ときどきリッター刑事が様子を見に寄られます」

「ふん、そうかね」老人は振り向いた。「ここにはいろうとした者はいたか?」

「自分のいる間にはいませんでした、警視――キャシディの時にもです」警官はびくびくしながら答えた。「火曜の朝からずっと、交替で見張っています。リッター刑事のほかには、この部屋に近づこうとした人間はいません」

「二時間ほど、そっちの控えの間にいたまえ」警視は命じた。「椅子を持ってって昼寝をしたければしてもいい――だが、誰かがドアにおかしなまねをしようとしたら、すぐに知らせろ」

警官は居間の椅子を控えの間にひきずっていき、玄関のドアに背を向けて腰をおろすと、腕を組み、誰はばかることなく眼を閉じた。

三人は陰気な目つきであたりを見回した。控えの間は狭いとはいえ、こまごました調度品や飾り物でいっぱいだ。書棚は手をつけていないように見える本がぎっしり詰まっている。小さなテーブルには〝モダンな〟ランプと、彫刻をほどこされた象牙の灰皿がいくつか。エンパイア様式の椅子が二脚。半分がサイドボードで、もう半分が書き物机のような、珍妙な家具。山ほど散乱しているクッションと敷物。このごたまぜの空間を警視はうんざり顔で見回していた。

「なあ、エラリー――この捜索に取り組むいちばんいい方法は、ひとつひとつ三人で調べて、見落としを確認しあうことだと思うぞ。まあ、あまり望みは持っとらんがね、わしは」

「嘆きの壁にて慟哭する紳士よ」エラリーは呻いた。「汝《な》が高貴なる面《おもて》に、ありありと、でかでかと、悲嘆という文字が書かれているぞよ。お父さんもぼくもクローニンも――そんな悲観論者じゃないはずでしょう」

クローニンが唸った。「どうでもいいから――口よりも手を動かそう、微笑ましい親子喧嘩には敬意を払うから」

エラリーは賛嘆のまなざしで彼を見た。「あなたは自分の決意に関しちゃ、食虫類のように頑固で貪欲ですね。人間というより、まるで軍隊アリだ。哀れなフィールドはモルグで寝ころがっているというのに……じゃあ、始めましょう《アロン・ザンファン》！」

三人は、こっくりこっくりしている警官の鼻先で仕事を開始した。たいていは無言のまま作業をしていた。エラリーの顔には静かな期待が浮かんでいた。警視の顔には悲しげな苛立ちがあった。クローニンの顔は猛烈な闘志に満ちていた。書棚から本が一冊一冊抜きとられ、丹念に中を見られ――ばさばさと振られて――表紙はすみずみまで仔細に調べられ――背表紙はつままれたり、針を刺されたりした。書物は二百冊以上もあり、すべて調べあげるにはたいへんな時間がかかった。エラリーはその作業に参加してほどなく、父とクローニンに、捜索の骨折り仕事をまかせて、自分はむしろ、本の題名に心を奪われ始めたようだった。突然彼は喜びの声をあげると、安っぽい薄い本を取りあげ、光にかざした。すぐさまクローニンが、かっと眼を燃やして、飛びかかるように身を乗り出してきた。警視はちらりと興味を持ったように顔をあげた。が、エラリーは単に、またもや筆跡の分析に関する本を発見しただけだった。

老人は息子の様子を見つめて好奇心を持ったのか、無言でくちびるをとがらせ、考えこんでいる。クローニンは呻き声と共に、書棚に向きなおった。しかしエラリーは素早くページをめくり、再び叫び声をあげた。ふたりの男たちはエラリーの肩越しに覗きこんだ。数ページにわたって、余白に鉛筆で何やら書きつけてある。それらは人の名前だった。〝ヘンリ・ジョーンズ〟、〝ジョン・スミス〟、〝ジョージ・ブラウン〟。どれもこれも、余白に何度も繰り返し書かれていて、まるで誰かが異なる書体の書き方を練習したかのように見える。

「フィールドはまたずいぶん、子供っぽい趣味に熱心だったみたいじゃないですか、落書きに」エラリーは感心したように鉛筆書きの名前を見つめている。

「また袖の中に何か隠しとるな、エラリー」警視はうんざりした顔で言った。「おまえの言う意味はわかる、しかし、それがどんな役にたつのかはさっぱりわからん。そいつが――そうか、なるほど！」

警視は身を乗り出すと、またもや捜索を開始したが、その身体は新たな興奮と生気に打ち震えていた。エラリーは微笑を浮かべて、作業に加わった。クローニンは途方にくれてふたりを見つめた。

「きみたち、ぼくにもわかるように説明してくれんかね」不機嫌な声を出す。

警視が身を起こした。「エラリーは、もしこれがたしかなら、わしらにとって幸運にも、フィールドという人間の新たな一面を暴露する事実を掘り当てた。なんという、腹黒い悪党だ！いいか、ティム――ここに常習的な恐喝者がいる、そして、きみはその男が筆跡の研究に関する参考書を使って、習字の練習をしとった証拠を発見した。さて、ここからどんな結論を引き出すかね？」

「文書偽造犯だったってことか？」クローニンは眉を寄せた。「長年、奴を追ってきたが、そんなことは疑ってもみなかったな」

「単なる文書偽造犯ってわけじゃないですよ、クローニン」エラリーは笑った。「ぼくはモンティ・フィールドが誰かの名前で小切手にサインをしたとか、そんなことは思っていません。あの男は、とことんずる賢い。そんな馬鹿げたどうしようもない間違いを犯すタマじゃない。おそらく奴は、誰かの罪の証拠となる文書を入手したら、そのコピーを作って、恐喝の相手にコピーを売り、原本は、のちのち使えるように、手元に保管しておいたのですよ！」

「その場合はだ、ティム」警視が威厳たっぷりに言い添えた。「もし、どこかに埋もれたこの証拠文書の金鉱を掘り当てることができれば――わしは大いに疑っとるがね――同時に我々はおそらく、モンティ・フィールドが殺された理由の原本を見つけることになるはずだ！」

赤毛の地方検事補はふたりの連れに向かって渋い顔をしてみせた。「〝もし〟とか〝おそらく〟ばかりだな」ようやくそう言って、かぶりを振った。

三人は、濃くなる沈黙の中、捜索を再開した。

控えの間に隠された物は何もなかった。一時間にわたる単調な、背中を痛めつける仕事を続けたあと、一同はついにその結論に達せざるを得なかった。一寸刻みに捜した。見落とした場所はひとつもない。ランプの内側も、書棚も、華奢な薄いテーブルも、書き物机の中も外も、クッションも。壁さえも、警視がひとつひとつ慎重に叩いている。警視はすっかり元気になって、わくわくした気持ちをできるだけ抑えているが、ぎゅっと結んだくちびると、赤みのさした頰に、内心の興奮が表れていた。

三人は居間を攻撃し始めた。最初の寄港地は、控えの間からはいってすぐの、大きなクロゼットだった。ここでも警視とエラリーはハンガーにさがったコート、オーバー、マントのすべてをあらためた。何もなかった。その上の棚には、火曜の朝にも確かめた帽子が四つのっている。古いパナマ帽、山高帽、フェルト帽がふたつ。やはり何もない。クローニンは四つんばいになってクロゼットの奥底を必死の眼で覗きこみ、壁を叩き、板のどこかに仕掛けがないかと捜していた。やはり、何も出てこない。警視は椅子を踏み台にして、棚の奥のすみずみまで探ってみた。床におりながら、警視は首を横に振った。

「クロゼットは忘れよう」彼はぼそぼそと言った。一同は部屋そのものに向きなおった。

三日前にヘイグストロームとピゴットがさんざんかきまわした、彫刻のほどこされた巨大な机が、三人の調べを待っていた。引き出しには書類や、支払い済み小切手や、手紙が山ほどはいっていて、老人がこれをすべて点検することになった。実際、クイーン老はこの破れたぼろぼろの紙切れに、見えないインクで書かれたあぶり出しか何かの隠しメッセージを捜して、丹念に透かし見ていたものである。やがて警視は肩をすくめて紙の束を放り出した。

「わしもいい歳をして、空想好きになったもんだ」彼はぶつくさ言った。「小説書きの息子なんて持つからこうなる」

そして、火曜日にクロゼットのコートのポケットから、警視自身が見つけた雑多な品々を手に取り始めた。エラリーは眉間に皺を寄せていた。クローニンなどは、絶望の中で悟りきったような表情を浮かべかけている。老人は上の空で、鍵や古い手紙や財布をいじくっていたが、やがて背を向けた。

「机には何もない」警視は疲れた声で宣言した。「まあ、あのずる賢い悪魔の申し子が、机なんてあからさまな隠し場所を選ぶとは思えんがね」

「エドガー・アラン・ポーを読んだことがあれば、選ぶんじゃないですかね」エラリーはつぶやいた。「続けましょう。隠し引き出しみたいなのは絶対にないんですね?」クローニンに訊ねた。赤い頭は悲しげに、しかしはっきりと、横に振られた。

一同は、家具はもちろん、絨毯の下や、ランプの中や、ブックエンドやカーテンレールの中まで、つつきまわし、しつこく探った。ひとつ失敗が重なるごとに、それぞれの顔にはもう捜しても無駄だという絶望の色が濃くなってくる。居間を調べ終えた時には、まるでこの部屋がうっかりハリケーンの通り道にはいりこんだようになっていた——成果としては、からっきしで、実にむなしいものだったが。

「あと残っているのは寝室と、台所と、トイレだけだ」警視はクローニンに言った。三人は、月曜の夜にアンジェラ・ラッソー夫人が占拠していた部屋にはいっていった。

フィールドの寝室はその調度品の数々のおかげで、びっくりするほど女性的だった――あのチャーミングなグリニッジヴィレッジの住人の趣味ですね、というのがエラリーの意見だった。再び、三人は部屋じゅうを捜索し始め、一センチの隙間たりとも彼らの鋭い眼と捜し求める手を逃れることはなかった。ベッドからはマットレスをはずし、スプリングも調べた。それをまた元どおりにすると、今度はクロゼットに襲いかかった。中の衣類はひとつ残らず、一同の獰《どう》猛《もう》な指によって、手荒に扱われ、もみくちゃにされた――バスローブ、ガウン、靴、ネクタイ。クローニンは半分投げやりに、壁やモールディングをまた調べている。敷物を引っくり返し、椅子も動かした。ベッドサイドの電話台にあった電話帳も振ってみた。警視は床のスチームパイプをぴったりおおった金属の円盤まで、動かすことができるなら可能性はある、と持ちあげてみさえした。

三人は寝室を出て、台所にはいった。そこは台所まわりの品々であふれ返っており、身動きも取れないほどだった。大きな戸棚がまずはあさられた。クローニンの苛立った指が怒りもあらわに、小麦粉や砂糖の容器に突き入れられる。ガスレンジ、食器戸棚、鍋の戸棚――片隅の大理石でできたシンクまで――ひとつひとつ順番に確認されていく。床には半分からになった、酒瓶のケースが立っていた。クローニンは物欲しげにちらりとそちらを見たが、警視に睨まれて、ばつが悪そうに眼をそらした。

「さて、次は——浴室ですか」エラリーがつぶやいた。険悪な沈黙の中、三人はタイル張りの浴室に行進してはいっていった。三分後、あいかわらず無言のまま、三人は出てくると、居間に戻っていき、ぐったりと椅子に身体を投げ出した。警視は嗅ぎ煙草入れを取り出して乱暴につかみとった。クローニンとエラリーは紙巻煙草に火をつけた。

「言わせてもらうがな、エラリーや」警視は、控え室の警官のいびきのほかは何も聞こえない、痛々しい沈黙を破って、葬式用の声音で言った。「あのシャーロック・ホームズとそのお仲間たちに富と名声をもたらした演繹法とやらは、まったく役にたたなかったというわけだ。いや、勘違いするな、おまえに文句を言っとるわけじゃないぞ……」そう言いながらも老人は、椅子という名の安息の砦にぐったりへたりこんでしまった。

エラリーはなめらかな顎を、神経質に何度も指でなでている。「どうやらぼくは、とんでもない道化を演じたようですね」彼は白状した。「しかし、それでも書類はここのどこかにあるはずです。馬鹿げた考えですって？　しかし、ぼくには論理という味方がいる。十あるうちの、ふたつ、さらに三つ、そして四つを足してだめなら、残りはひとつしかない……えらく古くさいことを言ってすみませんがね。それでも、ぼくは手紙がここにあると主張しますよ」

クローニンは唸って、口の形そのままの大きな煙の輪を吐き出した。

「異議を認めます」エラリーはつぶやいて、背もたれに寄りかかった。「もう一度、この部屋を洗いなおしてみるとするか。いや、いや！」クローニンが冗談じゃないという顔になるのを見て、エラリーは慌てて説明した。「口頭でひとつひとつ確認していこうと言ったんですよ……フィールド氏のアパートメントには、控えの間と、居間と、台所と、寝室と、トイレがあります。そして我々は、控えの間と、居間と、台所と、寝室と、トイレを調べて、成果を出せなかった。ユークリッドなら、残念ながらここで結論を出すところでしょうが……」彼は考えこんだ。「我々はこれらの部屋をどのように調べたでしょうか?」突然、エラリーが質問した。「ぼくたちは、眼に見える物を何もかも確認して、分解できる物は全部ばらしてみました。家具、ランプ、絨毯――繰り返しますが、目についた物はひとつ残らずです。さらに、床も、壁も、モールディングも叩いて、空洞がないことを確かめました。ぼくらの捜索を逃れた物も場所もないように思えますが……」

そこで言葉を切ったエラリーの眼は輝いていた。警視の表情からすぐさま疲れがふっ飛んだ。これまでの経験で、エラリーがまったく意味のないことに夢中になることはほとんどないとわかっていたのだ。

「さりながら」エラリーは、父親の顔を食い入るように見つめて、ゆっくりと言った。「大富豪セネカの黄金の屋根にかけて、我々は何かを見落としているはずだ――実際、あるものを見落としている!」

「なんだと!」クローニンが吼えた。「からかってるな」

「いいえ、からかっていませんよ」エラリーはらくらくと足を伸ばした。「ぼくたちは床を調べた、壁も調べた、でも調べましたかね――天井を?」

芝居気たっぷりにエラリーがその言葉を発すると、男ふたりは愕然として見つめ返した。

「それは、つまり何を言いたいんだね、エラリー？」父親は眉を寄せた。

エラリーは素早く煙草を灰皿で揉み消した。「簡単なことです」彼は言った。「純粋に論理的に考えていけば、いいですか、ある方程式において、たったひとつを除くすべての可能性を試してだめだったとすると、ただひとつ残った可能性が、どんなにありそうもない、どんなに馬鹿げたものに思えたとしても――それこそが正解に違いない……という定理にもとづいて、ぼくは結論を出します。すなわち、我々の求める書類はこのアパートメントにある」

「しかし、クイーン君、そいつはいくらなんでも――天井って！」クローニンはわめき、警視は警視でばつの悪い顔で居間の天井を見上げていた。エラリーはその顔つきに気がついて、笑いながら首を横に振った。

「ぼくは何も、左官を呼んで、このすてきな中産階級向け物件の天井の漆喰《しっくい》をひっぺがせと言ってるわけじゃありません」彼は言った。「なぜなら、ぼくはすでに解答を用意しているからです。ぼくが列挙した部屋の天井には、何がありましたか？」

「シャンデリアがあるね」クローニンはあいまいな口調で言いながら、頭上の重たいブロンズ製の調度品を見上げた。

「くそ――ベッドの天蓋だ！」警視が怒鳴った。そして、椅子から飛びあがると、寝室に駆けこんだ。クローニンがどたどたと追いかけ、エラリーはおもしろそうな顔でぶらぶらとあとからついていく。

三人はベッドの足もとで立ち止まり、天蓋を見上げた。このけばけばしい装飾品は、よくあ

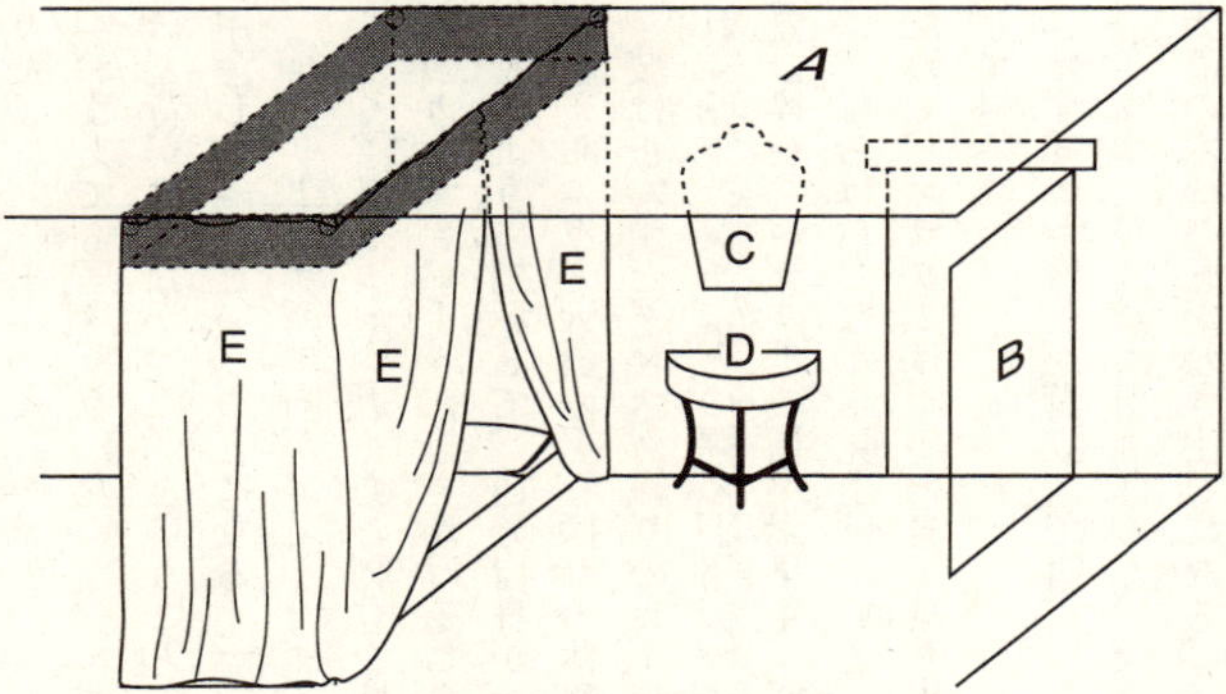

A：天井
B：居間へのドア
C：鏡
D：化粧台
E：天井から床までさがるダマスク織りのカーテン。これにより、帽子の隠された天蓋の木枠が見えなくなっていた。

るアメリカ式の、四本の柱に大きな布がかかっているだけの形ばかりの天蓋ではなく、ベッド本体と完全に一体化しているものだった。ベッドはもはや建築物と呼ぶのがふさわしく、四隅の柱が床から天井まで伸びている。そこにさがる栗色のダマスク織りのカーテンもまた天井から床につくほど長く、その優美なひだひだの布地は、天井すれすれのポールに通したリングで吊るされている。

「ふむ。もしあるとすれば」警視は寝室のダマスク織りの椅子を一脚、ベッドのそばにひきずってきた。「そこのはずだ。よし、諸君、手を貸せ」

彼は、自分の靴が絹織物にもたらす被害にはまるで無頓着で、椅子の上にのっかった。両腕を頭上に伸ばしたが、天井まではまだ何十センチも足りずに届かず、床におりた。

「おまえでも届きそうにないな、エラリー」警視はつぶやいた。「そしてフィールドはおまえほど背が高くなかった。ということは、フィールドはこの上にのぼるための、手ごろな梯子を用意しとったということになる!」

エラリーが台所に向かってうなずくのを見て、クローニンはそちらに駆けだしていった。ほどなく、二メートル近くある脚立を持って戻ってきた。警視はいちばん上の段にのったが、天蓋のカーテンレールに指をかけることもできなかった。エラリーはこの問題を、父親に脚立をおりるように指示して、自分自身がかわりにのぼることで解決した。脚立の上にエラリーがのると、ちょうど天蓋の上を探れる体勢になれた。

彼はむんずとダマスク織りのカーテンをつかんで引っぱった。布地はあっけなく脇に寄せられ、四十センチほどの幅の羽目板でできた木枠をあらわにした——カーテンで隠されていた天蓋の枠だ。エラリーの指が素早く、羽目板の浮き彫りの上を這いまわった。クローニンと警視は、はらはらしながら見上げている。隠し戸棚の入り口らしきものが何ひとつ見つからなかったので、エラリーはぐっと身を乗り出し、木枠の下を、ダマスク織りの布をかきわけるようにして見始めた。

「はずせ!」警視が苛立って叫ぶ。

エラリーが乱暴に引っぱると、天蓋のカーテンがひと塊になってばさりとベッドに落ちた。天蓋の木枠の底がむき出しになる。

「空洞になっている」エラリーは、木枠の底をこぶしでこんこん叩きながら宣言した。

「それはたいした情報じゃないな」クローニンが言った。「こういうものはたいてい、がらんどうだ。ベッドの反対側を見てみたらどうだね、クイーン君？」

しかし、もう一度、木枠の横の羽目板を調べなおしていたエラリーは、勝ち誇った声をあげた。希代《きたい》の策謀家ことマキアヴェリが好きそうな、複雑な〝隠し扉〟をエラリーは捜していたのだが——実際に見つけた隠し扉は単なる、羽目板のすべり戸だった。それは実に巧妙に隠されていた——動く板と動かない板の継ぎ目は、彫刻でできた花の帯や、ごてごてした飾りでおおわれている——とはいえ、謎解きの求道者にとっては何ほどのものではなく、最高の隠し場所と誉めたたえるほどではなかった。

「どうやら、ぼくが正しかったことが立証されそうな雰囲気ですよ」エラリーは、自分の暴いた空洞の真っ暗な奥を覗きこみ、咽喉の奥で笑った。彼は長い腕を、そのぱっくりと口を開けたうつろに突き入れた。警視とクローニンは息を殺して見守っている。

「すべての古代の神々にかけて」エラリーがいきなり叫んだ。その細い身体が興奮に震えている。「ぼくの言ったことを覚えていますか、お父さん？　書類のありかはここ以外にありえない——そう、帽子の中だって！」

袖を埃まみれにして、彼が腕を引き抜くと、下のふたりの男たちにも見えた。エラリーの手が古くさいシルクハットを持っているのを！

クローニンは、エラリーがその帽子をベッドに落とし、また大きく口を開いている穴の中に腕を突き入れるのを見ながら、複雑なステップを踏んで小躍りしていた。少しの間をおいて、エラリーはもうひとつ、帽子を取り出して——そしてもうひとつ——さらにもうひとつ！　ベッドの上には帽子がずらりと並ぶことになった——シルクハットがふたつと、山高帽がふたつ。

「この懐中電灯を使え」警視が声をかける。「もっとないか捜せ」

　エラリーは差し出された懐中電灯を受けとり、空洞の奥を照らし出した。しばらくして、かぶりを振りながらおりてきた。

「これで全部です」袖の埃を払いながら、彼は言った。「でも、これだけあれば十分だと思いますよ」

　警視は帽子を四つとも取りあげると、居間に運び、ソファの上に置いた。三人は重苦しい顔つきで腰をおろすと、互いに顔を見合わせた。

「何が隠れているのか、見たくてうずうずしているよ」クローニンがとうとう、かすれた声で言った。

「わしはむしろ見るのが怖いな」警視が言い返す。

「メネ・メネ・テケル・ウパルシン（旧約聖書より。バビロン王宮の壁に出現した、王の死を予言する文字。〝数えられ、数えられ、量られ、分かたれた〟の意）」エラリーが笑った。「いまの場合は、〝羽目板に出現した文字〟ですかね。さあ、吟味せよ、マクダフ！（シェイクスピアより。マクベス王を殺す者の名）」

　警視がシルクハットのひとつを取りあげた。上等なつやつやの裏地には、ブラウン・ブラザーズの商標が控えめにはいっている。警視は裏地を破ったが、何も出てこなかったので、今度は革の汗バンドを引き裂こうとした。渾身の力をこめても革はちぎれない。クローニンのポケットナイフを借りて、どうにかこうにか、バンドを切り落とした。やがて、顔をあげた。

「ローマ人《びと》よ、同胞諸君よ（シェイクスピアより。アントニウスの演説から）、この帽子にはだな」警視はほがらかに言った。「ごく一般的な帽子の構成物しか含まれていない。調べてみるか？」

　クローニンは獰猛な叫び声をあげると、警視の手からそれをひったくった。そして怒りのあまり、ばらばらに引きちぎった。

「くそっ！」残骸を床に投げ捨て、クローニンは吐き捨てるように言った。「ぼくの粗末な脳味噌でも理解できるように説明してくれないかね、警視？」

　クイーン警視は微笑んで、ふたつ目のシルクハットを取りあげると、しげしげとそれを観察した。

「きみはわしらよりも不利なだけだよ、ティム」警視は言った。「わしらはここの帽子がひとつはからっぽだということを知っとるんだ。そうだろう、エラリー？」

「マイクルズですね」エラリーはつぶやいた。

「そのとおり――マイクルズだ」警視が応じた。

「チャールズ・マイクルズか！」クローニンが叫んだ。「フィールドの用心棒だな、そいつは！　その用心棒がこの話のどこに関わってくるんだ」

「さあな。この男について何か知っとるかね？」

「フィールドの上着のしっぽをがっちりつかんで離さないってことくらいか。前科者だよ、知っているか？」

「ああ」警視は何やら考えているようだった。「マイクルズ氏については、また別の機会に話そう……いまはとにかく帽子について説明させてくれ。マイクルズの供述によれば、彼は殺人のあった夜に、フィールドの夜会服をシルクハットも含めて用意したそうだ。マイクルズは、彼の知るかぎりではフィールドがひとつしかシルクハットを持っていなかった、と証言しとる。フィールドがいくつもの帽子を証拠書類の隠し場所にしており、あの夜は〝実弾入りの〟帽子をかぶってローマ劇場に行ったとすれば、マイクルズの用意した空の帽子のかわりにかぶっていったに違いない。フィールドがクロゼットの中には常にシルクハットをひとつしか置かないように気をつけていたことを考えると、奴はマイクルズにシルクハットを見つかったら、怪しまれると気づいとったのだろう。だから、帽子を取り替えたら、空の帽子の方は隠さなけりゃならなかったわけだ。となると、実弾入りの帽子を取り出した場所よりも自然な隠し場所があるかね――つまり、ベッドの上の羽目板の奥のほかに？」

「なんてこった！」クローニンは叫んだ。

「というわけでだ」警視は再び口を開いた。「フィールドがこれほど手のこんだやりかたで、かぶりものに気を使っていたことをかんがみるに、奴はローマ劇場から帰ったら、かぶっていった方の帽子を、その隠し場所にしまうつもりだったんだろうな、まず間違いなく。そして、ついさっき、きみがばらばらに引き裂いた帽子を隠し場所から取り出して、クロゼットの中にしまうつもりでいたんだ……それじゃ、次のを調べよう」

警視は、やはりブラウン・ブラザーズの商標のはいった、ふたつ目のシルクハットの内側のバンドを引っくり返した。「見ろ！」警視は叫んだ。男ふたりが身を乗り出してバンドの内側を覗きこむと、紫のインクではっとするほどくっきりとした、〝ベンジャミン・モーガン〟という文字が書かれている。

「沈黙を守ると誓ってくれないか、ティム」警視が突然、赤毛の男に向きなおった。「今回の件で、ベンジャミン・モーガンを困らせるような書類を発見したことは、絶対に口外しないでほしい」

「ぼくを誰だと思っているんだね、警視？」クローニンは鼻を鳴らした。「ぼくは牡蠣《かき》と同じくらい口が堅いぞ、信用してくれ！」

「わかった」クイーン警視は帽子の内張りを探った。かさかさ、という音がはっきり聞こえる。

「さて」エラリーが静かに言った。「いま初めて、我々は犯人がなぜ月曜の夜にフィールドのかぶっていた帽子を持ち去らなければならなかったのか、その理由をはっきりと知ったわけです。おそらくは、殺人犯の名前もまったく同じように帽子に書かれていて――あのインクはとても消せませんからね――犯人は自分の名前の書かれた帽子を、殺人現場に残していくことはできなかったのです」

「ああ、その帽子さえあれば」クローニンは叫んだ。「誰が犯人なのか、一発でわかるのに！」

「残念だがね、ティム」警視は淡々と言った。「その帽子はこの世から永久に消えとるだろうよ」

彼は内側のバンドの付け根あたりの、裏地が帽子そのものに縫いつけられた丁寧な縫い目を指差した。そして、この縫い目を素早く破ると、裏地と本体の間に指をさしこんだ。無言で、彼は細い輪ゴムでまとめられている紙の束を引っぱり出した。

「ぼくがもし、一部で考えられているくらいに意地の悪い人間なら」感慨深げにエラリーは背もたれにぐっともたれる。「当然の権利として言ったでしょうね。〝ほら、ぼくの言ったとおりだったろう〟って」

「負けた時は潔く負けを認めるさ――傷口に塩を塗りこんでくれ」警視は高らかに笑った。そして、輪ゴムをはずし、ざっと紙片を見ていったあと、満足げににこりとして、胸ポケットにしまった。

「モーガンのものだ、間違いなく」言葉少なに言うと、今度は山高帽のひとつに手をかけた。これの内バンドには、謎めいたXという文字だけが記されていた。こちらにも、シルクハットとまったく同じ縫い目がある。そこから取り出した書類を――モーガンのよりも分厚かったが――彼は興味深そうに調べた。そして、クローニンに手渡した。クローニンの指はかすかに震えていた。

「僥倖《ぎようこう》だったな、ティム」警視はゆっくりと言った。「きみが狙っていた男は死んだが、ここには大物の名前がどっさり載っている。きみは、じきに英雄になるぞ」

クローニンは紙の束をつかんで、夢中で一枚、一枚、めくっていった。「ある――ある、ある！」彼は叫んだ。そして、はじかれたように立ちあがると、ポケットに紙の束をつっこんだ。

「ぼくはもう行くよ、警視」彼は早口に言った。「これからやらなきゃならない仕事が山ほどある――四つ目の帽子から何が出てこようが、ぼくにはもうどうでもいいことだ。きみにも、クイーン君にも、どんなに感謝してもしきれないよ！　それじゃ！」

彼が部屋を飛び出していった直後に、控えの間にいる警官のいびきがぱったり途絶えた。玄関のドアがばたんと閉まった。

エラリーと警視は顔を見合わせた。

「こいつがどれだけ役にたつかわからんな」老人はぶつぶつ言いながら、最後に残った山高帽の内バンドを探った。「我々は物を見つけ、演繹法で推理し、想像力を駆使したが――はてさて……」警視はため息をついて、内バンドを光にかざした。

文字があった。〝その他〟。

18　手詰まり

金曜の昼どきに、クイーン警視とエラリーとティモシー・クローニンがモンティ・フィールドの部屋の捜索に没頭しているころ、ヴェリー部長刑事はいつもの無愛想な仏頂面でブロードウェイから八十七丁目をゆっくり歩いていき、クイーン父子の住まうブラウンストーン造りのアパートメントの階段をのぼって、呼び鈴を鳴らした。ジューナの陽気な声がのぼってくるように招くと、人のいい部長刑事は大まじめに従った。

「警視はいま、うちにいませんけどっ！」こまっしゃくれた口調で出迎えたジューナのほっそりした身体は、大きな主婦用のエプロンのうしろに完全に隠れてしまっていた。たまねぎをたっぷりかけたステーキのいい匂いが部屋じゅうに広がっている。

「生意気な坊主め！」ヴェリーは唸った。内ポケットから、封をした分厚い封筒を抜きとると、ジューナに手渡した。「警視がお帰りになったら、こいつを渡せ。忘れたら、貴様をイーストリバーに沈めてやる」

「あなただけですよ、そんな意地悪を言うの」ジューナは口元をうんと曲げてふーっと息を吐いた。そうしてから、礼儀正しく言い添えた。「わかりました、部長刑事《サー》さん」

「わかればいいんだ」ヴェリーはもったいぶってきびすを返すと、再び下の通りにおりていき、四階の窓から、にこにこしながら見送っていたジューナの眼に、部長刑事の広い背中は、とてつもなく大きく見えた。

六時少し前に、ふたりのクイーンが疲れた足をひきずるように戻ってくると、警視の目ざとい視線は、自分の皿にのっている警察の封筒に飛びついた。

封筒の角を引きちぎり、警視はタイプライターでびっしり書かれた警察署の用紙の束を取り出した。

「おやおや！」だるそうにコートを脱いでいるエラリーに向かって、警視は小声で呼びかけた。

「勢揃いだ……」

警視は肘掛け椅子にどっかと沈み、帽子を脱ぐのも忘れ、コートのボタンもかけたまま、報告書を声に出して読みあげ始めた。

一枚目の報告書にはこうあった。

釈放に関する報告　一九二×年　九月二十八日

ジョン・カザネッリ、別名〈牧師のジョニー〉、別名〈イタリア・ジョン〉、別名ピーター・ドミニクは本日付で仮釈放処分となった。

ボノモ絹紡績工場で発生した強盗事件（一九二×年　六月二日）における、J・Cの関与について極秘に調査が行われていたが、思わしい結果は出なかった。我々は現在、さらなる情報を得るために、警察の情報屋である〝ちび〟のミルズを捜しているが、縄張りから消えてしまったようだ。

仮釈放はサンプスン地方検事の助言による。J・Cは監視下におかれ、いつ何時でも召喚できる。

T・V

二枚目の報告書を取りあげた警視は、〈牧師のジョニー〉に関する報告書を置きながら、眉間に皺を寄せて読み始めた。

ウィリアム・プザックに関する報告　一九二×年　九月二十八日

ウィリアム・プザックの身辺に関する調査にて、以下の事実が判明した。

年齢三十二歳。ニューヨーク州ブルックリン出身。米国籍に帰化した両親を持つ。未婚。日常の振る舞いは一般人と変わらず。社交性あり。週に三、四晩、〝デート〟をする。信心深い。ブロードウェイ一〇七六番地の衣料品店〈シュタイン＆ラウフ〉の経理をしている。賭け事や飲酒の習慣はない。悪い友人もいない。唯一の悪徳は女好きであること。

月曜の夜からの行動に変わった様子はない。手紙を出すこともなく、預金を引き出すこともなく、定時どおりの生活を守っている。あらゆる意味において、怪しい動きはまったくない。

エスター・ジャブロウなる娘が、プザックの〝もっとも親しい女性〟のようだ。月曜以降、彼はE・Jと二度、会っている――火曜の昼食時と、水曜の夜に。水曜の夜は、映画鑑賞をして、中華料理店で食事をとった。

捜査官四号

（T・Vによる承認済み）

警視はぶつぶつ言いながら、報告書を脇に放り出した。三番目の報告書にはこんな見出しがついていた。

マッジ・オコンネルに関する報告　一九二×年　九月二十八日金曜日まで

オコンネルは十番街一四三六番地に住んでいる。部屋は安アパートの四階。父親はいない。月曜の夜から、ローマ劇場の封鎖により、休職中。月曜の夜は、観客の解放と同時に劇場を出る。帰宅の途中、八番街の角のドラッグストアに立ち寄り、電話をかける。通話先を突き止めることはできず。通話の中で、〈牧師のジョニー〉の名が出てきたのが聞こえた。興奮していた様子。

火曜日は午後一時まで外出せず。〝墓場（ニューヨーク市拘置所の俗称）〟にいる〈牧師のジョニー〉と連絡を取る様子なし。ローマ劇場の封鎖が無期限であることを確認したのち、劇場関係の代理店を回って、客席の案内嬢の仕事を探す。

水曜、木曜と、一日じゅう、新しい変化はなし。木曜の夜に支配人から電話を受けて、ローマ劇場の職場に復帰。あいかわらず〈牧師のジョニー〉に会おうとしたり、連絡を取ろうとしたりする様子はない。電話も、訪問客も、手紙も来ない。怪しい――監視に気づいて警察を出し抜いているつもりかもしれない。

捜査官十一号

（T・Vによる承認済み）

「ふん！」警視は鼻を鳴らすと、次の紙を取りあげた。「こいつはなんと書いてある……」

フランシス・アイヴズ＝ポープに関する報告書　一九二×年　九月二十八日

フランシス・アイヴズ＝ポープ《F・I＝P》は月曜の夜、クイーン警視によって支配人オフィスから解放されてのち、まっすぐに帰宅した。正面出口で、ほかの解放された観客たちと同様に身体検査を受ける。芝居の出演者、イヴ・エリス、スティーヴン・バリー、ヒルダ・オレンジの三名に付き添われて劇場を出る。リバーサイド・ドライブにあるアイヴズ＝ポープ邸までタクシーに乗って帰宅。半失神状態で車から連れ出される。三人の役者たちはすぐに屋敷を去る。

火曜日、令嬢は屋敷を一歩も出なかった。庭師から、令嬢が一日じゅう寝こんでいたこと、昼間には大勢から電話がかかってきたことを聞き出す。

水曜の午前中にクイーン警視による自宅での事情聴取まで、人前に姿を現さず。事情聴取後は、スティーヴン・バリー、イヴ・エリス、ジェイムズ・ピール、兄のスタンフォードに伴われて外出。アイヴズ＝ポープ家のリムジンでウェストチェスターに遠乗り。外出で元気が出た模様。夕方は自宅でスティーヴン・バリーと過ごす。ブリッジのパーティーが開かれる。

木曜は五番街で買い物。スティーヴン・バリー《S・B》と昼食。バリーに連れられてセントラルパークへ。午後は外で過ごす。S・Bは五時前に、令嬢を屋敷に送っていく。S・Bは夕食に招かれたあとに、支配人からの電話連絡を受けて、ローマ劇場での仕事に向かう。F・I＝Pは家族と共に自宅で夜を過ごす。

金曜の報告はなし。週を通して、怪しい動きはなし。未知の人物との接触もなし。ベンジャミン・モーガンとの間に、連絡を取る模様はなし。

捜査官三十九号

（T・Vによる承認済み）

「ま、これは解決済みだな」警視はつぶやいた。次に選んだ報告書は驚くほど短かった。

オスカー・ルインに関する報告書　一九二×年　九月二十八日

ルインは火曜、水曜、木曜は一日じゅう、金曜は午前中を、モンティ・フィールドのオフィスで、ストーツ氏、クローニン氏の仕事を手伝った。毎日、三人で昼食をとる。

ルインは既婚、ブロンクス一五六丁目イーストサイド二一一番地に居住。毎晩、自宅で過ごす。怪しい手紙、電話はなし。悪癖のたぐいは一切なし。まっとうで地味な生活を送る。近所の評判もよし。

捜査官十六号

追記　オスカー・ルインの経歴、習慣等に関する詳細は、要請があればティモシー・クローニン地方検事補を通じて入手可能です。

T・V

警視はため息をついて、五枚の報告書を皿にのせると、立ちあがって、帽子とコートを脱ぎ、待ち構えているジューナの腕の中に放りこみ、また腰をおろした。それから、封筒にはいっていた最後の報告書を取りあげた——ひとまわり大きな報告書には、小さなメモ用紙がピンで留めてある。〝R・Q警視へ〟。

メモ用紙にはこうあった。

プラウティ博士が今朝、この報告書をことづけていかれました。自分の口から報告できなくて申し訳ないと言っていました。バーブリッジの毒殺事件で手が離せないそうです。

メモには見慣れた、のたくるようなヴェリーの筆跡で、イニシャルの署名がはいっていた。一緒に届いた報告書は、検死官オフィスのレターヘッド入りの便箋に、大急ぎでタイプライターで打ったものだった。

Q君（という書き出しで始まっていた）。テトラエチル鉛に関する情報だ。ジョーンズとぼくとで、あらゆる可能性を求めて広範囲で手配したが、結局は無駄だった。結局、成果はなかったものの、今回のこの結果を最終的な結論として受け入れてかまわないと思っている。モンティ・フィールドを殺した毒の出どころを追跡することは不可能だろう。これは、不肖このぼくだけの意見ではなく、ジョーンズ博士の意見でもある。もっとも論理的で無理がないのは、ガソリンから抽出したという考えであることに、全員が同意している。その出どころを追跡できるならしてみたまえ、シャーロック君！

プラウティ博士の手書きの追伸が書き足されていた。

〝もちろん、何かわかればすぐに知らせる。やけになりなさんな〟

「人の気も知らんで！」警視がぶつくさ言う間に、エラリーはひとことも言わずに、ジューナのこしらえた、このうえなく貴重なる、芳香漂う、食欲をそそる料理に襲いかかっていた。警視は憤然と、フルーツサラダにフォークを突き刺した。幸せにはほど遠い顔つきをしている。ぶつくさ言いながら、皿の脇に置いた報告書の束を何度となく睨《ね》めつけたり、エラリーが疲れた顔で夢中で顎を動かしているのを眺めたりしていたが、とうとうスプーンを放り出した。

「こんな、役立たずの、腹のたつ、すっからかんの報告書ばかりってことがあるか――！」警視は憤慨していた。

エラリーはくすりと笑った。「もちろん、お父さんはペリアンドロス（ギリシャ七賢人のひとり）を知ってますよね……え？　いや、そんな、怒鳴らなくても……コリントスのペリアンドロスがしらふの時にこんなことを言っていますよ。〝勤勉に不可能なし！〟」

＊

暖炉の火が燃え盛る中、ジューナはお気に入りの姿勢で、床の角に丸くなった。エラリーは煙草をくゆらせ、炎を見つめてくつろぎ、老クイーンは嗅ぎ煙草入れの中身を、まるでかたきのように鼻に詰めこんでいる。ふたりのクイーンは深刻な議論を始めた。もっと正確に言うなら――クイーン警視は深刻な議論を始めるつもりで、ひどくまじめな重々しい声で語りだしたのに対し、エラリーは罪と罰などという汚れた世俗のつまらぬことから遠く離れ、まるで達観した風情だった。

老人はてのひらで、自分の坐っている椅子の腕をぴしゃりと叩いた。「エラリー、ここまで神経をすりへらす事件に、生まれてこのかた出合ったことがあるか？」

「というよりもむしろ」エラリーは半眼のままで炎を見つめながら意見を言った。「お父さんが勝手に神経をすりへらしてるんじゃないですかね。殺人犯を逮捕するなんてつまらないことに、不必要にいらいらしすぎて。快楽主義ですみません……ぼくの『黒い窓事件』って本を覚えてますか。あれに出てくる探偵たちは、犯人を捕まえるのにそれほど苦労しなかったでしょう。なぜだと思いますか？　彼らが冷静だったからです。結論。常に冷静であるべし……ぼくはいま、明日のことを考えてるんです。輝かしい休暇を！」

「おまえときたら、教育を受けた人間にしては」警視はむくれた声を出した。「びっくりするほど首尾一貫しとらん。口を開けば意味のないことを言うし、沈黙する時にかぎって意味がある。いや——なんだかこんがらがってきた——」

エラリーはふきだした。「メイン州の森——黄金の紅葉——湖のほとりに立つ、愛すべきショーヴィンの小屋——釣竿——空気——ああ、早く明日にならないかなあ！」

クイーン警視は訴えるような眼で息子を見つめた。「わしは——本当はな、もし、できれば……いや、なんでもない」彼はため息をついた。「わしに言えるのはな、エルや、わしの雇ったあのケチなこそ泥が失敗すれば——完全に手詰まりってことだけだ」

「おお、ニューヨークよ！　泥棒あふるる、祝福されしゲヘナ（聖書に登場する苦難の地。転じて、地獄の意味あり）の街よ！」エラリーは叫んだ。「森に住む牧羊神《パーン》には、人の世のごたごたなど関係ない。ぼくの次の本もいい出来になりますよ、お父さん」

「また現実の事件からアイディアを盗むのか、悪党め」老人はぶつぶつ言った。「フィールド事件をネタにするつもりならな、最後の方の章をぜひ読ませてもらいたいもんだ！」

「かわいそうなお父さん！」エラリーはくすくす笑った。「現実をそう深刻に悩みすぎない方がいいですよ。だめな時は何をやったってだめなんですから。そもそもモンティ・フィールドなんて、頭を悩ましてやる価値もない人間ですし」

「そういう問題じゃない」老人は言った。「わしは負けを認めたくないんだ……まったく、今度の事件ときたら、動機もやり口も込み入りすぎてわけがわからんよ、エラリー。これほどの難事件にぶつかったのは、わしの長い経験の中でも、まったく初めてだ。卒中を起こしそうだ！　わしは誰が殺人を犯したのかを知っとる――なぜ殺したのかも知っとる――どうやって殺人が行われたのかさえ知っとる！　それでいて、いまのわしはどこにいる……？」警視は言葉を切ると、嗅ぎ煙草を乱暴につまみ出した。「まったくの五里霧中のど真ん中だ！」わめいて、ようやく警視はおとなしくなった。

「たしかに、このうえなくへんてこな状況ですよね」エラリーはつぶやいた。「だけど――世間じゃ、もっと難しい出来事だって、なしとげられてきたんですから……やっほう！　あの理想郷の小川で水浴びするのが待ちきれないな！」

「そして肺炎にかかるんだろう、きっと」警視は心配そうに言った。「約束しなさい、向こうに行っても、おかしな自然回帰ごっこをするんじゃないぞ。わしは自分の手でせがれの葬式なんぞ出したくないからな――わしは……」

エラリーは突然、黙りこんだ。そして、父親をじっと見つめた。ちらちらとゆらめく炎に照らされた警視は、と胸をつかれるほど老けこんでしまっていた。苦悶の表情に、深く刻まれた皺さえもぼやけて見える。ふさふさの白髪をかきあげている手が、不安になるほど弱々しい。

エラリーは立ちあがり、ためらってから、顔を赤らめ、さっと前かがみになって、父親の肩を叩いた。

「元気を出してください、お父さん」低い声で言った。「もし、ショーヴィンと約束さえしてなければ……万事、よくなりますよ――保証します。ぼくがここに残ることで、ほんの少しでもお父さんの助けになれるなら……でも、ぼくがいても、どうにもできない。あとはお父さんの仕事ですよ――そして、お父さんよりうまく、この事件をさばける人は世界じゅうのどこにもいません……」老人は奇妙な、愛情のこもった目つきで息子を見上げた。エラリーは、ふいと顔をそむけた。「さて、と」明るい声で言った。「明日の朝、七時四十五分にグランドセントラル駅を出るなら、もう荷造りしないと」

彼は寝室に消えた。居間の隅で、あぐらをかいて坐りこんでいたジューナは、ぱっと立ちあがり、部屋を突っ切って、警視の椅子のそばに来た。そのままぺたんと床に坐ると、老人の膝に頭をもたせかけた。室内を支配する静寂は、暖炉で薪のはぜる音と、隣室でエラリーが動きまわるごそごそという音が、時折、破るのみだった。

クイーン警視はひどく疲れていた。憔悴し、痩せて、白く、皺の彫られたその顔は、鈍い赤い光を受けてカメオのように見えた。老人の手はジューナの巻き毛の頭をなでていた。

「ジューナや」彼はつぶやいた。「おとなになっても警察官なんかに、なるんじゃないぞ」

ジューナは首をねじ曲げ、おごそかに老人を見つめた。「ぼくはあなたのようになるつもりです」そう宣言した……

電話のベルが鳴りだして、老人は椅子を蹴って立ちあがった。テーブルから受話器をひっつかみ、青ざめて、咽喉を詰まらせそうになりながら言った。「クイーンだ。どうだった？」

しばらくして、彼は受話器を戻すと、のろのろと居間を横切り、寝室に向かった。そして、戸枠にぐったりともたれかかった。スーツケースの上にかがみこんでいたエラリーは身を起こし――慌てて飛んできた。

「お父さん！」エラリーは叫んだ。「どうしたんです？」

警視はどうにか弱々しく微笑んでみせた。「ちょっと、な――疲れただけだ、たぶん」そして、ぼそぼそと言った。「たったいま、我らが泥棒から連絡があった……」

「それで――？」

「まったく何も見つからなかった」

エラリーは父親の腕をがっちりつかんで、ベッドのそばの椅子に連れていった。老人は崩れるように椅子に坐りこんだ。老人の眼は、言いようもないほど疲れきっていた。「エラリーや」警視は言った。「頼みの綱の、最後の証拠の痕跡も消えてしまった。こん畜生！　殺人犯を法廷で有罪にするための、明らかな形のある物証のかけらもない。わしらの手札はなんだ？　完璧にすじの通る論理的な一連の推理――それだけだ。腕ききの弁護士にかかったら、こっちの主張はスイスチーズのように穴だらけとみなされるだろうよ……やれやれ！　まあ、まだ、決着がつけられたわけじゃない」不意に断固とした口調でつけ加えると、警視は椅子から立ちあがった。そして、元気を取り戻したように、エラリーの広い背中を力強く叩いた。

「寝なさい」彼は言った。「明日の朝は早起きしなきゃならんのだろう。わしはしばらく寝ないで考える」

幕間　では、謹んで読者の注意をうながさせていただくこと

推理小説における最近の流行では、読者を主たる探偵役の座に据える、という手法が広くとり入れられている。かくて私は、『ローマ帽子の謎』のこの時点において〝読者への挑戦状〟をはさませてくれるよう、エラリー・クイーン氏を説き伏せることにした……「誰がモンティ・フィールドを殺したのか？」「いかにして殺人は行われたのか？」……鋭いミステリ小説ファンであれば、物語のこの段階において、必要な情報をすべて入手しているのだから、先にあげた質問に対する完璧な解答にたどりついているはずだ、という私の考えに、クイーン氏も同意してくれた。解答は――つまり、有罪の人物を間違いなく指し示すために十分な結論は――一連の演繹《えんえき》法による推理と、心理学的な観察の結果、たどりつくことができるのだ……。

では、読者諸君、この物語における私の最後の登場を締めくくる結びの言葉として、おなじみの〝買い手は用心せよ（買ってしまってからでは遅い、という意味）〟なることわざをもじった注意を、捧げるとしよう。「読み手は用心せよ！」

J・J・マック

第四部

完全犯罪を達成する者は超人である。仕事の最中は常に、臆病なほどに、細心の注意を払い続けなければならない。誰にも見られてはならず、不可視の存在となり、一匹狼であり続けねば。仲間も味方も持ってはならない。ひとつの失敗も犯さぬように気を配り、頭も手も足も素早く動かせねばならない……いや、これだけなら、たいしたことはない。それだけの条件を備えた人間はいるものだ……しかし、完全犯罪者というものはさらに、運命の女神の寵児である必要がある——どうしても、もはや自力では制御できない状況によって、奈落に引きこまれないためだ。たぶん、この条件を備えることの方が、ずっと困難だろう……だが何よりも、もっとも困難なのは最後の条件だ。絶対に同じ犯行を、同じ凶器を、同じ動機を、繰り返してはいけない！……合衆国警察官として奉仕してきた四十年間で、私はただの一度も、完全犯罪者に出会ったことも、完全犯罪を捜査したこともなかった。

リチャード・クイーン警視著『アメリカの犯罪と捜査法』

19　では、クイーン警視がさらなる法律に関する問答をすること

土曜の晩のリチャード・クイーン警視の様子がいつもと違っていることは、とりわけサンプスン地方検事にしてみれば、火を見るよりも明らかだった。苛立ち、怒りっぽく、間違いなく不機嫌である。ルイス・パンザー支配人のオフィスで、絨毯の上をひっきりなしに歩きまわり、歯嚙みしながら、ぶつぶつと何やらつぶやき続けている。サンプスンやパンザーや、さらにもうひとりの存在があることも忘れているかのようだ。この第三の人物は、劇場の聖域に生まれて初めてはいって、眼を皿のように丸くし、室内にいくつもある大きな椅子の上で、ネズミのようにちょっこり坐っていた。眼をきらきらさせたジューナは、白髪頭の保護者から、このもっとも新しいローマ劇場の訪問のお供を、前代未聞の特例として許されたのである。

実のところ、クイーン警視はひどく気がめいっていた。これまでの警察人生でも、何度となく、もう絶対に解決はできないだろうという謎に直面したはずだ。数々の勝利は、同じ数の失敗の中からもたらされたはずだ。だからこそ、警視のおかしな態度は、サンプスンにとってますます不可解なものだった。何年もの間、老人とつきあってきたが、これほど気力をなくしている彼を見たことがない。

老人が鬱々としているのは、サンプスンが心配しているように、フィールド事件の捜査がさ

っぱり進まないからではない。不機嫌にうろうろしている警視を見守る三人のうち、部屋の片隅でぽかんと口を開けて坐っている痩せっぽちのジューナだけが、ただひとり、真実を指し示すことができた。いたずら小僧らしい賢さに恵まれ、生まれついての観察力に優れ、愛情あふれる日々の生活を通じて、老人の気性をよくのみこんでいるジューナは、自分の保護者の機嫌が悪いのは、ひとえにエラリーが現場にいないことにあると知っていたのである。その日の朝、エラリーは駅まで付き添ってきた父親のふさぎこんだ顔に見送られて、七時四十五分の急行列車でニューヨークを発った。最後の瞬間、青年は気を変えて、メイン州への旅行を取りやめてニューヨークにとどまり、事件が解決するまで父親の傍《かたわ》らにいる、という決意を口にした。が、老人は断固として聞き入れなかった。エラリーの性格を鋭く見抜いていた警視は、ひどくそわそわとはりきっている息子が、一年越しに実現した、このひさしぶりの旅行をどんなに愉しみにしていたのか、よく知っていたのだ。息子にずっとそばにいてほしいのはやまやまだったとはいえ、前々から長いこと愉しみにしていた旅行の機会を取りあげるのは本意ではなかった。

というわけで、警視はそんな申し出を一蹴すると、列車のステップに息子を押しあげ、ぽんと肩を叩いてやり、弱々しく微笑んでみせた。駅からゆっくりとすべり出ていく列車のデッキから、エラリーが最後に叫んだ言葉がその場に残された。「お父さんのことはずっと考えていますよ。お父さんが思うより早く、連絡を入れますから!」

そしていま、パンザー支配人の部屋のふさふさした敷物を痛めつけながら、警視は息子との別離の打撃をまともに痛感しているのだった。脳は混乱し、体力はがっくり落ち、気力は細く弱まり、眼の光は消えた。世界からも、世の人々からも、まったく見放されたような気がして、警視は苛立ちを隠そうともしなかった。

「そろそろ時間のはずだがな、パンザーさん」ずんぐりした小柄な支配人に向かって嚙みつく。

「あのいまいましい観客が全員はけるのに、どれだけ時間がかかるんだ?」

「もうまもなくです、警視様、もうまもなくですから」パンザーは答えた。地方検事は風邪の名残か、鼻をすすった。ジューナは自分の守護神を、感嘆のまなざしで見つめている。

ノックの音がして、全員の頭がいっせいに振り返った。劇場の広報、白っぽい髪のハリー・ニールスンがいかつい顔を部屋に突き入れてきた。「ぼくもそちらのちっちゃなパーティーに入れてもらえますか、警視?」陽気に訊いてくる。「ぼくは事件の誕生に立ち会いました。もし、事件の死がじきに起きるなら——ぜひ、居坐らせてください、もちろん、警視さんの許可をいただいてですが!」

警視はぼさぼさの眉毛の下から、じろりと気難しい視線で彼を射抜いた。ナポレオンのような格好で立った警視は、虫の居所が悪いせいで全身の毛が逆立ち、筋肉がびりびりとひきつっている。サンプスンは驚いて警視を見つめた。クイーン警視がこんな一面を見せるとは。

「いいだろう」警視は吼えた。「ひとりくらい増えてもどうってことはない。もうここには、わんさかいるんだからな」

ニールスンは顔を赤らめて、引き返すそぶりを見せた。警視の眼に、好々爺《こうこうや》らしい光のかけらが戻った。

「どうぞ——坐って、ニールスン君」無愛想ではない口調で警視は言った。「わしのような石頭の年寄りの癇癪《かんしゃく》は気にしちゃいかん。ただ、ちょっと疲れとってな。今夜、きみの助けが必要になるかもしれん」

「お役にたてるなら光栄です、警視」ニールスンはにこりとした。「何をするつもりですか——スペインの宗教裁判みたいなことでも？」

「そんなところかな」老人は眉を寄せた。「しかし——まあ、いまにわかる」

この時点でドアが開き、ヴェリー部長刑事の、長身でがっしりと肩幅の広い身体が、素早く部屋にはいってきた。彼は持っていた一枚の紙を警視に手渡した。

「全員揃いました、警視」彼は言った。

「邪魔者は全員出たか？」クイーン警視が鋭く訊いた。

「はい。掃除係たちには、地下のラウンジにおりて、こっちの仕事が終わるまで待機しているように言いました。切符売りも案内係も全員、帰りました。役者たちはたぶん楽屋で、着替えていると思います」

「よし。それじゃ、諸君、行こう」警視が大股に部屋を出ると、すぐうしろからジューナがくっついていった。ジューナはここに来てからというもの、おもしろがって見ている地方検事にはさっぱりわからない理由で何度も、声なく感嘆の息をのむ以外には、一度も口を開いていない。パンザーとサンプスンとニールスンがあとに続き、ヴェリーがしんがりをつとめた。

観客席はまた、だだっぴろい、がらんとした場所になり、無人の座席の列は虚ろで、ただただ冷たい。場内の照明がすべて煌々とつけられ、その冷酷な輝きは一階客席のすみずみまで照らし出していた。

五人の男たちとジューナがいちばん左端の通路に向かって勢いよく歩いていくと、客席の左の区画でいっせいに頭が突き出された。明らかに、そのひと握りの人々は、警視の到着を待っていたのだった。警視は重々しく通路を歩いていき、左のボックス席の前に陣取り、坐っている人々全員と向かいあった。パンザーとニールスンとサンプスンは通路のいちばん奥に立ち、その傍らでジューナは熱心な観客として見物している。

集められた人々は奇妙な位置に坐らされていた。人々がいるのは、一階客席のなかばほどに立っている警視にいちばん近い列から最後列までの、左の通路に直接面した座席ばかりだ。十あまりの列は左端の二席ずつが、雑多な組み合わせの人々で埋められていた――老若男女に。彼らは、あの運命の夜にそれぞれの席に坐っていた観客たちで、死体の発見後、クイーン警視がじきじきに取り調べていた。例の八つの客席には――モンティ・フィールドの席と、そのまわりの空席には――ウィリアム・プザック、エスター・ジャブロウ、マッジ・オコンネル、ジェス・リンチ、〈牧師のジョニー〉がいる。〈牧師〉はおどおどした目つきで、そわそわと落ち着かず、ニコチンに染まった手で口をおおいながら、案内嬢に何か囁いている。

警視がさっと手を振ると、場内は墓場のように静まり返った。サンプスンはあたりを見回して、光り輝くシャンデリアも、ライトも、がらんとした客席も、おろされた緞帳《どんちょう》も、何もかもが、劇的な事実の暴露を呼ぶための舞台セットのように思えてならなかった。彼は胸をとどろかせつつ、ぐっと身を乗り出した。パンザーとニールスンは無言のまま、じっとその場の様子を見ている。ジューナは老人を、ひたと見つめ続けている。

「紳士淑女諸君」クイーン警視は集まった人々をじっと見据えて、抑揚のない声で言った。「本日、お集まりいただいたのは、明確な目的のためであります。必要以上に長い時間、皆さんを拘束するつもりはありませんが、何が必要で、そうでないかは、すべて私の胸三寸にあります。こちらの質問に正直に答えていただけなかった場合、私が満足のいく回答を得られるまで、全員にとどまってもらいます。以上のことを、始める前にまずはご了承いただきたい」

警視はそこで言葉を切り、厳しい眼で一同を見回した。不安の気配がさざなみのように広がり、小声のざわめきが生まれ、すぐと息絶えた。

「月曜の夜に」警視は冷ややかな声で続けた。「皆さんは、この劇場の芝居をご覧になった。うしろの座席に坐っている従業員その他を除き、全員が、いまと同じ座席についていたはずです」この警視の言葉に、急に座席が尻の下でむずむずと生温かくなってきたかのように、一同が背筋を強張らせたのを見て、サンプスン検事はにやりとした。

「皆さんには、今夜がその月曜の夜であると想像していただきたい。あの夜をじっくり思い返して、起きたことを何もかも思い出してほしいのです。何もかもとは、どんなことでも、という意味です。どれほど些細なことでも、たいして重要に思えないことでもかまいません。何か記憶に残っていることなら……」

警視が自分の言葉に激してきたころ、一階客席のいちばんうしろに、数人がそっとはいってきた。サンプスンが小声で挨拶をした。この小さな一団は、イヴ・エリス、ヒルダ・オレンジ、スティーヴン・バリー、ジェイムズ・ピール、ほか三、四名の〈ピストル騒動〉の出演者たちだった。皆、私服に着替えている。ピールがサンプスンに、自分たちは楽屋から出てきたのだが、声が聞こえたので客席に立ち寄ってみたのだ、と説明した。

「クイーン警視がちょっとしたまじないをやってみてるんです」サンプスン検事は囁き返した。

「ぼくたちがしばらくここで見学していたら、警視さんにはご迷惑でしょうか?」バリーが低い声で言いながら、恐縮するような視線を警視に向けた。警視は言葉を切り、役者たちの方を氷のような眼で睨んでいる。

「いや、別に大丈夫──」おろおろとサンプスンが言いかけると、イヴ・エリスが「しーっ!」と言ったので、皆は黙りこんだ。

「では──」小さな混乱がおさまると、警視は凄みのある声で言った。「想像してください。いいですか、時間をさかのぼって、いまは月曜の夜です。第二幕が始まって場内は暗い。舞台からは騒々しい音が鳴り響き、皆さんははらはらしながら芝居に夢中になっている……さて、その時に皆さんの中で、特に通路に面した座席に坐っているかたがた、何か変わったこと、不自然なこと、ちょっとした騒ぎがまわりで、もしくはすぐ近くで起きたことを覚えている人はいませんか?」

警視は答えを待つように言葉を切った。一同はめんくらったように、こわごわ首を振っている。答える者は誰もいない。

「よく考えて」警視は怒鳴った。「月曜の夜に、私がこの通路をずっと歩きながら、まったく同じことを皆さんに質問したのを覚えているはずです。無理に嘘をついてほしいわけでも、月曜の夜に何も思い出せなかった皆さんが、いまさら驚天動地の事実を思い出すと期待しとるわけでもない。ですが、もう本当に切羽詰まっている。ここでひとりの男が殺された事件に関して、我々は完全にお手上げなのです。これまでにぶつかった中で、いちばんの難事件だ！　もうどこを向けばいいのかわからない、どんづまりの壁に直面しているという――皆さんに正直に語っていただきたいとお願いしているわけですから、私もまた、正直に話していますが――こういう状況ですから、もう、皆さんに助けていただくしかない。五日前の夜に、もし何か重要なことが起きていたとすれば、目撃することのできた場所にいたあなたがたに……私の経験ですが、不安や興奮といったストレスのもとではすっかり忘れてしまっていた細かい事実を、気持ちが落ち着いてから数時間、数日、数週間後に思い出すことは多々あります。皆さんの中にも、きっとそういうかたがおられると信じたい……」

クイーン警視のくちびるから激烈な言葉がほとばしり続けるうちに、聴衆はすっかり話に引きこまれて、いつしか不安を忘れているようだった。警視が言葉を切ると、顔を寄せ合い、興奮したように小声で相談し、時にかぶりを振り、激しい調子の低い声で口論したりし始めた。

警視はじっと辛抱して待っている。

「何か話したいことがあったら、手をあげてください……」警視が声をかけた。

ひとりの女性がおずおずと白い手をあげかけた。

「はい、奥さん」クイーン警視はぴしりと指差した。「何か不自然なことを思い出しましたか？」

かなり歳のいった老婦人が恥ずかしそうに立ちあがり、かすれ声で口ごもりながら話し始めた。「大事なことかどうかは、あのう、存じませんけれど」おそるおそる言う。「でも二幕目の間に、いつだったかわかりませんが、女のかた、だと思いますけれど、そこの通路を前の方に歩いていって、すぐにまた、戻ってきた、のを覚えています」

「ほう、興味深いですな、奥さん」警視は言った。「だいたい何時ごろのことだったか――覚えていますか？」

「時間まではちょっと、あの」老婦人はか細い声で答えた。「でも、たしか幕があがってから十分くらいたったころだと思います」

「なるほど……その女性の外見を覚えていますか？ 若い人でしたか、年配の婦人でしたか？どんな服装でした？」

老婦人は困り果てた顔になった。「覚えていませんのよ」震える声で答える。「よく見ていなかったものですから――」

澄んだ高い声がうしろの方から割りこんできた。皆の頭がうしろを向く。マッジ・オコンネルが飛びあがるように立っていた。

「そのことをこれ以上、つつきまわす必要はありませんわ、警視さん」彼女は冷ややかに宣言した。「そちらの奥様は、わたしが通路を行ったり来たりするのをご覧になっただけです。あれの前のことですわ、わたしが――ほら、前に話しましたでしょ」そして、小生意気に警視の方に向かって、ウィンクしてみせた。

一同は息をのんだ。老婦人はかわいそうなほどうろたえて案内嬢を見つめ、次に警視に助けを求めるように顔を向けて、とうとう腰をおろしてしまった。

「まあ、しょうがないですな」警視は静かに言った。「では、ほかのかたは？」

誰も答えようとしない。人前で自分の考えを発表するのが恥ずかしいのかもしれない、と気づいたクイーン警視は通路に沿って歩き、一列一列立ち止まって、ほかの人には聞こえないような小声でひとりずつ質問をしていった。全員に話を聞き終わると、彼はゆっくりともとの位置に戻った。

「どうやら、皆さんをご家庭の暖炉の前に帰さなければならんようだ。ご協力、どうもありがとうございました……解散！」

唐突に、警視は最後の言葉を投げつけた。一同はぎょっとして警視を見つめ、やがてぼそぼそと囁きあいながら、立ちあがって、コートと帽子を身につけると、ヴェリーに厳しく監視されながら、ぞろぞろと劇場を出ていった。いちばんうしろで、仲間たちと一緒に立って見ていたヒルダ・オレンジはため息をついた。

「あのご老体の刑事さんが、あんなにがっかりするのって気の毒で見てられないわ」そして、仲間たちに囁いた。「ね、わたしたちも帰りましょ」

役者たちもまた、帰っていく人々にまじって、劇場を出ていった。

最後のひとりが出ていってしまうと、警視は通路をうしろに向かって歩いてきて、客席に残された一団を、憂鬱な眼で見つめた。皆、老人の中で炎が燃え盛るのを感じてちぢこまった。けれども警視は、得意とする電光石火の変わり身の速さで、再び好々爺の顔を取り戻していた。彼は客席のひとつに腰をおろすと、背もたれに両腕をかけて、マッジ・オコンネルや、〈牧師のジョニー〉や、その他の連中を見回した。

「さてと、きみらの番だ」警視は愛想よく言った。「どうだね、〈牧師〉？　いまのきみは自由の身だ。絹工場のことも何も心配する必要はない、りっぱな一般市民として堂々と話すがいい。今回の事件で、何か助けてもらえんか？」

「いやあ」小悪党は言い返した。「知ってることは全部話しやしたぜ。もう話せることはひとつもねえですよ」

「そうか……なあ、〈牧師〉よ、わしらはおまえさんとフィールドの取引に興味があるんだが」

小悪党はぎょっとして顔をあげた。「ああ、そうとも」警視は続けた。「いずれ、おまえさんとフィールド氏との過去の取引について話してもらおうか。それはしっかり覚えておくことだ……おい、〈牧師〉よ」ぴしりと訊く。「誰がモンティ・フィールドを殺した？　そんなことをあえてしそうな人間は誰だ？　知っとるなら――吐け！」

「なあ、旦那」〈牧師〉は情けない声を出した。「またそのことで責めるんですかい？　知ってるわけねえですって。フィールドって人はほんとにずる賢くて――進んで敵を作るようなことは絶対にしなかった。いや、旦那！　おれには全然わかんねえって……だいたい、あの人には親切にしてもらってたし――ふたつ、三つ、無罪にしてもらったんで」顔を赤らめもせずに、ぬけぬけと認めた。「けど、あの人が月曜の夜にここに来てたなんて――全然、考えてもなかった――いや、ほんとですって！」

警視はマッジ・オコンネルに向きなおった。「きみはどうだね、オコンネル君？」警視は優しく訊いた。「せがれに聞いたが、月曜の夜、きみは出口の扉を閉めきったと、せがれには話したそうだな。わしにはそのことは何も言わなかった。きみは何を知っとる？」

娘は冷ややかに警視の視線を真っ向からはね返した。「前に言ったとおりですわ、警視さん。わたしから話すことは何もありません」

「それできみは、ウィリアム・プザックさん――」クイーン警視はしおたれた簿記係の小男に向きなおった。「月曜の夜に忘れていたことで、何か思い出しましたか？」

プザックはもじもじした。「ぼく、話そうと思ってたんですけど、警視さん」彼は口ごもった。「新聞で読んだら思い出したんですよう……月曜の夜に、フィールドさんの上にかがみこんだら、ものすごく酒くさかったって。それ、話したかどうか、覚えてないんですけど」

「ありがとう」警視はそっけなく言って立ちあがった。「我々のちょっとした捜査に、とても参考になった。それじゃ、どうぞお帰りください、皆さん、全員……」

オレンジエードの売り子のジェス・リンチが、がっかりした顔になった。「ぼくには何も訊かれないんですか？」

放心していたような警視も、思わず笑顔になった。「ああ、そうだったな。頼りになるオレンジエード売り君……それで、何か情報があるのかな?」

「えっとですね、そのフィールドって人がぼくのスタンドにジンジャーエールが欲しいって来る前に、小路で何かを拾いあげるのを見たんです」青年ははりきって報告した。「なんか、ぴかぴか光ってる物でしたけど、よく見えませんでした。それを、さっと尻ポケットにつっこんでましたよ」

どうですか、という顔でしめくくり、青年は拍手喝采を待つかのようにぐるりと見回した。警視は興味をひかれた顔になった。

「そのぴかぴか光る物というのはなんだったと思う、ジェス?」警視は訊ねた。「ピストルかな?」

「ピストル? いえ、違うと思いますけど」オレンジエード売りの青年は疑わしげだった。

「四角かったんですよ、ええと、なんていうか……」

「女持ちのバッグとか?」警視が口をはさんだ。

ぱっと青年の顔が明るくなる。「それだ!」彼は叫んだ。「絶対それです。全体がぴかぴか光ってました、宝石みたいに」

クイーン警視はため息をついた。「よく思い出してくれた、リンチ君」彼は言った。「きみもいい子だから、もう帰りなさい」

無言のまま、小悪党も、案内嬢も、プザックと連れの娘も、オレンジエードの売り子も立ちあがり、外に向かって歩きだした。ヴェリーが出口まで付き添った。

サンプスンは全員がいなくなるのを待って、警視を片隅に引っぱっていった。

「どうしたんだ、Q?」彼は訊ねた。「うまくいってないのか?」

「ヘンリよ」警視は弱々しく笑った。「わしらは人間の脳味噌を限界まで、絞れるだけ絞ったつもりだ。もう少し、時間があれば……もしかすると——」警視は何を期待したのか、最後まで言い終わらなかった。ジューナの腕をぐっとつかむと、パンザーとニールスンとヴェリーと地方検事に、悄然としておやすみを言い、劇場を出た。

アパートメントに着き、警視が鍵を使ってドアを大きく開けたとたん、ジューナは床に落ちている黄色い封筒に飛びついた。ドアの下の隙間から押しこまれたに違いなかった。ジューナはそれを老人の顔の前でひらひらと振った。

「エラリーさんですよ、きっと!」ジューナは叫んだ。「ぼくはわかってましたよ、エラリーさんはぼくらのことをずっと考えてくれてるって!」電報を手に、顔いっぱいでにこにこしているジューナは、いつもよりもっと猿にそっくりだった。

警視はジューナの手から封筒をひったくると、帽子もコートも脱がずに、居間の明かりをつけて、もどかしげに黄色い紙片を取り出した。

ジューナは正しかった。

無事到着(という書き出しで始まっていた)。釣りは特に豊漁の見込みでショーヴィンが歓喜。あなたの小さい問題を解決したと思う。ラブレー、チョーサー、シェイクスピア、ドライデンは、必要にまさる美徳なし、と言った。あなたも偉人たちの仲間になりなさい。必要ならあなたも恐喝したらどうです。ジューナを怒鳴り殺さないで、がみがみ屋さん。愛をこめて、エラリー

なんてことのない黄色い紙切れをじっと見下ろすうちに、まるで目から鱗が落ちたというような、はっと何かに気づいた表情が、警視の顔のいかめしい皺をみるみるうちにゆるめていく。警視は勢いよくジューナを振り向くと、幼い紳士のくしゃくしゃ頭にのった帽子をぽんと叩き、ぐいと腕を引っぱった。

「ジューナや」警視は陽気に言った。「そこの角の店に、アイスクリームソーダを食べにいこう！　お祝いだ！」

20　では、マイクルズ氏が手紙を書くこと

この一週間で初めて、完全に本調子を取り戻したクイーン警視は、警察本部の自分の小部屋に、はずむような足取りでずんずんはいっていくと、コートを椅子にぽいと放り投げた。

月曜の朝だった。両手をこすり、〈ニューヨークの歩道〉を口ずさみながら、どすんと机の

前の椅子に坐ると、山ほどの手紙や報告書に素早く目を通していく。それから三十分ほど、警視は口頭や電話で刑事課のいろいろなオフィスに指示を出し、書記が目の前に置いていった報告書の束をざっと読んでから、ようやく、机にずらりと並ぶボタンのひとつを押した。

すぐにヴェリーが現れた。

「やあ、トマス」警視は温かく迎えた。「今朝はまた秋晴れのいい天気だなあ、調子はどうだね?」

ヴェリーは思わず微笑を浮かべた。「上々ですよ、警視」彼は答えた。「警視こそ、いかがです? 土曜の晩はあまり、天気が上々って感じじゃなかったですが」

警視は咽喉の奥で笑った。「古いことを蒸し返さんでよろしい、トマス。ジューナとわしは昨日、ブロンクス動物園に行って四時間ほど、わしらの兄弟の動物たちと愉しく過ごしてきたんだ」

「おたくの悪ガキは里帰りしたってわけですな」ヴェリーは唸った。「猿山に」

「こらこら、トマス」警視は軽くたしなめた。「ジューナを見くびっちゃいかん。あれはなかなか頭のいい小せがれだ。見ていてごらん、いつか必ず大人物になるぞ!」

「ジューナがですか?」ヴェリーは重々しくうなずいた。「まあ、おっしゃるとおりなんでしょうな。あたしだって、あの子のためなら右手を切り落としてもいいくらい、かわいいと思ってますからね……今日の予定はなんです、警視?」

「今日の予定はたんまりあるぞ、トマス」クイーン警視は謎めかすように答えた。「昨日の朝、きみに電話したあと、マイクルズをつかまえたかね？」

「もちろんです、警視。一時間前からあちらで待ってます。尾行のピゴットをうしろに従えて、朝早くから来ました。ピゴットは事件の始まりからずっとつけてるんですが、もういいかげん、嫌気がさしているようですな」

「ふん、わしがいつも言っとるだろう、警察官なんかになるのは馬鹿者だけだとな」クイーン警視は笑った。「それじゃ、生贄《いけにえ》を連れてこい」

ヴェリーは出ていくと、ほどなく、縦も横も幅のあるマイクルズを連れて現れた。フィールドの従者は、陰気くさい服に身を包んでいた。ぴりぴりと落ち着かない様子だ。

「それじゃ、トマス」警視は机のそばの椅子に坐るよう、マイクルズに身振りで伝えながら言った。「部屋の外に出て、ドアの鍵を閉めて、署長殿がわしの邪魔をせんように見張っててくれ。いいな？」

ヴェリーは問い返したい気持ちをぐっとこらえて、唸るように返事をすると、出ていった。直後、ドアの曇りガラスの向こうにぼんやりと、かろうじてシルエットだけがわかる大きな身体が映って見えた。

それから三十分間が過ぎると、ヴェリーは電話で上司のオフィスの中に呼び出された。彼はドアの鍵を開けた。警視の前の机には、封をしていない安物の角封筒が置いてあり、その中に紙が一枚はいっているのがちらりと覗いて見える。マイクルズは真っ青な顔で震えながら立ち、ぽっちゃりした両手で帽子をもみくちゃにしている。ヴェリーの鋭い眼は、男の左手の指がインクの染みだらけなのを見逃さなかった。

「きみにはとてもしっかりと、マイクルズ君の面倒を見てもらうぞ、トマス」警視は愛想よく言った。「たとえばだな、今日なんかは、一緒に遊んでやってほしい。きみならきっと、何か思いつくだろう――映画にいくとか――ああ、それがいいな！　なんにしろ、わしからの連絡がはいるまで、そちらの紳士と親しくしとるんだ……誰とも連絡を取っちゃいかんぞ、マイクルズ、わかったか？」警視は慌ててつけ加えると、しょげた大男に顔を向けた。「おとなしくヴェリーにくっついて、遊びにいけ」

「ずるなんかしませんよ、警視」マイクルズは仏頂面でぼそぼそ言う。「だからそんな必要――」

「用心だよ、マイクルズ――ただの基本的な用心さ」警視はさえぎって、微笑んだ。「じゃあ、愉しんでおいで！」

　男ふたりは出ていった。クイーン警視は机の前に坐ると、回転椅子を傾け、考えながら目の前の封筒を取りあげると、中から安物の白い紙を取り出し、口元に笑みを浮かべながら読みなおした。

　その紙には日付も出だしの挨拶の文句もなかった。いきなり、本文から始まっていた。

　私はチャールズ・マイクルズという者だ。私のことは知っているだろう。私は二年以上、モンティ・フィールドの右腕をつとめてきた。

単刀直入に言う。先週の月曜の夜、きみはローマ劇場でフィールドを殺した。日曜日にモンティ・フィールドが私に、劇場できみと会う約束があると言った。この話は私しか知らない。

もうひとつ。私はきみが彼を殺した理由も知っている。フィールドの帽子の中の書類を奪うためだ。だが、きみは知らない。きみが奪った書類は原本ではないのだ。嘘ではない証拠に、フィールドが持っていたネリー・ジョンソンの証言の書類を一枚、同封する。フィールドの帽子から奪った書類が、まだきみの手元にあるなら比べてみるがいい。私が本物を送ったことがすぐにわかるはずだ。原本の残りは、絶対にきみの手の届かない場所に安全に保管してある。警察が咽喉から手が出るほど欲しがっている証拠品だ。この書類をクイーン警視のオフィスに持っていって、ちょっと話をするのもおつじゃないか?

きみに、この書類を買いとるチャンスをやろう。指定の場所に現金二万五千ドルを持ってくれば、直接、手渡す。私は金が必要で、きみは書類と私の沈黙が必要というわけだ。

明日、火曜の深夜十二時に、五十九丁目と五番街の交差点の北西から、セントラルパークの中に延びる遊歩道の、右側にある七番目のベンチで待つ。私はグレーのオーバーを着て、縁の垂れたグレーのソフト帽をかぶっていく。私を見つけたら、〝書類〟とだけ声をかけろ。

これが、きみが書類を手に入れられる唯一の方法だ。約束の時間の前に、私を捜そうとするな。もし、きみが現れなければ、私は私のするべきことを実行する。

ぎっしりと、のたくるような読みにくい文字で苦労して書かれた手紙は、署名でしめくくられていた。〝チャールズ・マイクルズ〟。

クイーン警視はため息をつくと、封筒の縁をなめて封をした。そして、同じ筆跡で封筒に書かれた宛先と名前を、じっと見つめた。落ち着いた動作で、彼は切手を片隅に貼った。

警視はまた別のボタンを押した。ドアが開き、リッター刑事が現れた。

「おはようございます、警視」

「おはよう、リッター」警視はてのひらで封筒の重さを量りながら、何か考えているようだった。「いま、何か仕事をしとるかね？」

刑事はもぞもぞと足を動かした。「特にこれという仕事はありません、警視。土曜まではヴェリー部長を手伝っていましたが、今朝はまだ、フィールド事件に関する指示をいただいていません」

「そうか、なら、ひとつ、ちょっとしたすてきな仕事をやろう」警視は急に笑顔になると、封筒を差し出した。リッターはめんくらった顔で受けとった。「いいかね、まずは百四十九丁目と三番街の角に行って、そこのいちばん近くにあるポストに投函してこい！」

リッターは目をみはり、頭をかいて、クイーン警視を見返してから、ポケットに手紙を落としつつ、ようやく部屋を出ていった。

警視は椅子にぐっともたれると、どこから見ても満足げに、嗅ぎ煙草をつまみ出した。

21 では、クイーン警視が逮捕をして――

十月二日の火曜の晩、十一時半きっかりに、黒いソフト帽と黒いオーバーの長身の男が、冷え冷えとした夜気から顔を守るように襟を立て、七番街近くの五十三丁目の小さいホテルのロビーからふらりと出てくると、きびきびした足取りで、七番街をセントラルパークに向かって歩きだした。

五十九丁目に着くと、男は東に道を折れて、ひと気のない往来を五番街の方に進んだ。五番街のプラザ広場に面したセントラルパークの入り口にたどりつくと、大きなコンクリートの柱の陰で立ち止まり、ぐったりともたれかかった。煙草に火をつけた時、マッチの炎が男の顔を照らし出した。細かな皺の寄った、年配の男の顔だった。灰色の口ひげが鼻の下からもつれるように垂れ下がっている。帽子の下からは白髪が見えた。一瞬ののち、マッチの炎が消えた。

男は無言でコンクリートの柱にもたれかかり、両手をオーバーのポケットに入れたまま、煙草をふかしていた。その様子をよくよく注意して見れば、男の指がかすかに震えており、黒い靴が不規則に歩道を叩いているのがわかっただろう。

煙草の火が消えると、男は吸殻を投げ捨て、腕時計をちらりと見た。時計の針は十一時五十分を指していた。苛立ったように悪態をつくと、男はセントラルパークの入り口の門を通り抜けた。

プラザ広場を縁取るアーク灯から頭上に降り注ぐ光は、石畳の遊歩道を進むにつれて、薄暗くなっていく。男は、これからどうしようか決めかねているように、ためらいがちに見回して、しばらく考えてから、いちばん手前のベンチに歩いていき、どっかりと腰をおろした――まるで、一日の仕事に疲れて、公園の静けさと暗がりの中で十五分ほど、ひと休みでもしようか、と考えたように。

ゆっくりと首が垂れていく。身体の力が抜けていく。男は居眠りを始めたようだった。時が刻々と過ぎていく。身動きせずにベンチに坐る黒ずくめの男のそばを通る者は誰もいない。五番街の大通りを、車が唸りをあげて走っている。プラザ広場で交通整理をしている警官が、時折吹き鳴らす呼び子の甲高い音が、冷気をつんざく。冷たい風が木々の葉を鋭く鳴らした。公園の、地獄のように真っ暗な闇の奥から、若い娘の澄んだ笑い声が聞こえてきた――遠くかすかな声なのに、驚くほどはっきりと。時間がのろのろと過ぎていく。男はさらに深い眠りに落ちていくようだった。

しかし、近所の教会の鐘が十二時を告げると同時に、その身体に緊張が走り、次の瞬間、男は決然と立ちあがった。

公園の入り口に背を向け、遊歩道を重たい足取りで一歩一歩進み、帽子の縁とオーバーの襟の作る影の奥から眼を光らせ、あたりをうかがっている。ゆっくりと、規則正しく足を動かしつつ、男はベンチを数えているようだった。二――三――四――。男が立ち止まる。先の淡い闇を透かし見ると、上から下まで灰色ずくめの人影が、ベンチでじっと動かずにいるのがかろうじてわかる。

男はゆっくりと歩を進めた。六――七――。男は立ち止まらずに、そのまま歩き続けた。八――九――十――……。いきなり、男はくるりとうしろを向いて、来た道を戻りだした。この時の足取りは、前よりもきびきびと、決然としていた。男は足早に七番目のベンチに近づくと、ぴたりと足を止めた。不意に、心を決めたように、ベンチにじっと坐って動かない、ぼんやりとおぼろに浮かぶ人影に向かって、男はまっすぐに歩きだした。人影は唸り声と共に、ほんの少し腰をずらして、新たに来た男のために場所をあけた。

ふたりの男は無言で坐っていた。やがて黒ずくめの男はオーバーのポケットに手をつっこむと、煙草の箱を取り出した。一本抜いて火をつけ、煙草の先端が赤く輝いてからも、しばらくマッチをかざしていた。マッチの炎の光で、男はこっそり、隣の無言の男を観察した。その短い時間では、ほとんど何もわからなかった――ベンチの主もまた、男自身と同じく、顔を上手におおって正体を隠している。ふっとマッチの火が消えると、ふたりは再び、暗闇の中に沈んだ。

黒ずくめの男はついに意を決したようだった。ぐっと身を乗り出して、もうひとりの男の膝を素早く叩くと、低いかすれた声でただ一語を発した。

「書類！」

第二の男は突然、命を吹きこまれたかのようだった。斜めに身体をずらすと、相手をじっくりとためつすがめつし、満足したような唸り声を出した。彼はそろそろともうひとりの男から身体を遠ざけるように身をそらし、手袋をした右手を、自分のオーバーの右ポケットに入れた。第一の男は待ちきれない様子で、眼をぎらぎらさせて身を乗り出してくる。第二の男の手袋をした手がポケットから、何かをしっかりとつかんだまま引き抜かれた。

そのとたん、手の持ち主は驚くべき行動に出た。強靭な脚の筋肉に力をこめ、ベンチからうしろざまに飛びのき、第一の男から遠ざかった。と同時に、右手をすいとあげて、坐りこんだまま凍りついている男に、ぴたりと突きつけた。遠くのアーク灯からかすかに届く光が、彼の手に持っている物の正体を明かした——拳銃だった。

しゃがれた声で叫びながら、第一の男は猫のような敏捷さで立ちあがった。そして、稲妻の速さでオーバーのポケットに手をつっこんだ。心臓にまっすぐ向けられた凶器など目にはいらないように、真正面で身構えている男に向かって、脱兎のごとく走りだした。

しかし、事態は動きだしていた。ほんの一瞬前までは開けた空間と暗い街外れの静けさに包まれていた、平穏な活人画そのものの光景は、まるで魔法のように、激しい動きの渦巻く修羅場と化していた——阿鼻叫喚《あびきようかん》の地獄絵図に。ベンチから一メートルほど離れた藪の陰から、銃を抜いた男たちが出現し、素早い動きで押し寄せてくる。と同時に、遊歩道をはさんだ反対側からも同じような一団が現れ、ふたりの男たちに向かって走ってきた。さらに、遊歩道の両端から——三十メートルほど離れた公園の入り口と、反対側の、奥の暗闇からも——制服警官たちが何人も拳銃を振りかざして走ってくる。四組の集団はあっという間に一点を取り囲んだ。

銃を抜いてベンチから飛びすさった男は、援軍の到着を待たなかった。ほんのひと時、ベンチを分けあった相手が、オーバーのポケットに手をつっこむやいなや、狙い定めて発砲した。銃声の咆哮が公園の闇を目覚めさせるように轟いた。オレンジ色の火花が黒ずくめの男の身体に飛びこむ。男は肩をつかんで、痙攣しながら前にのめった。膝が崩れ、男は石畳の上に倒れた。その手はまだ、オーバーのポケットの中を探り続けている。

男は死に物狂いで何かをしようとしているが、なだれのように襲いかかる大勢の身体の下敷きになっては、どうにもできない。誰かの指が荒っぽく男の腕をつかんで地面に押しつけ、男がポケットから手を引き抜けないようにした。男を拘束する間、誰もが無言でいたが、不意に皆の背後から厳しい声が飛んだ。「油断するな――そいつの手に気をつけろ!」

リチャード・クイーン警視は、荒い息の集団の中に割りこむと、石畳の上でのたうつ男の姿を、じっと物思いにふけりながら見下ろした。

「そいつの手を外に出せ、ヴェリー――ゆっくり! しっかりつかまえてろ――力を抜くな、しっかりだ、しっかり! 一瞬でやられるぞ!」

トマス・ヴェリー部長刑事はがっちり押さえこんでいた腕を、もがきあがく男の、身体の動きもものともせずに、そろそろとポケットから引き出した。手が現れた――何も持っていない。最後の瞬間に、力を抜いたのだ。ふたりの男が手際よく手錠をかける。

ヴェリーが、ポケットの中を探ろうとしかけた。警視が鋭い声を飛ばして押しとどめ、地べたでぶざまに蠢いている男の上にかがみこんだ。

慎重に、細心の注意を払い、まるでその用心に自分の命がかかっているかのように、老人はポケットの中に手を差し入れると、布地に沿って指を這わせた。何かをつかみ、同じくらい慎重に引き抜いて、明かりの中にかざしてみる。

皮下注射器だ。アーク灯の光が、透明な中身の液体をきらめかせる。

クイーン警視はにやりと笑い、傷ついた男の傍《かたわ》らに膝をついた。そして、黒いフェルト帽をはぎとった。

「何から何まで変装か」老人はつぶやいた。

灰色の口ひげをむしりとり、男の皺だらけの顔を素早く手でこする。あっという間に、肌に染みが現れた。

「やれやれ！」警視が穏やかな声をもらすと、男は狂ったようにぎらぎらと燃える眼をあげて睨んできた。「またお目にかかれて光栄ですな、スティーヴン・バリーさん、そして、あなたのよき友、テトラエチル鉛君にも！」

22　——そして、説明すること

クイーン警視は自宅の居間で書き物机の前に坐り、レターヘッドに〝クイーン〟と印刷された細長い便箋に、せっせと文章を書き綴っていた。

水曜の朝だった――よく晴れた水曜の朝、屋根の明かり取りの窓から陽光がきらきらと流れこみ、はるか下の通りからは八十七丁目の陽気な喧騒がかすかにのぼってくる。警視はガウンとスリッパ姿だった。ジューナは食卓から朝食の皿を忙しく片づけている。

老人はこう書いていた。

息子へ

昨夜、電報で知らせたとおり、事件は解決した。マイクルズの名と筆跡を餌にして、みごとにスティーヴン・バリーを釣りあげた。今回の計画の心理戦のみごとさには、自分で自分を誉めてやるべきだと思ったよ、本当に。切羽詰まっていたバリーは、ほかの犯罪者たちと同様に、自分の犯罪をもう一度、繰り返しても捕まらない、と踏んだわけだ。

ときどき、人間狩りの仕事がどれだけ精神的に釈然としないものか、そして、わしがどんなに疲れているか、おまえには悪いが愚痴《ぐち》をこぼしたくなるよ。あの気の毒な、本当にかわいい、フランシスお嬢さんのようないい娘さんが、殺人者の恋人として世間に顔向けしなければならないと思うと……いや、エル、世間には正義がほとんど見つからないが、慈悲はそれこそ皆無というものだな。そう、もちろん、令嬢に恥をかかせることになった責任は大なり小なり、わしにもある……。しかし、アイヴズ゠ポープ氏は実にりっぱな人物で、ほんの少し前に知らせを聞くと、じきじきに電話をしてきてくれた。ある意味では、わしは彼と令嬢を救ったことになるだろうか。我々は――

呼び鈴が鳴り、ジューナが急いでふきんで手を拭きながら、玄関に走っていく。サンプスン地方検事とティモシー・クローニンがはいってきた――興奮し、大喜びで、ふたりいっぺんに喋りながら。クイーン警視は立ちあがり、吸い取り紙で便箋をおおい隠した。

「Q、我らが英雄！」サンプスンが叫んで、両手を差し出してくる。「おめでとう！　今朝の新聞を見たか？」

「コロンブスの勝利だ！」クローニンは顔じゅうで笑いながら、仰々しい見出しで大々的に、スティーヴン・バリーの逮捕をニューヨークじゅうに告知する新聞をかかげてみせた。警視の写真がでかでかと紙面を飾り、〈クイーンがまた栄冠を勝ち得る〉と題された大げさな記事が、まるまる二段にわたって書かれている。

しかし警視は、不思議なくらいに無関心だった。身振りで客に椅子をすすめ、コーヒーを持ってくるように言いつけると、まるでフィールド事件にはまったく興味がないかのように、市当局のひとつで計画中の人事異動について話し始めた。

「おいおい！」サンプスンは大いに不満そうだった。「どうしたんだ、きみ？　堂々と胸を張りたまえよ、Q。それじゃまるで、成功したどころか、へまをしたように見えるぞ」

「いや、そういうつもりじゃないんだがな、ヘンリ」警視はため息をついた。「ただ、エラリーがそばにいてくれんと、何もかも味気なくて。まったくなあ、メイン州の森なんてろくでもないところじゃなくて、ここにいてくれればいいのに！」

男ふたりは大笑いした。ジューナがコーヒーを運んでくると、しばらくの間、警視は菓子パンに夢中になって、愚痴ることを忘れたようだった。煙草を吸いながら、クローニンがしみじみと言った。「ぼくはとにかく敬意を表したくて寄らせてもらったんだがね、警視、それでもこの事件に関しては、いろいろと知りたいことがあるんだ……ぼくは捜査全体のことを知ってるわけじゃないんだよ、ここに来る道々、サンプスンが教えてくれた範囲でしか」

「ぼくもちんぷんかんぷんだ、Q」地方検事も口をはさんだ。「ぼくらに話すことが、いろいろあるはずだぞ。ほら、吐け！」

クイーン警視は苦笑した。「わしの顔をつぶさないためには、わしが自分ひとりでほとんどの仕事を手がけたように話を作りなおさんとな。実のところ、今回の汚らわしい事件で本当に頭のいい仕事をしたのは、エラリーだけだよ。あれは鋭い子だ、わしのせがれは」

警視が嗅ぎ煙草をつまんで、肘掛け椅子にゆったりと身体をあずけると、サンプスンとクローニンも坐りなおしてくつろいだ。ジューナは隅におとなしくうずくまり、耳を澄ましている。

「フィールド事件を見なおすにあたって」警視は語り始めた。「たびたびベンジャミン・モーガンの名を出すことになるが、実のところ、彼はもっとも罪無き被害者なんだ。*だからヘンリ、約束してくれんか、わしがモーガンについて語ることは今後一切、関係者の間でも、一般人相手にも口外しないと……

＊　クイーン警視のこのコメントは必ずしも真実とはいえない。ベンジャミン・モーガンは〝罪無き〟と呼ばれるにはほど遠い。だが、警視は持ち前の正義感で、弁護士を守るために、沈黙をうながす言葉を選んだのである。――Ｅ・Ｑ

手にでも、絶対にひとこともらさないと。ティムにはもう、沈黙を約束してもらったんだが……」

男ふたりは無言でうなずいた。警視は続けた。

「言うまでもないが、犯罪捜査というものはたいてい、動機を探すことから始まる。犯罪の陰にひそむ理由を知ることで、容疑者を絞りこめるものだ。今回の件ではその動機が、長い間、はっきりしなかったんだな。それなりの兆候はあったがね、たとえばベンジャミン・モーガンの話だ。しかし、それも決定的ではなかった。モーガンはフィールドから長年にわたって恐喝されていた――こいつは、フィールドのその他の社会活動について詳しいきみたちさえ知らなかった、奴の別方面における活動だな。この事実から、動機はおそらく恐喝であると――もっと正確に言うなら、恐喝をやめさせるためだったと思われた。しかし、もっとほかにもいろいろな可能性はある――たとえば復讐だ、フィールドのせいで〝ぶちこまれる〟はめになった犯罪者の逆恨みとか。もしくは、フィールド自身の犯罪組織のメンバーのな。フィールドには山ほど敵がいた。山ほどいた友人も、実はフィールドを怖れて、いい顔をしとっただけだ。要は、誰があの弁護士を殺す動機を持っていても――男だろうが女だろうが――おかしくはないってことだ。しかもあの夜はほかにも、いろんなプレッシャーやら、その場ですぐに片づけたり考えたりしなければならないことが山積みで、動機について深く考えようと思わなかった。動機なら必ず裏に落ちとるものだ、こっちから呼び出すまで待ってくれるだろう、と。

しかし、まあ、考えてもみてくれ。もし、これが恐喝だとしたら――エラリーとわしは次第にそう確信したがね、もっともありそうな可能性だと――フィールドの所持品の中で、とある書類が宙に浮かんだまま、ライトを当ててもらうのを待っとるはずだ。我々はモーガンの書類が存在すると知っていた。クローニンが、自分の捜す書類がどこかにある、という主張を頑としてまげなかったからだ。だから我々も、書類というものを常に念頭においとった――そいつは、今度の犯罪における肝心かなめの事実を明らかにするかしないかわからんとはいえ、たしかな物証だ。

さらに文書の問題だが、エラリーはフィールドの持ち物の中に筆跡に関する本がたくさんあるのに気づいて、興味を持った。フィールドのような男、すなわち、我々の知るかぎりでは恐喝をした経験が確実に一度あるばかりか（モーガンの件だ）、おそらくは何度もやっているであろう男が、筆跡鑑定にひどく興味を持っているとなれば、筆跡の偽造をやっていたに違いない、と我々は結論を出した。もしそれが本当なら、そして、これは妥当な説明だと思われるが、フィールドはおそらく、恐喝のネタである証拠書類のコピーを作る習慣があったはずだ。奴がそんなことをした理由はもちろん、被害者にコピーを買いとらせて、いずれ、もうひと儲けできるように、書類の原本を保管しておくためだ。暗黒街との関わりで、そういう商売のかけひきを身につけたんだろうな。のちのち、我々はこれまでの仮説が正しかったことを知った。そのころにはもう、この事件の動機は間違いなく恐喝が原因だと結論を出していたよ。しかし、ここまで推測できても、五里霧中であることに変わりないってことを忘れちゃいかん。なんたって、容疑者のうち、誰が恐喝の被害者でもおかしくないうえに、その被害者が誰なのかを特定するすべがなかったんだから」

警視は顔をしかめると、椅子の背に深くもたれて、さらに楽な姿勢になった。「しかし、わしは間違った方向から問題に取り組んどったな。まったく、人間というものは習慣にどれだけ縛られるものかよくわかる、悪い見本だよ。わしは、とにもかくにも動機から調べるという捜査の手順が当たり前だと思いこんでいた……しかしだ！　捜査中の状況にはたったひとつだけ、とても重要で、すべての中心となる、際立った特徴があった。つまり、手がかりの意味がさっぱりわからんという——いや、むしろ手がかりがない、というべきかな。つまり、例の行方不明の帽子だ……

とりあえず、あのなくなった帽子の件で不運だったのは、月曜の夜のローマ劇場では、その場の取り調べをこなすのに手いっぱいで、帽子が消えていることの重要さを、わしらがはっきり認識できていなかったことだな。いや、最初から帽子について何も考えなかったわけじゃないよ——まったく逆だ。死体を調べて、わしは真っ先にそのことに気づいた。エラリーに至っては、劇場にはいったとたんに気づいて、死体の上にかがみこんで熱心に見とった。しかし、わしらに何ができたかね？　やらなければならんことが山ほどあったんだ——質問して、指示を出して、見つかった矛盾や疑問をひとつひとつ明らかにして——そんなわけだから、つい、大事な機会をみすみす逃してしまった。もし、帽子が消えた意味をあの場で深く分析しとれば——事件当夜にあっさり解決できとっただろうに」

「だけど、そんなに長くかかっちゃいないぞ、愚痴り屋君」サンプスンが笑った。「今日は水曜で、殺人事件が起きたのは先週の月曜だ。たった九日しかたってない――何を愚痴る必要があるんだね？」

警視は肩をすくめた。「だが、結構な違いと言えば違いだろうよ」彼は言った。「あの時にもっと深く追及しとれば――いや、よそう！　ようやく帽子の問題を分析する気になった時、わしらはまず、自問した。なぜ帽子は持ち去られたのか？　まともな解答は、ふたつだけと思われた。ひとつは、帽子そのものが犯人を指し示すから。もうひとつは、帽子の中に犯人の欲しい物がはいっていたから。だからこそ殺人が行われたのだろうと。のちに真相が明らかになってその両方が正解だったとわかった。帽子の革の汗バンドには、下の方にスティーヴン・バリーの名が消せないインクで書かれていて、帽子そのものが犯人の名を特定するものだった。そしてまた、帽子の中には殺人者が咽喉から手が出るほど欲しい物がはいっていた――恐喝のネタ、すなわち証拠書類だ。もちろん、奴はそいつが証拠の原本だと信じとったわけだな。

ここまでの推理で事態がたいして進展するわけじゃなかったが、とりあえずのとっかかりにはなった。月曜の夜に劇場を閉め切らせてから、あの徹底した捜索にもかかわらず、なくなった帽子はまだ見つからなかった。どんな摩訶不思議な手段で帽子が劇場の外に出ていったのか、それとも、捜査陣の眼をかいくぐっていまだに劇場の中にあるのか、絞りこむ手がかりがなかった。木曜の朝、劇場に戻った我々は、モンティ・フィールドのいまいましい帽子の行方に関する疑問に最終的な結論を出した――つまり、否定的な結論だ。劇場の中にはない――それだけはたしかだった。そして、劇場が月曜からずっと封鎖されていたのなら、帽子は事件当夜に出ていったということになる。

だが、月曜の夜に出ていった人間は全員、帽子をたったひとつしか身につけていなかった。その事実を、我々の二度目の捜索結果と照らしあわせるとだ、何者かがあの夜にモンティ・フィールドの帽子を手に持つか、頭にのせるかして出ていき、その結果として必ず、自分のかぶってきた帽子を劇場の中に残していったはずだ、という結論を出さざるを得なくなる。

犯人が帽子を劇場の外に持ち出すことができたのは、観客たちが解放された時だけだ。それまで、すべての出入り口は見張りをつけられるか、閉め切られていたうえ、劇場に面した左の小路は、最初はジェス・リンチとエリナー・リビーに、次は案内係のジョニー・チェイスに、そのあとはうちの警官に見張られとった。右側の小路に直接出られるのは、一階客席の出入り口だけだが、ここは夜間ずっと警備がついており、こっそり持ち出す抜け道にはならん。

この線に沿って考えを進めるとだ――フィールドの帽子はシルクハットで、劇場から出ていった中に、夜会服でもないのにシルクハットをかぶっていた客がいなかったということは――これは、わしらがよくよく注意して見とったから間違いない――消えた帽子を持ち去った男は盛装していたに違いない。前もってそんな殺人計画をたてていたなら、犯人は帽子をかぶらずに劇場に来ただろうから、自分の帽子を置いていく必要はなかったという見方もあるかもしれん。だが、いいかね、よく考えてみれば、そんなことはまずありそうにない、とわかるはずだ。シルクハットだけをかぶらずに来ようものなら、まわりから相当浮いて見えるどころか、まずは劇場の入り口で変に思われて、目立ってしかたがないだろう。もちろん、帽子をかぶらずに来た可能性は皆無ではないから、一応、心に留めてはおいたよ。だが、ここまでよく計画を練った男なら、不必要に顔を見覚えられる危険をおかすことはまずないだろう、というのが我々の結論だった。それにエラリーは、犯人がフィールドの帽子が重要だとは前もって知らなかったんじゃないか、と考えていた。ということは、犯人が最初から帽子をかぶらずに劇場に来た可能性はますます低くなる。自分の帽子をかぶってきたということは、犯人はそれを最初の幕間で始末しなければならなかったはずだ、と我々は考えた――つまり、殺人が行われるより前だ。しかし、エラリーの推理で、殺人者が帽子に関する前知識を持っていなかったことが証明されとるのだから、それはありえない行動だよ、なぜなら犯人は最初の幕間では、自分の帽子を片づける必要があることを知らなかったのだから。ともかく、わしらの求める男は、自分のかぶってきた帽子を劇場に残してきたはずで、それはシルクハットに違いない、という推理に問題はない、と納得してもらえたと思う。ここまでいいかね？」

「きっちり論理的だと思うよ」サンプスンは認めた。「ものすごくややこしいが」

「どれだけややこしいか、きみはまだわかっとらんよ」警視はむっつりと言った。「当時のわしらは、ほかの可能性も考えなきゃならなかったんだからな――たとえば、フィールドの帽子を持って外に出た男は殺人の実行犯じゃなく、共犯者だったかもしれないだろう。まあ、いい、続けよう。

次にわしらが自問した質問はこうだ。殺人犯が劇場に残したシルクハットはどうなったのか？　犯人はそれをどうしたのか？　どこに置いていったのか？……どうだ、難問だろう。劇場をそれこそ上から下まで引っくり返して捜した。もちろん、楽屋にはいくつか帽子があったが、衣装係のフィリップス夫人がどれもこれも役者の私物だと確認した。しかし、どこにも、私物のシルクハットはない。それじゃ、殺人犯が劇場に残していったシルクハットはどこにあるのか？　エラリーはいつもながら、あの鋭さでまっすぐに真実の核心をついとったよ。あれはこう考えた。〝犯人のシルクハットはここにあるはずだ。自分たちは、妙に目立ったり、不自然に見えるシルクハットをひとつも見つけていない。ということは、我々の捜しているシルクハットは不自然じゃないもののはずだ〟。初歩的かね？　そう、馬鹿馬鹿しいほど初歩的なことだよ。だが、わし自身、そんなふうに考えもしなかった。

　いったいどんなシルクハットが、不自然じゃなく見えるだろうか――そこにあるのが自然で、誰もそこにあることに疑問をいだかないような場所はどこだろう？　ローマ劇場において、すべての衣装がルブラン商会から借りられているこの劇場において、答えは単純だった。芝居には貸衣装のシルクハットが使われている。それらの帽子はどこにある？　役者たちの楽屋か、大部屋の衣装部屋だ。そこまで推理でたどりついたエラリーはフィリップス夫人を舞台裏に連れていき、役者の楽屋と衣装部屋にあるすべてのシルクハットをあらためさせた。シルクハットはひとつ残らず――ひとつひとつすべて数えあげて、紛失したものはない――裏地にルブラン商会のしるしのついた、小道具の帽子だった。フィールドの帽子はブラウン・ブラザーズの品だが、小道具の帽子の中どころか、舞台裏のどこにも見つからなかった。

　月曜の夜から、ふたつ以上のシルクハットを持って劇場を出た人間はいないうえ、モンティ・フィールドの帽子がその夜のうちに劇場から持ち出されたのだから、その後、劇場が封鎖されていた間じゅう、もともと犯人がかぶっていたシルクハットは劇場の中にずっとあって、わしらが二度目に捜した時にもそこにあった、と考えて間違いないだろう。さて、この間、劇場の中にあったシルクハットは、小道具の帽子だけだ。ということはつまり、殺人犯自身のシルクハットは（フィールドの帽子を持って劇場を出るためには、自分の帽子は置いていかなければならなかったわけだから）、舞台裏の小道具の中にあったに違いない。なぜなら、何度でも繰り返すが、物理的にそうでしかありえないからだ。

言い換えれば——あそこの小道具の帽子のひとつが、月曜の夜にフィールドのシルクハットをかぶって、盛装のまま出ていった男の物だ。

もし、この男が殺人の実行犯なら——まあ、十中八九そうだろうが——捜査の範囲はぐっとせばまる。夜会服姿で劇場を出ていった男の出演者か、劇場の関係者で、似たような服装の男の中に、犯人がいるはずだ。後者だとすると、まず第一の条件として、犯人は前もって衣装部屋の小道具の中に、置いていく方のシルクハットを用意しておかなければならない。第二に、衣装部屋や楽屋に自由に出入りできる手段があること。第三に、自分の小道具のシルクハットを、衣装部屋か楽屋に残していくチャンスがあったはずだ。

ではまず、後者の場合の可能性について検討してみよう——すなわち、殺人犯が劇場関係者であるが、役者ではないという場合だ」そこで警視はひと呼吸おき、愛用の箱から嗅ぎ煙草をつまみ出して、深々と吸いこんだ。「裏方たちははずしてもいいだろう、フィールドのシルクハットを持ち去るためには盛装している必要があるが、誰ひとりとして夜会服を着ていなかった。切符売り、案内係、ドアマン、ほかの従業員たちも、同じ理由で除外できる。広報のハリー・ニールスンも普段着だった。支配人のパンザーは、たしかに盛装していたものの、帽子のサイズを確かめてみると、六と四分の三インチだった――かなり小さいサイズだ。七と八分の一インチのフィールドの帽子をかぶるのは、どう考えても無理な相談というものだ。わしらはたしかに、パンザーよりも先に劇場をあとにしたがね。それでも帰り際に、トマス・ヴェリーに厳命したんだ、パンザーも特別扱いせずに、ほかの連中と同様、身体検査をしろとな。あの夜、パンザーのオフィスでその前に、なんとなくそうしなければいけない気がして彼の帽子を調べたが山高帽だった。あとでヴェリーが、パンザーはこの山高帽をかぶって、ほかの帽子は一切身につけずに出ていったと報告してきた。さて――仮にパンザーが、我々の求める男だったとしよう。フィールドの帽子はサイズが大きすぎるんだが、やろうと思えば手に持ったまま外に出ていくことはできたはずだ。しかし、パンザーは山高帽をかぶって出ていったのだから、フィールドの帽子を持ち去るのは不可能だったという結論に至る。なぜなら劇場は、彼が出た直後に封鎖され、その後は誰も――わしの部下がちゃんと見張っとった――木曜の朝に、わしの目の前で封鎖を解くまで、中にはいった者はいないからだ。論理的には、もしフィールドのシルクハットをローマ劇場のどこかに隠すことができるなら、パンザーやほかの劇場関係者の誰にでも、殺人犯である可能性はあった。だが、この最後の仮説は捜査チームの建築専門家、エドマンド・クルーが、ローマ劇場のどこにも秘密の隠し場所はない、と太鼓判を押したことでご破算となった。

パンザー、ニールスン、その他の従業員を除外すると、残りは役者だけだ。我々がどうやって容疑者の範囲を絞りこみ、最終的にバリーだと断定したのかは、ひとまずおいておくとしよう。今回の事件でおもしろい部分はなんといっても、驚くほどややこしいはなれわざの推理の連続だよ、おかげでわしらはまったく純粋に、論理的な演繹《えんえき》法だけで真実にたどりつけたというわけだ。いや、わしらじゃない――エラリー、というのがほんとだな……」

「警察官にしては、きみはまったくすみれの花のように内気だね、警視君」クローニンはくすくす笑った。「しかしまったく、こいつはそんじょそこらの推理小説なんかよりずっとおもしろい。ぼくは本当ならもう出勤してなきゃいけない時間なんだが、隣の上司がぼくと同じくらい話に夢中になってるんだから――続けてくれ、警視！」

クイーン警視は微笑し、ゆっくりと先に進んだ。

「殺人犯は役者である、というところまで足跡をたどれた事実により」警視は続けた。「きみたちもたぶんそうだろうが、わしらが最初のうち悩まされた疑問の答えが出る。秘密の取引の待ち合わせ場所として、なぜ劇場が選ばれたのか、わしらも初めはさっぱりわからなかった。よく考えてみると、劇場というのは普通の環境よりもずっとハンデのある状況のはずだ。たとえば、ひとつだけ例をあげると、ほら、芝居の切符だよ、ふたりきりになれるように、まわりの座席の切符を買い占める必要があっただろう。ほかにいくらでも取引に使える便利な場所があるのに、そんな馬鹿馬鹿しい手間をかけるとは！　そもそも劇場はたいていの場合真っ暗で、いやになるほど静かな場所だ。余計な音や話し声は必ず目立つ。しかもまわりに人が大勢いるという、そのこと自体が常に脅威《きょうい》だ――いつ誰に見られるかわからんのだから。しかしだ、バリーが出演者のひとりであるという事実に気づけば、おのずと説明がつく。彼の視点から見れば、あの劇場は理想的な場所だった――客席で死体が見つかって、いったい誰が、犯人は出演者だと想像するかね？　もちろんフィールドは、バリーの本心をまったく疑うことなく、彼の指示に従い、自分を殺す手伝いをしてしまっていたわけだ。たとえ、少しは怪しんだとしても、フィールドは危険な連中と渡り合うのに慣れとったから、自分の身は守れる自信があったのかもしれん。それで、少々油断したのかもしれんな――いまとなっては、知るよしもないが。

　さて、エラリーの話に戻ろう――わしの気に入りの話題だ」警視はいつものかわいた笑い声をたてて、先を続けた。「これまでの帽子に関する推理はおいといて――実のところ、完全に推理しきる前の話なんだが――エラリーはアイヴズ＝ポープの屋敷の事情聴取で、最初になんとなく風向きを感じとっていたんだよ。幕間に小路でフィールドがフランシス・アイヴズ＝ポープに声をかけたのは、単なる浮気心じゃなかった。エラリーは、このまったく接点がなさそうなふたりに、実はなんらかのつながりがあるんじゃないかという気がしたそうだ。しかし、だからといって、フランシスがそのつながりを知っていたとはかぎらない。あの娘はフィールドという男は見たこともなければ、名前を聞いたこともない、と断言した。令嬢の言葉を疑う理由はないし、信じてまったく問題はない。ということは、つながりはスティーヴン・バリーだという可能性がある。スティーヴン・バリーとフィールドがフランシスの知らないところで互いに知り合いだったとすればだ。仮にフィールドが月曜の夜に劇場で当の役者と密会する約束をしていたら、ほろ酔い気分でフランシスを見かけてつい、いたずら心を出して近寄ったとしてもおかしくはない。バリーとの取引の内容が、彼女に深く関わっていたのを考えればなおさらだ。どうしてフランシスの顔を見知っていたかというと――新聞を読む人間なら、あの令嬢の顔はすみずみまで知っとるはずだ――しょっちゅう社交欄に写真が載る、若い美人だからな。フィールドの場合はもちろん、仕事の完璧な手続きの一環として、令嬢に関する情報を、容姿も含めて調べとったのだろうが……それはともかく、この三つ巴《どもえ》の関係の話に戻ろう――フィールドとフランシスとバリーだ――詳細はまたあとで話す。フランシスと婚約し、正式にフィアンセであると、写真入りの記事でふたりの関係を取り沙汰されていたバリーを除いて、ほかの役者たちには次の質問に満足のいく回答を出せないはずだ。すなわち、なぜフィールドはフランシスに近づいたのか？

ほかにもフランシスの関わった気になる要素がある――フィールドの服のポケットから彼女のバッグが見つかったことだ――しかしこれは、酔った弁護士に近づかれて慌てて思わず落とした、というもっともらしい説明がついた。のちにフィールドがフランシスのバッグを拾うのを目撃したという証言が出てきたことで、裏づけが取れた。かわいそうな娘だよ――本当に気の毒でならん」警視はため息をついた。

「帽子に話を戻そう――気づいただろうが、必ずいつも、あのいまいましい帽子に戻ることになるんだ」クイーン警視はしばし口をつぐんでから、また語りだした。「たったひとつの要素が、捜査をあらゆる角度から支配しとるなんて、こんな事件は初めてだ……さて、よく聞きたまえ。月曜の夜にローマ劇場から、夜会服とシルクハットといういでたちで出ていったのは、役者の中でバリーただひとりだ。エラリーはあの月曜の夜に正面の扉から、ぞろぞろと客たちが出ていくのを見とったんだが、その時にバリーを除いた役者が全員、普段着で出ていったことを記憶していた。実際、あれはその後、パンザーのオフィスで、サンプスンとわしにそのことを伝えてくれたんだが、わしらはふたりとも、その重要さにまったく気づかなかった……つまりバリーこそが、役者の中で唯一、フィールドの帽子を持って出ていくことのできる人間だったわけだ。そのことをもう一度よく考えて、エラリーの帽子に関する推理と照らしあわせてみれば、もう一片の疑いもなく、我々はバリーの両肩に罪を背負わせることができる。

我々が次に打つ一手は、芝居を見ることだった。エラリーがこの決定的な推理をした日の晩に——木曜に行ってきた。理由はわかるな。バリーが二幕目の間に殺人を実行する時間があることを確かめて、わしらの出した結論を裏づけるためだ。そして驚くなかれ、役者全員の中で、バリーだけが、そうする時間があったんだよ。九時二十分にバリーは舞台から消えた——幕を開けるきっかけを作ったと思ったら、すぐに引っこんで——戻ってきたのは九時五十分だ。そのあとは二幕目の終わりまで舞台にいた。これはもう変えようのない事実だ——芝居の運行予定の時間割はきっちり決まっていて、変更できないわけだからね。ちなみに、ほかの出演者は舞台の上にずっといるか、ほんの少し引っこんですぐに戻ってくるかだった。つまり、この木曜の夜、五日以上前に——事件がすっかり解決するのには九日かかったが——我々は謎を解いていたわけだ。しかし、殺人犯の正体を突き止めたからといって、裁きの場に引き出すには、まだまだだった。その理由はすぐに話そう。

殺人犯が九時半かそこらまで劇場にはいることができなかったという事実から、なぜ左LL32と左LL30の半券のちぎれ目が重ならなかったのかがわかる。フィールドとバリーはばらばらにはいる必要があった。フィールドはバリーと一緒にはいるわけにはいかなかったし、人目をひくような遅い時間にはいるわけにもいかなかった——バリーにとっては絶対に人目をひかないことが何よりも重要で、フィールドはそうやって秘密裏に行動することがどれだけ彼にとって大事なことなのか理解して、というか、理解しとるつもりだった。

我々は木曜の夜に、バリーこそが犯人であると断定したが、ほかの役者や裏方たちにもそれとなく質問をしてみた。もちろん、バリーが出ていくか、戻ってくるところを見かけた人間がいないか、知りたかったわけだ。あいにく誰も見ていなかった。誰も彼もが自分の芝居や、着替えや、裏方の仕事でてんてこまいだった。あの夜、芝居が終わってバリーが劇場を出ていってから、わしらはこのちょっとした捜査をした。そして、これはまさにチェックメイトだった。前もって、わしらはパンザーから座席表を借りてあった。この見取り図を参考に、左の小路と舞台裏の楽屋の配置を検討することで——木曜の晩に第二幕を見てから、検討したわけだが——どうやって殺人が行われたのかがわかった」

サンプスンが身じろぎした。「ぼくはそれがずっとわからなくて悩んでいたんだよ」彼は白状した。「なんたって、フィールドはうぶなひよっこじゃない。あのバリーって奴は天才に違いないな、Q。どうやってやってのけたんだ?」

「どんな謎も答えがわかれば単純きわまりないものでね」警視は言葉を返した。「バリーは九時二十分に自由になるとすぐ、楽屋にとって返し、手早くうまい具合に化粧で変装して、夜会服用のマントを羽織り、衣装の一部のシルクハットをかぶって――彼がすでに夜会服を身につけとったことは覚えとるだろう――楽屋からこっそり、外の小路に脱け出した。

ああ、きみたちは劇場の構造を知らんのだったな。この建物の裏手の張り出した部分は左の小路に面していて、各階にそれぞれ、楽屋がずらっと一列に並んどるんだ。バリーの楽屋があるいちばん下の階には、小路側に面したドアがある。そのドアから鉄の外階段で小路におりられる。

こうして、彼は楽屋を脱け出すと、二幕目の間、劇場の横の扉が閉まっている暗い小路を通り抜けた。この時間には小路の端の見張りは誰もいないし――そのことはバリーもよく知っていた――奴にとって運のいいことに、ジェス・リンチもまだ〝女の子〟を連れて戻ってきていなかったので、堂々と、遅れた客を装って正面入り口からはいってきた。入り口で自分の切符を見せ――左LL30だ――マントにくるまって、うまく変装してやってきたわけだ。中にはいってしまうと、わざと半券を捨てた。彼にとっては賢い行動と思われた、もし、そこで半券が見つかれば、犯人が観客の中にいるように見せかけられるし、ついでに役者たちから眼をそらすことができる。さらに、もし計画が途中で失敗して、身体検査を受けるはめになった時、座席の切符を身につけていたら、それこそ動かぬ証拠だ。要するに、彼はそうすることで捜査の眼をそらすばかりか、自分の身を守れると考えた」

「しかし、どうやって案内嬢の案内なしに自分の席に行くつもりだったんだ――しかも、誰にも見られないように？」クローニンが反駁する。

「積極的に案内嬢を避ける計画はなかった」警視は答えた。「ただ、芝居の真っ最中で客席が真っ暗でも、案内嬢が寄ってくる前にさっと坐れるように、最後列の出入り口のすぐ近くの席を選んだだけだ。まあ、たとえ坐る前に案内嬢につかまったとしても、しっかり変装しとるし、暗がりの中じゃ、まず気づかれる心配はないしな。最悪の事態を想定してもせいぜい、たいして特徴のない男が二幕目の間に遅れてはいってきた、と覚えられるのが関の山だ。いざ本番では、運よくマッジ・オコンネルが恋人の隣の席に坐っとった。おかげで、バリーは誰にも気づかれずに、フィールドの隣に坐ることができたというわけだ。

いや、いままでのわしの話は」警視は空咳をした。「推理や捜査の結果じゃないよ。そんな事実を見つけるすべは、わしらにはなかった。昨夜、バリーが自供して、すべての穴を埋めてくれたのさ……もちろん、バリーが犯人とわかっていたんだから、すべての手順を類推することはできただろうがね――犯人がわかれば、それが自然で単純な方法だからな。まあ、別に必要はなかったが。というのは、エラリーやわしの言い訳に聞こえるかな？　ふん！」老人はかろうじて笑みを浮かべてみせた。

「フィールドの隣に坐ったバリーは、自分の行動を入念に計画していた。覚えとるだろう、彼には厳しい時間制限があって、一分たりとも無駄にできなかった。一方、フィールドの方も、バリーがすぐに戻らなければならんと知っていたから、ぐずぐず引き延ばさなかっただろう。バリーの話では、実のところ、フィールドとの話はもっとこじれるだろうと思っていたそうだ。しかし、フィールドはバリーの提案や話に対して、実に素直に応じたらしい。たぶん、かなり酔ってご機嫌で、まもなく大金がふところに転がりこむと気をよくしとったんだろうな。

バリーはまず、書類を要求した。フィールドが抜け目なく、ブツを渡す前に金をよこせと言うと、バリーは本物の札束でふくらんでいるように見える財布を見せた。客席は暗かったうえ、バリーは財布から札を抜かなかった。実は舞台用の小道具の札束だったのさ。思わせぶりに財布を叩いて、おそらくフィールドが予想していたとおりの答えを返した。書類をこの眼で確かめるまで金は渡さない、とな。バリーが優れた役者で、難しい場面に出合っても、訓練のたものの舞台度胸で、うまくさばく実力があったことを忘れんでくれよ……ここでおもむろにフィールドが、座席の下に手を伸ばしてシルクハットを取り出したものだから、バリーはそりゃもう驚いて、呆然とした。フィールドはこう言ったそうだ。〝まさかこの中に書類を入れてあるとは思わなかっただろう？　実は、この帽子は特別に、きみの歴史に捧げたものなんだよ。ほら——きみの名前入りだ〟。このとんでもない台詞を吐きながら、フィールドは汗バンドを引っくり返してみせたんだ！　バリーはペンライトを使って、自分の名前が革の汗バンドにインクでしっかり書かれているのを見た。

この瞬間、バリーの頭の中をどんな考えが駆け巡ったか、想像してみたまえ。ここに至って、入念にたてた計画をオシャカにしかねないアクシデントが発生したわけだ。死体が発見されて、フィールドの帽子が調べられれば――むろん調べられるに決まっとるが――帽子のバンドに書かれたスティーヴン・バリーという名前は、致命的な証拠になる……バンドを切りとる余裕はない。第一にナイフを持っていなかった――運の悪いことにな。第二に、バンドは硬い生地にがっちり縫いつけられとった。瞬時にバリーは、残された唯一の道が、フィールドを殺したあとに帽子を持ち去ることだと悟った。バリーもフィールドも似たような体格で、フィールドの帽子が七と八分の一というごく一般的なサイズだったことから、バリーはフィールドの帽子をかぶるか、手に持つかして劇場を出ようと決断した。そのためには、自分のかぶっている帽子を、自分の楽屋というまったく不自然じゃない場所に残し、フィールドの帽子を持って劇場を出たら、自宅についてすぐにそいつを処分してしまえばいい。仮に、劇場を出る時に帽子を調べられたとしても、内側に自分の名前が書いてあれば、むしろ疑いが晴れるはずだ。まず間違いなく、この最後の事実こそが、思ってもみないアクシデントがあったものの、たいした危険の泥沼にはいりこんだわけじゃない、とバリーが考えた理由だろうな」

「悪賢い野郎だ」サンプスンがつぶやいた。

「頭が回るんだよ、ヘンリ、頭の回転が速いんだ」クイーン警視は重々しく言った。「ま、そのせいで大勢の人間が、縛り首の縄の輪に首をつっこんどるんだがね……帽子を持ち去ろう、と、瞬時に決断したものの、自分のかぶっている帽子をかわりに残していくわけにいかないことに気づいた。第一の理由には、バリーがかぶっていたのはスナップダウン――シルクハットはシルクハットでも、小さくたたむことのできるオペラハットだ――だが、もっとまずい理由は、その帽子には劇場おかかえの貸衣装屋、ルブラン商会のしるしがはいっとったことさ。そんな物を残していけば、犯人が役者の中にいると、わざわざ標識を立てていくようなものだ――いちばん避けたいことだというのにな。奴は言ったよ、その瞬間も、それよりずっとあとまでも、警察のおつむではせいぜい、帽子の中に何か大事な物がはいっていたから盗まれたと想像できれば上等だと考えとったそうだ。その程度の推測で、自分の周辺に疑いの矛先が向けられるはずはないと。シルクハットが消えているというだけの事実から、エラリーが導き出した推理の数々を説明してやったら、度肝《どぎも》を抜かれとったな……いまならわかるだろう、あの男の犯罪で本当に致命的な弱点となったのは、奴自身の見落としやミスのせいじゃなく、奴自身にはまず絶対に予見できなかった事柄だった。そのせいで、奴は予定外の行動を強いられ、そこから何もかもが連鎖的に狂っていった。もし、バリーの名前がフィールドの帽子に書かれていなければ、いまごろ奴はまったく誰にも疑われることのない自由の身だったと、わしは信じとるよ。警察はまた、迷宮入り事件簿に新たなページを増やしただろうな。

わざわざ言うまでもないが、こうして言葉で説明するのにかかるよりもずっと短い時間で、これだけの考えが奴の頭の中をさっと通り抜けたわけだ。奴は自分のしなければならないことを把握し、新たな局面に対応できるよう、瞬時に計画を変更した……フィールドが帽子から書類を取り出すと、バリーは弁護士がじっと見守る目の前で、急いでざっと調べた。これは例のペンライトを使ったそうだ――ごく小さな弱い明かりは、ふたりの身体で隠された。書類は全部揃っているように思えた。しかし、バリーはこの時、確認にそれほど時間をかけなかった。

苦笑しながら顔をあげてこう言った。〝全部揃ってるようだな、くそ〟――ごく自然な口調で、ちょうど休戦中の敵同士が紳士的に振る舞うように。フィールドはその言葉を、鵜呑みにしたんだろう。ここでバリーはポケットに手を入れた――この時にはペンライトは消してあった――そして緊張で落ち着かないふりをして、フラスクから上等なウィスキーをぐびりとやった。そうしてから、いかにもそこで礼儀を思い出したように、この取引の成立を祝って、ひと口どうだ、と愛想よく酒をすすめた。フィールドはバリーがフラスクから飲んだのを見とるから、仕掛けがあるとは疑ってもみなかった。いや、まさかバリーが反撃してくるとは考えてもいなかったんじゃないか。バリーはフラスクを手渡した……

　だが、同じフラスクじゃなかった。暗がりにまぎれて、奴はフラスクをふたつ取り出していた――自分が飲んだのは左の尻ポケットから、フィールドに渡したのは右の尻ポケットから抜いたんだよ。フィールドに手渡す時に、すりかえるだけでよかった。まったく簡単な話だ――暗くて、弁護士が酔っていたおかげで、ますます簡単だったろう……フラスクを使った計略は成功した。しかし、バリーは安全策を講じることを忘れなかった。ポケットに、毒入りの注射器を忍ばせとったんだ。もし、フィールドが酒を断ったら、その腕か脚に注射するつもりでな。バリーは、ずっと前に医者に渡された注射器を持っていたんだ。当時、バリーは精神的に参っていたんだが、劇団と一緒にあちこちドサ回りをする間は、かかりつけの医者に面倒を見てもらうわけにいかなかった。そんな何年もむかしの注射器なんぞ、出どころをたどれるわけがない。とまあ、こんな具合に、バリーはフィールドが酒を断った場合の万一の対処まで考えてあった。わかるだろう——この点だけを取っても、奴の計画の、水ももらさぬ周到ぶりを……フィールドが飲んだフラスクにも上等なウィスキーがはいっていたが、テトラエチル鉛もたっぷり混ぜられていた。毒のかすかなエーテル臭は酒の匂いにまぎれた。そしてフィールドは、何か変だと思った時にはもう、たっぷりひと口、がぶりと飲んでしまったあとだったわけだ。もし、何か気づいたとすればな。

そして当然、フィールドがフラスクを返すと、バリーはそれをポケットにしまってこう言った。〝もっと書類をよく見させてもらうよ——あんたを信じる理由はないからな、フィールド……〟このころにはもう相手に無関心になっていたフィールドは、適当にうなずくと、座席に深くもたれかかった。バリーは実際、書類を調べながら、その間じゅう、眼の隅で鷹のようにフィールドを見張っていた。五分もたたないうちに、フィールドはダウンした——永久にダウンしてしまった。完全に意識を失ったわけじゃないが、もう時間の問題だった。顔は歪み、空気を求めてあえいでいた。暴力をふるうどころか、叫び声をあげることさえできないようだった。もちろん、そのころにはバリーのことなんぞ頭になかっただろう——苦しみのあまり——それほど長く意識があったわけでもあるまい。プザックに短いながらもあれだけの言葉を伝えられたのは、死にかけた男の超人的なあがきだった……

バリーは腕時計を確かめた。九時四十分だった。フィールドと一緒にいたのは、たったの十分間だ。九時五十分には舞台に戻らなければならない。あと三分、待つことにした——思っていたより短い時間ですんだそうだ——そうして、フィールドが騒ぎを起こさないことを見届けた。九時四十三分きっかりに、体内の苦痛のあまり死んだように動けずにいるフィールドを横目に、バリーはフィールドの帽子を取り、自分の帽子は小さくたたんで《スナップダウン》マントの中に隠し、立ちあがった。帰り道には誰もいなかった。壁際をつたってできるだけ慎重に、なるたけ目立たないように通路を歩き、左のいちばんうしろにあるボックス席の裏に、誰にも気づかれずにたどりついた。芝居はちょうどクライマックスのど真ん中だった。客席の全員の眼が舞台に釘付けだった。

ボックス席の陰で、彼はかつらをむしりとると、手早く化粧を直し、楽屋口のドアを開けた。このドアの先は狭い通路になっていて、奥は舞台裏のあらゆる場所に枝分かれする広い廊下に続いている。バリー個人の楽屋は、その廊下の入り口から一メートルほどのところにあった。そっと楽屋にすべりこむと、自分の帽子をほかの小道具の中に投げこんでから、死のフラスクの中身を洗面台にあけて容器を洗った。注射器も、中身をトイレにあけてから洗ってしまっておいた。もし見つかったとしても――問題がどこにある？　バリーには注射器を所持する正当な理由があるうえ、殺人には注射器はまったく用いられなかったわけだから……奴はもう落ち着いて、色男づらに戻って、退屈ぎみに出番を待っていた。呼び出しが九時五十分きっかりにかかると、舞台に出ていき、九時五十五分に客席で騒ぎが起き始めるまでそこにいた……」

「まったく聞けば聞くほどややこしいな！」サンプスンが思わず大声をあげた。

「いいや、それほどややこしい話じゃないぞ」警視は答えた。「バリーが恐ろしく頭の回る若者で、何より、抜群にうまい俳優だってことを忘れちゃいかん。こんな計画をやってのけられるのは名優以外にいない。なんたって、手順そのものは単純だ。いちばん難しいのは時刻表を守り通すことだな。目撃されても、ばっちり変装している。唯一、行動において危険なのは逃走する時――通路を歩いて、ボックス席の陰の楽屋口から舞台裏に戻る時だ。通路の方は、フィールドの隣に坐っている間に、案内係の動きをじっと見張っとればいい。この芝居の特徴として、案内係たちは持ち場を離れないことになっているのを、もちろん前もって知っていただろうが、どんな緊急事態が起きても変装と注射器でなんとかできる、と当てこんでいた。蓋を開けてみればありがたいことに、マッジ・オコンネルは勤務態度のだらしない女で、それもまた好都合だった。昨夜、奴は誇らしげにわしに言ったよ、すべての不測の事態に備えていたとな……楽屋口に関しては、経験上、その時間帯に役者は全員、舞台の上だと知っていた。裏方もまた全員、自分たちの仕事で手いっぱいのはずだと……。な、奴は前もって、この犯行をどんな状況下で行うことになるか、正確に把握したうえで計画したんだ。もし、危険で不確実な要素が、ひとつでもあったらどうする――そう訊いたら、だって最初から最後まで危険な計画でしょう、と言い返されたよ――笑いながら。何はなくとも、奴のこの達観した度胸だけは尊敬するね、わしは」

警視はもぞもぞと坐りなおした。「まあ、こんなところで、バリーがどんなふうにやってのけたのかはわかってもらえたと思う。わしらの捜査についてだが……帽子にまつわる数々の推理と、殺人犯を特定したことだけでは、実際の犯行状況を知る手がかりにまったくならん。木曜の夜までにわしらの手に入れた物的証拠を思い出してくれ、実際に手がかりに使えるものが何もないとわかるだろう。いちばん期待できるのは、わしらが捜しとる証拠書類の中に、バリーにつながる手がかりが残っていることだった。それすら十分でないかもしれないが、それでも……というわけで、次の段階は」警視は空咳をした。「フィールドのアパートメントでベッドの天蓋のすばらしい隠し場所から、書類を発見することだった。こちらは最初から最後までエラリーの独壇場だったな。フィールドは、貸し金庫も、郵便私書箱も、別荘も、荷物をあずかってくれそうな近所の住人や、なじみの店主もいなかったうえ、オフィスにも書類はなかった。ひとつひとつ消去法で考えるうちに、エラリーは書類がフィールドの自宅のどこかにあるはずだと主張した。その捜索の結末は、きみたちも知っとるな――まったく頭のいい、エラリーの純粋な推理のお手柄だよ。我々はモーガンの書類を見つけた。クローニンが欲しがっていた、ギャング一味の組織活動に関する書類も見つけた――それはそうとティム、そのうちでかい手入れに取りかかったら、芋づる式に何が出てくるか、いまから愉しみでならんよ――そして、わしらは最後にいろいろな書類をまとめた束を見つけた。その中には、マイクルズのものも、バリーのものもあった……覚えとるだろう、ティム、筆跡鑑定の本がたくさんあったことから、おそらくバリーの奪った書類の原本が見つかるはずだと、エラリーが推理したことを――そして、そのとおりだった。

マイクルズの件は興味深いものだった。奴がエルミラの軽犯罪刑務所に〝軽い窃盗〟罪ではいることができたのは、フィールドがうまい具合に裁判でごまかしたからだ。しかしフィールドはマイクルズの真の罪状に関する証拠を握っていた。そして、いつか利用できるかもしれないと、マイクルズの本当の罪を立証する証拠書類を、お気に入りの隠し場所に保管しとったんだ。まったく物持ちのいい、しっかりした奴だよ、フィールドは……マイクルズが釈放されると、フィールドはずうずうしくも、その書類を頭の上でひらひらさせて、自分のために汚れ仕事をさせ続けたのさ。

マイクルズは長い間、証拠を捜し続けていた。想像にかたくないだろうが、書類を取り返したくてたまらなかったわけだ。機会を盗んでは、あのアパートメントの中を捜した。何度捜しても見つからないので、マイクルズは絶望するようになった。フィールドはまず間違いなく、サディスティックな愉しみを味わっとったんだろうよ、マイクルズが毎日毎日、部屋じゅうを引っくり返して捜しとるのに気づきながら……月曜の夜、マイクルズは自分で言っていたとおりのことをした——家に帰って寝たんだ。しかし火曜の朝早く、新聞を読んで、フィールドが殺されたことを知り、万事休すと知った。最後にもう一度、証拠を捜さなければならん——見つけられなければ、警察が見つけるかもしれん、そうなればおしまいだ。だから、火曜の朝、危険を承知でフィールドの部屋にやってきて、警察の網に飛びこんでしまった。小切手の話はもちろん口からでまかせだ。

バリーに話を戻そう。〝その他〟のしるしがついた帽子で見つけた原本から、奴の隠そうとしていた事実がわかった。スティーヴン・バリーはな、ひとことで言えば、黒人の血がほんのひとしずくだけ流れとるんだ。彼は南部の貧しい家の生まれなんだが、先祖に黒人がいることを示す、れっきとした証拠の文書がある——手紙や出生証明書のたぐいだ。そして知ってのとおり、フィールドはこういうことを嗅ぎつけたら、地の果てまで追いつめることで、商売をしとる男だ。どんな手段を使ったのか、奴は書類を手に入れた。いつごろ手に入れたのかははっきりせんが、そこそこむかしのことだろう。当時のバリーは売れない役者で、金がある時よりも、ない時の方が多かった。奴はしばらくバリーを放置しとくことにした。もし、バリーが金持ちになったり、有名になったりすれば、恐喝する価値が出てくる……フィールドがもっとも妄想をたくましくしても、バリーがフランシス・アイヴズ＝ポープという、高貴な血筋の大富豪のご令嬢と婚約するとは、まさか予想もしなかっただろうな。もし、バリーの出自に関する秘密がアイヴズ＝ポープ家に知られれば、いったいどういうことになるか、説明する必要はないだろう。それに——そして、これが非常に重要なんだが——バリーは博打でいつもきゅうきゅうとしておった。金を稼ぐ先から、競馬場のノミ屋のふところに吸いとられるだけじゃ足りずに、とんでもない額の借金までしていたから、フランシスと結婚しないかぎり、負債を返すことは絶対にできなかった。必要に迫られて、フランシスとの結婚を急いだのはむしろ、奴の方だった。わしはずっと、あの男がフランシスをどう思っていたのか、気になってならんよ。奴のためにも、単なる金目当てだけじゃなかったと思いたい。彼は本当にあの娘を愛しとるんだろう——だって、あの娘を愛さない者がおるかね？」

　老人は思い出したように微笑むと、続けた。「フィールドはしばらく前に、証拠の書類を持ってバリーに近づいた——もちろん、こっそりとだ。バリーは払えるだけ払ったが、すずめの涙ほどの額だったので、当然、強欲なゆすり屋は満足しなかった。奴は必死に、フィールドからのらりくらりと逃げ続けた。しかし、フィールド本人も博打で首が回らなくなって、自分の小さな商売の取引先ひとりひとりから〝回収〟をし始めた。もはや絶体絶命だ。フィールドの口を封じないかぎり、すべてを失うことになる。バリーは殺人の計画を練った。たとえ要求どおりに五万ドルを用意できて——どだい無理な話だが——証拠の原本を買いとったとしても、噂話ひとつで、フィールドはバリーの夢をすべて壊すことができる。残された道はただひとつ——フィールドを殺すことしかなかった。だから奴は殺した」

「黒人の血か」クローニンはつぶやいた。「そうだったのか」

「外見じゃ、まったくわからないな」サンプスンが言った。「きみやぼくと同じ、白人に見えるぞ」

「遠い祖先の血だよ」警視は言い添えた。「受け継いだ血は、ほんのひとしずくだ——ほんのひとしずくだが、アイヴズ＝ポープ家にとっては十分すぎる……先を続けよう。書類を見つけて、中身を読んで——我々はすべてを知った。誰が——どうやって——なぜ、殺人を行ったのか。というわけで、わしらは物証にするために、発見した証拠の品を持ち帰った。物証なしで起訴することはできんからな……そして、わしらはどんな物証を手に入れた？　何もなしだ！

　起訴に使えそうな証拠品をあげてみようか。女もののバッグ——問題外だ。言うまでもないが、まったく価値がない……。毒物の出どころ——完全にお手上げだ。ところで、バリーはジョーンズ博士の——あの毒物学者の先生が言っとった方法で毒を調達したそうだよ。普通のガソリンを買って、蒸留してテトラエチル鉛を精製したんだ。しかし、その証拠は何も残っとらん……。ほかに使えそうな証拠品といえば——モンティ・フィールドの帽子か。しかし、それはもうこの世にはない……六枚の空席の切符もあるはずだが——これまで一度も見なかったということは、見つかるチャンスはないだろう……それ以外に残った唯一の物証は——つまり、例の書類だな——動機を暗示するだけで、なんの証明にもならん。あれだけでは、モーガンが殺したとしてもおかしくないし、フィールドの犯罪組織の誰がやったとも断定できん。

たったひとつ起訴に持ちこむための希望は、バリーの自宅に忍びこんであの帽子か、芝居の切符か、でなければ毒とか、毒を作った器具とか、なんでもいいから物証になる物が見つかることにかかっていた。ヴェリーがプロの空き巣を調達してきて、金曜の夜にバリーが劇場で芝居に出とるすきに、奴の自宅に忍びこませ、隅から隅まで徹底的に捜させた。わしらの望む証拠品はひとつも出てこなかった。帽子も、切符も、毒も——すべて、処分されていた。ああ、そりゃ処分しただろうさ。わしらはそれを確かめただけだった。

切羽詰まって、わしは月曜の夜の観客たちに大勢、集まってもらった。誰か、あの夜にバリーの姿を見かけた者がおるんじゃないかと期待してな。ほら、ときどき、質問攻めにされた時には、かーっとなってすっかり忘れてしまったことも、あとになって思い出すことがあるだろう。しかし、このこころみも期待はずれだったよ。唯一の収穫といえるのは、あのオレンジエード売りの坊やの、フィールドが小路でイブニングバッグを拾ったのを見たという証言くらいかな。とはいえ、バリーに関しちゃ、何も進展があったわけじゃない。そもそも木曜の夜に役者たちに事情聴取をした時に、彼らから直接の証拠はまったく得られなかった。

というわけで、わしらは陪審に提出するための、すばらしく美しい論理的な推理による仮説は用意できたものの、物証はかけらも持っていなかった。我々がこの件を起訴しても、ちょっと頭の切れる弁護士の手にかかれば、あっという間に粉砕されてしまうだろう。わしらの手にあるのは、どれもこれも推理に頼った状況証拠だけだ。きみらもわしと同じくらい、よく知っとるはずだ、そういう事件は法廷でどう扱われるかということを……そして、わしの本当の災難が始まった。エラリーが遠くに行ってしまったんだ。

わしは脳味噌を絞ったよ――少ないながらも、精一杯にな」クイーン警視はからっぽのコーヒーカップを渋い顔で睨んだ。「わしにとってはもうお先真っ暗だった。物証なしに、どうやって起訴することができる？　できっこない。その時だ、エラリーが最後の最後に助けてくれた。電報で入れ知恵をしてくれたんだ」

「いれぢえ？」クローニンが問い返す。

「わしもちょっと恐喝をやってみたらどうか、という入れ知恵さ……」

「きみが恐喝を？」サンプスンは瞠目した。「意味がわからん」

「エラリーの癖でな、よくわからん、もってまわったことを言う時のせがれは、大事なことを言っとるんだ」警視は答えた。「わしにはすぐにエラリーの言う意味がわかったよ、唯一の突破口は、物証を作ることだと！」

男ふたりは、わけがわからずに眉間に皺を寄せている。

「まったく単純な話さ」クイーン警視は続けた。「フィールドは、かなり特殊な毒で殺された。

そしてフィールドはバリーを恐喝したから殺された。ということは、もしバリーが突然、同じネタでゆすられれば、また毒を使うんじゃないか——しかも、同じ毒を使う可能性は高くないか？　言うまでもないが、"一度、毒殺すれば、何度でも毒殺する"ものだ。バリーの場合で言えば、奴が誰かにテトラエチル鉛を使わせるように仕向けることができれば、こっちの勝ちだ！　毒はほとんど知られていない珍しいものだ——それについてはわざわざ説明する必要はないだろう。奴がテトラエチル鉛を持っている現場さえ押さえれば、もうそれだけで十二分な物証が手にはいる。

どうやってうまく計画を運ぶかは、また別の問題だが……うまい具合に、恐喝のタイミングは状況にぴったり合っていた。わしはバリーの出生に関する証拠書類の原本を実際に持っていた。バリーはそれらをすべて処分したと思いこんでいた——まさか、自分がフィールドから奪った書類が、精巧な偽造品だと疑う理由はなかったからな。わしが恐喝してやれば、奴は同じ境遇に逆戻りだ。そうなれば、きっと同じ行動を取る。

というわけで、我らが友人、チャールズ・マイクルズを使うことにした。奴を選んだのは、フィールドの旧友かつ用心棒かつ常にくっついているお供だったマイクルズなら、証拠書類の原本を持っていても当然だ、とバリーが考えてくれると思ったからだ。マイクルズには、わしの言ったとおりの文句をそのまま手紙に書かせた。マイクルズに書かせた理由は、バリーがフィールドと接触しとったなら、マイクルズの筆跡を知っとるかもしれないと思ったからだ。もし、この計画でへまをすれば、些細なことかもしれんが、何ひとつ、手抜かりは許されなかった。

バリーにすぐに罠と見抜かれて、もう二度と、捕まえるチャンスはなくなる。

わしは書類の原本から一枚抜いて、手紙に同封した。新たな恐喝がはったりじゃないとわからせるためだ。フィールドがバリーに渡そうとしたのはコピーだと教えてやったんだ――同封した書類が、わしの言葉が嘘じゃないと証明してくれる。バリーには、マイクルズが元主人と同じやりかたでゆすろうとしていることを疑う理由はない。あの手紙には最後通牒めかした文句を書かせてやった。わしは時と場所を指定した。あとはまあ、長い話を簡潔にまとめると、計画はうまくあたったってわけだ……

こんなところかな、諸君。バリーはまんまと姿を現し、テトラエチル鉛がいっぱいはいった、頼りになる小さな注射器ばかりか、フラスクまで持っていた――フィールド殺しの、まったくの再現だよ、舞台が違うだけでな。待ち合わせ場所でバリーを待っておった部下――リッターだ――には絶対に気を抜くなと命じておいた。バリーであることを確認するとすぐに、銃を突きつけ、全員に合図を送った。うまい具合に、わしらはふたりのすぐうしろにあった茂みに隠れていた。バリーは絶体絶命だったからな、一瞬でもすきがあれば、リッターを殺して自分も死んでいただろう」

語り終えて、警視がため息をつき、前かがみになって嗅ぎ煙草をつまみ出す間、室内はしんと静まり返っていた。

サンプスンは椅子の中でもぞもぞと坐りなおした。「まるで推理小説みたいだな、Q」彼は称賛した。「しかし、ぼくはまだいくつか、わからない点があるんだ。たとえば、そのテトラエチル鉛がそんなに知られてない毒なら、どうしてバリーはそんな物のことを知ってたんだ——作り方まで？」

「ああ」警視は微笑した。「ジョーンズ博士に毒の正体を教えられた時から、それはわしも気になっていたよ。逮捕したあとも、皆目、見当がつかなかった。しかしな——まったくわしがどれだけまぬけかわかると言うもんだ——答えはわしの鼻先にずっとぶら下がっとったんだよ。アイヴズ＝ポープの家でコーニッシュ博士とかいう主治医を紹介されたのを覚えとるかね？コーニッシュというのは、あの老財界人の個人的な友達で、まあ、医学が共通の趣味なんだ。そういえば、エラリーに訊かれたんだ。〝アイヴズ＝ポープは最近、科学捜査基金に百万ドルを寄付しませんでしたか？〟と。そのとおりだった。そして数カ月前のある晩、アイヴズ＝ポープ邸における会合で、バリーはまったく偶然にテトラエチル鉛について知った。科学者の代表が集まり、コーニッシュに財界の大立者に引きあわせてもらって、基金への金銭的な援助を頼んだんだ。その夜の会合の中で、会話は自然と医学会の噂話や、最近の科学における発見についての話題に移っていった。そしてバリーは、基金の理事のひとりである有名な毒物学者が、一同の前で毒物に関する話を披露したのを立ち聞きしたと認めた。この時には、バリーはそんな知識を活用する日が来るとは思ってもいなかったわけだが。フィールドを殺すと決めた時、その毒を使う利点や、出どころの特定が不可能な点に、すぐに気づいたそうだ」

「いったいぜんたい、きみがぼくに木曜の朝、ルイス・パンザーに届けさせたあのメッセージの意味はなんだったんだ、警視？」クローニンが興味津々な顔で訊く。「覚えてるか？ルインとパンザーが顔を合わせた時に、ふたりが知り合いかどうかをよく観察してくれって。あのあと、ルインに訊いてみたが、パンザーとはまったくの初対面だったと言っていた。あれはどういう意味があったんだ？」

「パンザーは」警視は穏やかに繰り返した。「わしにとってパンザーはずっと、謎の存在だったんだよ、ティム。きみのところに行かせた時には、まだパンザーを推理で容疑者から除外できていなかったのを覚えとるだろう……きみのところにやったのは、単なるわしの好奇心だ。もしルインがパンザーを見知っておれば、パンザーとフィールドの間につながりがあることを確認できると思ってな。わしの思いつきは実を結ばなかった。まあ、それほど期待できる考えじゃなかったがね。パンザーはルインの知らないところでフィールドと知り合いだったのかもしれんのだし。もうひとつの理由は、あの朝、パンザーに劇場をうろついてほしくなかったんだよ。だから、ああやって使いに出したのは一石二鳥だった」

「ふうん、きみのメッセージの指示どおりに、パンザーに古新聞の束を包みにして持たせてやったけど、満足してもらえたのかな」クローニンはにやりとした。

「モーガンが受けとった匿名の手紙は？　あれもまた、何かのめくらましか？」サンプスンは重ねて訊いてきた。

「あれはちょっとしたかわいい罠だ」クイーン警視は苦い顔で答えた。「昨夜、バリーが説明してくれたよ。奴はモーガンがフィールドを殺してやると言って口論した噂を聞いた。もちろん、フィールドがモーガンを恐喝しているのは知らなかったそうだ。ただ、もしも月曜の夜に、うまい話でモーガンを劇場に来させることができれば、ダミーのとても有力な容疑者に仕立てあげられる。モーガンが来なかったとしても、別に失うものはない。もし来てくれればめっけものだ――バリーはそう考えた。奴はありふれた安物の封筒を選ぶと、タイプライターの販売店に行って、手袋をはめた手で手紙を打ち、ぐしゃぐしゃっと適当なイニシャルのサインをして郵便局から発送した。指紋には気をつけとったから、もちろん、その手紙から足がつくことはない。幸運なことに、モーガンは餌に食いついて、劇場にやってきた。モーガンのどうにも嘘くさい話と、あからさまに偽造とわかる手紙のせいで、バリーの思惑どおりに、彼は有力な容疑者となってしまった。とはいえ神のはからいか、因果応報という結果になったがな。わしらがモーガンを通じて、フィールドが恐喝をしていたと知ったことから、バリーはどでかい実害をこうむることになったわけだ。まあ、いくら奴でも、そこまで予見できなかったのは無理もないが」

サンプスンはうなずいた。「もうひとつだけ。バリーはどうやって空席の切符を買ったんだ――そもそもバリーが全部、買うように手配したのか?」

「むろんだよ。バリーはフィールドに、会って書類を受け渡すなら、劇場で人目を避けた死角で極秘に行うのがいい、と説得したんだ。その方がフィールド自身のためだから、とな。フィールドは納得して、売り場で切符を八枚買うことをあっさり承知した。フィールド自身も、完全にふたりきりになるためには六枚、余分の切符が必要だと気づいたんだな。奴はバリーに切符を七枚送り、バリーは受けとってすぐに、左LL30以外の切符を全部、処分してしまった」

かわりだ」

警視は立ちあがると、疲れた笑顔になった。「ジューナ！」低い声で呼んだ。「コーヒーのおかわりだ」

サンプスンは手をあげて、少年を止めた。「ありがとう、Q、いや、もうおいとましないと。クローニンもぼくも、この犯罪組織の件で山ほど仕事があるんだ。ただ、どうしてもきみの口から、ことの顚末をすっかり聞くまで、どうにも落ち着かなかったものだから……なあ、Q」

彼はぎこちなくつけ加えた。「きみは偉業をなしとげた。これは本心だよ」

「こんな話は聞いたことがない」クローニンが心からの言葉をはさんできた。「なんて謎だ、そして、最初から最後まで、実に明晰な美しい推理だった！」

「本当にそう思うかい？」警視は静かに訊ねた。「嬉しいよ、きみたち。なんたってその賛辞は全部、正当にはエラリーが受けるものだからね。わしはせがれが自慢でならん……」

＊

サンプスンとクローニンが出ていき、ジューナが自分の城である小さな台所に朝食の皿を洗いにいくと、警視は書き物机の前に戻り、万年筆を取りあげた。そして、息子に宛てて書いた文面をざっと読みなおした。ため息をつくと、彼はもう一度、紙の上にペンをおろした。

いましがた書いたことは忘れてくれ。あれから一時間以上が過ぎた。サンプスンとティム・クローニンが来たので、あのふたりのために、わしらのやったことを全部はっきり説明してやらなければならなかった。あんな連中は見たことがない！　子供みたいだったな、ふたりとも。おとぎ話をせがむように、夢中になって聞いていた……話すうちに、自分がどれだけたいしたことをしていなくて、おまえがどれだけたくさん助けてくれたのか、はっきりと思い知らされた。いつかおまえがすてきな娘さんをつかまえて、結婚する日が待ち遠しいよ。そうしたら、このすばらしいクイーン一家をあげて、荷物をまとめてイタリアに移って、平和な生活に落ち着こう……。さて、エル、もう着替えて、署に出向かなければならん。先週の月曜から、お定まりの仕事が山ほどたまっていて、わしを待ち構えている……

いつ、おまえは帰ってくる？　せかすつもりはないが、寂しくてたまらないよ、エル。わしは――いや、疲れてわがままになっているんだな。甘ったれの頑固なよぼよぼじいさんのたわごとだ。だけど、おまえはもうじき帰ってくるんだろう？　ジューナがおまえによろしくと言っている。あのいたずら坊主はいま、台所で皿を洗う音で、わしの耳をもぎとろうとしているよ。

おまえを愛する

父より

エラリー・クイーン登場

有栖川有栖

わが国で本格ミステリの三大巨匠と称せられるのが（五十音順に）ディクスン・カー、エラリー・クイーン、アガサ・クリスティだ。さながら尾張の三英傑（信長・秀吉・家康）のごとしで、この選択はこの先もゆらぎそうにない。

各作家に熱心なファンがついているが、それぞれの作家の持ち味は異なり、密室ものを得意として〈不可能犯罪の巨匠〉と呼ばれるカーはそのトリックで読者を惹きつける。トリック派のカーに対して、〈ミステリの女王〉クリスティは誤導の冴えに定評があり、強いて言えばプロット派か。そして、〈アメリカの探偵小説そのもの〉（アンソニー・バウチャー）と評されたこともあるクイーンは、読者に真っ向からフーダニット（犯人探し）の難題を突き付けるロジック派である。

『ローマ帽子の謎』は、そんな作家エラリー・クイーンの記念すべきデビュー作であると同時に、作者と同名の名探偵エラリー・クイーンの華麗なるデビュー作。ミステリファン必読の一冊と言えるだろう。フーダニットの最高峰を極めたクイーンらしさをよく見ることができる。

まずは、この作品が世に出るまでの経緯について。ミステリ好きだったフレデリック・ダネイとマンフレッド・B・リーの従兄弟《いとこ》同士（ともに一九〇五年生まれ）は、『ローマ帽子の謎』を共作して懸賞小説に応募をする。狙うは「マクルーア」誌が長編ミステリを募ったコンテストで、賞金は七千五百ドル。作家志望の二人は当時、広告関係の仕事に就いていた。『ローマ帽子の謎』は見事に第一席となるのだが、作品が本になる前に版元が破産して、同誌の発行権は婦人読者に強い別の出版社に移ってしまう。そのためあろうことかコンテストの結果が変更になり、女性作家イザベル・B・マイヤーズのものに差し替わる。のちの巨匠は、スタート前に躓《つまず》いてしまうのだ。

マイヤーズは二作だけで消えて幻の作家となったようだが、クイーンに勝ったコンペティターとしてマニアの間で名を残す。その作品『殺人者はまだ来ない――マラキ・トレント殺人事件』は、一九八三年になって山村美紗訳で光文社カッパ・ノベルスから出ている。

捨てる神あれば拾う神あり。悲運の『ローマ帽子の謎』は、フレドリック・A・ストークス社から上梓されることになり、クイーンのデビューがかなう。時まさに一九二九年、世界恐慌が起きたその年。二人で一つのペンネームを持ち、ミステリの歴史を変える作家はまだ若く、二十四歳だった。

『ローマ帽子の謎』には、当時ベストセラー作家だったヴァン・ダインの影響が顕著に見られる。ヴァン・ダインこそ長編本格ミステリの一つのスタイルを確立した作家で、若く野心的なダネイとリーが、成功のモデルにしたのはごく自然なことだ。

類似点はいくつもある。ヴァン・ダインの諸作の語り手（いたって影が薄い）は、作者と同名のヴァン・ダイン。クイーンは、この方式を進化させて、「ペンネームと探偵の名を同じにすれば、読者がいっぺんに覚えてくれる」という功利精神を発揮した。ペンネームが語り手や探偵の名と一致する、というスタイルはのちのミステリ作家に模倣される。

知的な気取りのある名探偵が主人公で、それを取り巻く捜査員や検死官、地方検事といった人物の配置もそっくりと言っていい。ただ、探偵役の父親を重要なパートナーに起用し、父子の情愛を盛り込んだ点は新機軸だ。

複雑な事件、錯綜する情報、それを束ねて分析し、シンフォニーの第四楽章のごとき迫力で解決編になだれ込むところも共通している。

現場の見取り図などの図版の挿入も、クイーンが先達に倣《なら》ったのだろう。そのおかげで、いまだに「図版が入っているとうれしくなる」という、パブロフの犬的反応を示す本格ミステリファンも多い。

最も顕著なサンプルは両者の代表作であるヴァン・ダインの『グリーン家殺人事件』とクイーンの『Yの悲劇』で、舞台、モチーフ、プロットの類似は隠しようもない。それでいてまるで別の美質を持っているがゆえ、いずれもが名作なのだが。

ダネイは、ヴァン・ダインの成功に倣ったことを認めつつ、こう語っている。

「当時のわたしたちに訴えるものがあったからです。複雑で論理的かつ演繹《えんえき》的。しかも初めから終わりまで知性的な小説ですからね」(『エラリイ・クイーンの世界』フランシス・M・ネヴィンズJr.)

『ローマ帽子の謎』は好評を博し、クイーンは探偵エラリー・クイーンを主人公にした作品をシリーズ化する。第二作が『フランス白粉の謎』、第三作が『オランダ靴の謎』という具合に、いつもタイトルには地名を冠し、『〜の謎』で統一した（わが国では国名シリーズと呼ぶ）。これも、タイトルを『〜殺人事件』で揃えたヴァン・ダインと同じ趣向である。

他の作家と似たところばかり語ってもつまらない。ここから先は、クイーンがヴァン・ダインの単なる追随者ではなく、それどころか誰もたどり着けないほどの高みに達した点について書いていこう。

ヴァン・ダイン作品に登場する探偵ファイロ・ヴァンスは、心理的探偵法なるものを提唱した。これは、物的証拠に頼るのではなく、容疑者たちをじっくりと観察し、その心理を見抜くことで真相を捉えようとするものだ。実践として、『カナリヤ殺人事件』においてヴァンスは容疑者たちとポーカーに興じ、そのプレイスタイルから犯人像に合致する者を見つける。

ヴァン・ダインを手本としたクイーンは、この手法だけは採用しなかった。オリジナリティを尊重したためとも取れるが、「それは犯人を指摘する技法として曖昧すぎる」という判断を下したのではあるまいか。『カナリヤ殺人事件』は古風な本格ミステリとして現代でも楽しめるものの、「こんなことで犯人が判れば世話はない」という印象を残すし、ヴァン・ダイン自身も書き進めるうちにこの探偵法から離れていった。

クイーンが選んだ探偵法は、ヴァン・ダインの対極と言える。つまり、論理的思考を尽くして、唯一無二の解答に至るというものだった。そこには、不確かで移ろいやすい人間の心理＝

感情が入り込む余地がない。そんなものは捨象《しゃしょう》して、人間にはプログラムされたコンピュータのごとく論理的＝合理的に動く側面があることを認め、そこから推理を巡らせるのである。

この方法は、本格ミステリ、とりわけ犯人探しを主眼とした作品を書く上で非常に有効だ。心理＝感情の問題を顧慮すれば、「Aを愛していたBがそんなふるまいに及ぶはずがない」という推論が成り立つだろう。しかし、どこにどんな秘密が伏在しているかもしれない本格ミステリの作品世界においては、「Aは実はBをひそかに憎んでいた」という事実が見えていないだけなのかもしれず、「愛していたがゆえに」や「憎んでいたゆえに」は探偵の推理に盤石の保証を与えない。

翻《ひるがえ》って、人間が論理的＝合理的にふるまう場面に焦点を合わせれば、推理は格段に強度を増す。犯人の心理＝感情を直接的には描けなくなるが、それでも間接的・事後的に描くことは難しいながら可能なのだ。

『ローマ帽子の謎』を例に取ると、この作品で読者に提示された謎は、「なぜ犯行現場から被害者の帽子がなくなっていたのか？」である。実にシンプルな問いだ。捜査が進むうちに、犯人にはそうしなければならなかった事情があったことが判ってくるが、謎は形を変えて残り続ける。そして、推理の果てには唯一無二の真相が待っている。

読者は、作者に向かって駄々をこねることができない。「帽子を持ち去ったのは、事件に何の関係もない人間だったのかもしれないではないか。『お、これはいいね』と拾っていったのかもしれない」「帽子に意味はなく、捜査を混乱させようとしただけかもしれない」といった駄々が考えられるが（こういう反論はミステリ読者の習性だ。そんな結末には何の面白味もないことを承知しながら文句を言う）、『ローマ帽子の謎』においては、非現実的なハプニングすら「不可能」である。エラリーの推理は、どこをどう押しても覆らないのだ。

明治時代の半ばに輸入されたDetective Storyは探偵小説と訳され、終戦後に推理小説と名を変えて、昨今はミステリ（ミステリー）と呼ばれることも多い。社会派推理小説の全盛期に重なるためか、推理小説という呼び名を好まない本格ファンがいるようだ。しかし、私は推理小説という呼称に最も愛着を感じる。一九五九年生まれという年回りのせいもありそうだが、本格ミステリの本質を最もよく言い表わしていると思うからだ。

クイーンのフーダニットこそ、推理小説の名にふさわしい。探偵が推理して、推理して、推理し尽くすのだから。クイーンの書いたタイプのミステリだけを推理小説と呼べば筋が通る、と言いたいほどだ。

クイーンは、犯人を指摘するのに充分なデータが出揃って解決編に入る前に、〈読者への挑戦状〉を挿入する、という趣向を発案した。ここまで推理の構築度が高くなれば、そんな一文を書き込みたくなるのも理解できる。

挑戦状を歓迎する本格ファンが大勢いる反面、「小説の途中で作者が顔を出すのは興ざめだ」という読者もいる。個人の嗜好は如何ともしがたいが、小説の幅をぎりぎりまで狭く捉えた場合のクレームだろう。

また、「挑戦状に応じて、いったん本を閉じて考えるのが誠実な態度」と考える方もいて、ミステリの書き手としては、ありがたいばかりだが、読者は作者よりも自由であってよい。ゲームに参加するつもりで作者の挑戦に応じるのもいいし、「何も推理せずに解決編に進んで、早くエラリーの答えを聞かせてもらおう」でもいいのだ。クイーンを敬愛するミステリ作家は多いが、「そりゃ推理なんてしませんよ。結末を読んで驚くのが一番楽しいんだから」という意見をよく耳にする。

『ローマ帽子の謎』では、劇場の客席で殺人事件が起きる。公共の場が犯行現場になった都市型犯罪だ。初期のクイーンは、こういうパターンを得意としていて、『フランス白粉の謎』でデパート、『オランダ靴の謎』では病院で死体が発見される。これだと不特定多数の人間が容疑者となり、そのままではフーダニットとしては不都合だ。探偵は、容疑者を適当な人数に絞り込まなくてはならない。

エラリーは、死体発見後も犯人がローマ劇場から出ていないことを論証する。それでもまだ容疑者が多すぎるので、クイーン警視は喜色を見せない。読者にしても「そうでないと犯人探しにならないものな。初めから予想していた結論だ」という思いを抱くかもしれない。しかし、そんなプロセスがフーダニットには絶対に必要だ。

箱から鳩を出して見せるマジシャンは、最初に箱が空っぽであることを観客によく確認させなければならない。密室トリックを描くミステリ作家は、その部屋に人間の出入りが不可能だったであろうこと（抜け穴はありませんよ、錠に細工の跡はありませんよ云々）を丁寧に説明しなくてはならない。〈あらため〉という手順だ。これはクイーンの犯人探しでも重要で、クイーンは〈あらため〉にも推理を駆使する。そればかりか、「なるほど、犯人は外に逃げていないんだな。納得したよ」と油断していたら、その推理が結末になって犯人にトドメを刺したりする。〈あらため〉の技巧にこそ、クイーン流フーダニットの神髄があるように思う。

あなたがまだ本編をお読みではなく、せっかくだから（こんなによくできた問題はめったにない）作者の挑戦に応じてやろう、と意気込んでいらっしゃるとしたら――。登場人物リストにある全員を漏れなく疑っていただきたい。犯人は必ずその中にいる。さあ、これでもう誰が犯人でも意外ではなく、「えっ、その人が⁉」と驚くことはなくなった。それでも、あなたは解決編でびっくりさせられるだろう。「そんな推理ができるのか」と。フーダニットの醍醐味を堪能されたい。

発表から八十年以上がたち、風俗描写には古色が漂い（それが魅力に転じてもいる。中村有希氏による新訳は、作品が新しくなりすぎないような工夫が施されている）、最後に明かされる動機も現代では納得しかねるところがある。それでも精緻な論理の面白さは微塵も損なわれておらず、本格ミステリの強さを確かめられるだろう。

クイーンは、このデビュー作で〈驚くべき結末〉ならぬ〈驚くべき推理〉を披露しているが、その技法にはこれでもまだ（！）甘いところがある。シリーズが進むほどに証拠品の提示の仕方がよりスマートになり、犯行の計画性が増し、連続殺人が多くなる。そのヒートアップぶりをぜひ追いかけていただきたい。

以下は余談めくが。

デビュー作だけあって、この作品には名探偵エラリーのプロフィールがくわしく描かれており、ファンにとってはうれしい。エラリーについてよく知っているつもりでいた方も、J・マックの序文を読んで、「エラリー・クイーンというのは仮名？　覆面作家ならぬ覆面探偵だったのか」と意外な設定を発見するかもしれない。

ただし論理の申し子、エラリー・クイーン（これは作者を指す）にしては、この序文はまったく理屈に合っていない。この名探偵の活躍を生涯にわたって書き続けるという計画や確信がなかったためか、やがて作者は、ほとんどの設定をなかったことにしてしまうのだ。エラリーが結婚し、父やジューナとともにイタリアに隠遁することはない。

そもそも『ローマ帽子の謎』という本の中だけでも記述には矛盾がある。押しの強いマックがエラリーを口説き落とし、この序文を書いたのが一九二九年三月一日。作中の事件が起きたのが一九二×年。最大でたった九年しかたっていない。これではクイーン父子を仮名にしようが、事件の詳細をぼかそうが、「あの事件のことじゃないか」と読者に知れてしまうのを避けられない。その他にも色々と引っかかるが、ご愛嬌ということか。

この作品で覆面作家としてデビューした三年後に『Xの悲劇』を発表する際、クイーンはバーナビー・ロスというペンネームを使う。そのどちらもが覆面作家だったのだから、ややこしい話だ（ちなみにダネイ、リーという名も本名ではない。かくもクイーンは複雑さと攪乱《かくらん》を愛している）。

覆面を脱いだ後、ロスの正体がクイーンであることは、クイーン名義の著書に伏線を張っておいた、とクイーンは得意げに語るのだが、それは本書十五ページで言及されているバーナビー・ロス殺人事件のことだ（この事件の名は、『オランダ靴の謎』にも出てくる）。伏線としてはやや弱いが、クイーンらしい悪戯と言える。

また、十四ページには、エラリー・クイーンという仮名について「読者が文字を並べ替えるなどして、本名の手がかりを探り出そうとしても徒労に終わる」とあって、微笑ましい。そんな酔狂なファンがいるとは思えない。いや、今ならたくさんいるか。クイーン先生、あなたがファンをそう躾《しつ》けたせいで。

検印
廃止

訳者紹介　1968年生まれ。1990年東京外国語大学卒。英米文学翻訳家。訳書に，ソーヤー「老人たちの生活と推理」，マゴーン「騙し絵の檻」，フェラーズ「猿来たりなば」，ウォーターズ「半身」「荊の城」，ヴィエッツ「死ぬまでお買物」など。

ローマ帽子の謎

2011年8月31日　初版

著者　エラリー・クイーン

訳者　中《なか》村《むら》有《ゆ》希《き》

発行所　(株)　東京創元社
代表者　長谷川晋一

162-0814/東京都新宿区新小川町1-5
電話　03・3268・8231-営業部
03・3268・8204-編集部
URL　http://www.tsogen.co.jp
振替　00160—9—1565
暁印刷・本間製本

乱丁・落丁本は，ご面倒ですが小社までご送付ください。送料小社負担にてお取替えいたします。

ISBN978-4-488-10436-8　C0197

ディクスン・カー（カーター・ディクスン）（米 一九〇六―一九七七）

John Dickson Carr
(Carter Dickson)

〈不可能犯罪の作家〉といわれるカーは、密室トリックを得意とし、怪奇趣味に彩られた独自の世界を築いている。本名では**フェル博士**、ディクスン名義では**ヘンリ・メリヴェール卿**（H・M）が活躍する。作風は**『赤後家の殺人』**等初期の密室ものから、**『皇帝のかぎ煙草入れ』**など中期の心理トリックもの、そして**『死の館の謎』**等晩年の歴史ものへと変遷した。

ディクスン・カー
宇野利泰 訳
カー短編全集1
不可能犯罪捜査課
〈本格〉

発端の怪奇性、中段のサスペンス、解決の意外な合理性、この本格推理小説に不可欠の三条件を見事に結合して、独創的なトリックを発明するカーの第一短編集。奇妙な事件を専門に処理するロンドン警視庁D三課の課長マーチ大佐の活躍を描いた作品を中心に、「新透明人間」「空中の足跡」「ホット・マネー」「めくら頭巾」等、全十編を収録する。

11801-3

ディクスン・カー
宇野利泰 訳
カー短編全集2
妖魔の森の家
〈本格〉

長編に劣らず短編においてもカーは数々の名作を書いているが、中でも「妖魔の森の家」一編は、彼の全作品を通じての白眉ともいうべき傑作である。発端の謎と意外な解決の合理性がみごとなバランスを示し、加うるに怪奇趣味の適切ないろどり、けだしポオ以降の短編推理小説史上のベスト・テンにはいる名品であろう。ほかに中短編四編を収録。

11802-0

ディクスン・カー
宇野利泰 訳
カー短編全集3
パリから来た紳士
〈本格〉

カー短編の精髄を集めたコレクション、本巻にはフェル博士、H・M、マーチ大佐といった名探偵が一堂に会する。内容も、隠し場所トリック、不可能犯罪、怪奇趣味、ユーモア、歴史興味、エスピオナージュなど多彩をきわめ、カーの全貌を知るうえに必読の一巻である。殊に「パリから来た紳士」は著者の数ある短編の中でも最高傑作といえよう。

11803-7

ディクスン・カー
宇野利泰 訳
カー短編全集4
幽霊射手
〈本格〉

カーの死後の調査と研究に依って発掘された、若かりし日の作品群や、ラジオ・ドラマを集大成した待望の短編コレクション。処女短編「死者を飲むかのように……」を筆頭に、アンリ・バンコランの活躍する推理譚と、名作「B13号船室」をはじめとする傑作脚本を収録した。不可能興味と怪奇趣味の横溢するディクスン・カーの世界！　志村敏子 画

11820-4

Ellery Queen

エラリー・クイーン（米 リー 一九〇五―一九七一／ダネイ 一九〇五―一九八二）

マンフレッド・リーとフレデリック・ダネイのいとこ同士の合同ペンネーム。一九二九年**『ローマ帽子の謎』**で、作者と同名の名探偵**エラリー・クイーン**を創造してデビュー。三二年からはバーナビー・ロス名義で、引退したシェークスピア俳優**ドルリー・レーン**の**『Xの悲劇』**をはじめとする四部作を発表。二人二役を演じた。謎解き推理小説を確立した本格派の雄。

Xの悲劇

エラリー・クイーン
鮎川信夫訳

〈本格〉

ニューヨークの電車の中で起きた奇怪な殺人事件。恐るべきニコチン毒針を無数にさしたコルク玉という凶器が使われたのだ。この密室犯罪の容疑者は大勢いるが、聾者の探偵、かつての名優ドルリー・レーンの捜査は、着々とあざやかに進められる。〝読者よ、すべての手がかりは与えられた。犯人は誰か？〟と有名な挑戦をする、本格中の本格。

10401-6

Yの悲劇

エラリー・クイーン
鮎川信夫訳

〈本格〉

行方不明をつたえられた富豪ヨーク・ハッターの死体がニューヨークの湾口に揚がった。死因は毒物死で、その後、病毒遺伝の一族のあいだに、目をおおう惨劇がくり返される。名探偵レーンの推理では、あり得ない人物が犯人なのだが……。ロス名義で発表した四部作の中でも、周到な伏線と、明晰な解明の論理が読者を魅了する古典的名作。

10402-3

Zの悲劇

エラリー・クイーン
鮎川信夫訳

〈本格〉

政界のボスとして著名な上院議員の、まだ生温かい死体には、ナイフが柄まで刺さっていた。被害者のまわりには多くの政敵と怪しげな人物がひしめき、所有物の中から出てきた一通の手紙には、恐ろしい脅迫の言葉と、謎のZの文字が並べてあった。錯綜した二つの事件の渦中にとび込むのは、サム警部の美しい娘のパティと、レーンの名コンビ。

10403-0

レーン最後の事件

エラリー・クイーン
鮎川信夫訳

〈本格〉

サム警部のもとに現われた七色のひげの男が預けていった手紙の謎は？　シェークスピアの古文書をめぐる学者たちの争いは、やがて発展して、美人のペーシェンスを窮地におとし入れ、聾者の名探偵レーンをまきこむ。謎また謎の不思議な事件続き。失踪した警官の運命は？　ロス名義の名作四編の最後をかざるドルリー・レーン最後の名推理。

10404-7

Agatha Christie

アガサ・クリスティ（英 一八九〇―一九七六）

一九二〇年に『**スタイルズの怪事件**』でデビュー以来、長短編合わせて八十冊を超す作品を発表した。着想のうまさと錯綜したプロット構成、それに独創的なトリックの加わった『**アクロイド殺害事件**』や『**オリエント急行の殺人**』といった、すでに古典の座を占めるものも少なくない。彼女の創造した名探偵には**エルキュール・ポワロ**や**ミス・マープル**などがいる。

アガサ・クリスティ
大久保康雄 訳

アクロイド殺害事件

〈本格〉

村の名士アクロイド氏が短刀で刺殺されるという事件がもちあがった。そのまえにさる婦人が睡眠薬を飲みすぎて死んでいる。シェパード医師はこうした状況を正確な手記にまとめ、犯人は誰か、という謎を解決しようとする。六十余編のクリスティ女史の作品の中でも、代表作としてとりあげられる名作中の名作。独創的なトリックは古今随一。

10543-3

アガサ・クリスティ
深町眞理子 訳

ABC殺人事件

〈本格〉

ポワロのもとに奇妙な犯人から、殺人を予告する挑戦状がとどいた。果然、この手紙を裏がきするかのように、アッシャー夫人（A）がアンドーヴァー（A）で殺害された。つづいてベティー・バーナード（B）がベクスヒル（B）で……。死体のそばにはABC鉄道案内がいつもおいてある。Cは、Dはだれか？　ポワロの心理捜査が始まる！

10538-9

アガサ・クリスティ
西脇順三郎 訳

三幕の悲劇

〈本格〉

嵐をよぶ海燕のように、おしゃれ者の探偵ポワロの現われるところ必ず犯罪がおこる！　引退した俳優サー・チャールズのパーティの席上、老牧師がカクテルを飲んで急死した。自殺か、他殺か、自然死か。しかしポワロは、いっこうに尻をあげようとしなかった。二幕、三幕と進むにつれて、小さな灰色の脳細胞、ポワロの目が光り始めていく……。

10515-0

アガサ・クリスティ
長沼弘毅 訳

オリエント急行の殺人

〈本格〉

オリエント急行列車に乗り合わせた乗客たちは積雪にとじこめられてしまった。その翌朝、ひとりの乗客が、からだ一杯に無数の傷を受けて死んでいた。乗客のひとりエルキュール・ポワロの目と鼻のさきで起きた事件である。被害者はアメリカ希代の幼児誘拐魔で、乗客は世界中の雑多な人々、容疑者全員にアリバイがあった。クリスティの代表作。

10539-6

Dorothy L. Sayers

ドロシー・L・セイヤーズ（英 一八九三―一九五七）

オックスフォードに生まれたセイヤーズは、広告代理店でコピーライターの仕事をしながら二三年に第一長編『**誰の死体？**』を発表。そのモダンなセンスにおいて紛れもなく黄金時代を代表する作家だが、名作『**ナイン・テイラーズ**』を含む味わい豊かな作品群は、今なお後進に多大な影響を与えている。ミステリの女王としてクリスティと並び称される所以である。

ピーター卿の事件簿

ドロシー・L・セイヤーズ
宇野利泰訳
〈本格〉

クリスティと並ぶミステリの女王、ドロシー・L・セイヤーズが生み出した貴族探偵ピーター卿の活躍を描く待望の作品集。絶妙の話術が光る秀作を集めた。「鏡の映像」「ピーター・ウィムジー卿の奇怪な失踪」「盗まれた胃袋」「完全アリバイ」「銅の指を持つ男の悲惨な話」「幽霊に憑かれた巡査」「不和の種、小さな村のメロドラマ」の七編を収録。

18301-1

誰の死体？

ドロシー・L・セイヤーズ
浅羽莢子訳
〈本格〉

実直な建築家が住むフラットの浴室に、ある朝見知らぬ男の死体が出現した。場所柄、男は素っ裸で、身につけているものは金縁の鼻眼鏡のみ。一体これは誰の死体なのか？ 卓抜した謎の魅力とウイットに富む会話、そして、この一作が初登場となる貴族探偵ピーター・ウィムジイ卿。クリスティと並ぶミステリの女王が贈る、会心の長編第一作！

18302-8

雲なす証言

ドロシー・L・セイヤーズ
浅羽莢子訳
〈本格〉

兄のジェラルドが殺人犯!? しかも、被害者は妹メアリの婚約者だという。お家の大事にピーター卿は悲劇の舞台へと駆けつけたが、待っていたのは、家族の証言すら信じられない雲を摑むような事件の状況だった……！ 兄の無実を証明すべく東奔西走するピーター卿の名推理と、思いがけない冒険の数々。活気に満ちた物語が展開する第二長編。

18303-5

不自然な死

ドロシー・L・セイヤーズ
浅羽莢子訳
〈本格〉

殺人の疑いのある死に出合ったらどうするか。とある料理屋でピーター卿が話し合っていると、突然医者だという男が口をはさんできた。彼は以前、癌患者が思わぬ早さで死亡したおりに検視解剖を要求したが、徹底的な分析にもかかわらず殺人の痕跡はついに発見されなかったのだという。奸智に長けた殺人者を貴族探偵が追いつめる第三長編！

18304-2

ベローナ・クラブの不愉快な事件

ドロシー・L・セイヤーズ
浅羽莢子訳

〈本格〉

休戦記念日の晩、ベローナ・クラブで古参会員の老将軍が頓死した。彼には資産家となった妹がおり、兄が自分より長生きしたならば遺産の大部分を兄に遺し、逆の場合には被後見人の娘に大半を渡すという遺言を作っていた。だが、その彼女が偶然同じ朝に亡くなっていたことから、将軍の死亡時刻を決定する必要が生じ……？　ピーター卿第四弾。

18305-9

毒を食らわば

ドロシー・L・セイヤーズ
浅羽莢子訳

〈本格〉

推理作家ハリエット・ヴェインは恋人の態度に激昂、袂を分かった。最後の会見も不調に終わったが、直後、恋人が激しい嘔吐に見舞われ、帰らぬ人となる。医師の見立ては急性胃炎。だが解剖の結果、遺体からは砒素が検出された。偽名で砒素を購入していたハリエットは訴追をうける身となる。ピーター卿が決死の探偵活動を展開する第五長編。

18306-6

五匹の赤い鰊《にしん》

ドロシー・L・セイヤーズ
浅羽莢子訳

〈本格〉

釣師と画家の楽園たるスコットランドの長閑な田舎町で、嫌われ者の画家の死体が発見された。画業に夢中になって崖から転落したとおぼしき状況だったが、当地に滞在中のピーター卿はこれが巧妙な擬装殺人であることを看破する。怪しげな六人の容疑者から貴族探偵が名指すのは誰？　後期の劈頭をなす、英国黄金時代の薫り豊かな第六長編！

18307-3

死体をどうぞ

ドロシー・L・セイヤーズ
浅羽莢子訳

〈本格〉

砂浜にそびえる岩の上で探偵作家ハリエット・ヴェインが見つけた男は、無惨に喉を掻き切られていた。手元にはひと振りの剃刀。見渡す限り、浜には一筋の足跡しか残されていない。やがて潮は満ち、死体は流されるが……？　さしものピーター卿も途方に暮れる難事件。幾重もの謎が周到に仕組まれた雄編にして、遊戯精神も旺盛な第七長編！

18308-0

殺人は広告する

ドロシー・L・セイヤーズ
浅羽莢子訳

〈本格〉

広告主が訪れる火曜のピム社は賑わしい。特に厄介なのが金曜掲載の定期広告。これには文案部も音をあげる。妙な新人が入社したのは、その火曜のことだった。前任者の不審死について穿鑿を始めた彼は、社内を混乱の巷に導くが……。広告代理店の内実を闊達に描くピーター卿物の第八弾は、真相に至るや見事な探偵小説に変貌する。モダン！

18309-7

ナイン・テイラーズ

ドロシー・L・セイヤーズ
浅羽莢子訳

〈本格〉

冬将軍の去った沼沢地方の村に、弔いの鐘が響いた。病がちな赤屋敷の当主が逝ったのだ。故人の希望は亡妻と同じ墓に葬られること、だが掘り返してみると、奇怪なことに土中からもう一体、見知らぬ遺骸が発見された。死因は不明。ピーター卿の出馬が要請される。一九三〇年代英国が産んだ最高の探偵小説と謳われる、セイヤーズの最大傑作。

18310-3

パーシヴァル・ワイルド
越前敏弥訳

検死審問
—インクエスト—
〈本格〉

リー・スローカム閣下が検死官としてはじめて担当することになったのは、女流作家ミセス・ベネットの屋敷で起きた死亡事件だった。個性的な関係者の証言から明らかになる事件の真相とは？　全編が検死審問の記録からなるユニークな構成が際立つ本書は、江戸川乱歩が絶賛し、探偵小説ぎらいのチャンドラーをも魅了した著者の代表作である。

27404-7

江戸川乱歩編

世界短編傑作集1
〈アンソロジー〉

短編小説は推理小説の粋である。珠玉の傑作群を年代順に集成した短編アンソロジーの決定版。編者の江戸川乱歩序文の巻頭に始まり、コリンズ「人を呪わば」チェホフ「安全マッチ」モリスン「レントン館盗難事件」グリーン「医師とその妻と時計」オルツィ「ダブリン事件」フットレル「十三号独房の問題」バー「放心家組合」の七編を収録。

10001-8

江戸川乱歩編

世界短編傑作集2
〈アンソロジー〉

傑作短編集第二弾には、ルブラン「赤い絹の肩かけ」を始めとして、グロルラー「奇妙な跡」ポースト「ズームドルフ事件」フリーマン「オスカー・ブロズキー事件」ホワイトチャーチ「ギルバート・マレル卿の絵」ベントリー「好打」ブラマ「ブルックベンド荘の悲劇」クロフツ「急行列車内の謎」コール夫妻「窓のふくろう」の全九編を収録した。

10002-5

江戸川乱歩編

世界短編傑作集3
〈アンソロジー〉

第三弾にはウイン「キプロスの蜂」ワイルド「堕天使の冒険」ジェプスン&ユーステス「茶の葉」バークリー「偶然の審判」ノックス「密室の行者」ロバーツ「イギリス製濾過器」アリンガム「ボーダー・ライン事件」ダンセイニ「二壜のソース」クリスティ「夜鶯荘」レドマン「完全犯罪」の十編。短編の好手たちによる腕比べをとくとご覧あれ。

10003-2

江戸川乱歩編

世界短編傑作集4
〈アンソロジー〉

著名な作者たちの手による技巧を尽くした短編の粋。ヘミングウェイ「殺人者」に始まり、フィルポッツ「三死人」ハメット「スペードという男」クイーン「キ印ぞろいのお茶の会の冒険」コッブ「信・望・愛」バーク「オッターモール氏の手」チャーテリス「いかさま賭博」セイヤーズ「疑惑」、異色作家ウォルポールの「銀の仮面」九編を収録。

10004-9

江戸川乱歩編

世界短編傑作集5
〈アンソロジー〉

ベイリー「黄色いなめくじ」C・ディクスン「見知らぬ部屋の犯罪」コリアー「クリスマスに帰る」アイリッシュ「爪」パトリック「ある殺人者の肖像」ヘクト「十五人の殺人者たち」ブラウン「危険な連中」スタウト「証拠のかわりに」クック「悪夢」の全九編にくわえて、E・クイーンの評論「黄金の二十」を併載。全編に江戸川乱歩の解説付。

10005-6